当代陕西文学评论文丛 | 编委会

主　编　贾平凹　齐雅丽
副主编　韩霁虹　李国平　李　震
编　委　（按姓氏笔画排序）
　　　　仵　埂　齐雅丽　李　震
　　　　李国平　杨　辉　段建军
　　　　贾平凹　韩霁虹

当代陕西文学评论文丛

笔耕拓土

文学与时代

王愚 著

陕西师范大学出版总社 西安

图书代号　　WX24N2322

图书在版编目（CIP）数据

文学与时代 / 王愚著. -- 西安：陕西师范大学出版总社有限公司，2025.6. --（当代陕西文学评论文丛 / 贾平凹，齐雅丽主编）. -- ISBN 978-7-5695-4828-0

Ⅰ. I206.7-53

中国国家版本馆CIP数据核字第2024MP0105号

文学与时代
WENXUE YU SHIDAI

王　愚　著

出版统筹	刘东风　刘　定
策划编辑	马凤霞
责任编辑	王淑燕
责任校对	张　姣
书稿整理	郑敏瑜
封面设计	周伟伟
出版发行	陕西师范大学出版总社
	（西安市长安南路199号　邮编 710062）
网　　址	http://www.snupg.com
印　　刷	中煤地西安地图制印有限公司
开　　本	720 mm×1020 mm　1/16
印　　张	20
插　　页	2
字　　数	290千
版　　次	2025年6月第1版
印　　次	2025年6月第1次印刷
书　　号	ISBN 978-7-5695-4828-0
定　　价	69.00元

读者购书、书店添货或发现印装质量问题，请与本公司营销部联系、调换。
电话：（029）85307864　85303629　　传真：（029）85303879

文脉陕西,评论华章(序)

贾平凹

从延安文艺的烽火岁月,到新时代的文学繁荣,陕西文学以其独特的风格和深邃的内涵,赢得了国内外的广泛赞誉。在中国当代文学史上,陕西不仅拥有一支强大的文学创作队伍,同时也拥有一批占领各个历史阶段文学批评潮头的评论骨干。他们以敏锐的洞察力剖析文学现象,参与文学现场,解读作品内涵,为陕西文学的发展注入了源源不断的活力。在新时代文化浪潮中,文学评论作为党领导文学事业的重要途径和方式,作为文学繁荣发展的重要推动力和引导力,正凸显着越来越重要的作用。

为了贯彻落实习近平总书记关于文艺工作和文艺批评的重要论述,以及中宣部等五部门联合印发的《关于加强新时代文艺评论工作的指导意见》,进一步加强和改进陕西文学批评工作,打磨好批评这把利剑,把好文艺的方向盘,同时也为深入总结和发扬陕派文学批评的历史经验,全面呈现陕西当代评论家队伍及其丰硕成果,推动陕西文学批评再创佳绩,助力陕西乃至全国文学发展,陕西省作家协会精心策划并编辑出版了"当代陕西文学评论文丛"。

在选编过程中,丛书编委会始终遵循着精编细选的原则,力求每篇文章都能代表作者个人的最高水平,同时也能反映出陕西文学评论的独特风格和时代特征。所选文章以研究和评论承续延安文艺传统的陕西作家、作品为主，也不乏对中国文坛或域外文学研究的独到见解。丛书汇聚了三代文学批评家中三十位代表批评家的学术成果。他们或生于陕西，或长期在陕工作。他们以笔为剑，以墨为锋，用睿智深刻的见解，共同书写了陕西文学批评的辉煌华章。他们的评论文章，或激情洋溢，或理性严谨，或高屋建瓴，或细腻入微，共同构筑了这部丛书的独特魅力与丰富内涵。

丛书将陕西老中青三代评论家分为"笔耕拓土""接续中坚""后起新锐"三个系列。三代评论家有学术师承，亦有历史代际。每个系列都蕴含着不同的时代气息和文学精神："笔耕拓土"系列收录了陕西文学评论界先驱和奠基者的成果，他们如同手握犁铧的开垦者，为陕西文学评论的沃土播下了希望的种子；"接续中坚"系列展现了新一代批评家中坚力量的风采，他们的评论既有深厚的理论功底，又有敏锐的时代洞察力，为陕西文学评论的繁荣发展注入了新的活力；"后起新锐"系列则汇集了新一代批评家的文章，他们敢于创新，勇于探索，为陕西文学评论的未来开辟了广阔的空间。

"当代陕西文学评论文丛"的出版，不仅是对陕西文学批评历史的一次全面总结和回顾，更是对未来陕西文学发展的有力推动和期待。相信这部丛书的问世，将激发更多文学评论家的创作热情，使陕西文学创作与批评携手并进，比翼齐飞，为推动陕西文学批评事业的繁荣发展，为陕西乃至全国文学的发展贡献新的智慧和力量。

2024年11月8日

目　录

001　谈《三里湾》中的人物描写
011　典型的个性化是文学艺术中的重要问题
015　论典型化手法的多样性
026　写失败了的人物形象
　　　——谈《在田野上，前进！》中张骏的形象
035　让我们感受到时代的精神
　　　——评《组织部新来的青年人》
049　读《红日》
058　有益的探索
　　　——1979年出版的几部长篇小说读后
068　处在时代运动中的人物
　　　——谈近几年来一些长篇小说的人物塑造
074　长篇小说中的现实主义
　　　——评近年来长篇小说创作的发展趋向
086　关于农村题材创作
　　　——读陈忠实小说集《乡村》的联想
093　为一代新人塑像
　　　——略谈几部反映当代青年生活的小说
099　关于文学的现代化和现代派文学
112　谈中篇小说《人生》的创作

123 把握真实的历史精神
　　——柳青创作道路的一个探索
135 在交叉地带耕耘
　　——论路遥
152 谈近年来短篇小说的现状与发展
169 贾平凹创作中的新变化
　　——谈《小月前本》和《鸡窝洼的人家》
175 关于西部文艺的沉思
179 我选择了一条艰难的道路
　　——我和文学评论
189 小说观念和创作方法
　　——《新小说论——评论家十日谈》之七
215 从总体上把握农民的精神历程
　　——陈忠实小说创作纵议
226 历史意识的强化与审美追求的深化
　　——对新时期小说创作的一个思考
239 直接经历着历史的人民
　　——评路遥的长篇新作《平凡的世界》（第一部）
245 长篇小说《浮躁》纵横谈
262 现实主义的变化与界定
268 气度恢宏与意境深邃
　　——从陕西1987年长篇小说谈起
279 现实主义小说在当代的发展
287 清澈而美好的女性世界
　　——贺抒玉《命运变奏曲》谈片
295 从"左联"到"讲话"
　　——文学对社会变革的适应
303 文化视野中的文艺
306 文学的现实品格

309 后记

谈《三里湾》中的人物描写

赵树理同志的《三里湾》，细致描绘了农村各种力量斗争的场景，突出表现了农村生活中新的因素的萌动和成长。这就使人们从具体的生活图景中亲身感觉到，在过渡时期农村复杂的斗争中，新生的社会主义因素已经喧闹着、跳动着来到了人们面前。而那些死守住旧道路、旧规矩不放，散发着腐朽气味的势力，像马多寿、范登高以及"能不够""常有理"之类的人，或明或暗抗拒着生活的巨流，已经不得不在现实生活中处处碰壁，不得不让出自己的地位，或是被历史甩到一边，或是经过一番较量不得不跟着先进的力量一起前进。

在揭示这个斗争的同时，作者敏锐地提出了不少值得注意的社会问题。如新知识分子如何与群众结合、接受锻炼的问题（例如范灵芝）；在互助合作运动中，人们怎样把智慧用于农业技术的改造和提高的问题（例如王玉生）；如何对待有技术、做工细的老农民的问题（例如王申老汉）；而通过范登高这样的人，作者表现了一个个人主义思想没有完全消除的人，终究会和生活前进趋向背道而驰，触及党内存在着的思想斗争的问题；通过马有翼，向生长在落后家庭里的青年指出了应当走怎样一条新的道路。这些问题的提出，并不是简单的对现成概念的演绎，而是作者怀着热切的责任感，从生活的复杂变化中触及的决定生活前进趋向的矛盾的再现。因此，作者绝不是单纯在问题上做文章，而是通过日常的劳动生活、家庭生活反映出农村中新的人与人之间的关系，尤其是新的爱情和新的家庭关系。像马多寿一家的分家、玉生的离婚、金生一家的和睦、灵芝和玉生的结婚，都表现了随着人们新的精神面貌的成长，怎样把封建气息浓厚的家庭加以改造，怎样有了更高尚的情感和友谊。

当然，一部艺术创作，尤其是小说创作，还要看作家是怎样塑造人物形象，是否通过鲜明的个性特点深刻表现了这些人物的精神风貌，这是一个认识现实的问题，同时也是一个艺术表现的问题。我们以为赵树理同志的《三里湾》，在这一点上较之同类作品，达到了较高的水平。之所以说较高，那是因为有些形象还不能成为特点突出的、令人永志不忘的典型形象。

作者把自己的任务放在发掘农村中青年一代的新的性格特征上，因而刻画了不少新人的形象。他们共同的特色是坦率、纯朴，勇于进步，敢于同一切落后现象斗争，并且都有着远大的理想。这些品质又以各自不同的特色表现在具体人物的身上。

范灵芝是作者着力刻画的一个人物。作者特别强调了她那青春的活力，蓬勃的朝气和斗争精神。她和背离社会主义道路的父亲有着严重的分歧，她随时随地都记着一个青年团员应有的责任感，她的思想、见解是和父亲对立的，而且她坚决地投入了斗争。但她的父亲不是一个普通的落后农民，她的父亲——范登高是村子里开展工作时的老干部、共产党员、村长。同这样的父亲站在对立地位并进行斗争，需要极大的勇气和力量，也需要能经得起考验的坚定立场。这些优秀的品质在这个年轻姑娘的身上得到了集中的体现。在小说第二十二节"汇报前后"里，灵芝在党团支委汇报会上说出父亲的"病根"，态度是那么诚恳，毫无顾忌，斗争的精神那么坚决，对党那么信任，"她早就说过她要给她爹治病，现在看着她爹的病越来越重，自己这个医生威信不高，才把这病公开摆出来，让党给他治"。这些话在小说中虽然只是普通的叙述，但我们可以看到，在青年一代的身上，已经形成了跟过去完全不同的新的品质。第八节"治病竞赛"

中，范灵芝和马有翼的谈话也写得相当动人。马有翼是灵芝已经爱上的人，但他却是那么软弱，那么容易屈服。范灵芝既怀着真挚的感情，又出于一个青年团员的责任；既没有冷冰冰地说教，也没有屈从迁就。他们虽然只说了不多的几句话，但灵芝的话里充满了对一个斗争中软弱的同志的爱护、体贴和痛恨、愤激，她的态度是那样诚恳，她的意志却又是那样坚决。在她看来，"一家两个青年团员，就算起不了带头进步的作用，也不能让落后的拖着自己倒退！"而到了紧要关头，"要是说到最后实在不能生效，为了不被他拖住自己，也只好和他分家"。她就是这样寄厚望于自己深爱的人，显示了她的深情、力量和意志。面对着这样一个年轻人，我想任何人都能觉察到一种冲击自己心扉的力量，一种使得自己更为纯洁向上的力量。作者不仅表现了灵芝的斗争意志，也比较细致地刻画了她的丰富情感。在小说中，她毅然和有翼断绝爱情的那些章节，令人感动。她不满意有翼的，主要是因为有翼屈服于落后的家庭，缺少斗争的勇气，但在感情上，她又是喜欢有翼的，他们两人文化水平相当，能谈得来。就是马有翼已经完全屈服于家庭的时候，灵芝还在考虑"更满意的在哪里"。作者没有削弱这个矛盾，而是精雕细琢揭示了这个矛盾的发生和发展。赵树理同志这样形容灵芝的心情：马有翼就像冰雹打过的庄稼，不拔掉长不成东西，拔掉就连这个也没有了。对灵芝处在这个矛盾中的复杂心情，作者没有把它简单化。这样的描写使读者对书中人物倍感亲切，并且能深刻地表现人物的精神力量，也表现了赵树理同志对农村青年心灵世界的熟悉。

王玉生和灵芝不同，他沉着、稳重、诚恳，同时又是倔强的。在他的内心里潜藏着一种前所未有的新特色：创造发明精神，对技术的渴望，从经验中积累起来的知识和智慧。他把青春献给了创造性的劳动。在农业走上集体化道路以后，他更专心致志于改进技术，努力发挥自己的创造性。作者不止一次描写了他沉浸在劳动发明、试验创造中的专注的精神，他的屋子里摆满了工具，埋头工作时连老婆说些什么都没听见；夜间候岗的空隙中，也在画图样，想计划。他又虚心地向灵芝学文化，进一步掌握技术。在当前的农村中，由于多年来因袭的旧文化的落后，像玉生这样的人，数量确实不多，但作者却以敏锐的眼力塑造了这样一个相当新颖的形象，在他的身上体现着获得解放后农民身上可以焕发出的无比的才干。小说虽然还没有更深更广地揭示出玉生的精神风貌，但是作者以这样一个新人作为小说的主角之一，的确可以看出作者对时代前进的脚步追踪摄迹的真切之情。

在王满喜、张永清身上，作者特别强调了农民固有的坦率、爽直和公正。这些优点一旦和他们的政治觉悟、高尚理想结合起来，就会成为不断前进的源泉和自觉劳动的支柱。作者说王满喜"外号'一阵风'——因为他的脾气是一阵一个样子，很不容易捉摸"，但"在自己的利益上不算细账"。这个人物，在很多事情前面，是那样胸怀坦荡，几乎很少考虑个人的得失和事情的后果，像开玩笑捉弄马多寿——全村最落后的老农民时，简直显得有些恶作剧。在劝解袁天成和老婆"能不够"的纠纷时，他拉住"能不够"让袁天成有机会跑进村政府。这些，都表现了他那乐观爽朗和满不在乎的态度。但他为了给合作社换来开渠的三亩地，自愿把自己的收成多的三亩地让出去，他回答那些问他将来退社时怎么办的人说："要打算退我就不入，难道才打算走社会主义道路就先计划再退回来吗？"这些话是多么果决、坦率和正直，像这样的普通的人，当他们固有的优秀品质和社会主义觉悟结合起来的时候，就会迸发出耀眼的光芒。

马有翼，在小说中是一个软弱性格的代表，可是作者没有把他简单地刻画成为一个落后分子。我们可以看出，在有翼的心里仍然隐藏着不甘心屈服的力量，父母要为他包办袁小俊这一桩婚事使他神经失掉常态，说明他并不心甘情愿地任人摆布。在这样一个新旧激变的时代，一切都呈现着复杂错综的状态，在实际生活中，有些人以其坚强的意志，进步的思想，明确的目标，很快就会在前进的路途中掌握主动；但有些人，虽然一般地倾向进步，却不能不在进步中经受更为痛苦的考验，自己身上过多的旧思想的羁绊还不能一下子就抖搂干净，马有翼正是这后一类人中的一个。作者在许多人物里面描写了他，就更为完整地显示了生活曲折行进的面貌。

　　作者不仅写了不同人物身上表现的新特征，而且也毫不隐讳地描写了人们身上不可避免的缺点。从这些描写上，我们对生活中的人，看得就更全面了。例如在范灵芝身上，作者揭露了她那股知识分子的优越感和矜持。这种情感表现在她对有文化和没有文化的人的看法上，"她总以为一个上过学的人比一个没有上过学的人在各方面都要强一点"。有这种看法，她在挑选对象时，产生了不少的"苦恼"。同时，由于她的这个想法，对一般群众，虽然爱他们也愿意接近他们，但总保持着一定的距离。就连王玉生这样一个人，虽然她对他产生了较深的感情，但总是迟疑不决、犹豫不定，究竟是不是挑这个对象，煞费思索。最后，在必须立即断绝和有翼的关系，必须迅速做出自己的决定的时候，她还是"才要打主意，又想到没有文化这一点，接着又由文化想到了有翼……"，她这种摇摆不定、进退两难的思想，终于在现实生活中得到了纠正。事实告诉她，判断一个人好坏的标准，并不仅仅在于文化的高低，而在于他对斗争、对劳动的态度，在于他对先进事物的热爱。她终于不能不感到"自己对'文化'这一点的看法一向就不正确"了。在王满喜、张永清身上，作者非常尖锐地指出了他们的急躁态度和简单化的工作方法。通过他们的具体工作作风和生活态度，作者指出，这种急躁和简单化的工作方法不仅妨碍自己的进步，也给整个事业带来了不少损害。像王满喜捉弄马多寿一家，张永清对"常有理"的莽撞态度、对王申老汉不尊重的急躁情绪，使农业集体化的开展受到了一定阻碍和损失。作者就是这样，按照生活中实有的样子，描绘了人物复杂的性格内涵，这就不仅使人物形象更具有活生生的感人力量，也使人们认识到生活的复杂性，加强了作品的教育作用。但赵树理毕竟是一位现实主义作家，并不是简单化地为复杂而复杂，而是在真实地描写了人物的缺点的同时，不削弱那些决定一个人行动的主要特征，这样就避免表现出什么"两重人格"之类。在作品中，可以看出作者在处理这类性格的复杂性时，是很有分寸的，是符合事物内在逻辑的。这些缺点的存在，一方面说明了旧时代的残余仍然影响着新的一代；另一方面也表现了人们在改造生活的时候也在改造着自己。从这一点上，可以看出赵树理同志对生活的内在脉搏的深切把握，也显示了现实主义的力量，是很值得人们重视的。

作者发现的新人，并不限于上面提到的这些，像王玉梅、陈菊英以及那些仅仅出现了不多几次的人物——魏占奎、袁小旦……还有那受了老婆拖累，终于脱离了家庭羁绊的袁天成老汉，也都或多或少表现了他们灵魂深处成长着的新芽；同时也展示了他们各自不同的复杂性格。很明显，作者就是通过这些人，表现了一个前进的、新生的整体，而这就是在社会主义道路上前进的农村生活中的主导力量。此外，书中还出现了几个令人敬佩和喜欢的老人，像王兴老汉、王申老汉、王宝全老汉。虽然这些人写得还不免有些粗糙和匆促，但他们以老迈之身，萌发出了青春的活力，突出地表现了新的生活即使对老一代的农民也产生着巨大的影响。因此，新人物的成长就有了比较深厚的生活土壤了。

作者对反面人物的刻画，也值得给以注意。马多寿这样的人，在目前的农村中还大量存在着。他底子较厚，因此，为个人的打算也就特别多。当农民需要组织起来，走社会主义的幸福道路时，他就和新事物对立起来，并且有着相当大的对抗性。但这种人又不是和广大农民完全对立的力量。他们就是所谓"身在江湖而心存魏阙"的人，感觉到了新的生活的冲击力量，却又死守住旧的阵地一心走个人发家的道路，他们的性格里更多地纠缠着复杂的新旧冲突。作者很好地表现了他们的这种特征，马多寿就是这些人中的一个。这个人是那么精明，却又是那么自私；是那么能干，却又是那么保守。他们千方百计保护自己的既得利益，即使在家庭生活中也要维持住老一套的封建秩序。但他们毕竟是劳动者，并且也没有或者说不可能主动地破坏或者阻挡生活前进的步伐，甚至在一定气候下还不能不顺应当前的潮流，有的还加入了互助组。对像马多寿这样的老中农，争取他们，改造他们，把他们吸引到社会主义的轨道上来，是当前农村工作中的一项重要任务，也是生活前进的必然轨迹。对他们既不可放任姑息，也不能操之过急，赵树理很有分寸地写出了这种人物的复杂性，这不能简单地看作艺术作品对具体生动的要求，而恰恰是生活的需要，是和作者对生活的全貌有比较清醒的认识分不开的。从小说中看，马多寿那种内心精明但外表痴呆的滑头态度在小说中得到了完整的表现，就是他决定加入合作社，作者也没有忘记，在他看来这首先是符合自己的利益的。不消说，这样的人加入合作社以后，还需要经过反复的考验，不断经受事实的教育，才能逐步走出自私、保守的圈子，把脚步真正移到集体的行列中来。但就是小说中所表现的这种胜利，已足够说明，生活中旧的势力，无论暂时多么顽固，历史的进程都会把他们扭转过来，作者又一次深刻体现了生活运动的严峻法则。

出现在小说中的范登高是很值得注意的一个形象。过渡时期中农业的社会主义改造，斗争是相当尖锐的，新的东西的成长，必须不断开拓道路，而旧的东西却要不停地恢复自己已经失去的安身立命之地，范登高这个人物集中体现了这种矛盾。他共产党员的身份，更使这种矛盾趋于复杂化。个人主义的思想，对走社会主义道路的本能抵触，在这些人当中常常是以某种冠冕堂皇的借口（如抓住党的政策的某些词句）为自己掩护，在人面前装出一副正经面孔，实质上却是在维护私人的利益，并且要把这种利益遮遮掩掩地发展起来。但当这种思想和行为处在与整个生活对立的地位上，这种人自私的面目就暴露了。赵树理对人物精神世界的矛盾，没有去掩盖或抹平，而是通过人物的行动进一步披露了其既善于打算又惶惑不安的心理状态。好几次群众和他的对立，都深深震动了他的心灵，作者一次又一次地描述了他那寂寞、孤独和苦闷空虚的灵魂。在整党会议之后，他已经被生活远远甩在了一边，作者通过灵芝妈妈的叙述，出色地表现了他内心的矛盾和斗争："问着他他也不说正经话，吹了灯也不睡觉，坐在床边整整吸了一盒纸烟,鸡叫了才睡下。"当玉梅叫他开会时,作者写道:"登高微微睁了一下眼,慢吞吞地说:党一支一部?"这不但写出反面人物与现实生活对立的特征,并且挖掘了他内心深处的动摇和惶恐。处在当前这样一个斗争激烈时期而又落后于生活的人物,在作者笔下完整地呈现出来了。这种尽可能完整地表现人物性格的现实主义手法,使作品包含了更为丰富的生活内容,这也是赵树理创作中的一个鲜明特点。

作者在他以前的作品中,曾成功地刻画了像三仙姑、李成娘、五婶等旧时代妇女的形象。《三里湾》中也有这样的人物出现,像"能不够""常有理",是和上述那些人物一脉相通的。旧时代加给她们的烙印,使她们变得眼光狭隘、自私自利、满脑子歪点子。她们用这一切衡量别人,束缚自己的子女,并且用胡搅蛮缠的手段来对付别人。作者掌握了她们的特点,出色地勾勒了这些人物的嘴脸。"能不够"调唆女儿和玉生混闹,以致最后不得不在现实生活面前认输;"常有理"一心在小利上打算,不给互助组里做活的人吃饱饭,十分鲜明地表现了她们那贪婪自私已经达到可笑地步的嘴脸。

上面,我们简略考察了《三里湾》中的一些主要人物形象。总体来看,赵树理在艺术表现上除继承他过去的优点,坚持现实主义的传统,我们还可看出他能够更纯熟地从事件发展和人物行动中表现人物的性格。没有对生活中人情世态的了然于怀,是很难做到这一点的。他还更进一步从各个角度展示人物的情感和内心生活,使人物性格内在的脉络更为清晰(虽然,这一点做得还很不够),但又不是长篇累牍的单纯心理分析,即使他集中描述人物的心理活动,也是和人物的行动密切结合着的。这种在传统基础上更加深入描绘人物精神世界的创造性劳作,和作者的政治、生活敏感一样,成为本书突出的特点。

但是,当我们读完《三里湾》的时候,尽管一些人物在行动着,却没有留下深刻的印象,好像作者写到他们时是那样匆促。在描写党支部书记王金生时,这个缺点表现得更为显著。王金生不是一个普通农民,他领导着三里湾的党支部。这个支部要在尖锐的斗争中，根据党的政策和指示，沿着正确的方向前进；而且他也不是一个普通的党支部书记，他年纪较轻，文化水平、政策水平都不算高，经验也很不丰富，因此，描写这样一个人，描写他在农业的社会主义改造事业中的作用以及他的成长过程，就有着极其重要的现实意义，但作者却写得太简单了。一个党的工作者丰富的精神宝藏，经常是在尖锐的斗争中显示出来的，但王金生在斗争中的面貌，却是非常模糊的。在三里湾这个村子里，对范登高和马多寿的斗争，是整个村子前进一步、农民生活提高一步的关键。当范登高的错误已经越来越严重，竟然利用一些政策的词句为自己背离社会主义道路打掩护，消极对待党对他的教育时，并未见到金生对范登高进行过什么反复的斗争，直到宣传入社时，群众纷纷提出对范登高的意见，他才表明态度说："我看这两个人的问题再也放不下了。"整党会开过后，范登高仍然在群众面前摆老资格，王金生不但不采取行动，反倒顾惜起范登高的个人英雄主义思想了，生怕范登高对他产生误解，会使他的正确意见起不到良好的作用。虽然王金生在整党会议中曾对范登高提过意见，但那只是讲述一般道理，很难看出王金生当时的思想活动和内在精神力量。除此以外，王金生几乎和范登高很少接触。这样一来，斗争的开展就显得浮泛而无力，人物性格的丰富内涵也难以得到深刻的表现。对马多寿的斗争，尽管党支部开过不少次会，支持了一切能削弱马多寿力量（例如菊英分家等等）的人们。但王金生在斗争中的面貌仍然显示得不够。他更多地是在考虑如何保持家庭和睦和保持和气。直到玉梅坚决要求必须和马多寿分开过，她才能和有翼结婚（事实证明，这种分开给马多寿很大的教育，终于使他倾向进步了），金生还顾虑着不要伤了老年人的心。不错，注意别人所忽略的一面，是一个党的基层领导人的重要责任，但因此就放弃了自己身上那种更为重要的坚毅奋发的斗争精神，这是不符合生活真实情况的。作者更避开了金生内心的一些斗争，而这种斗争，作为人物进步成长的内在力量，是有着重要意义的。像对范登高背离社会主义道路的问题，金生一方面感到问题的严重,一方面又顾虑着范登高对自己的某些嫉妒,这样一个矛盾几乎完全没有展开。对菊英的分家,对玉梅要和马多寿分开过才和有翼结婚的问题,他一方面觉得这种分开是好现象,是对落后分子的一个教训,另一方面又觉得应该照顾到对落后分子的团结,对老年人的体贴。这个矛盾也没有展开。小说结尾时不知怎样一来,金生就又同意他们分开来过了。这个人物虽处在斗争的旋涡中,但各种复杂斗争在他内心里引起的波澜却被忽略了。因此,给人的印象就是,作者在描写王金生时,简直没有着力去刻画他对那些新生力量的态度。这样,一个党的基层领导者的形象,又减少了一个能够表现出自己内心思想感情的机会。同时也使那些新型人物的成长,缺少了应有的支持。作品中的重要人物范灵芝和王玉生,我们很少见到金生和他们有过推心置腹、诚挚恳切的交谈。金生和他们的接触,多半偏重事务性的工作,而缺乏感情上的互相交流、内心里的互相支持。缺少这些有血有肉的内容,人物形象是很难丰满起来的。

我们也看不到王金生的家庭和私人生活。作者通过范灵芝对金生家的评价,说明了他的整个家庭都是非常进步的,而且充满着和睦、亲切的气氛。但我们偏偏看不到王金生在家里的活动情况,他怎样对待爹妈?怎样对待妻子?怎样对待妹妹?答案是找不到的。读者所能见到的只是他回家取了一个小本子,从台上喊了一声父亲,要父亲说服一下王申老汉,以及其他一些简单的行动。这样贫乏的表现,远不足以揭示出一个农村新人的丰富精神面貌。应该说这个缺点的产生,不仅是由于作者的描写过于匆忙,也在于作者没有更深地体察到这个人物的内心深处。这不能不说是本书的一个很大的缺陷了。

原载《文艺月报》1955年第10期

典型的个性化是文学艺术中的重要问题

艺术形象的个性化问题，之所以在文学艺术创作中占有重要地位，倒不在于它是文艺区别于其他意识形态的形式，而在于文学艺术本身就具有与其他意识形态不同的独特规律。

这个规律要求艺术通过单一的、个别的东西揭示社会发展的本质规律，以及这些规律和单一的个别东西的相互联系。因此，可以说，文学艺术中的重要问题就在于，怎样通过生动、复杂的个性再现生活的本质。

可惜，我们过去对这一方面重视得太不够了。很多人死守住像"典型便是现实最集中最本质的概括"（巴人）之类的教条，完全忽视了典型化的一个因素——个性化。这样，就使得艺术创作长期变成概念和政策条文的演绎，完全失去了生动、丰富的生活气息；也使得一些批评家经常从抽象的条文出发去分析艺术作品，抹杀了文学艺术和科学不同的特点，也抹杀了文学艺术在人类生活中的独特作用。也由于不是统一地去看典型的个性化与概括的关系，有些人虽然也承认典型必须具有生动具体的形式，却把这种形式当作与概括毫不关联的手法问题。这样，文学艺术不过是用不同手法起着和科学同样的作用而已。

从这个意义上看，苏联《共产党人》杂志关于典型问题的专论，对我们理解典型的个性化问题，就有着极其重要的意义。

专论说："艺术不同于科学，它以形象，也就是以具体感性的形式来反映现实的规律性。"这里，个性已经被理解为现实规律性的存在形态。

所以，我们不能把个性化仅仅理解为塑造典型的手法问题。同时，从这里也可以看到，文学艺术和科学虽然有着共同的目的——反映生活本质，但它们在社会中的作用不仅在形式上不同，在内容上也各有千秋。最基本的一点就是，科学超出了具体感性形式，而文学艺术却把它当作自己的组成部分看待。因此，我们可以说，科学所要揭示的是，个别现象所具有的共同本质，而文学艺术所要揭示的是，共同本质怎样在不同的人物性格中起到作用。既然文学艺术着重在人物的性格上，那么，就不仅要发掘个性的一般意义，也要看到个人经历、兴趣、气质所给予性格的影响。同一个社会力量的本质，可以体现在不同的典型中，每个人物都以自己鲜明的、独一无二的个性，反映着本质的个别方面和个别因素。如果说社会发展史揭示了封建社会由于某些原因必须走向崩溃，那么，文学艺术却告诉我们，这个社会中的某些人已经无聊透顶、保守狭隘，逐渐走向丧失人性的地步（例如：萎靡不振、无所事事的奥勃洛莫夫；残酷贪婪的泼留希金；貌似端正，内心却充满着卑鄙想法、仇视一切爱好自由倾向的贾政；等等），而另外一些人却怎样在重重的压抑下，用各种不同方式，反抗这个社会，喊出要求出路的呼声（例如：反对封建秩序，要求自由发展，敢爱、敢恨的贾宝玉；干脆占山为王、带领兵马反抗朝廷的梁山英雄）。从这些人物的冲突和发展中，我们看到封建社会极端不合理和它必然走向灭亡的具体画幅。因此，虽然文学艺术和科学有着共同任务，但它们侧重的方面不同，因而也就要求通过不同的途径来反映生活本质。

这样，我们就可以看到，由于艺术内容的要求，个性化本身就是艺术形象不可缺少的组成部分之一。它直接关系到艺术形象反映现实的深度和艺术形象动人的魅力。我们读小说、看电影绝不只是为了直接认识某个社会的本质，而是要看到这种本质的发展过程怎样影响着人们性格的成长和变化，而人们又怎样凭借着性格的指导，或者进步发展，或者腐朽没落。然后根据自己个性的基础，去学习某些东西，或者抛弃某些东西。像《保卫延安》这样的书，绝不是教给我们一些延安保卫战的知识就算完事。它描写了毛泽东伟大的战略思想怎样鼓舞着那些有着不同精神境界的普通军官和士兵，使他们发挥了巨大的内在潜力，去战胜力量数倍于自己的凶恶的敌人。书中感动我们的是，那热情像烈火一样燃烧着的、时刻纠正着自己暴躁和莽撞脾气的周大勇，那沉默寡言却蕴藏着生龙活虎般力量的王老虎等有鲜明个性的形象。那些指挥战争的细节，自然也可以增长我们的知识，但重要的是人物的丰富的精神面貌使我们受到感动，得到提高。因此，仅仅把艺术形象的个性化归结为典型化的某种手法，只能算是图解本质，绝不能创造出具有鲜明特色的生动典型。

基于这个理由，艺术家的创作如果不善于洞察复杂个性的一般意义，不善于用体现一般意义的完整的个性组成艺术形象，就只能创作出苍白、无力、公式化、概念化的人物。但是，如果把个性化仅仅当作与典型化无关的独立手法，也会使人物失去深厚的内涵。例如有些作品中人物空喊一些政策条文或空洞概念之后，也被加上一些诸如沉默、热烈、莽撞之类的外在特征，仍然不会使人感动。有些小说中写的支部书记，虽然也和一些农民开玩笑，似乎是个有风趣的人物，但当他考虑问题时，在大会上讲话时，只是背诵一些政策条文，属于他个人的那些特色却不知道跑到哪里去了。显然，我们不能把这种人叫作艺术形象，虽然他也有着某些个性的特点。因为，他那忠于党、忠于事业的本质没有渗透在他的个性之中，他并不是一个活生生的人。就像高尔基说的那样，"须从各人物身上，发现并指出语言、行为、姿态、相貌、微笑、眼风等性格的独创的特点，而强调起来，这时，他的主人公们才会活起来"[①]。自然，这些独创特点的社会意义必须被指点明白，但要想成为一个真正的艺术形象，就必须强调"性格的独创特点"。个性化是体现概括的具体形式，人们就得从这个性化的形象去观察人物，提高自己。任何把个性化当作概括之后的外在手法的论点，都会损害文学艺术这个基本的法则。而对批评家来说，在对艺术作品

---

① 高尔基：《给两位青年作家的公开信》，见《给青年作者》，以群等译，中国青年出版社，1955年，第73页。

的分析和艺术理论的探讨上，如果忽视个性化，就会只去注意创作家的思想意图和形象的本质意义，而忽视了艺术家所发现和创造的个性鲜明的艺术形象。就在最近，有人对典型与社会本质发表意见时，还说，典型越是反映了生活中最本质的事物，真实性就越强！教育意义就越大！只在谈到典型化这一特殊方法时，才提到要用鲜明、感性、具体的形式去反映生活本质。从表面上看，这种说法有其正确的一面。但仔细探索，你就会发现，这里隐隐间已经把个性化仅仅归结为手法问题了。因为，典型的思想意义，不仅在于反映本质的程度，也在于作者选择体现这种本质的个性的程度。典型概括本质的程度，不附着在个性上，不渗透到个性的细胞里去，是不能发挥作用的。而我们如果不从体现本质的个性出发，也是无从判断典型的思想意义的。典型永远都是概括和个性的对立统一。在这里把个性形式同典型反映本质的程度割裂开来看，就会走到"评论艺术家的意图，而不去评论艺术家实际创造的东西"的地步（专论）。像阿Q这样的典型形象，除开他那些被精神胜利法浸透了的儿子打老子式的聊以自慰、欺弱凌强式的自欺欺人等个性特点，难道还有什么更本质的东西吗？

可见，对个性化的看法，既不能把它当作与艺术无关的东西，又不能把它仅仅看作与概括本质无关的独立手法。只有把个性化看作艺术典型的重要组成部分，才能对艺术的独特规律有所理解。不消说，也只有这样，才会促成创作和批评的繁荣，使我们能创造出无愧于这个伟大时代的伟大作品。

1956年6月28日于西安
选自《人·生活·文学》，陕西人民出版社，1987年

论典型化手法的多样性

假如你面前摆上几部不同作家的作品，你就会看到，几乎每一个人塑造艺术形象时，总有自己的特殊方法，即使是同一作家的作品，也会有各种各样的方法。不用说鲁迅、郭沫若这样风格极不相同的作家，就是同样忠实于客观现实，具体描绘人物多方面精神面貌的作家，像鲁迅和茅盾，他们的风格就截然不同，一个是那么朴素、简练，一个却是那么细腻、复杂。这些作家，就是凭借着这些不同的方法，反映现实生活，塑造具有巨大思想与美学意义的典型，以创作上的新发现给人类艺术宝库添上了五彩斑斓的瑰宝。也正是凭借着这些方法，揭示生活的底蕴，展现了丰富多彩的艺术形象。

自然，这些方法不是像我们一些庸俗简单的批评家们所理解的，只是一个单纯的外在手法。它和具体作家的艺术构思，即描写的对象和对待这些对象的态度完全一致。同时，这种手法和作家所遵循的认识现实、概括现实的创作方法又是完全一致的。正因为这样，它才能以自己特殊的基调，揭示出那具有极大思想与美学意义的典型的实质。我们绝不能忽视对这种手法的研究，只有深刻地研究这种手法，才能确定一个作家在艺术上的创造性特色，才能确定作家才华的高低。但是，我们过去往往忽视了对这种具体艺术特色的探索和研究，只是忙于为作家的艺术典型作社会学的分析，用社会原理去探求典型究竟表现了什么思想品质。这样，我们就无法确定作者的基本特色，归根结底，就会把伟大的作家同平庸的只靠表现概念和某些已知原理的作家相提并论，终于失掉了评价艺术家究竟以怎样的独创性为人类艺术宝库增添新颖东西的标准。这种做法，只能鼓励艺术创作中的灰色和平淡无味的现象，和发展繁荣创作的任务是不相干的。

但截至目前，对一些文学大师的研究，始终还停留在单纯分析艺术典型的思想意义和用社会背景印证这种意义上，没有去深入地探索这些大师的艺术独创才能。因此，我们虽然知道鲁迅或者郭沫若反映了"五四运动"以后的历史时代，但他们究竟以怎样的手法，带着怎样创造性的特色反映了当时的现实生活，我们的理解还是不够深刻，所以我们对这些大师丰富的多方面的才能还不能很好地去学习。这应该说是一个相当大的不幸。

就拿鲁迅来说吧！解放以后，很多人都对这位新文化的旗手做了研究，出版专书的也大有人在。但鲁迅究竟怎样以创作上的新发现来丰富我们的文学传统，还很少有人谈到。有的只是一般社会背景和思想意义的阐释，甚至不惜以牵强武断、穿凿附会的主观主义和庸俗社会学观点，对待这一个伟大的语言艺术大师（例如，《药》中的乌鸦究竟象征革命还是反革命的争论，阿Q究竟属于什么阶级的争论，《明天》是表现母爱还是表现反封建意识的分析，都可以归到这一个方面去）。在文艺界和文学公众都开始重视文学艺术特征的今天，对鲁迅的艺术特色做一番具体分析的工作，是应该被提到日程上来了。

要想对鲁迅创造性的艺术特色做全面考察，还要求我们的文学研究工作者以创造性的态度去从各方面加以研究。这是一项艰辛的工作，但也只有这样，才能准确地指出鲁迅的才能和他在文学发展过程中巨大的意义。本文只是从鲁迅前期的小说中，探讨一下鲁迅创造艺术典型时多样化的典型化手法，指出这种手法同作者思想和创作追求的关系，借着这个，对鲁迅艺术特色的这一重要方面做些具体分析。但愿能引起研究界的兴趣，具体探索一下鲁迅作品的艺术特色，对他的作品做一个全面的艺术评价。

收集在《呐喊》和《彷徨》里的小说，虽然不过二十几篇，但那些放射着光芒的典型形象，却以五彩缤纷的样式出现在读者面前，给了读者强烈的感受。作者塑造人物的典型化手法，几乎篇篇不同，就是主题思想相近的篇什，也都以截然不同的手法突显了人物典型的深厚内涵。

不少人都说鲁迅擅长写讽刺作品，往往对人物的某些特点加以夸张，给读者造成强烈的印象。但就是在讽刺作品中，夸张手法也并非处处都有，在这些作品中出现的人物，常常带有更为丰富多彩的色调。像《阿Q正传》这样的作品，作者对阿Q这个形象，确实是突出强调了他那怕强凌弱、聊以自慰、苟且偷安的缺点，有时这种强调简直达到了失掉常态、令人惊奇的境地。看吧！当他赌博输光了钱，若有所失地走进土谷祠，他想的是："很白很亮的一堆洋钱！而且是他的——现在不见了！说是被儿子拿去了罢"，但"总还是忽忽不乐"，"说自己是虫豸吧，也还是忽忽不乐"，于是"他擎起右手用力地在自己脸上连打了两个嘴巴，热剌剌的有些痛；打完之后，便心平气和起来，似乎打的是自己，被打的是另一个自己，不久也仿佛是自己打了别个一般，——虽然还有些热剌剌，——心满意足的、得胜的躺下来了"。这是多么出奇的举动，竟然自己打自己，借以抒发心中的怨恨和苦恼。但还有什么比这更能揭示阿Q那自欺欺人、百无聊赖的软弱性格呢？还有什么比这更能显示出阿Q可悲而又令人痛心的精神状态呢？这些举动是被夸张了的，但唯有这样的夸张，才令人觉得这个形象的深厚意义。他有不平、有愤恨，但精神胜利法浸透了他，他可悲到只能自己拿自己出出气。作者这种手法，就是对这些缺点的狠狠鞭挞，一种含着无限同情和愤怒的鞭挞、讽刺，在这儿，不仅是恨的发泄，也是恨铁不成钢的深厚同情的流露。而在另外几篇也有讽刺意味的小说，像《肥皂》《高老夫子》中，鲁迅却把力量放在揭发他们外表的庄严和内心的卑劣上。他们的行动，初看起来那么庄重，总是以维护固有文明的卫道者自居。像针砭社会挽救颓风的四铭，甚至在征文时都以《恭拟全国人民合词吁请大总统特颁明令专重圣经崇祀孟母以挽颓风而存国粹文》为题，但在内心里却"不是骂十八九岁的女学生，就是称赞十八九岁的女要饭"。甚至要表彰这个女乞丐,作出《孝女行》的诗。连名字都含着继承圣人之道的意思的何道统,却为了"给女乞丐洗身上"这句话,笑得直不起腰。以忠孝节义为基础的固有封建文明,竟然要这种卑劣、色情的小人们来维持,虽然作者没有公然指斥这种"文明",但读者们在这种对比中就会明白地看到旧有文明的没落命运。还有什么比这些小人更能体现旧文明的虚伪呢?这种对比看起来是平淡的,但指斥却是异常尖锐的。《高老夫子》里的情形也是同样的,一个企图以正统国粹学者自居的所谓"历史家",一方面以《论中华国民皆有整理国史之义务》为题发表文章,一方面却不过是个浮浅的市侩,打牌、喝酒、看戏、跟女人,竟然要某一个教员去看女学生,"外面看看还不够,又要钻到里面去看了!"甚至在上课时看见女学生的眼睛、鼻孔、头发心里都惶惑不安,"连忙收回眼光"。作者没有加上一丝一毫的渲染,只是把这些平平常常容易为人忽略的东西勾勒出来,加以对比,一下子,这些人那些庄重卫道的神气就不能再掩盖那些无耻的嘴脸了。这里没有什么特别的夸张,但讽刺的深度却也并没有减低。鲁迅自己就谈过这种方法的特殊意义,他说:"但廓大了并非特点之处却更容易显出效果。"并且举了一个例子说:对一位白净苗条的美人,有些漫画家"用廓大镜照了她露出的搽粉的臂膊,看出她皮肤的褶皱,看见了这些褶皱中间的粉和泥的黑白画。这么一来,漫画稿子就成功了"(《且介亭杂文二集·漫谈"漫画"》)。鲁迅自己在这儿也不是从外表的特点上去追求效果,而是在极平凡的生活中,挖掘人们那言谈举动的矛盾,把它们放在一起,让读者看清那掩藏在富丽堂皇外表下的肮脏心灵。这种讽刺,包含着尖锐而严厉的嘲笑,笑得你简直就难于掩盖躲闪。但是有时候,讽刺既不是鞭挞和恨铁不成钢的激愤和同情,也不是尖锐、严厉的嘲笑,而是一种惋惜和慨叹。像《幸福家庭》之类的短篇,作者就着力描绘了人们美丽幻想和丑恶现实的冲撞。这些知识分子,对生活、对未来怀着美丽而又不着边际的梦想,但却不能正视生活的严峻和无情,于是这种梦想就不得不和现实生活发生冲突,作者深刻地表现了这种冲突过程，虽然没有正面去批判这种梦想，但在冲突过程中一步一步揭示有梦想而不能实现的痛苦，这就有力地指出了这种梦想的虚幻和幼稚。因此，我们可以看到，鲁迅尽管讽刺了现实中各种各样有着缺点的人物，但绝不是只用一种方法去塑造讽刺性的人物形象。还在不久以前，我们的某些理论家和作家，还狭隘地以为讽刺就需要夸张，只有把某些人物的特点夸张到怪诞的境地，才能收到讽刺的效果。鲁迅的讽刺作品，就是对这些论点的一个有力的反击，证明了这些论点只是无视于多种多样艺术创造的片面性的观点而已。

　　自然，鲁迅的小说，并非仅限于讽刺作品。在其他作品中，他的典型化方法是更为丰富多彩的。就拿《祝福》《明天》和《离婚》这三部都着重塑造了妇女形象的小说来看，《祝福》中那对简练的细节的应用，《明天》中那默默无言的深情的流露，《离婚》中那把人物置身于面对面的斗争中，直接用主人公的话揭示人物内心的方法，都给了我们不同的艺术享受。《祝福》里，祥林嫂几乎很少说话，但凭借着作者对她的外貌、行动的具有特征意义的细节的描绘，她那深厚而复杂的内心世界就明白地摆在读者面前了。当她遭受过被卖掉的悲惨命运，又忍受着死去丈夫、死去孩子的痛苦，甚至听到连死后都不能安宁的威胁，她下定决心捐一条庙门槛，用这个赢得人们的信赖；但是，像祭祀祖宗这样的大典，她仍不能参加。于是，"她像是受了炮烙似的缩回手，脸色同时变作灰黑，也不能再去取烛台，只是失神地站着"。而且，"这一回她的变化非常大，第二天，不但眼睛凹陷下去，连精神也更不济了。而且很胆怯，不独怕暗夜，怕黑影，即使看见人，虽是自己的主人，也总惴惴的，有如在白天出穴游行的小鼠；否则伏坐着，直是一个木偶人"。这种细节的描绘，一下子就突显了祥林嫂那在封建秩序重压下愤恨、绝望、痛苦的复杂感受。作者的笔墨的确费得不多，但这种大处着眼小处着墨的细节描写，并不弱于那些长段独白或细致刻画所揭示的复杂精神世界。而在《明天》中，单四嫂子的精神世界，则是通过人物内心复杂感受的直接描绘而流露出来的。她的丈夫死了，孩子是在寂寞的岁月中陪伴她的唯一的亲人，可这唯一的孩子也死掉了，单四嫂子在周围人们的淡漠中是那么痛苦、怅惘而又空虚。作者直接突入人物的心灵，揭露了她的胸臆："单四嫂子的眼泪宣告完结了，眼睛张得很大，看看四面的情形，觉得奇怪：所有的都是不会有的事。她心里计算：不过是梦罢了，这些事都是梦。明天醒过来，自己好好地睡在床上，宝儿也好好地睡在自己身边。他也醒过来，叫一声'妈'，生龙活虎似的跳去玩了。"这是怎样的母爱呀！这种爱处在儿子已经死去，周围人们冷漠视之的时候，又是怀着多少无言的愤恨和痛苦！如果作者不是这样直接突入人物的内心深处，想取得这样的效果，恐怕是不太容易的。在《离婚》中，作者把爱姑放在和"老小畜生"、七大人面对面的斗争中，爱姑的话是那么斩钉截铁，"他（指小畜生）就是着了那滥婊子的迷，要赶我出去。我是三茶六礼定来的，花轿抬来的呵！那么容易吗？……我一定要给他们一个颜色看，就是打官司也不要紧。县里不行，还有府里呢……"而当慰老爷说，官府里也要尊重七大人的意见时，爱姑干脆说："那我就拼出命，大家家败人亡。"何等坚强的气概！何等刚毅的决心！正是这些富有个性色彩的话，凸显了爱姑身上那股不可压抑的坚定的反抗情绪。这些话就像春雷一样，使你在震惊之余，久久不能忘怀这声音里蕴藏着的力量。换一个方式，也许就不会像这样给人以强烈的印象了。

　　而在另外一些作品中，作者径直运用了浓厚的抒情笔触，从平凡的生活里提炼出诗，有谁读过《故乡》，不为主人公那恳挚、淳朴的对乡土的眷恋，那对人们天真、纯洁心灵的热情赞颂，那对"故乡"日渐零落、人们心灵逐渐衰老的愤恨和惋惜所感动。有谁读过《社戏》，不为主人公那对一切美好事物、对一切富有泥土气息的刚健清新的东西的深厚向往所吸引。作者善于挖掘人们朴素而又复杂的情绪变化，善于从这些变化中突出人们的精神世界，使作品流露着像露水一样清新的抒情气息。

　　从上面这远不完全的简略叙述中，我们可以看出，作为语言艺术大师的鲁迅，并没有用一个成规作为自己塑造人物的唯一手法。几乎每一篇都闪烁着独创性。想在这里找一个唯一的规格是徒劳的。不幸，我们的很多研究家，却花费了许多工夫去寻找鲁迅典型化手法的统一特色，好用一个统一的格式，确定鲁迅典型化方法的基本特色。他们不是说鲁迅特别爱好夸张，就是说鲁迅不直接揭示人物的心灵，只是从行动中凸显人物的性格。其实，鲁迅在接触到不同描写对象时，绝不只用一种色彩去涂抹它。正是在这里，鲁迅的独创性才华才显示得非常鲜明。所以说，向鲁迅学习，就应该分析和探讨他所运用的复杂的典型化手法，确定它们的意义，而不是把这些复杂的东西强求统一，硬归到一个套子里去。也正是在这里，明白地表现了艺术创造最不能机械地乱套成规。要想反映复杂多样的生活现象，就得要应用多种多样的典型化手法。只有这样，才看得出作家和手艺匠不同的创造性才能。

自然，在一篇作品里，鲁迅也绝非只用一种手法去塑造人物，例如在《故乡》里就出现了那么一个爱占便宜、叽叽喳喳的豆腐西施，作者也用了夸张的手法，突出了她的特点。在《阿Q正传》里，假洋鬼子、赵太爷、赵秀才这些人物，也是在外表和内心矛盾的对比下被强烈地揭露了出来。这些，更说明了作者不拘于死套，多种多样的典型化手法。

但是，鲁迅何以要用这多种多样的手法呢？难道只是为了在外表上区别人物吗？探讨一下作者运用这些方法的规律，对我们来说，将是非常有意义的事。

阿Q、四铭、高老夫子都是作者讽刺的对象，为什么作者塑造他们的手法又截然不同呢？这底蕴，还应该从这些对象本身去寻找。

阿Q这个被旧制度压歪了灵魂的被压迫者，在他身上，反抗和懦弱、想生活下去的愿望和没有正视生活的勇气、善良和愚昧，复杂错综地交错在一起。他不是不想生活，相反的，他尽量想去适应生活，达到活下去的目的，"他在路上走着要'求食'，看见熟识的酒店，看见熟识的馒头，但他都走过了，不但没有暂停，而且也并不想要。他所求的不是这类东西了，他求的是什么东西，他自己不知道"。说他"求食"，但看见酒、馒头并不想要，这种矛盾的心情，包含着这个在生活重压下还要尽量活下去的被压迫者的真实愿望。但也正因为他根本不知道要求什么，于是，被压歪了的灵魂使他走上了自欺欺人、怕强凌弱的道路。他以为这样就可以生活得美满一些，却给他带来了更为悲苦的命运。正因为他身上美好和丑恶的东西胶结在一起，丑恶的东西掩盖了美好的东西，鲁迅先生才怀着那么痛苦的心情去注视这个人物，才那样狠狠地鞭挞那些被丑恶现实歪曲了的东西。（顺便提一句，我们很多研究家，认为鲁迅之所以同情阿Q，只是因为他是善良和反抗的，但他这种善良和反抗，由于浸透了精神胜利法，所以他是一个不敢有所作为的弱者，这不能说是错误的论断，但应该说是比较浮面的说法。其实，阿Q之所以有反抗，之所以善良，主要还是由于他无论如何不愿意在现实生活中被压下去，他迫切地希望过人一样的生活。不幸的是，他那浸透了精神胜利法的被压歪了的灵魂，使他把这种愿望寄托在聊以自慰的可怜境地，他才终于成为一个不可避免的牺牲者。我以为，正是基于这个理由，鲁迅才说，如果中国有革命，阿Q还是会去做的。）这是恨铁不成钢的深厚同情，这是对可以成为有用的东西，却由于严重缺陷趋于失败的刻骨愤怒。所以，他才夸大阿Q那些在性格上深深印下旧制度痕迹的缺点，辛辣地、狠狠地鞭挞它。自然，不能不说这些缺点也存在于统治者的身上，但鲁迅对那些是不会这样带着同情而加以鞭挞的。

四铭和高老头子就不同了，他们是社会处于急遽变化时代，应该消灭，但还挣扎求生的旧的渣滓。他们全心全意地企图阻挡时代前进的狂澜，但他们本身又像腐烂的臭肉一样，已经充满着臭味，却偏偏要装出一副挽救颓风、维护固有文明的岸然道貌。鲁迅看出他们根本就是肮脏透顶的垃圾，所以，就无情地揭露他们，揭露他们那些高谈固有文明但心里却不很"雅观"的龌龊灵魂。把庄严的外貌和卑劣的内心搁在一起对比一下，摊出他们的腐朽本质，让人们看到他们必然灭亡的命运。

同样，像祥林嫂这样善良、温柔、勤劳、淳朴的女性，她默默无言地承担着一切苦难，就是当她对整个生活的意义发生怀疑时，她也不是那么大喊大叫，发泄自己的愤怒和怨恨。痛苦煎熬着她，压榨着她，她就只能像木偶一样坐着，一言不发。就是她已经受不了这些痛苦，她也只是用无比的忍性孤独地探索、寻找、追求着人生的真正意义，考察着死后的情景。这是一个悲剧性的性格；她身上体现那么多的美，她在濒临死亡的时候，仍然挣扎，反抗，探求生活的真正意义。但现实生活没有给她一个能正确认识生活道路的头脑，于是她就只能沦为一个孤独的乞食者，彳亍在街头上，探索人生的意义，终于死去。明白这些，就会明白，鲁迅为什么只是选择了那么多沉重的细节来显示这个人物在重压下彷徨挣扎的内心；她原就是在平凡的行动中体现着一切善良品性和痛苦彷徨的。而像单四嫂子这样的母亲，过着死去丈夫的寂寞岁月，忍受着周围人们冷淡的对待，她把一切希望都寄托在孩子的身上，偏偏孩子病了，她费尽心机，东奔西跑，得不到一个人的同情，仍然失掉了这个寄托着一切希望和爱抚的孩子。她的痛苦向谁去说呢？周围那些人只是忙于买棺材、吃馄饨，事过后，仍是那么欢乐地生活。这些痛苦压抑在心里，是非常隐蔽的，但就在这隐蔽的地方，希望和失望，对儿子的爱和对周围环境的反感，痛苦和梦想扭结在一起，激荡着这个善良而又温柔的母亲的心胸，所以鲁迅就直接挖掘人物这个隐蔽的心灵深处，直抒人物胸臆间的感受。这样，那些激荡书中人物的东西，也就深深打动了读者的心灵。而在《社戏》和《故乡》中，鲁迅看到那平凡而又朴素的生活中，却存在着那么多浑厚和淳朴的美。他深深为这些美在现实生活中被剥夺被改变而痛苦惋惜。《社戏》前面费那么多笔墨写戏剧进入城市剧场后的庸俗、嘈杂和混乱，在末尾用深厚的激情说："真的，一直到现在，我实在没有吃到那夜似的好豆——也不再看到那夜似的好戏。"《故乡》中之所以把闰土后来那萎缩、痛苦的形态和早年活泼、天真的形态加以对比，之所以写出豆腐西施那样浸透了市侩习气的女性，正流露了作者对丑恶生活歪曲、压榨真正的美的东西的愤慨和痛苦。所以，作者才尽量从那些朴实的生活里提出清新、刚健、明朗、欢快的诗的意境，并给以热烈的颂赞。

鲁迅之所以能选择多样化的典型化手法，正因为作者看到各种不同生活中的不同的描写对象，他细细地研究了这些对象的特色，根据这些特色，从他对待这些对象的不同态度上，选出最适当的典型化手法。这样，手法就和对象浑然一体，更有助于揭露对象的特性。对于一个现实主义作家来说，根据不同对象，结合自己对待对象的态度，选出最适合对象特色的多样化的典型化手法，应该是最为优秀的特色。只有这样，方法才不是外在的硬贴上去的，而是从生活的多样性出发的。我以为，现实主义要严格遵照生活本来样式反映生活的特色，首先就表现在这里。

自然，这些手法由于作者本人的思想、气质、情绪的相同，也会有着统一的特色。但这种特色，却是以极其复杂的面貌体现了出来。作者绝不是一经发现某种带有独创性的典型化手法就万事大吉，而是在每一次创作中，都付出艰苦的劳动，以新的特色来丰富创作。现实主义要求反映出复杂多样的生活面貌，要想做到这一点，就必须能选择复杂多样的反映生活的典型化手法。我以为，衡量一个作家艺术创造性高低的标准，也正是要从这里去探求。

但在我们当代的创作中，很少见到根据不同艺术构思、不同描写对象创造出多样的典型化手法。譬如说，赵树理同志这样优秀的作家，当他在多年前写《小二黑结婚》时，曾以幽默而辛辣的笔调描写了三仙姑、二诸葛这样可笑而又可怜的形象，他们虽然心地善良，但又带着一脑子不适合生活要求的陈旧思想。但在多年后，他写《三里湾》时，"能不够"之类的形象，在笔调上仍然和那些早年出现的人物一样。也许这说明了作者的兴趣所在，但也恰恰说明了我们当代作家在典型化手法上的狭隘。我不是用我们当代作家的缺点去和鲁迅这样大师的优点对比。但应该指出，在这一方面，我们还值得好好学习那些前辈们丰富的传统。

如果说在创作上忽视了继承这一优秀特色，那么，在研究鲁迅的人们中，就更忽视了对这一方面的研究和探讨。当提到鲁迅的艺术手法时，往往用旧时论文的办法，仅从形式着眼，大讲比喻法、倒插法（许杰的《鲁迅小说讲话》，是很注意这些东西的）。即使有些人分析了鲁迅塑造人物的手法，也是企图在手法上规定一些圈子，什么夸大的笔法、抒情的气息，去统一鲁迅的艺术特色。没有从作家根据不同描写对象、对待这些对象的不同态度出发，去探讨这些手法和人物的关系（朱彤在他那部并非没有独创见解的研究著作《鲁迅作品的分析》中，就是这样去确定鲁迅的艺术特色的）。因此，作家的艺术手法就成了一种脱离内容的形式。这样，作家在创作上和生活密切的关联，严格从生活出发的现实主义态度，都被抛掉了。因此，我们就很难从大师们的这一重要艺术特色中学习到什么具体的东西。

　　鲁迅的才能是多方面的，在小说方面，根据我们远不完全的探讨已经可以看出，作家是怎样根据生活的复杂性进行刻苦的选择和提炼的。而在他后半期那些闪烁着光辉才华的杂文创作中，由于描写对象的不同，由于作家对待生活的态度更加明朗，在典型化手法上，有着更多样和更广阔的发展。这些都有待于研究家们重视它，深刻地研究它。我想，这种研究对确定鲁迅先生创造性的才能，对繁荣今天的创作，都将会有极其重要的意义。

1956年8月17—24日于西安

选自《人·生活·文学》，陕西人民出版社，1987年

　　（文中未注明出处的引文，均见《呐喊》《彷徨》单行本，人民文学出版社1951年版）

写失败了的人物形象

——谈《在田野上，前进！》中张骏的形象

《在田野上，前进！》的出版，对广大读者来说是一件可喜的事，对文艺创作来说也是一个可喜的收获。秦兆阳同志固有的激情，加上所反映的生活面广阔而复杂，满足了我们对优秀文学创作的渴望。同时，这样从领导作风上反映农业合作化运动，艺术构思上也有着新颖的创造性的意义。所以，有的批评文章径直认为："可以毫不夸张地说这部小说是当前文坛上反映农业合作化的作品中最成功最优秀的一部杰作。"[①]

这部作品闪耀着艺术才华是没有问题的，尤其作者那理解人物灵魂深处，用抒情笔法揭示人物内心活动的特色，往往把读者带到一种沉思而又激越的境界中去。但把它认为是最优秀最成功的"杰作"，就不免有些过分了。其所以过分，是因为作者所创作的人物形象，有些还是无生命的某种精神和概念的传声筒。而一部作品是否为优秀的杰作，主要还得从作者是否塑造了栩栩如生而又概括性强的艺术形象出发，然后给予准确的评价。

作品的这个缺陷，主要表现在张骏这个人物身上。

张骏是书中的主要人物，他处在复杂的矛盾中。这些矛盾的克服，一大半是由于他那坚定、刚毅的性格和善于联合积极进取力量的朴实作风。

[①] 林希翎：《一部歌颂农业合作化运动的诗篇》，载《文艺学习》1956年第4期。

所以，这个人物塑造的好坏，对全局的发展，对小说的整个结构有着极其重要的意义。可惜，我们所看到的张骏，只是一个埋头在无休止的工作过程中，专门从事发号施令、指导工作的相当概念化的领导者。读者很难在他身上看到一种高瞻远瞩、心胸宽阔、情感丰富的党的领导干部的复杂精神面貌。因此，作品就缺乏有力的核心，去把整个复杂的发展过程联结在一起。虽然作品也堆积了复杂的矛盾，但由于缺乏一种坚定的进取的斗争力量，就显得变化得过于突然。也由于作者长篇累牍地叙述工作过程、工作方法，使整个小说变得冗长而沉闷，给这个可以成为"杰作"的作品蒙上了一层枯燥的尘雾。

但是，为什么作者写了一些有光彩、有个性的人物（例如吉老婆子、郑老幌等），而这个主要人物却写得如此蹩脚呢？这就值得我们做一番探讨了。

工作过程之类的东西，不是不可以写。一个人的党性和坚定的性格，往往在工作过程中表现得比在个人生活或其他社会生活中更为明显。我们这个时代既然是劳动的时代，评价一个人，主要就要看他在劳动生产和工作过程中的表现如何。因此，仅仅反对描写工作过程是不对的，但如何把工作过程写得富有诗意，引人入胜，并且使人通过这些描写去提高自己的精神境界，那就要求通过不同性格的人，写出人们在工作过程中不同的行动和感受。对于文学艺术来说，这比单纯写工作过程，是更为重要的问题。因为以人们整个生活作为自己反映对象的文学艺术，不能仅限于解决和阐述工作过程和工作方法。譬如，在农业合作化运动中怎样按照政策正确对待富农、怎样对待落后分子、怎样对待农民社会主义积极性等问题，一本通俗的阐述政策条文的政治小册子，会比文艺作品讲得更透彻更完备。因此，在文学艺术作品中，描写工作过程，只能服从于使读者认清人物性格特点精神面貌的目的。在文学作品中，要着重去表现人怎样本着自己的性格，在工作过程中思索和行动，并且在这个过程中怎样使自己的性格逐渐得到发展。

但作者偏偏抛掉了这一点（自然，说完全抛掉也是不够全面的，因为张骏在有些地方，确实还是按照自己的性格行动着，思想着。例如，小说开头，他那急于到曲堤村去解决农业社问题的热烈情绪，还有他和吉老婆子的女儿郭桂蓉谈话后那一段感想，都是颇有个性色彩的。可惜，这些描写只是些散碎片段，在全书中占的比重太小了）。张骏到曲堤村后，面对干部的消极动摇、落后分子的彷徨不定、富农的蓄意破坏，觉得这正是他施展身手的时候。但作品中只是出现了一连串的毫无特征和意义的开会、访问和个别谈话。在这些开会和访问中，丝毫也看不到张骏的内心活动。他只是无休止地交代一些政策原则和工作方法。就拿张骏初到曲堤村和郭木山碰面时的情况做例子吧。对像郭木山这样的人，不但需要在政策上教育他，也要在生活上、思想上理解他，因为这个人是如此复杂的一个农村干部，他忠诚地把自己贡献给人民翻身和走向社会主义的事业；却常常过于重视自己忘掉了整个集体。当张骏遇到他的时候，他正为了落后分子的闲话，气得躺倒在床上，心里充满了愤怒而又消极的情绪。按张骏的性格来看，关心生活、关心别人是他最为优秀的特色，他难道没有从这些情况中体会到生活的复杂？他难道不能像老战友一样为这个坚强的人感到惋惜？但他对郭木山说的却净是干巴巴的空话，好像教训郭木山一样。什么"你把社办好了，还得到丰收，应该表扬你""你是个领导人，又是个共产党员，社还没有垮哩，你就作了垮的打算，这却应该批评你"等等。这些话不是不该说，而是从这些话里，你简直无法看到张骏那热情而又坚定的性格，看不出他对人的诚挚之情和关怀之意，于是这些话感人的力量就非常微弱。而他在第一次党员积极分子会上，净说些应该怎样用丰富事实巩固农业社的方法。会后他对郭木山竟然背起了政策条文，要郭木山"多用脑筋，要把一些情况提到政策上去考虑"，并且要郭木山注意"从团结中农的政策上去考虑这个（指对待落后的李祥）问题"。这哪里有丝毫的性格流露。难道他就不能从党员积极分子的不同动态中感到自己应该采取的步骤？难道他就不能用自己对社会主义的积极向往去点燃这些最前进的力量的热情？但作者放弃了对人物内心中这些活动的探索，只把一些政策条文和工作方法通过张骏的嘴传达出来。于是，读者也就无从领会人物的性格了。作者写了张骏和很多人的会面，例如他和郭大海、吴小正、郭贞贞等人的接触，但都是从大道理上阐述一些解决某些工作问题的工作方法。甚至他面对着乡下姑娘不爱嫁乡下小伙子这样极富有感情色彩的问题，也是讲述了一番农业合作化的优越性之类的空洞道理。所以，我们虽然可以看到张骏的活动，但看不到他怎样思索着具体情况，具体情况又怎样引起他的内心波动。这样，人物就很难以他的独特性格给人们留下印象。

甚至张骏在沉思时，也是在想着用什么方法去解决什么问题，再不然就是对社会主义事业作些一般的理解。第二十六章开头，作者用了一页半的篇幅，抒写张骏的回忆和幻想。但里面充满着对工作方法和抽象问题的干巴巴的考虑。（说老实话，这一段描写是不乏精彩细节的，像张骏对抗日战争时期战斗生活的回忆，就有着相当深厚的情感。但这些细节太少了，更多的是那些一般的空洞的东西。）作者一开头就写道：张骏"觉得，通过这些了解（指那些访问式的了解），你会常常受到感动，会不断地加强对党的事业的理解和对工作的热情，并且也常常会找出一些解决问题和推动工作的办法。他认为这是他最近两年来读了一些文学书籍的好处"。问题不在于张骏是否可以因为读过文学书籍而有了对人的理解，对工作的热情，并且能找到解决问题的办法。问题在于这种空洞的对党的事业的理解，究竟是通过什么具体的东西，表现了张骏这个具体的人的具体感受。这一点在作品中是得不到解答的。一个人对党的事业的理解，由于个人不同的性格，是会有不同的感触的。有的人满怀热情，他就会被某些在党培养下的新生的东西激动得狂欢起来，在心里生出一种压抑不住的想拥抱生活的向往；另外一些人可能沉静一些，看见这些东西会仔细地观察它，思索它，然后坚定地不动声色地把自己的一切献给这个事业。当然，也可以有其他各种各样的人。只有细致地描写这些感受，才能通过不同的

029

性格，给人们以思想教育，使人们有所感动，有所模仿。但作者却从一般的大道理上描写人物的感受，于是人物就只能是一个传达概念的剪影。这是和文学艺术要求表现人们各式各样具体特点的要求不符合的。

正因为作者的着眼点在工作过程和工作方法上，所以作者就不能有所选择，用富有特征意义的行动来凸显人物的性格，而只能是交代一连串的工作方法。可以说，张骏自到曲堤村后，一直在了解情况，制订工作方法。作品中出现了过多的大会、小会、家庭访问和个别谈话，这些会和访问既然都是为了交代工作方法，势必大同小异，丝毫也不能使人看到有性格、有光彩的行动。于是，整个小说就不能不叫人感到烦冗，甚至沉闷。

因此，我们不能责备作者说他为什么要写工作过程，而是应该特别指出：必须在这个过程中，表现出人们的不同性格、不同行动和不同感受。工作方法是一般的、抽象的，但人们何以采取某些工作方法，这就要看他那由信仰、教养、个人气质、个人经历培养成的性格是怎样的了；同时，人们在应用工作方法时，也会由于性格不同而有着不同的执行态度。因而，通过具体行动体现一般意义的文艺作家，注意的重点就该是前者而不是后者。只有这样写，才能给人一个活生生的人物典型，才能使读者在精神上得到培养和提高，才能不同于一般阐述工作方法的政治通俗性小册子。而这些也正是文学艺术独特规律的基本要求。

既然作者不是从性格出发去描绘张骏，也就必然剥夺了这个人物复杂的感情过程。像张骏这样一个关怀生活，有热情、有胆量，坚定不移的党的领导者，他应该具有创造的感情和热忱，他会克服掉某些因为客观困难而引起的内心的痛苦和惶惑，他更会对人非常体贴，非常诚挚。但这些东西，在作品中丝毫也没有得到体现。张骏初到曲堤时，遇到了那么多困难，他难道丝毫没有感到苦恼？他难道没有为那些冷漠对待群众热情的保守主义领导作风感到愤恨？根据作者对这个人物性格的交代，这些感情是完全可能有的，但在书中却完全没有显现出来。就连张骏看到那些普通农民的积极情绪时，他的内心也缺乏应有的激动。就拿那个用丰产事实巩固大家办社信心的会来说吧,那里有着多少令人兴奋、令人鼓舞的激昂情绪啊!一大群自己组织起来的农民,闹了个大丰收,但自己心里却没底,光害怕农业社垮台。而一下子明白了自己的力量,就把组织起来的优越性想起来了。这种回忆简直使人觉得陶醉。但张骏怎样呢?他照例又从领导方法上谈到大家对党和人民的责任。他怎么就丝毫没有为这些人觉得惋惜?他们由于水平低看不见自己工作的巨大意义。他怎么就没有被这些激动人心的事实引发着产生出火热的情绪?一个活生生的人,经常生活在他的情绪世界里。这是因为,感情既然是人们面对着客观事物产生的内心波动,人碰到的事物又是那么千变万化、错综复杂,就会时常引发新的感触。这种感触就会使人更热情地向往工作,就会变成思想和行动的基础。只有大胆揭露人们的感情,以及人们感情流露的不同方式,才能披露人们内心的丰富和复杂。作者既然丢掉了这个可以揭示人物行动根据的感情过程,人物就很难像一个活人一样跟读者们亲密地接近起来。

甚至张骏给他爱人写的信,也是那么无动于衷的工作情况的汇报。例如有一封信竟然写着:"对你说,在工作里面是多有意思啊!……我深深觉得,只要我们加强领导,只要我们去宣传教育,农民是很愿意走社会主义道路的。"据作者说,张骏此时还是"要对她说说自己的心情"。而当他在工作顺利、心情激动时想念爱人,也只是想到共同工作时的情况,看吧:"他一想到爱人吕玉莹,他就想起了他俩一块儿在耀华县工作的一些情形来了。"接着就回忆起"为什么耀华县的干部们多数都有这么一股劲儿呢?为什么这个县(指他所处的县)的干部们多数都没有这么一股劲儿呢?"于是总结为"我看,严重的问题不在农民本身,而在于教育,在于党的领导,在于我们这些干部是不是都打通了思想"。我曾经这样想,如果把这些话抽出来,单独给别人看,就是最善于联想的人,恐怕也无法从这些干瘪的语句里体会到这是一个人对爱人的爱情。人对爱人不是不可以谈工作的,但谈这些话必须渗透着热情的眷恋和爱慕。这是人之常情,作者却根本无视于这些激动人心、能强烈鲜明表达出人物性格的感情过程。

如果把这些描写和作者对秀妮（《晌午》）和张小娟（《偶然听到的故事》）那些人物细腻富有个性化的描写对比起来，你简直就没法相信，这是出于同一作者的笔下。那些描写是那样泼辣、大胆、热情并且有着鲜明的时代特色。

显然，作者要用这样枯燥的"形象"去教育读者，很难使读者得到感动，因而也就无法达到作者的目的。

此外，作者不能深入地揭露张骏和各式各样落后势力以至反动势力的尖锐对立，也妨碍了对张骏丰富精神面貌的深刻揭示。王则昆在一开头就是以迥然不同的作风和张骏对立的人物。在这个人身上有着过多的小心谨慎，简直成为一个不求有功但求无过地躲开生活激流的狭隘的庸人。他和张骏的对立，在小说一开头有过非常尖锐的冲突，在那个冲突里，张骏也确实表现了热爱生活、企图领导生活前进的蓬勃生气。但在以后的发展中，他却根本没有露面，直到大功告成，农业合作化的高潮已在曲堤村奔腾叫嚣，他才出头露面说了一些空洞的反对话。这就使得张骏缺少了一个表现性格的良好机会。现实主义要求我们从生活的发展中来反映生活真实，这就明确地告诉我们，不揭示那些激烈的冲突和矛盾，就无法表现出真实的人物。《被开垦的处女地》中，主人公达维多夫有时简直置身于难以解决的矛盾中。像农妇们和达维多夫争吵的那个场面，由于富农分子的煽动，中农的动摇，农妇们竟然把达维多夫包围起来，索取粮仓的钥匙，要分掉粮食，竟至于打破了达维多夫的头。这种触目惊心而又尖锐复杂的矛盾冲突，有力地帮助了作者对达维多夫性格的塑造。正是通过这个场面，达维多夫那对党的事业的无限忠诚，对人民财富的热爱，那坚定不移的态度和百折不回的耐心，才能像浮雕一样突显出来，给读者以强烈的印象。但秦兆阳同志，却每每把张骏从冲突中提出来，放在缺乏性格冲突的场合下加以描绘。这样，人物自然不能给读者以永志不忘的强烈印象。不仅张骏和王则昆这条主线的冲突没有得到发展，就连对郑老幌的斗争，对落后分子的斗争都被放在和张骏无关的章节中去描述。简直看不到张骏在这些斗争中怎样行动,起着什么作用。像郑老幌这样一个蓄意破坏农业合作化运动,极其奸诈狡猾的富农分子,张骏就缺乏和他面对面的斗争,只是给村干部说一些要注意这个人呀之类的空话。张骏对这个人是怎样理解的呢?张骏决定采取什么行动去对付这个人的破坏行动呢?在书中简直就没有得到揭露。而那些农妇在田地里转回来找张骏吵闹的场面,从形式上看,和《被开垦的处女地》中农妇和达维多夫间冲突的场面极为类似。但肖洛霍夫把那个场面的全部矛盾都揭示出来了:农妇们丝毫也不让步的顽固精神;虽然也感到自己没理,但抱着既然来到就得大喊大叫的矛盾心理;达维多夫耐心说服,坚定不移,至死也不交出钥匙的行动。这些冲突简直跃然纸上。秦兆阳同志虽然也写出了农妇们气势汹汹的姿态,但她们遇到张骏时,立刻就像是乱了脚步,没有一个人大胆上前和张骏吵闹,而张骏也没有为这个场面感到惶惑和愤恨。没有细致地了解农妇们的心情,耐心地和她们辩驳,更没有丝毫的激动,好像他胸有成竹,冷冰冰地对这些农妇们说了一些大道理,一场风波就此烟消云散,简直有些"虎头蛇尾"。正因为这样,张骏的性格就很难得到完满的揭露,人物的性格力量也就很难施展出来。

　　总体来看,张骏这个人物之所以毫无生气,主要是由于作者违反了艺术规律的要求,没有从具体的人物出发。所以,就只能用一些枯燥的工作过程和工作方法的交代来代替揭示人物内心世界的要求,终于使人物失去了多彩的性格特色,变成了概念的传声筒。应该说,这和作家生活体验不深、对生活的艺术认识不够有着非常重要的关系。正像一篇批评文章在提到王则昆这个人物时说的,"如果作者和王则昆这样的人物多接触一个时期,作品的面貌也许不会像今天这样吧!"[1]我们也可以说,如果作者能和张骏这样的人物多处一个时期,能够用敏锐的艺术感触去探索那隐蔽在执行工作下面的复杂精神面貌,这个主人公是可以成为一个新颖的领导

---

[1] 苏雨河:《在田野上,前进!》,载《文艺报》1956年第11号。

干部的典型的。实际上作者也可能觉察到了这个缺点。他常常用很多带有感情的字眼去形容张骏的心情。例如"兴奋的""沉思的""热情的"之类的字眼，经常在书中出现。同时，他也企图探索张骏的内心，用一些回忆或者向往来表述张骏昂扬而又热情的性格。但由于作者体验的不足和在根本上忽视了艺术特征的基本要求，不去注意人的具体行动。于是就选择不出富有特征意义的行动，或者带有强烈抒情气息的谈话来揭示人物的性格，只能用干枯而蹩脚的工作过程和一般的大道理填充人物的行动和思想。因此，张骏就只能像今天这样毫不能使读者感动地出现在小说中。这个事实说明了，对一个真正的语言艺术家来说，哪怕是丝毫对艺术特征的背离，都会使你的人物失掉读者的喜爱，这是值得作者也值得一切创作者重视的教训。

原载《延河》1956年第9期

让我们感受到时代的精神

——评《组织部新来的青年人》

一部文学作品，能引起不同的意见，这首先说明它不是一部因循敷衍之作，至少作者是提出了一些有特点的东西的，《组织部新来的青年人》就是这样。它一出现就引起了针锋相对的评价，有人认为是生动地揭露了官僚主义的嘴脸，歌颂了生活中的激流，塑造了值得做青年人榜样的艺术形象；有人却认为这是一篇歪曲现实的小说，主人公只是一个对生活充满空想的狂热分子，根本不值得同情。意见竟是这样水火不能相容，这就值得引起我们的注意了。

一篇作品，究竟写出了生活中一些什么样的人物，这些人物的命运对时代精神的把握，究竟能起一些什么作用，这是整个作品生命力的所在。失去了这个，也就失去了作品的社会意义和艺术价值。所以，我们只有从这个角度出发，才能公允地指出作品的优点或缺点。

那么，王蒙在《组织部新来的青年人》中，对现实生活中哪些人物作了探索和开掘，这种探索和开掘的深度如何，就应该是我们分析的出发点了。

读完整篇小说，可以看出，作者凭着他敏锐的艺术感触，强烈的政治激情，没有简单地对待当前复杂而汹涌的生活洪流。所以，他的确塑造了几个真实可信、较为丰满的艺术形象。

刘世吾可以说是个引人深思的形象。一个从青年时代就卷入了革命洪流的人，革命给他带来的不仅是额上满满的皱纹，也给了他敏锐的观察能力、斩钉截铁的胆识和魄力。作者确实是看到了这一点的，通过处理麻袋厂的那件事，我们深深感到了这个人身上那种浑厚的力量。试想想看：那个王厂长过去是解放军里很出色的侦察员，冒着生命的危险深入敌人心脏，完成了党交给的任务，却沾上了不少的旧习气，担任一个工厂的领导时，终于给工作带来了巨大的损失，这该是怎样难处理的一个人！但刘世吾下去了，"他深入车间，详细调查了王清泉工作的一些情况，征询工人群众的一切意见，然后，与各有关部门进行了联系，只用了一个多星期的时间，就对王清泉作了处理……"这个人不仅有这样的魄力，通过他那对自己的严厉谴责，我们也确实看到了一个布尔什维克纯洁的心灵，他想起年轻时候的豪气，他不甘心目前那在生活激流中无所作为，对生活冷淡欣赏的生活方式，他说："那时候……我是多么热情，多么年轻啊！我真恨不得……"这不是简单的悔悟，这是一颗怀着对党、对人民无限热情的心，由于不能跟生活一起前进，从而感到痛苦和不安。尽管作者在这一方面挖掘得还不深，但刘世吾仍是值得我们尊敬的人。

这个人由于经过无数次胜利，经过无数次艰苦的奋斗，他渐渐满意自己的成绩了，于是，"他不再操心，不再爱也不再恨"。他把自己埋在琐碎的小事里，逐渐失去了奋斗前进的热情。他逐渐形成了一套处世为人的哲学：尽管问题严重，但应该等到解决这个问题的时机成熟后再去解决。这样，他就可以心安理得地坐在安乐椅上等待时机。可以说，这种人已经成为事务主义者了。但比起普通的事务主义者，刘世吾在灵魂深处是更为复杂的。他做那些琐碎小事；沉浸到象棋残局的思索里；埋头在无休止的读小说里。不仅是他喜欢做这些事，更重要的是，他那不能跟生活洪流一起前进的躯壳，已经空虚到非用这些东西去填补不可了。否则，他就会立刻衰败。所以，他才无动于衷地让这些小事慢慢磨掉他的生命，从来不想法自拔。这是一个逐渐失去强烈生活感受的人，因而，也是很难有什么行动的人。他不是不知道麻袋厂长王清泉对工作不负责任，对干部讽刺打击，但他总认为这还没有发展到违法乱纪、消极怠工；他不是不知道建党小组长韩长新浮而不实的工作作风，但他总认为韩长新还是有能力的干部；他不是不知道林震有蓬勃的生气，有敢于斗争的魄力，而且，这种能力是可贵的、可爱的，但他总怕这种能力会搅动了那包围着他的已经定型的生活，所以他以为"这也是一种虚妄"。

　　作者的能力和作品的意义正在这里。作者发掘了刘世吾身上那些相当矛盾的因素，这就不能不使人想到：是啊！不管你有多么光荣的革命历史，不管你做起事来有多少使人震惊的精力，但只要你失去了和生活一起前进的热情，就会逐渐失掉生活的欢乐，失掉勇气，变得麻木起来，在生活的洪流里，被冲得东倒西歪，在内心里怀着无限的痛苦。作者也正是通过这些矛盾因素互相冲击下的痛苦，鞭挞了这种逐渐失掉生命力量的人们。作者没有过分地雕琢，没有过分地渲染，而是从一些细小的细节里，揭露了生活中这种有精力但又不能大踏步前进的人的灵魂深处，表现了这个灵魂里的不安和苦痛。这样，摆在你面前的就是一个应该怎样生活的问题了。是像刘世吾这样离开生活呢？还是勇敢地投入生活呢？只要你想在生活中永远前进，那么，就时常照照这面镜子吧！可千万别掉到这样的泥坑里去。

　　林震更是作者着力描绘的人物，在这个人物身上，我们看到了作者那恳挚的爱。作者通过他在生活中一些细小的活动，表现了这个人物身上那过多的旺盛的精力。看吧！"作了教师的他，仍然保持着中学生的生活习惯：清晨练哑铃，夜晚记日记，每个大节日——五一，七一……以前到处征求人们对他的意见。"他不仅有这样的精力，他还那么纯真，没有经过多少困难，没有接受过多的非无产阶级思想的影响，他受到的教育，他所从事的工作（小学教员），使他从那些新的人与人之间的关系，从党的正确原则上，培养了对生活的热情，而且，根据他这样对生活的热情，他无法理解为什么生活中还有那么多停滞不前的人。从感情上，他看不惯那些失掉生活热情闭锁在一个小圈子里的人，看不惯那些浮在生活表面上夸夸其谈的角色，尽管这些感受还是比较朦胧的。所以，他和刘世吾等人的冲突，就成为不可避免的了。作者在这些面对面的冲突中，更进一步挖掘了林震那热爱生活和精力旺盛的本色，尽管他有过惶惑，有过皱眉头的时候，但他当着刘世吾的面，仍然鼓起勇气倾吐了内心的愤慨："我不知道为什么，来到区委会以后发现了许多许多缺点，过去我想象的党的领导机关不是这样……"他在区委会上，也敢于向自己的直接领导韩常新提出尖锐的意见，说韩常新那种浮皮潦草的作风是掌握了情况而不去解决问题，这正是让人最痛心的。关键正在这里，一个纯洁得像孩子一样的人，脑子里装满了对生活的热情，装满了对党章上那些原则的崇敬。也许他斗争的火力还不够准确，不够沉着，但他那凭着直感对生活中停滞、落后现象的愤恨，是值得珍视的。他那在生活中的热情，也许还缺乏思想深度，但由于生活经历的单纯，却像孩子一样淳朴，无论如何，也是宝贵的。在生活中只有当你有了这种愤恨和热情，你才能不仅是"从事"工作，而且是兴高采烈地去完成工作。作者正是从林震的行动中把握了这个特色，所以才使这个艺术形象能够给人留下较深的印象。也许林震有不切实际的幻想，也许林震有过于狂热的冲动，但他身上那种热情，无疑是值得重视的。

如果林震只是这么一个单纯的有生活热情的人，那么，我们还远没有看到这个人物身上那复杂的风貌。当他第一次到麻袋厂去，了解到厂里竟然还有王清泉那样官僚主义的厂长，回区委会后，更看到有韩常新那样根本不愿意对厂长进行教育的夸夸其谈的角色。作者在这里没有忽视这个人物身上那些不成熟的莽撞的因素，于是，林震不能不"深深地把眉头皱起来，他发现他的工作的第一步就有着重重的困难"。而当区委会讨论林震没有请示领导，随便和工人开座谈会，给王清泉提意见的时候，一连串不十分公允的责备加到他身上，刘世吾竟然说他想当娜斯佳式的英雄，是一种虚妄，他也不能不像"被打中了一拳"，"紧咬住下嘴唇忍住了心里的气愤和痛苦"。作为一个现实主义作家，不能阉割一个完整人物的任何一面，只有多方面表现一个人复杂的内心，才能写出一个真正的不脱离生活实际的人。在林震身上，作者确实没有掩盖这个青年那由于生活经验不足而表现出来的幼稚和易于痛苦。这样，才使读者具体触摸到人物的血肉，明白像这样的人要坚持斗争确非易事。如果考虑到多方面描写人物精神风貌这个忠实于现实的起码原则，甚至在很多优秀小说中都被忽略了，那么，也就更能看到作者的才华所在。

非常明显，就拿这两个主要人物来看，作者对生活中先进和落后现象的热烈的爱憎，从复杂的表象中探索人物灵魂奥秘的才华，是可以肯定的。我想，这也就是很多读者读过这部小说后，之所以那样感动的根本原因。尤其当我们要求作家们反映生活复杂性的时候，这种新的艺术探索，就更值得我们重视了。

可是，说一部作品反映了生活的复杂性，写出了几个真实可信的形象，并不能因此得出结论——反映的深度已经很够了。我们过去在评价作品时，常常有一种观点，认为一部作品要么就是反映了生活真实，要么就是歪曲了生活真实，好像除此之外，不可能再有其他的尺度。其实，文学作品远比这样简单的分类复杂得多，应该看到，有些作品的确反映了生活真实的一鳞半爪，但就其反映的深度来看，却没有深刻触及生活的底蕴，不能使人感到强有力的激动。像这样的作品，抹杀其优点自然是不对的，但闭起口来不谈缺点也会降低对作品的要求，只有公允地全面地分析一部作品，才能使文学批评起到帮助创作和帮助读者提高欣赏水平的作用。但是，对反映现实生活的深度，到底应该用一种什么标准去衡量呢？我想，这还要回到前面所谈过的那个原则，就是说，要从作者对时代精神的把握上去加以探讨。

没有问题，《组织部新来的青年人》是反映了我们时代精神的某些方面的。至少，像刘世吾和林震这样的人，可以让人通过他们窥见这个时代里前进的或停滞的生活状态。但仅仅窥见，毕竟是不行的，对于一个现实主义作家来说，他应该把人物放在巨大的跳动着的时代精神的背景上，展开人物各自不同的感受和行动。一个作家，有责任让读者深刻感受到时代精神对人的影响，并从这点出发，得到不可抗拒的鼓舞和改造。如果说，一部现实主义作品，不仅要写出栩栩如生的人物个性，还应该让这些人物的个性反映时代的典型特征，在作品的根底里要跳动着巨大的时代脉搏，那么，我以为，正是针对这种影响的深度而言的。无论如何，我们不能降低这个标准，把不管怎样反映了现实生活的作品都推崇备至，和那些深沉地带着深厚有力的现实主义精神的典范作品相提并论。

对我们这样一个时代来说，作为主流的能鼓舞人们前进的精神，必须从共产党领导下的人民群众为建成幸福的社会主义社会而劳动和斗争的生活里去寻找。尽管每个人的具体情况各式各样，但只有从每个人在这种生活中的表现上去看，从他们在这个生活中的地位、对这个生活的具体感受去看，才能看到一个人究竟是前进的，还是停滞不前的，或者是应当消亡的。刘世吾之所以成为那么一个冷漠空虚的人，没有也不可能有第二个原因，正因为他在这样的生活里失去了前进的勇气。显然，要想成为一个能抗拒一切陈旧思想影响的人，能认清一切落后事物的真面目，敢于与一切停滞现象作斗争的人，也必须在这种生活中深刻体会到前进的精神，取得坚实的支持。在这个生活里的人不是没有痛苦，不是没有悲哀；自然，也有很多人会带着悲观、颓丧、失望的情绪。生活本来就是复杂的，人们不但受着现在也受着过去的影响，何况还有许多人类共同的悲愁。但一个热情投入时代生活的人，这些情绪可以被克服、被改造，尽管这种改造和克服需要极大的意志力量，饱含着撕心裂肺的苦痛。而那些和这个生活格格不入的人，在现实生活发展中，他们的内心会有更复杂的矛盾、更深刻的分裂，甚至会有更多的痛苦，以至于最终被生活激流冲倒，带着无可补偿的悲哀消失掉。我们的作家可以表现人们各式各样、错综复杂的思想情感，但必须认清这些情绪在时代生活中的地位。完全可以歌颂那些在生活中经历着复杂改造过程的人物，歌颂他们那怀着血泪和巨大痛苦，磨炼自己走向更完美的人。在一些优秀作品中，出现过不少这样的人物。《收获》里的华西里·波尔特尼科夫,当他在集体农庄领导工作中犯了错误时,当他在家庭问题上受到巨大的挫折时,尼古拉耶娃没有掩盖他内心那难以忍受的痛苦,正是通过这些,人们才感受到他那坚强的意志力量。而在《被开垦的处女地》中,肖洛霍夫甚至写了拉古尔洛夫要自杀。这些描写,都没有脱开生活前进的轨迹去单独地强调痛苦,于是,这些克服掉痛苦重新走上前进道路的形象,才有了巨大的时代意义。而同时,作者也完全应该鞭挞那些将要消失的情绪,不管它在谁身上存在着。这是我们时代的真理,如果说"在艺术内容中,生活的真理是高于一切的",那就只有明确地表现出对生活中各种事物的态度(当然,在表现方法上是多种多样的),才能使作品成为一个陪伴人走一辈子的良师益友。近来,我们大讲其鲜明的个性,复杂的情感,似乎给人一种错觉,以为这些就是全部的艺术特征;但艺术特征有着更为深远的含义,作为一个艺术品,无论它表达了哪一方面的生活,作品的生命力在于它的根底里总跳动着时代的心音,总表现了各式各样人物在新的群众生活洪流中所受到的影响,所经历的千变万化的道路。别林斯基就曾经说过:尽管人生活在客观和主观两个领域里,但他"是借解脱不开的血和精神的束缚跟客观世界联系在一起"。

如果我们承认《组织部新来的青年人》是部好作品,就应该探索一下作品在这一方面表现得究竟如何。可惜的是,作者在这一方面的努力还是非常不够的。

就拿林震来说吧!他热情地生活,看不惯落后于生活的人或事,但作为一个能以崭新面目出现的艺术形象来看,还缺乏一种震人心魄的力量。那么,这又是什么原因呢?我们还是应该追究一下这种力量的根源。到底这种力量的根扎在哪里呢?是像我们前面分析的,从感情的本能上?显然是不够的。因为,一个人要想观察得更为准确,斗争得更为尖锐,至少在思想上应该是自觉的,这样,他才能根据生活的发展判断美丑和"是""非",这就是说,他应该锻炼自己的理解能力,更深地去观察现实，分析现实。那么，在党课课本上，作者是这样写的：当刘世吾大谈其"条件成熟论"的时候，林震起初感到无所适从，接着就觉得这跟他在小学时所听到的党课的内容不是一个味儿。但生活当真如此简单吗——凡是合乎党课内容的就是好的前进的；凡是不合乎党课内容的就是坏的落后的。如果真是这样的话，那又何必考虑到生活的复杂情况，对事物根据不同情况采取不同处理方法。我们的作品曾嘲笑过不少手拿党的原则，和生活一一对照，简单涂上黑白两色的人物，不必多举，《太阳照在桑干河上》的文采，就因为迷信教条和原则，无视生活具体情况，才成为这类人的一个代表。把这种浮浅、幼稚、天真的想法，作为斗争力量的来源，未免有些稚气，也很难使人看到这个形象的本质意义。也许林震是从赵慧文的鼓励取得了力量，但赵慧文就其性格的意义和发展来看，带着更多低沉阴暗的情绪，她虽然很想给林震一些支持，但她是不可能给林震什么力量的。显然，就我们分析的这几种情况看，林震是不能从这几方面吸取力量的。如果我们考虑到，一部作品应该反映出时代精神对人物的影响，那么我们可以说，林震既然处在这个时代，又要和一切停滞现象做斗争，他就应该在群众的沸腾的生活里锻炼这种力量，取得坚实的支持。我写到这里，可能有些细心的读者提出异议。他们会说，作者可早就注意到这方面了，在处理麻袋厂那件事情中，不是有一个积极斗争的魏鹤鸣吗？林震和他的接触，不就正是和群众生活的接触吗？这话倒是说对了一半，那就是，作者是不满意林震就那样凭着直感和热情乱斗一气的，他写出了魏鹤鸣，想在林震和这个人物的接触中，描绘出林震跟这个时代中那沸腾生活的联系，但是看了出来，并不等于很好地表现了出来。老实说，魏鹤鸣这个人物是相当模糊的，他不满工厂的领导状况，但仅止于收集意见，甚至用召开工人座谈会这样不太合乎组织原则的办法来和厂长对立，而他的意见究竟怎样碰壁，怎样受到轻视，他进行过什么样有效的斗争，这些，在小说中完全看不到。连自己身上都缺乏一种坚实力量的人，又怎能使别人在他身上感受到鼓舞。因此，尽管林震在感情的本能上敌视生活中的落后现象，但他缺乏深入的认识、细致的分析。正因为这样，究竟王清泉的问题严重到什么程度，在工人的生活中引起了什么影响，这种影响怎样引起了林震内心的思索，在作品中是不太了然的。作者写到林震在麻袋厂进行调查的时候，只是很简略地介绍了他的活动情况，可见作者没有重视像林震这样的人还需要更艰苦的、更实在的生活的锻炼，他必须从这里取得丰富的滋养。我们自然不能要求作者必须在这个篇幅不大的短篇小说里展开什么群众场面。一个作者有他的自由，他完全有权利不描写轰轰烈烈的群众场面。但问题在于，作为作者所肯定的主人公，他要想成为一个真正是这个时代的进取的人物，他就必须把斗争和行动的根深深扎进群众生活的土壤，也就是说，他应该对群众的喜、怒、哀、乐有所感受，他的斗争应该有一个崇高的目的。但这个目的，这种感受，我们在作品中是看不到的。因为，虽然林震在群众生活中待了一个时期，但从作品中那些极其简单的叙述中，你无法感到林震内心的活动。

正因为这样，我们也就无法看到人物和时代生活一致的精神上的共鸣和交流。我们绝不能说，没有写群众生活，就难以反映时代精神。拿《本报内部消息》里的黄佳英来说吧，小说一开头就写她坐车回报社，群众场面一点也没有描写。但通过她在火车上的感受，通过她在报社里的谈话，我们可以感到在这个倔强的年轻女孩子的身上，确实带着极为浓厚的对群众生活的感受。像刘长福那样一个常年无事可干、给报纸写信却被停职的工人；像那些每天苦于开会的煤矿工人，"早上两点钟就起来……到了矿上，井上开个会，到井下还得开个会。六点钟上班干到下午三点。……够累的了罢！不行……还得开会，常常一开会就到晚上六七点钟，再走回家……就是九点钟了。……像这样一天睡四个钟头觉，已经好几年了"。通过这些描写，你看得见，这个女孩子好好地深入了群众生活，体会了群众生活，她知道群众的要求、群众的疾苦，她对那些高高在上不理解群众需要、不让群众过美好生活的领导有着深深的愤恨。这就使她的力量饱含着血肉，饱含着这个时代的要求。但林震呢？他所在的区委会，是那么一团糟；他下到厂里去，又看不见他内心的波动。因此，他的力量，就自然而然缺乏深厚的内容了。

　　当然，我们更不反对作者写出林震身上那些不成熟的东西，问题不在于该写不该写什么东西，而在于作者如何看待这些东西，也就是说，作者根据他对生活真实的认识给人物一个什么评价，从这个立足点来看林震，显然，作者是不太重视这个人物身上所缺少的那些东西的。尽管林震有过痛苦和犹豫，甚至有过惶惑，这说明，作者看到了这个人物还有不成熟的一面，但这些东西并没有经过什么激烈的斗争就烟消云散了。而生活中那些需要解决的事情，竟不出林震所料，完全按照他所想的办法解决了。这就使人感觉到，林震身上那些幼稚莽撞的东西是没有什么关系的，根本用不着锻炼，他自己就会走向更完美更正确的道路。这也说明了作者不是根据时代精神的要求，公允地指出人物发展的道路，而是闭起眼睛不看人物的缺点，一味鼓吹人物的优点。这，我想是称不上全面反映了现实的。

　　作者对时代精神把握得不深，不仅表现在林震身上，另外一个作者着力描绘的形象——赵慧文，在这方面表现得更为突出。

　　赵慧文的内心世界是相当复杂的。作者选择了这么一个形象，在文学艺术领域里，确实是一个新的发现。一个聪明、美丽的女孩子，在人生的道路上还没有摸索多久，突然结婚了。没有经过详细考虑的婚姻，带来了婚后感情上的极端不协调，于是在心灵中蒙上了更多的忧郁、苦闷的情绪；但她那聪慧的头脑、清醒的理智，又促动着她，使她尽力想投入生活前进的轨道。这两种东西纠缠在她身上，引起了她的痛苦和悲愁。你会同情这个女孩子的遭遇，但你又不能不对她那不能振作起来的软弱性格感到痛心。是的，她能看出区委会生活中那些淡漠、空虚、杂乱无章的东西，她能觉察到林震那猛冲猛撞的精神，会在生活里激起波澜；但她心灵上那过多的不能自拔、无可奈何、自怨自艾的云雾，使这个女人有着更多的晦暗、阴沉、颓唐的格调。在她和林震几次的谈话里，处处都透露出这些深深埋藏在心底里的东西，当然有些话是闪耀着智慧的，但她更多的是在说，"自己水平太低，自己也不很完美，却想纠正那些水平比自己高得多的同志，实在不量力"，或者说"我老觉没有把握"，甚至于连自己的幸福，她都"有时候会忘记"。如果说，那些令人不满的事"曾在多少个不眠的夜晚萦绕在她的心头"激动了她，使她那带着沉重负担的心跳动过，那么，在行动上的软弱无力，就使这种跳动的声音包在一个深厚的壳子里，使人听起来十分沉闷，显然，这个人是值得同情的，但也是令人痛心的。她不但不去行动，甚至连到哪里去找支持斗争行动的力量都不知道。于是，就只好在幻梦里、在意大利随想曲里，找寻支持和安慰。她和林震的接触似乎在她的生命里冒出了火花，但也只是用那深深被压抑着的无可奈何的淡淡的哀怨去安慰和"鼓舞"林震。这其实只是一个远远站在时代激流圈外想前进而又软弱无力的孤独者，就其性格的基调看，她应该是一个被否定多于被肯定的人，但作者却把她连她的缺点都肯定下来，把她作为一个唯一清醒的人，和区委会里那停滞、骚乱的生活对比着。从这里我们又怎么能听到这个时代跳动的声音？请不要误会，我是要求作者给这个人添上一些正面的力量，或者干脆不要写这个人。那些怀着美丽理想、聪明智慧但又软弱无力的人，完全值得表现，甚至值得为这种人专门写一部书。从这样的人物身上，仍然可以表现出时代精神的。如果说，高尔基通过克里姆·萨木金——一个满身浸透了市侩习气的知识分子，能表现出十月革命前后俄罗斯生活的全部场景，那么，像赵慧文这么一个有着不少美好东西的人，尽管有许多缺点，我想，仍是可以使人感受到时代脉搏的。问题在于，作者是不是正确地指出了这种人的发展前途。只要判断得正确，我们就知道了不应该怎样生活，也就会知道应该怎样生活，正像尼古拉耶娃在《论艺术文学的特征》里说的："反映现实中丑恶和微末的方面的作品，只有当他们击中每种丑恶的要害，从而为美好事物而斗争，才能成为真正艺术的创作。"显然，从这些对丑恶和微末的鞭挞里，我们才更能感受到美。这种发展前途可以是单独选择一个人做主人公，展开他全部的生活历程，也可以通过作者的笔触，画龙点睛式地暗示出前途。这种写法，不是无前例可寻的，契诃夫在《三姊妹》中写的那三个姊妹，她们身上有很多美丽的梦想，但在行动上又非常软弱无力，这种对比，形成了剧本那种笑剧的根源。通过这样的笑，正像叶尔米洛夫说的："在这卓越的三姊妹身上以及她们的梦想（'到莫斯科去！到莫斯科去！'）底软弱无力的忧郁里面——正有着引起契诃夫的忧郁的微笑的东西，仅仅是梦想——这就意味着在世界上并不存在。"这种清醒的现实主义态度，的确是值得我们好好学习的。正因为作者没有看得更深，于是连赵慧文那些没落的东西，也舍不得去斥责，反而当作肯定的东西，给予无限的同情，这就没有可能反映出时代的真正进程。

好了，就从林震和赵慧文身上，我们已经看到，作者没有站得比现实更高，看出这些人在生活中应有的地位，看出这些人在生活洪流中的发展前途。于是就不能不使人感到作品缺乏一种更浑厚的生命力。这的确是这部作品的致命伤。就连刘世吾这个作者写得较好的形象中，作者也没有更深挖掘他身上还存在着的一种不甘心自暴自弃的力量，没有挖掘出这种力量那深厚的社会意义。刘世吾身上的这种力量来自多年斗争生活的锻炼，来自多年党的培养和群众的哺育。尽管这种力量被刘世吾在解放后那在生活巨流中无所作为的空虚心情掩盖着，压抑着，但有这种力量和情绪的人毕竟是与莫名其妙的幻想，与绝望、颓废情绪格格不入的，作者却在这个人物身上放进了过多的奇妙的幻想（像那些想去做水手，穿上白衣服研究红细胞，做一个花匠专门培植十样锦之类的想法），并且在他和林震喝酒的时候，让他像一个多余人一样，包在那么颓唐而不能自拔的气氛里。这些东西，无论如何不是刘世吾性格逻辑发展上应有的情绪，因此，刘世吾就显得有些浮浅了。

很明显，作者只是凭着自己的热情和敏感，写出了这些艺术形象。于是，这些形象就不能像那些光辉的典型一样，以他们那强大而有力的灵魂，吸引读者、鼓舞读者。对于一个作者来说，还有什么比这更不幸呢？

这的确是值得人们深思的问题。

自然，我们并不因此就全部否定了这部作品，我们应该适当地评价它。应该看到，如果说作品不成熟，不深刻，那并不就是作者企图歪曲现实，企图污蔑现实，而是因为作者年轻的灵魂还怀着过多的愤怒和愤慨，还不能以理性的光芒探照这些愤怒和愤慨，因此，也就不能细致地探索生活的深处以及它的发展。这也就更说明了，深刻的、有高度水平的思想对于一个艺术家来说，有着怎样重要的意义。

确实，这个问题人们已经说过很多很多次了，真够得上是个老调了。但不幸的是，直到现在，还有人在这一点上碰了壁，跌了跤。我们不能不看到，这种缺陷不仅在《组织部新来的青年人》中存在着，在另外一些作品中，也或多或少出现过这样的东西。就拿一篇写得相当细腻的小说《在深夜里》[①]来看吧！丰村同志是一个有多年写作经验的作者，小说细致入微的心理刻画是非常吸引人的。确实，在生活中谁没有碰到过这样令人痛苦的事：一个姑娘诚挚而热烈地爱着一个小伙子，但是由于某种原因没有及时地和爱人会面，结果，引起了小伙子的怨恨，待到见面后，才发现这个小伙子是一个唯我独尊、事事专为自己着想的人。

这种题材是新颖的，那个女孩子的痛苦的愤慨，也写得非常逼真。但奇怪的是，作者不知怎样，最后却随便地宽恕了这个小伙子，并且让这个可爱的姑娘在车站上临走的时候，不是被又痛心、又摆脱不掉过去那些回忆的情绪苦恼着，而是大想这个"多么气人的小家伙"。更突然的是，小伙子来了，于是亲切的情话说起来了，一切皆大欢喜。这两种不同的对爱情的想法怎么能调和呢？显然，作者没有理解到，那种唯我独尊的恋爱观，不仅在爱情问题上是恶劣的，在我们这个时代的生活中也是很不好的品质。而那个被作者描写为非常值得人爱戴的姑娘，也竟然没有一丝一毫痛苦，就和这种与自己思想毫不协调的东西突然地调和起来了。这会给读

---

① 丰村：《在深夜里》，载《文艺月报》1956年第12期。

047

者一些什么东西呢？这好像是说，一个人尽管他身上有着和这个时代不相容的东西，仍然可以争取到一个非常美丽的女孩子的爱。从这里，你怎么能够嗅到时代的气息呢？作者恰恰就在这个"节骨眼儿"上滑脱了，没有正确估价他所写的东西。

自然，我们不能凭一两部作品就说这个缺陷是一种倾向。但在这两篇写得较为优秀的作品里，竟然看到了这种缺陷，那就不能不引起我们的注意。

如果说这是老调，那么根据这些情形再弹一次，我想，对整个文学艺术的创作，恐怕是不无好处的吧！

原载《延河》1957年第2期

读《红日》

如果说，人的力量往往表现在最艰苦的关头上，那么，中国人民在为争取民主、自由的最后一战——解放战争中，就以磅礴的气势，向全世界展示了自己坚不可摧的雄伟姿态。

一个立志为人民幸福和民族解放而斗争的作家，在这样的场景前，怎能不怀着激动和崇敬，用自己的心去感受人民的热情；用自己的笔，把这部伟大的史诗记录下来。以此告诉同时代人，我们的民族有过这样的英雄人物；告诉后代子孙，他们有过这样光荣的前辈。吴强同志的《红日》就是通过人民解放军一个军的活动，描写了华东战场上的两次伟大的战役——莱芜战役、孟良崮战役。第一个战役，粉碎了蒋介石南北会师侵占山东的作战计划；第二个战役，人民解放军开始取得战争的主动权，标志着华东战场敌我力量的对比开始转变。[1]作者选择了这样的战役，探索人民军队在战争中取得胜利的力量源泉，显然是很有意义的。

值得重视的是，作者并没有把精力花费在战争场面的模拟上，而是用高度的政治激情和敏锐的生活洞察力，考察了英雄军队之所以能够战胜比自己强大的敌人，是一种什么内在的力量支持着他们。

这种力量是什么呢？就是我军指战员在艰苦斗争中逐渐形成的强烈的阶级爱憎感、责任心和以整体观念为基础的革命英雄精神。作者通过不

---

[1] 参阅何干之主编：《中国现代革命史讲义》，高等教育出版社，1954年。

同的人物，探索了这种精神在具体人物身上成长的过程。书中的人物形象形形色色，从军长沈振新到普通战士秦守本、王茂生，这些人各有特色，但他们那不断成长起来的英雄精神，却像一根红线一样贯穿着整部小说，形成了一个闪闪发光的集体。显然，在狂妄而又强大的敌人面前，我们是第一次集中兵力打运动战，这种作战方针的改变，在我军面前必然带来更为巨大的困难，如何战胜这些困难，不但是战争胜负的关键，也是每个人成长过程中的紧要环节，只有在这种困难面前，才能显示出一个人究竟要有多大的魄力，究竟要有多大的向上发展的力量，才能成为一个名副其实的人民英雄。作者在小说一开头，就描写了涟水战役后沈振新军失败的情形，单刀直入地接触到了指战员们成长发展的核心。而在以后，就六至九章看，不管是在刘胜的心里，炽热的战斗热情如何需要提高为集体主义的英雄精神，以至于不能不感到非常痛苦，还是沈振新在极困苦的环境下需要提前结束战斗的时间，又看到大量的牺牲，迫使他不得不考虑改变作战计划，以至于十分懊恼，可以说，都是这种成长中的矛盾在人物内心的反映。很明显，作者沿着这条基本线索注视着每个具体的人，去探索英雄们如何在艰苦斗争中遇到困难，引起矛盾，然后在精神上成长发展，这样，作者披露在读者面前的，就不仅仅是打了几次胜仗，而是一个英雄怎样培养了自己的意志，锻炼了自己的性格。因此，作品的思想意义，才没有局限在战斗上，而是通过对英雄人物精神风貌的探求，告诉我们：怎样学习这些英雄，跟随着他们前进，一步步向英雄的世界迈进。

英雄精神是通过艰苦锻炼过程逐渐形成的，同时，英雄精神也渗透在人们对待生活（包括私生活）的态度中。只有统观整个发展过程，从各方面去表现一个人的生活态度，才能描绘出有血有肉的、完整的、真正的英雄人物。这就要求一个作家，不仅要看见战争中每个人物的表面行动，而且要用敏锐的感受，倾听人们内心跳动的旋律，搜求灵魂的奥秘。

小说中出现了两个领导人，军长沈振新和副军长梁波，都相当生动。沈振新尤其如此。

沈振新的性格内涵是浑厚有力的。他想不通一件事，就会紧皱眉头，焦灼不安，脾气也显得暴躁起来。哪怕是一件极小的事，不办妥当连觉都不能睡，一定要办得服服帖帖，心里才会安宁。但他又有一颗爱抚人们的诚挚而善良的心，他看到战士们在战斗中的牺牲会感到痛惜地说："我们的兵，不能一个拼敌人一个，就是一个拼他十个二十个也不上算！肉搏拼死是勇敢的，有时候，也是必要的。但是，不能这样拼下去！"他听到人们在黑暗的旧社会中的悲惨生活，就会"现出恼怒和痛惜的神情"。显然，他是把整个生命和革命斗争和受苦的人民紧紧连接在一起了。这种感情，使得他和解放人民的革命战争的形势息息相关，形势的发展，经常在他内心深处掀起层层波涛。正因为作者着力写一个军领导人复杂的性格特征，写他内心感情的波动，才避免了一些平庸之作把领导人的性格简单化的弊病，使人们看到一个解放军高级指挥员的血肉之躯，而不仅仅是一个集指挥员优秀特征于一身的苍白的图式。

更可贵的是，作者没有掩盖沈振新内心的苦恼和忧愤，突出表现了沈振新能根据形势发展不断剖析自己的勇气。当蒋介石七十四军猖狂进攻，涟水城失陷后，仓促的失败，在这个坚强的军长身上变成沉重的负担。"他的心灵，被尖细而锐利的鼠牙咬啮着。"部队受了损伤，敌人是这样"逞威称霸"，他"不大理解，出乎内心，他是不甘服的"。但尽管他焦灼不安，他咽不下这口气，这时还不能迅速发现失败的主因。这样，摆在沈振新面前的，或者是带着因这次失败而引起的愤怒，就去战斗；或者是检查失败的原因，更清醒地适应形势的发展——这就会成长起来，变成一个不只是有魄力，有胆量，而且是具有知己知彼的高度指挥才能的将领。作者写了沈振新的痛苦和不安，但也探索了他那提高认识的过程。沈振新找战士谈话，亲自审问俘虏，这一连串的了解和分析，使他逐渐找到了失败的关键，正像他恳挚地对刘胜说的"涟水战役的失败，原因很多，我们许多干部骄傲自满，是许多原因当中最主要的一个，这里面，我有份，你也有份。……我们骄傲、轻敌，看不到自己的弱点，浪费了他们（战士们）的血！"这是如何宝贵的勇气——勇于承认错误、改正错误的勇气。正是这种从阶级责任感出发，找到自己身上和整个战争发展不合拍的东西，丢掉它的精神，才能保证一个人不断地提高。作者没有仅在浮面儿上描写人们的痛苦和不安，而是把观察的目光深入指挥员在成长中所经历的内心风暴，这就让我们透视到高级指挥员成长的过程。沈振新这个形象的深厚意义，也正在这里。

在沈振新和黎青的关系中，更从另一方面使人看到这个人物的丰富的内心世界。在他们的关系里，似乎缺乏缠绵的情愫，缺乏柔情蜜意。在这种关系里，沈振新仍是那么朴实无华，没有丝毫雕饰之处。当他们因为工作关系快要分别时，他告诉黎青："到山东去，是撤退，不要看成是我们的失败。以后，你可能还会听到不愉快的消息。"而且他还说："有工夫就写一封两封信来，没工夫，寄带不方便，就算了。把过多的精力，用到两个人的感情上，是不必要的，特别是战争的时候。"也许你觉得这些话听起来不像莺声燕语那么柔和婉转，但这里流露出的情绪，却是一种最珍惜爱情、最懂得爱情价值的感情。爱情，在这个对革命事业、对人民有深厚情谊的人的身上，是和雄浑的魄力、坚强的意志紧紧糅合在一起的。

有些评论者往往不看具体情况，笼统地认为，在艰难困苦的环境下谈爱情是不可能的，不允许的。[①]这实际只是执着一端的片面性的说法，有些描写人们在艰苦斗争中爱情生活的作品，可能写得十分矫揉造作，像水和油一样掺和不到一起，但那是没有写好，而不能归罪于写爱情生活这件事的本身。

作者不仅描写了像沈振新、梁波这样的领导者，也以同样的艺术才能，在中级领导者的身上探索了通过矛盾斗争逐渐形成的英雄精神。

刘胜是给了人较深印象的。他初出现在读者面前，带着非常懊恼的情绪——一个大的战役，自己怀着满腔积极参加战斗的热情，却被留作

---

① 参看马寒冰：《不能乱点鸳鸯谱》，载《中国电影》1957年第2期。

预备队，"我们怎么眼看着别人吃鱼吃肉，连汤都没喝到一口呀！"乍看这是一种急躁情绪，但这里又蕴藏着多少对这一场伟大战斗的责任感，多少跃跃欲试的旺盛精力。但这种责任感和精力，还没有和更高的更全面的对整个战争形势的认识相互渗透。他不了解，打消耗战，自己承担敌人的压力，让兄弟部队顺利进攻，是多么伟大的责任，因此一遇到打不上仗，缴获不了敌人装备的情况，就埋怨起来："打消耗战有我们的！赔本有我们的！赚钱的生意挨不到我们做！"这里仍可以看见他那迫切要求战斗的责任感，试想想，一个英雄团的团长，爱护团的荣誉像爱护自己的生命一样，眼看着别的部队大量歼灭敌人，难道能冷静地待下来？难道没有一股冲锋的热情在内心里激荡？但只有在这紧张的关头看到全局，看到整个部队的利益，这才是无产阶级部队真正需要的责任感。于是，刘胜的比较短浅的认识，就不能不在现实发展面前重重地碰了一下壁。因而，他也就不能不感到痛苦，情绪也随着低落下去。只有一心想做好事而又带着认识局限，不能适合时势需要时矛盾才更尖锐，更令人痛心。刘胜恰好处在这种情况底下。因此，梁波那带着诚挚的爱抚的话，才更刺痛了刘胜的心。梁波告诉刘胜："计巧在后，吃亏在前，才是讲情义的人哩！一见便宜就张嘴伸手，一见要吃亏，就赶快像乌龟一样，头缩到肚子里去。那算是什么英雄好汉！"这使刘胜感觉不安了，一种认识到自己缺点后羞愧的不安。他不得不考虑如何提高认识，能时常看到集体的利益，这样，他就会更加成熟一些，更少一些冲动和狂热。等到他领下另一次战斗任务时，他也就比较善于以冷静的情绪处理战斗任务了，甚至及时改变进攻方针。他那责任感、那精力就有了更坚实的基础。在这里，探讨是否只有写出英雄的缺点，才能激动人心，是机械而烦琐的。作为一个人物的统一性格，并不只是单纯地表现在一方面，不管是优点还是缺点，往往总是从统一的源泉里流了出来。刘胜的过于旺盛的精力，迫不及待要求战斗的责任感是值得称赞的。但也正因为这种因素，在他身上还不能和彻底的共产党人的集体主义的感情融在一起，因而保持荣誉、坚决要投入战斗的热情，变得好像是光顾自己的狭隘念头，而这种在责任感支持下的狭隘认识，又恰恰妨碍了他对全局的认识。这里的确包含着可爱而又使人痛惜的东西。吴强同志没有浮浅地对待人物，而是在一个有统一性格的人物身上，描写他的各个方面，给以艺术的加工，才使人觉得既没有削弱生活的复杂性，又合乎特定个性的完整性。

石东根的出现，是作品感人很深的地方。一个老战士，没有多少文化水平，但内心里却激荡着为革命事业奋不顾身的勇气和按捺不住的对敌人深深仇恨的感情，我们且看他在一次战斗中的表现吧：

> 他的鞋带散了，他索性摔掉它，光赤着两只脚，穿到了队伍的最前头，在跳过一堆烟火腾腾的砖头木棒的时候，他跌了一跤，栽倒在火堆的旁边。他随即爬起身来，踩踏着火舌，钻进了敌人的碉堡，他的汤姆枪在碉堡里横七竖八地扫射着。
>
> "不缴枪，就宰了他。"

这巨大的身形，跳跃的情绪，你简直难以分辨这究竟是一个铁打的汉子，还是一个有血有肉的人。对敌人的仇恨，对神圣战争的热爱，在这个粗犷的人的身上，已经形成了一股不知困难是何物的英雄精神。但石东根毕竟是缺乏抑制感情的能力的，就由于他是坦率的，他竟然迷惑于敌人的诈降，使部队吃了亏。而且吐丝口战役胜利以后，他兴奋了，得意忘形地穿戴上敌人的军服，骑上高头大马，到山道上驰骋。这里有着可贵的自信心，有被胜利点燃起来的高昂情绪，正因为他经受了无数艰险，从困难里站起来了，他的高昂的热情就不是浮夸的，而是从心底里流露出的磊落和有魄力的英雄感情。但这里也非常明显地表现出一种危险的情绪，一种浅薄的骄傲感，一种简单的报复心理，这种心理，将会使一个战士失掉宝贵的品质——对当前事物采取冷静分析的眼光，迎接更艰巨的风暴。这样，作者通过这个形象所提出的思想，对很多人都是有意义的了。

我们写战斗的作品，是接触过这种人的，但很多作品，限于罗列某些表面特征，把这种人表现得一味地粗暴、简单。但是，应该看到在这种人的简单和粗暴中，也时常纠缠着许多使人喜爱的因素。也正因为这样，锻炼，或者说"吃排骨"，就是非常重要的一副清凉剂。可以看出，作者对这个人是爱的，就因为爱得深，才对他那些不好的渣滓感到不可姑息。因而，这个形象既带着极浓的生活气息，也有着极大的思想内涵。

在作品开头的几章中，作者对姚月琴的描写也是很感动人的。

姚月琴这个不过二十一岁的女孩子，摆在她面前的世界是纯净而明朗的，也许她会碰到困难，但这种困难不但没能吓倒她，反而在她身上逐渐形成一种有力的情绪，那就是向往斗争，在这个斗争中表现得像男子一样坚强、勇敢和镇定，这些情绪在她身上还是通过相当稚气的形式表现出来的。譬如："她虽然没有考虑过战争中的什么问题，但是她热望能和战争在一起，时刻呼吸战争的空气，她觉得这就是足够光荣的了。"而"今天她走过会场的时候，她的幸福感和骄傲感，特别显得深切。除她之外，满屋子军官，没有一个女性"。当战斗结束后，她从战场上拾得了一个小手枪，她是那样喜爱这个第一次拿到的武器，甚至为了保护手枪，剪掉一块红被子。这是多么单纯的愿望，多么稚气的欢乐。但就在这里，你已经能够窥见，革命斗争的风暴在她的心底里已经激起了波涛，她是多么想成为一个真正的战士啊！她又是多么珍惜自己作为一个唯一的女战士的荣誉。而当她听到自己要被派到后方去的消息后，心里感到悲哀，感到痛苦，你更可以看到这个女孩子那坚强的身影。对革命战争的献身不仅使她感到幸福，而且变成她生命中的一部分，失掉了这个，就像失掉了生命一样，会使她感到委屈、悲哀。对于一个年轻人来说，还有比这更可贵的品质么？当姚月琴和华静谈话后，知道了这位老大姐艰苦斗争的精神，又听到梁波说："青年人，眼睛要看得远些，社会主义的世界，要靠你们，我们破坏了旧的，你们建设新的。"她的眼界开阔了，"那两只黑溜溜的眼睛高高扬起，仿佛是在眺望着美丽的远景，出神地望着月儿初上的银色的天际"。从这段描写里，我们似乎可以看到姑娘的心灵，她的灵魂里，一个新世界的图景已经逐渐明朗起来了！战争，伟大的正义的斗争，就这样锻炼着一个人，甚至连这样稚气还没有完全脱掉的女孩子，都在自己身上萌发了英雄主义的幼芽。

作者正是凭借着他的战斗激情，怀着深沉的爱抚，探索了各式各样甚至极普通的人的精神世界，观察了英雄精神在这些人身上成长的复杂历程。这样，一个迸发着光芒的集体就以巍然的姿态屹立在读者面前。我想，每一个读者看到这些，都会不自主地发出对英雄集体的崇敬和仰慕，并且产生一种热烈的效仿的激情。这正应该看作是作品的深厚的现实意义。

在《红日》中，作者不仅在人物身上倾注了自己的感情，就是在他对某些战斗过程的描写中，我们也能感触到作者情绪上的波动，听到作者的心声。往往看起来只是一些简单的动作，但由于作者的情绪和战士们的感情融合在一起，这些动作的叙述，就带着浓厚的情绪色彩，简直就是短小的抒情诗。第六章的开头，作者对战争就要开始时人们的心情做了这样的描写：

太阳落下山了，云雾消失了。

满空的星星，眨动着闪闪灼灼的眼睛，好像全体战士们的眼睛一样，焦急地仁望着山头上的军指挥官：

政治部主任看着表。

军长沈振新看着表

…………

这时候，最大的权威者是表的指针。越是人们对它的迟缓的步伐感到焦急，它越是不肯改变那种不慌不忙的姿态和速度。

这里，不仅使你看到战争来临前的紧张情况，也让你听到了人们心弦嗡嗡作响的声音。

《红日》确实是军事题材小说创作中的佳构。现在由于种种原因，只能就其一部分来做些分析和论述，使人不无遗憾，尤其小说的缺点，还不能言之过早。虽然就前边的几章来看，像何莽、李仙洲这样的敌人指挥官，写得还不十分深刻，有些地方有表面化的痕迹。但这比起前几章所显示出的作者的艺术功力，应该说是不足道的。也因此，我迫不及待地写出这篇短文，权当一个介绍，希望引起读者的注意。

原载《延河》1957年第6期

附记：50年代时，《红日》竟然没有发表的机会。《延河》的负责同志到北京组稿，发现了这部小说，拿了回来。我当时负责处理一部分小说长稿，读过这部小说后认为是一部优秀作品，征得领导的同意，决定发表。但限于刊物的篇幅，只发了六至九章，我的评论，也就只能以这四章立论。但我当时是读过全部书稿的，有些地方不免涉及其他部分，这些部分，后来在出书时，作者都有过修改，与当初不尽相同。为存历史本来面目，这次我没有做太大的改动。谨此加以说明。

1982年12月30日

有益的探索

——1979年出版的几部长篇小说读后

最近，我有机会集中时间读了1979年出版的一些长篇小说，看到驰骋文坛的老将重操笔墨，头角崭露的新兵披挂上阵；不少作品敢于直面人生，提出重大的社会问题，勇于探索人物的内心世界，塑造了栩栩如生的艺术形象，在思想上和艺术上都有新的探索、新的开掘。尽管伴随着探索和开掘，也有不成熟的或失败的地方，但比起过去那些图解路线、宣讲政策、记录过程、生活气息淡薄、艺术性很差的作品，确实显示了蓬勃的生意和青春的活力，而且能启迪后来者循此轨迹继续前进，创作出无愧于我们这个时代的鸿篇巨制。

就我所读到的一些比较优秀的长篇小说而言，觉得至少在以下几个方面作了有益的探索，取得了可喜的收获。

冲破了"题材决定论"的禁区，通过不同的生活角度，触及了时代发展的脉搏。就几部当前读者中比较流行的长篇小说看，无论是反映爱国科学家悲欢离合的《第二次握手》，描写上山下乡知识青年在农村生活遭际的《生活的路》，刻画30年代川江航线上错综复杂的斗争生活特别是资本家之间逐鹿较量的《漩流》，还是歌颂"红灯照"女英雄的《神灯》，在题材上都有新的开拓，把笔触深入生活的各个领域。刚刚过去的"文化大革命"，在有些作品中也被描绘了出来。像莫应丰同志的《将军吟》①，尽管现在和读者见面的还只是头十五章，但其狂热夹杂着革命、盲动伴随着沉思的生活画面，以本身固有的色调和气氛，展现在读者面前。

  当然，作品反映的题材有了突破，并不能保证作品的思想和艺术价值。人们之所以在短篇、中篇之外还要看长篇，就是要从中看到各种人物的命运，了解到时代发展前途的生活激流，认识到当代的重大社会问题。多年以来，由于机械片面地理解政治第一、艺术第二，不少长篇小说致力于描写路线之争，破坏与反破坏之争，方案之争，上下马之争，反映的生活面越来越窄。可喜的是，近年来出版和发表的这些较好的长篇，作者扩大了生活视野，着眼于时代风云的纵横捭阖，取得了一定成绩。冯骥才同志的《神灯》②虽然只发表了第一卷，但对清朝末年群众自发反抗帝国主义侵略的如火如荼的斗争，描写得有声有色，小说展开的生活画面相当宏大，有帝国主义侵略者的飞扬跋扈，有流氓混混们的助纣为虐，有激于义愤的单身奋战，有龙腾虎跃的群众斗争，这一切绘影绘形的描写，使人们置身于那个刀光剑影的年代，感受到中华民族在封建主义、帝国主义双重压迫下觉醒起来迸发出的威武不屈的抗争精神。鄢国培同志的《漩流》，以绚烂的笔调，描绘了20世纪30年代川江航道上的斗争生活，那里有费尽心机企图压倒对方的资本家之间的角逐，那里有地方军阀和蒋介石集团貌合神离的倾轧，那里有日本帝国主义无孔不入的渗透，那里有共产党人坚贞不贰的抗争。大开大合的阶级斗争和撕心裂肺的灵魂搏斗纠结在一起，公开场合的群众奋起和潜在暗流的家庭纠葛互为影响，如此种种，又牵连在一条主要线索上，是汇成抗日的巨流去争取民族尊严，还是拜倒在日本帝国主义、蒋介石集团的脚下做一个民族的罪人，这样便使我们比较清楚地看到那个时代的重要矛盾。李准同志的《黄河东流去》（上），以20世纪30年代末期蒋介石反动派扒开黄河大堤，河水泛滥成灾的紧急关头为背

---

① 莫应丰：《将军吟》，载《当代》1979年第3期。
② 冯骥才：《神灯》，载《新苑》1979年第2期。

景，用明白畅达的语言、循序渐进的情节，描绘了一个普通乡村中人们的悲欢离合和生死搏斗，展现在我们面前的是生活的各个角落都在动荡、都在颤抖、都在奋争的画面，地连千里，界跨两省，都留下人们在苦难生涯中挣扎求生的足迹，使人们看到中国农民在历史转折关头的骨气和觉醒，使人觉得不够满足的是，这些作品反映的都是历史的斗争。在描写当代生活的作品中，反映了广阔生活领域的还不多见。有一些作品，像张扬同志的《第二次握手》，虽然也勾勒了20世纪三四十年代的斗争风云，涉及中美两国远隔重洋的生活风貌，但还是着重描绘丁洁琼、叶玉菡、苏冠兰等人生死不渝、纯洁高尚的对亲人、对祖国的眷恋之情，视野还不是那么广阔，内涵也就不那么丰满了。竹林同志的《生活的路》，在忠实地反映20世纪70年代农村生活，细致地刻画女主人公复杂的情感世界方面，有它的独到之处，但作品的构思似乎只打算写出一个善良而柔弱的女青年在恶势力迫害下走向死亡的道路，还没有深刻地广泛地触及70年代"四人帮"肆虐时农村惨痛的生活，至多不过是描出了一个轮廓。《将军吟》在反映"文化大革命"初期那使人惶惑、令人心悸的岁月时，比较能着眼于生活的纵横联系，尽管写的是一个部队，却放开笔墨写了部队与社会、部队上下级、部队领导同志之间有分有合、互相影响又互相矛盾的复杂关系，并由此深入几个战友之间的分裂、家庭之间的纠葛、恋人之间的波折，较为逼肖地展现了"文化大革命"在各个生活角落掀起的波涛以及各种人物独特的命运。不足的是，作者的平面叙述稍显多了一些，还不能把各方面的生活有机地结构在一起。但小说只发表了一部分，还难窥全豹，就目前的开端来看，作品的气魄还是宏大的，内容还是丰富的，奠定了良好的基础。

严格的现实主义态度，正视严峻的社会矛盾，真实地描绘广大群众的命运和思绪，不去涂脂抹粉，这是长篇小说新的探索、新的突破的又一个突出表现。

生活是一个整体，有阳光灿烂的春天，也有冰天雪地的冬天；有胜利，也有失败；当然，有圣洁，也有血污。大自然以包罗万象才显出浑涵汪茫，人类社会也以兼容并蓄才显出瑰丽多彩。一个作家不是以生花之笔去描绘生活中的复杂斗争，作品就不会有真实感和生命力。对于长篇小说，尤其如此。但从20世纪50年代以来，由于宁"左"勿右等形而上学、教条主义的影响，我们有一部分文学作品走上了阉割生活的歧途。不少作品，不仅不去揭示生活中复杂、尖锐的矛盾，反而拼命掩盖矛盾，造成了文学的悲剧。

粉碎"四人帮"以后，一些较好的长篇小说，抛弃了僵死的教条，冲破了人为的框子，真诚地、大胆地、深入地看取人生，既满腔热情地歌颂生活中出现的胜利，也敢于鞭挞社会生活中那些妨碍人们前进的阴暗面，这是文学创作中一个可喜的现象。这方面，《生活的路》表现得比较突出。作者摒弃了那种满足于抒写表面上轰轰烈烈、实为虚伪假象的流行做法，真实地再现了由于生产力落后、农村政策多变、受极左思想影响搞阶级斗争扩大化等等所带来的普通农民的悲痛遭遇，楼娃一家因穷困、天灾接踵而来的家破人亡，使人不能不感到灵魂的颤抖。而这个山村，解放后三十年耗费精力搞违背经济规律的无效劳动，到了70年代，依然靠着古老的耕作方法，听天由命，唯一的变化是有了一台手扶拖拉机。这里有多少发人猛醒、引人深思的东西啊！这些令人痛心的场景，使人愤懑的遭遇，使我们感到农村面貌急待改变、农民生活急待改善的迫切性，也从根本上控诉了那置人民疾苦于不顾，制造繁荣假象的极左路线的谬误，这才是真正忠实于生活、具有一定思想深度的艺术创造。不是对农村生活有切实感受，不是对普通农民怀着真挚的爱，是写不出这样有血有肉的文字的。作者对女主人公谭娟娟的悲剧的处理，也是十分真实的。这是一个善良、美丽的女青年，她关心农民的生活，同情农民的遭遇，当她从县上领到救济款时，她和农民群众一样感到欣喜，迫不及待地连夜结算，以便迅速发到农民手中。但她也是一个柔弱、单纯的女青年，她把一切希望寄托在升大学上，看不到整个政治形势的变化；她追求的东西不能说不正确，但总是游离于广大群众的生活之外。因此，她的精神世界留着相当大的空白。这样的女青年，在追求个人出路时，没有切实地想到身边的人民群众，因而当幻想破灭时，特别是恶势力一下子压下来时，便不可避免地走向破灭，走向死亡。这是一场悲剧，是我们社会中残存的封建思想、特权思想等恶势力迫害下的悲剧，然而也是女主人公精神崩溃的悲剧。她最后不是走投无路地寻死，而是精神恍惚地赴水。既有社会因素，又有本身的弱点，这就使得她的悲剧结局显得更合情理。人们在同情之余，会联想更深刻的原因，思想意义就比较深远了。这样的创作，是那些歌舞升平的颂扬文学不能望其项背的，也是那些追求离奇情节、描绘感官刺激的作品所无法比拟的。奥妙就在于生活真实，朴素的不加任何雕饰的生活真实，这是一个作家突进生活、贴近人民的结果，也表现了一个作家的真正才华和眼力。冯德英同志的《山菊花》，写的是革命历史题材，作者倾其全力塑造了不少可歌可泣的革命者，但他们是带着各自不同的经历走到革命队伍里来的，在经受严峻的考验时，他们都有过自己的失误和弱点，产生过痛苦和悲愁，而且敌人的压迫也并非可以那么轻而易举地击破，他们也曾有过血的教训和惨痛的失败，但他们在党的教育下终于成长起来了。我们看到，由于轻举妄动身陷重围，区队长于震海痛定思痛，是那样伤心，那样苦恼；农村妇女桃子，不理解丈夫的革命活动，埋怨过他，指责过他，而一旦明白丈夫从事的是一桩神圣的事业，内心深处是那样愧悔。从这些真实的、毫不掩饰的描绘中，我们怎能不感到革命在一个普通人身上产生的那种巨大力量？又怎能不从这些形象中汲取到使自己的精神境界也随之提高的动力？这才是真正的现实主义的力量。同样，《将军吟》中，也真实地再现了那个充满着狂热和混乱的年代，将那个年代人的生活状态和人们的心态展示得淋漓尽致。其他，像《第二次握手》、《神灯》、《黄河东流去》（上）等，之所以受到读者的欢迎、文艺界的重视，其中一个重要原因，就在于这个严格的现实主义态度。而这一方面的欠缺也正是我们有些作品显得苍白和平庸的致命伤。

重视了人物的多样性和复杂性，这也是近来长篇小说创作上的一种新的追求和探索。

艺术的描写对象是构成社会生活的人和人的命运，通过人物的活动和命运，透视出时代的风云，社会的变化。由于生活本身是广阔复杂的、无所不有的，人物也必然是各种各样的，所谓"人之不同如同其面"就是这个道理。如何塑造各式各样个性鲜明的人物形象，是现实主义文学的一个重要课题。使我们高兴的是，近年来在长篇小说领域里，出现了不少感人的性格鲜明的人物形象。《神灯》既写了疾恶如仇、侠风义骨的郑玉侠，也写了淳朴善良、情深似海的卢大珍；既有卑微琐屑、残暴酷烈的混混头子巴虎，也有内心肮脏、色厉内荏的纨绔子弟侯绍棠。《黄河东流去》（上）既写了性格开朗、助人为乐的农村妇女李麦，也写了心性耿直、热爱土地的海长松；既写了乐观豁达、举止潇洒的吹鼓手蓝五，也写了不甘沉沦、胆方智圆的算卦老人徐秋斋。《第二次握手》写了几个爱国科学家：有丁洁琼那样怀着始终不渝的爱情、勇于攀登科学高峰的具有坚强性格的女性，也有叶玉菡那样善良温柔却又不趋炎附势的正直形象……正是刻画了姿态万千的艺术群像，才能从各个角度反映时代的变化，取得较强的艺术魅力和思想深度。当然，还有《生活的路》中谭娟娟那样美丽、聪明、柔弱而富于幻想的女知识青年，崔海瀛那样一本正经却又利欲熏心、卑鄙龌龊的农村干部；《将军吟》中临危不惧、刚正无私的彭司令员，举止优雅、心怀叵测的江部长；《漩流》中朱佳富那样心怀大志却又极端自私的资本家和高伦那样行为方正、为人正直却过于躁急的国民党左派人士，都给人留下难忘的印象。这是作家们熟悉生活、探索生活的成绩，也是作家们解放思想、冲破禁区的结果。生活的海洋，涵蕴深厚，作家们还大有可以驰骋的天地。

人物的多样性，关系到反映生活的广度，而忠实地反映生活，还要解决一个深度问题。这就要看作家是否能把握人物的复杂性。马克思说，人是社会关系的总和，人的性格的形成是他的气质、情绪、教养、世界观和生活环境综合作用的结果。因此，生活中不存在从政治定义出发的单一表现为绝对好或绝对坏的性格。多年来，我们在一些庸俗社会学、教条主义的框子束缚下，把典型性格视为阶级共性的概念的体现，个性消融在原则之中，作品中的人物要么是萃众美于一身的英雄，要么是冶群丑于一炉的坏蛋。人物性格没有了复杂性，也就失去了丰富性，无从折射出时代的复杂面貌。同时，也只有写出复杂性，才能从各方面展现人物性格的发展。一部长篇小说应该是各种人物不同性格的成长史。近年来的长篇小说，在这一方面，进行了有益的探索，出现了不少复杂而丰满的人物形象。《第二次握手》中叶玉菡这个形象，是很值得注意的。当她屈从于苏冠兰的父亲苏凤麒的专横，明知苏冠兰与丁洁琼有感情，还准备把自己的命运同他联结在一起时，确实显得过分地顺从软弱；但她在帝国主义走狗查路德严密封锁之际，想方设法把丁洁琼的信转给苏冠兰，却显得是那样无私；而当她看到地下党员鲁宁被追捕时，毅然决然挺身而出帮他逃脱重围，显得又是那样刚强。特别是当丁洁琼历尽艰难回到祖国，踏上苏冠兰的家门，知道苏冠兰已经有一个温暖幸福的家庭，悄然离去时，苏冠兰为了内心的平静和家庭的安谧，没有再见丁洁琼的勇气，叶玉菡却是那样深沉地责备苏冠兰："你，你竟然不露面，不见她……你不知道，她心里该有多难过呀！"这是一个多么纯洁的灵魂发出的肺腑之言啊！作者不是简单地写一个贤惠而温柔的女性，而是剖析了这个特定人物的全部复杂性格。她善良、驯顺但又无私、纯洁；她柔弱、平和但又坚毅、无畏。这一切又都统一在她富于正义感和同情心的性格核心中，使人们看到了一个富于内在美的女性形象。她的驯顺是在苏凤麒那种封建家长式的重压下形成的，和她的教养分不开；她的无私、刚毅是抗日战争的时代风云熏陶的。因此，她身上既有深深的家庭生活烙印，又有社会环境的强烈影响，这才是一个活生生的人，而不是几个概念组成的傀儡。曲波同志的《桥隆飙》，对一个草莽英雄式的人物，写出了他那既疾恶如仇又江湖气十足的复杂性格，这一切都统一在他的反抗性上。小说中桥隆飙入党时的那一段描写——他竟然要他率领的全体人员按指印集体入党，看似幼稚可笑，却充分表现了这个钢铁硬汉对共产党的热爱，很有生气。还有像《漩流》中的朱佳富，作为一个民族资本家，他有追求享受、自私自利的一面，但也有矜持自负、精明强干的一面。就拿他对家中收养的孤女春燕的态度来看，他虽然欣赏她的美丽、聪明，但从不存任何邪念；他虽然鄙视她的出身微贱，但又要造就她有高深的学问。这一切勾画出一个精明强干、有事业心，但又尽力追求名誉、地位、财富的资本家的形象，使人们既看到他的抱负，又察觉到他所代表的那个阶级，比起那些一写资本家就尽力丑化他们，把一切秽行劣迹都堆砌在他们身上的简单化的形象来，朱佳富无疑是更为引人深思的。还有一些较为成功的反面形象也都具有这个特点。《生活的路》中的支部书记崔海瀛，表面上是一个有魄力、有能耐的人物，但权力欲冲昏了他的头脑，他不摧毁别人、不损害一切弱小者就不能生活，因而就显得灵魂更为腐朽，不是一个一眼就可以看穿的坏蛋，使人读后可以提高识别骗子的能力。《将军吟》中的江部长，有才华，有智慧，风度翩翩，温文尔雅，但内心却是那样狠毒、那样阴险。"文化大革命"中，许多丑类就是这样给人以假象，浮了起来，成为左右局势、翻云覆雨的能手，颇有认识价值。正因为作家们不是简单化地写人物，才能使我们通过复杂的人物性格看到生活的影响、时代的感召怎样形成人们的性格，又怎样决定了人们的命运。从而使读者提高了认识，得到了教益。

在写人物性格的复杂性时，更值得注意的，是对人物感情世界的挖掘。"人禀七情，应物斯感""情之所至，金石为开"，我国古代文论家是很重视这个"情"字的。长篇小说要感人，不能单靠曲折的情节，更不能靠长篇大论的说教，主要还应当对人们复杂的情感世界进行探索。人类对理想的追求，对事业的坚持，对周围事物的联系，对他人的亲近和排斥，总是通过感情的纽带联系起来的。思想、世界观也总是渗透感情，才变成血肉的东西。《第二次握手》在"四人帮"时期以手抄本形式广泛流传，粉碎"四人帮"后得以出版，印数之多，打破了以往小说印数的纪录,而且在国外引起了一定反响。一个重要原因,在于作者细致入微地描绘了几个主要人物的感情世界,探索了人们感情上微妙的变化和发展。丁洁琼的形象之所以那样感人,就在于她的感情是那样执着,那样丰富。她对苏冠兰的爱是纯洁的、热烈的。作者越写出苏冠兰朴实敦厚的心肠,对事业的热爱,刚毅和胆识,就越衬托出她对美好事物的追求,对前途的企望,对正义的向往。一句话,她对苏冠兰的情思,饱含着她对生活、对人生的挚爱。正是在感情的起伏跌宕中,显出了这个女科学家坚贞不渝、勇于献身、纯净洁白、追求正义的高尚品质。近来,在解放思想的过程中,写爱情这个禁区被冲破了,出现了不少描写爱情生活的作品,也因此而受到某些人的非难。但是,爱情这种感情是极为生动而强烈的。诗意的、热烈的爱情,是人们青春活力的流露,它必然渗透着一个人的理想、追求、意志和思想,因此,描写爱情,不应是为了取悦读者,也不应是追求时髦,而是为了透过爱情展示一个人的精神境界。从这个意义上讲,现在不少写爱情题材的作品被疵议,是写得还不够深刻,并不是写爱情有什么过错。

　　自然,我们所说的人物丰富的感情世界,并不单是爱情。人类活动的一切领域,都带有感情的色彩。只有表现出多种多样的感情,才能真正写出一个人的复杂性格来。李准同志是深深懂得这一点的。《黄河东流去》(上)中几个性格各异的人物,几乎都向读者敞开了心扉,使人感受到他们心胸里流动的感情激流。那个刚直不屈的老农民海长青,被拉夫后,见到小牛有病,宁可自己饿着肚子,也要把饭喂给小牛吃,这种对牛的挚爱,充分显示了中国农民朴素而善良的品德。那个辛勤劳苦的海长松,当黄水淹没村庄时,他手捧自己田里的黄土,竟然失声痛哭,充分显示了中国农民对故土的眷恋。即使那个泼辣、爽朗、豁达的农村妇女李麦,对反动派是那样地恨,对乡亲邻里是那样地爱,当黄水淹没家园、整个村子的贫苦农民挤在一条沙岗上时,对凤英和春义的婚事,她是那样全力以赴,尽心安排,连自己剩下的一点吃食也拿出来待客,这是多么高尚的情操和宽阔的胸怀啊！写不出人物的情感，是不会这样感人的。《山菊花》则更以朴实无华的笔墨写出胶东老解放区人民患难与共的革命感情，如胶似漆的夫妻之情，体贴入微的父子、母女之情。桃子同丈夫由于共同的革命理想，感情弥坚，而当她受到恶霸地主的迫害奄奄一息，又知道丈夫在党的安排下要远赴东北时，她既不愿丈夫为自己的伤痛分心，一再强作镇静，又体贴入微地向母亲嘱咐代替她为丈夫准备衣物、吃食。这个农村妇女对作为革命者的丈夫的一往情深，跃然纸上，这已不单纯是妻子对丈夫的体贴，而是革命同志之间的深厚情谊了。桃子的母亲三嫂，用汗水和全部精力哺育了儿女，一旦发现儿子做了敌人的走狗，便毅然会同丈夫亲手处置了这个不肖之子。然而，事过之后，她悲从中来，软瘫到门扇之下。在这感情的冲击中，我们深深感到她对革命事业的爱如此强烈，以至战胜了血肉相连的母子之情。感情，不仅表现在相互贴近的温暖之中，也存在于互相激荡的火花之中，后者也许比前者更有深度。那些高喊革命口号、不敢触及人们感情世界的概念化作品，永远也起不到这样的作用。

总之，1979年出版的一些长篇小说，尽管还没有出现闪耀着时代光芒的巨著，比如，还没有塑造出集中体现时代特色、有深远意义的典型性格，但解放思想带给作家们的是一条宽广、坚实的道路，许多新的探索和突破，表明作家和生活更接近了，作家和人民更贴近了，作家们对生活的意义的思索更深沉了，这才是走向真正繁荣的坦荡大道。一个百花齐放、万紫千红的局面，已经向我们扑面而来。别林斯基在评价19世纪果戈理等人的创作时，曾满怀深情地说："虽然遍野树木还没有盛开，有些地方还是苍白的，没有绚烂之美，可是已经到处铺满了绿色，美好的季节正在来临。"在当前文艺界思想解放浪潮的推动下，我们相信长篇小说领域繁花似锦的季节，肯定就会到来。

1980年元月于京郊西山

选自《王愚文学评论选》，湖南人民出版社，1985年

处在时代运动中的人物

——谈近几年来一些长篇小说的人物塑造

最近，我有机会集中读了粉碎"四人帮"以来的一部分长篇小说，深深感到，尽管作为一个时代艺术高峰的鸿篇巨著似乎还没有出现，但长篇小说在反映更广阔的社会生活、揭示时代复杂的矛盾等方面都有新的进展。而在小说创作的核心问题——人物塑造上，发挥长篇的优势，通过具有鲜明个性特征的多种多样的人物形象，反映丰富多彩的时代生活，描写完整的、复杂的人物性格，反映发展变化着的时代性格，注意到展现人物丰富的精神世界，力求反映时代生活的内在进程。在这些方面，比起过去的长篇小说，有显著的进展，也为创造具有深厚历史内容和重大思想力量的时代典型积累了经验，奠定了基础。

近几年来的长篇小说创作，像《许茂和他的女儿们》、《东方》、《李自成》（第二卷）、《将军吟》、《冬天里的春天》、《芙蓉镇》以及《星星草》《漩流》《黄河东流去》等等，都塑造了一些给人印象比较深刻的人物形象。这些人物形象，以其鲜明的性格特征、丰富的内心世界、独特的个人命运、较大的概括性，从不同的方面反映了时代的面貌，引起了文艺界和广大读者的注意。

别林斯基说过："对于长篇小说来说，生活是在人的身上表现出来的。"长篇小说要表现一个完整的时代，就需要塑造众多栩栩如生的人物形象。文学史上许多优秀的长篇小说，都是通过多姿多彩的人物形象来反映纷纭复杂的时代生活的；即使着重塑造几个主要人物典型的长篇小说，也总要在主人公的周围写出互相关联、互相影响的各种人物，从更广阔的角度来反映当代生活。但是，我们过去的某些长篇小说，或者出于对文艺和政治关系的狭隘理解，侧重于表现社会事件的过程，人物成为社会政治事件的形象说明，缺乏鲜明的个性，或者受"典型是阶级性的集中表现"等庸俗社会学观点的影响，人物只是某个阶级和集团的类型，到了"根本任务"论笼罩的岁月，除了高大全式的、不食人间烟火的、神化了的"英雄"人物，几乎很少看到生活中各个范围里的人物形象，缺乏血肉之躯，因此，更谈不上什么人物的多样性了。

近几年来出现好些长篇优秀之作，注意到了从广阔的社会生活中摄取形象，从各个角度反映时代的运动和运动着的时代，这是一个可喜的突破。在反映现实生活的作品中，除了工农兵形象之外，过去较少触及的知识分子、大学生、下乡知识青年、市镇居民也进入了文学人物的画廊。在取得较大成就的历史题材创作中，除了我们过去常见的农民起义人物，像李自成、黄巢、赖文光等，写得更为丰满，也出现了傲视庸俗的诗人（《醉卧长安》中的李白），反侵略斗争中的高、低级军官（《金瓯缺》中的刘锜、马扩），少数民族的大将（《金瓯缺》中的耶律大石），甚至一代名妓（《金瓯缺》中的李师师，《星星草》中的郑玉莺）。一些反面人物的形象也刻画得逼真生动，不再是脸谱化了的反动派，像《李自成》中的崇祯皇帝、洪承畴，《星星草》中的曾国藩，都很传神。《戊戌喋血记》中的谭嗣同，那挽狂澜于既倒的气魄，临危不惧的胆识，追求变革的信心，有着鲜明的个性特点，而又是那个时代呼唤着革新的先觉，过去还很少出现这样的知识分子形象。即使写工农兵，也出现了经历着不同命运的人物。《许茂和他的女儿们》中的许茂，当旧的苦难生活一去不返，新的幸福前景在他面前展现，他也曾奋发有为，成了土地改革和建立初级社时的积极分子。但在"左"的错误和阶级斗争扩大化有所滋长的岁月里，尤其是"文革"中，他不断受到冲击，以致变得目光短浅、心胸狭隘，对自己的女儿们也是那样冷漠。然而当生活中出现了那么一段整顿的转机，他心中的热情也随之复苏起来，有了重整家业的希望。从这个老农民颇不寻常的经历中，作者以高度的历史感，真实而深刻地探索了时代变化的轨迹，显示了党的农村政策要加以调整和必须提高人民生活水平的历史发展趋向。《东方》是一部以抗美援朝战争为题材的具有深刻概括意义的作品。作者把军内和军外、后方的斗争和前方的战争交织起来，在广阔的背景上，通过英雄连长郭祥在各种复杂环境下和生死考验面前的表现，通过他与转化中的战士乔大夯、刘大顺的矛盾，与蜕化变质的营长陆希荣的矛盾，不仅写出了这场战争的风云变幻，中朝人民共同抗敌的惊天动地的英雄业绩，而且深刻地写出了从新民主主义革命到社会主义革命这一转折时期人们精神的变化。我们应该看到，这些作品中的形象，尽管就其概括时代特征的程度来看，水平不尽一致，但作家们注意到这些人物，把他们置身于时代的运动之中，追踪其性格发展的历程，展现其精神世界的变化这样的创造，使得这些作品更具有长篇的特点，有利于从历史发展的全貌上勾勒广阔的人生。

　　当然，长篇小说中的人物，还必须在复杂的社会关系中显示出自己同时代的多侧面联系，显示出自己在时代运动中的发展变化，才有可能具有深刻的时代意义。不是说其他文学体裁，比如中、短篇小说不需要写人物性格和社会生活的多方面的联系，或者不写性格的发展，但那些体裁毕竟是截取生活的一段和一个侧面写出折射着时代色彩的性格特征，是从一个"焦点"透视出性格的内涵。长篇小说就需要完整地表现出性格的多侧面性和深厚的内涵。长篇历史小说《李自成》第二卷中的李自成，身处逆境，但临危不乱，在如何看待形势，以及处理与友军、与下级、与士兵的关系中，表现出了一个农民起义领袖坚定沉着的品质和远见卓识。他多谋善断、机智灵活，严于律己又有恢宏豁达的气度。到了第三卷中，李自成的形象就有所不同了。他既有起义领袖的气概和韬略，也有狭隘的农民意识和历史局限，他不仅开始滋长了好听奉承之言的小生产者的习气，而且开始变得过分自信与专断，高人一等的皇权思想露出了端倪。正因为作者注意到人物性格的复杂性，才更真实地反映了那个复杂的时代风貌。《将军吟》中的彭其，面对"文化大革命"初期那种混乱而令人惶惑的情势，其性格的复杂内涵得到了较为充分的揭示。他对党的政策方针坚信不疑，却对当时的局面感到疑惑；他对群众的行动向来极为尊重，却对当时混迹其中的狂热分子极为厌恶；他对自己的战友从不怀疑，处在当时条件下又不得不听任别人摆布；既有坚定的一面，也有疑惑的一面；既有刚强的一面，又有苦闷的一面。而这一切又统一在一个正直的共产党人的性格核心中，是一个较为完整的艺术形象。《芙蓉镇》中的"癫子"秦书田，耿直、诚恳，对新社会新生活充满着挚爱，然而在极左路线的迫害下，他佯装疯癫，嬉笑处世，甚至显得逆来顺受，作者把这些貌似矛盾的特色统一到这个历经坎坷的小知识分子身上，既让人看到特殊时期普通人精神世界的压抑和扭曲，也使人看到翻滚的乌云终归窒息不了人民的良知，扼杀不了人民对幸福生活的追求，以及对真理、正义必胜的信心。独特的复杂的个性，就这样体现了时代曲折前进的脚步。马克思说过：应该"从人们现有的社会联系，从那些使人们成为现在这种样子的周围生活条件来观察人们"[1]。时代在运动，生活在变化，只有从变化多端的生活现状中显现出人物性格的复杂性，才能更深刻地反映时代。近年来出现的长篇小说，在人物塑造上注意及此，并以各自的实践做出了一定的成绩，应该说是很有意义的。

揭示人物丰富的精神世界，是小说创作在塑造人物形象上的重要课题之一。时代的发展、变化影响着人们的精神世界，人们的精神世界的变化又推动着生活的发展，不揭示人物丰富的精神世界，就很难深刻地反映出时代变化的内在进程。近年来的长篇小说创作，在揭示人物丰富的精神世

---

[1] 中共中央马克思恩格斯列宁斯大林著作编译局编：《马克思恩格斯选集》第1卷，人民文学出版社，1972年，第50页。

界方面有着不容忽视的进展。《冬天里的春天》中的于而龙，经历了从抗日战争到"文化大革命"几十年的人生历程。他从一个不懂事的渔家少年变成一个领导现代化企业，几乎还当上副部长的负责干部，在时代生活各种矛盾的冲击下，他的精神世界也经历着一个追求、探索、成长的过程。如果平铺直叙他的斗争生活，势必卷帙浩繁，冗长平淡。作者抓住他回到原来打游击的湖区里数天中的心理活动，把历史和现实交叉在一起，突出了他对时代重大问题的思索。他思索：为什么抗日战争那样的艰苦环境中，群众的革命热情越来越高涨，革命者和群众的关系是那样密不可分，革命同志之间的纯真情谊是那样深厚？他思索：50年代后期以来，自己身上为什么会逐步滋长庸俗的重视权势地位的恶习，甚至连自己的女儿也可以成为牺牲品？通过这种带有个人特点的思考，他逐渐清醒起来，找到了使自己能跟随时代前进脚步不断前进的道路，那就是，一个革命者永远要和群众保持同甘苦、共命运的血肉联系。这样，他对民族的命运和国家的前途，对自己应该怎样对待同志、荣誉、爱情、儿女，也有了比较清醒的态度，作者如果不是对人物的思考过程和复杂情感尽情披露，这个形象是不会有这样的思想深度的。

　　不必讳言，近几年来长篇小说在人物塑造上还存在不少弱点。首先，事件掩没了人物的情况还相当普遍。有一些长篇小说，长篇累牍地描写政治运动、生产劳动和技术改革，人物只是作为说明过程的"附属品"出现。其次，有些作品静止地描绘某种类型人物的思想品质，没有接触到时代的运动在人们思想品质形成过程中的作用，人物的思想品质不是通过复杂的社会关系展现出来，而是靠人物对一些重大事件发表议论显示出来的，缺乏有湿度的个人命运、个人关系和个人特点。另外，也有一些作品，孤立地静止地刻画人物的内心活动，在这种活动中只是扑朔迷离的瞬间感受，或者是变化莫测的情绪波动，虽然也可能以细致的笔触、微妙的感情使人惊异，但脱离开时代的运动单纯去开掘人们心灵深处非自觉、非理性的潜在角落，从这样的人物身上很难看到人物性格在时代前进中的发展脉络，很难体会到时代精神的冲击力量，是不可取的。特别值得注意的是，长篇小说中社会主义新人形象的塑造还是比较薄弱的，长篇小说反映一个完整的时代，能够体现时代发展趋向的只能是新人的形象，他们不是先进精神品质的汇集，不是完美无缺的完人，而是在时代风云的复杂变化中经历着发展成长过程，是对当代重大社会问题进行深沉思考的新的先行者，他们的思想中也不断产生着新的因素。虽然也有于而龙（或者还可以算上《沉重的翅膀》里的郑子云）这样的新人形象，但数量毕竟太少。就是在他们身上，足以成为时代先驱的智慧风貌也还表现得不是那么充分。更多的长篇小说，写了一些正直、善良人物的坎坷遭遇，引人同情，使人感愤，但总缺少那种震撼人心的冲击力量。他们是被时代前进的浪涛推向前进的善良之辈，而不是以其思考和热情推动时代前进的先行者。因此，要想使长篇小说创作真正成为"一时代的纪念碑"（鲁迅语），不但要塑造更多的血肉丰满的处在时代运动中的人物形象，更要花大力气塑造推动时代前进的新人形象。我们于此有厚望焉！

1982年5月于京郊香山

选自《王愚文学评论选》，湖南人民出版社，1985年

长篇小说中的现实主义

——评近年来长篇小说创作的发展趋向

长篇小说应该反映一个完整的时代，塑造具有较大概括意义的艺术典型，应该成为一定时代艺术高峰的标志。五年来的长篇小说还没有能够完全达到这个水平，似乎已经成为大家公认的事实。但是，也应该看到，长篇小说容量大，创作周期长，需要作家有更为深厚的生活积累和更为娴熟的艺术功力，在五年多一点的时间内，要求长篇小说有像中、短篇小说那样突破式的进展，也是不实际的。新中国成立以来，十七年的时间，取得较大成就、能够长期留在人们记忆中的长篇小说，也不过是《保卫延安》《红旗谱》《红岩》《红日》《创业史》《青春之歌》等有限的几部。其中有些作品的酝酿和构思，还早在新中国成立以前。从这一点看，五年来的长篇小说创作，时间不长，在数量上和思想艺术质量上都取得了一定的成绩，特别是在反映时代生活和塑造艺术形象方面，现实主义精神有了进一步的深化，为长篇小说的进一步繁荣奠定了比较坚实的基础。

从数量上看，据不完全统计，五年来出版的长篇小说超过四百部，仅1981年就破了一百大关。这个现象，"文革"时期自然无可比拟，就是新中国成立以来，也是少见的。当然，文学艺术作品，不能仅仅以数量来衡量，但数量是质量的前提，没有一定的数量，质量也就无从说起。更何况，有这样多的作家从事长篇小说的创作，探索了规律，锻炼了笔墨，积累了经验，有利于长篇小说创作的发展是显而易见的。

从内容上看，在反映特定的时代生活方面更为广阔，在揭示生活的矛盾方面更为深刻，在塑造人物形象方面更为多样和丰满，是近年来长篇小说的一个普遍趋势。而在历史题材创作和迅速反映当代生活的创作上，更出现了前所未有的势头。如果能这样不断发展，在一些薄弱环节特别是现实主义深化上有所突破，我们可以预期，长篇小说创作的突飞猛进，在不久的将来就会变成现实。

长篇小说的现实主义精神，表现在它应该有更大的生活容量，这也许是一个常识问题了。但在过去一段时间，由于强调"文艺从属于政治""文艺是阶级斗争的工具"，不少作品的结构集中于表现阶级斗争、路线斗争，或者劳动生产和政治运动的过程，内容则常常侧重于一次政治斗争开展的情况，或一些方针政策执行的结果，或各种生产劳动、技术操作的场面，没有着力反映生活中和人们命运紧密联系在一起的错综复杂、变化多端的矛盾冲突，触及的生活范围比较狭窄。五年来的长篇小说创作，跳出了这个狭隘的框子，把触角伸向更广阔的生活天地，揭示了复杂的矛盾冲突，更接近于"生活的百科全书"。这一点，在历史题材创作中表现得比较明显。多卷本的长篇历史小说《李自成》，作者没有局限于写农民起义的战斗过程，而是把自己的视线扩展到各个阶层和各个角落中去，力图描绘出明朝封建统治阶级的衰败无能，怎样激发了整个社会的动荡不安和急遽变化，人民的力量怎样从中崛起，却又囿于社会的、历史的、阶级的条件，无法根本改变封建社会的基础，逐步走向反面，衍成悲剧。小说中出现的场景，从起义军的营帐到皇帝的宫廷，从灾难深重的穷乡到纸醉金迷的京畿，绘影绘形、逼真肖似。小说中出现的矛盾，既有宫廷间的猜疑倾轧，也有臣僚间的争权夺利；既有起义军与政府军的对垒，也有起义军之间的冲突。盘根错节，互为消长。而这一切，又都围绕着那个特定历史时期的风云变幻、形势变化，此起彼伏，不仅影响着人们的行动，也触动着人们的灵魂。明思宗在宫廷生活中的焦躁和空虚，洪承畴降与不降的心灵搏斗，李自成面对胜利与失败接踵而来的苦苦思索，显露着鲜明的个人特点，然而又无不投射着时代的折光。这一切，不仅使人看到一支农民起义队伍的南征北战，而且透现出历史潮流在迂回曲折中前进的涛影。像这样生活内容充实而丰富的作品，还不止一部。《金瓯缺》《戊戌喋血记》等都具有这样的特点。《金瓯缺》把笔触深入三个民族的各阶层生活中去，敢于放手写庙堂之上的悲欢离合，还扩大到军队内外、市井上下各色人等的喜怒哀乐，从广阔的范围，百姓的水深火热、异民族的长驱直入、军中老将和下级武官面对复杂情势所做的艰苦抗争，逼真地再现了那个在国家、民族危急存亡关头动荡不安的时代。《戊戌喋血记》以清醒的历史眼光，集中描绘了在封建社会诸种矛盾冲击下资产阶级改良派的活动，他们面对日薄西山的封建制度，向往着一个新制度的诞生，企图冲破因袭重担，向近代文明和民主伸出热情的双手，而且竟将鲜血献给了这个具有历史转折意义的事业，威武雄壮之气充塞天地，悲剧性的结局更引人深思，具有鲜明的时代特点。

在反映现实生活的创作中，也可以看出作家们向更广阔的生活领域辛勤开拓的努力。尽管反映民主革命时期的作品，特别是反映那个时期斗争生活的作品，高水平、高质量的还不多见，但不少写几次大战役的作品，跳出了过去写战斗过程、写硝烟烽火、写冲锋陷阵、写战前动员和战后总结的旧套子，从战争全局出发，写战争对人们命运和心理的影响，写战争触发起的生活里的诸种矛盾，使人体会到战争怎样改变着生活的进程和人们的精神，激发着人们改造生活的热情（《东方》）。或者写两军对垒中指战员的智慧风貌（《淮海大战》），或者写暂时处于失利地位的指战员的思索和奋起（《覆灭》）。总之，写战争，也写社会，写战争对整个生活的触动，也写战争对人们心灵的震撼，这无疑是一个新的进展。更值得注意的是，出现了从各个角度反映民主革命时期生活的作品。《宝姑》写了一个童养媳在大革命前后变化成长的过程，使人看到在那个翻天覆地的时代里，即使是窒息人们青春和生命的角落，在受压迫受欺凌的弱者身上,也引起了新的变化。《求》通过一个孤儿远涉重洋、追求正义的不寻常的经历,展现了旧书香门庭的子弟在时代变革冲击下的不同分化。这些作品,写了一些原来处在革命旋涡之外的人们,他们通过不同的追求,终于汇合到革命洪流之中,或者从革命事业的曙光中,或者从祖国的解放事业中,找到了自己的归宿,这些都从更广袤的范围显示了民主革命的深远影响。《黄河东流去》(上)虽非全璧,但作者在抗日战争的背景下,展现了农村处于水深火热之中的生活、农民颠沛流离的命运,以及他们离乡背井的酸辛,同时又着力描绘不同阶层农民心灵深处对乡土的挚爱、对亲邻的同情,既使人看到我们的国家和人民怎样在内忧外患之中受难,又使人看到我们的民族和人民的固有美德怎样在磨炼中变得更为坚实,他们正一步步走向新的天地,革命事业就这样在他们中间扎下了根须。《漩流》也只是三部曲的第一部(不久前,又看到第二部《巴山月》的上册),但它描绘的川江流域各色人等的活动,特别是那些资本家、国民党上层人士都被抗日的洪流卷了进去,产生着分化,也经受着考验,各以其独特的性格、不同的经历,或奋争,或落荒,或前进,或退缩,或者终于走上了为民族解放事业贡献力量的康庄大道,或者螳臂当车妄图阻止历史车轮前进而成为民族的罪人,描绘了一幅复杂多样的生活画面。这些作品自然不是直接写革命斗争的过程,或者径直写革命斗争的概念,但由于作家是从时代生活的实际出发,通过生活中复杂的人与人之间的关系,显示革命斗争的影响,革命风暴在生活的各个角落、在不同人们的心中掀起层层涟漪,"搅得周天寒彻",更显示出这场革命的时代意义。在为数不多的反映当代生活的作品中,也可以看到这种趋向。《许茂和他的女儿们》是反映农村生活的,但作者没有局限于简单地写各种政治运动的开展、各种生产活动的过程,而是通过两代人的遭遇,显示了多年来"左"的偏差和错误,怎样使老一代农民走着一条曲折的道路,在他们中间,竟然有人从土改时的积极分子变成对人对事,甚至对自己的亲骨肉都是那样冷漠无情、狭隘自私;而年轻一代的农民,却又受到那么多的磨难,竟然有人要结束自己充满着青春活力的生命。同时，作者又没有停留在嗟叹痛苦、咀嚼悲愁上，而是从1975年那短暂的整顿中，透视了普通农民终于看到了前途，萌生了希望，说明了党的政策符合农村实际、符合农民心愿，将会产生巨大作用。这就使人看到一幅比较完整的农村生活在曲折中前进、在斗争中发展的图画。恩格斯认为，巴尔扎克的长篇小说，在"中心图画的四周""汇集了法国社会的全部历史"。别林斯基说，莎士比亚的"每一出戏都是一幅世界的缩影"。这都说明一部现实主义的大型叙事作品，应该展示一个时代广阔的生活，应该具有充实而丰富的内容。近年来的一些优秀的长篇小说向更广阔的生活领域开拓，无疑是有意义的进展，是现实主义精神趋向于充分的一个标志。

现实主义文学的核心，在于塑造出具有鲜明个性特点和深刻时代意义的艺术典型。这也似乎是一个常识性的问题了。但什么是艺术典型，多年来在文艺理论界有过争论，这个争论至今还没有停息。这需要专门性的探讨去加以解决。但有一点似乎应该明确，这就是人物形象的典型意义，绝不是把阶级的、职业的特征抽象出来集中在一起所能取得的。那样做首先就不是艺术形象，而是概念的图式。作为一个艺术形象，必须是有血有肉的、活生生的、现实的人，通过这样的人在社会实践中的不同表现，显现出时代的发展和历史的行进怎样影响着人们的性格和命运，使人看到什么是真实的，什么是虚假的；什么是纯洁的，什么是肮脏的，什么是美好的，什么是丑恶的；什么是伟大的，什么是渺小的。从而构成纷纭复杂的人生图画，感染、启发读者去思索、选择应该走的人生道路。但在过去的一段时间里，特别是"文革"时期，不少文学作品中的人物常常是阶级特征或职业特征的直接体现，也许再加上一点音容笑貌，脾性不同之类的生理、心理特征，缺乏丰富的生活内容和个性特征，显得苍白无力。近年来出现的长篇小说，虽然还缺少具有重大时代意义和巨大思想力量的典型性格（主要是在生活实践和思考能力方面，没有同时代重大的社会矛盾和社会问题紧密联系在一起，这一点，容后详述），但在人物塑造上，摆脱了把人物当作某种社会概念的符号和社会特征的模式的框框，尽力写出处于时代潮流中的各种各样的人物和人物的丰富复杂的个性，恢复了真正的人的价值和人的存在，确实是一种显著的进展。在历史题材创作中，写农民起义的英雄人物的作品，为数不少，作家们避免了过去突出英雄人物、压低周围人物的违反现实主义的做法，塑造了在农民起义洪流中的众多人物，《李自成》中，不但写了李自成，也写了张献忠、曹操（罗汝才），显示了农民起义军错综复杂的情况。作者的笔触还深入明王朝的最高统治者明思宗的内心活动中去，深入像洪承畴这样的贰臣的精神世界里去，不是把他们简单地当作被批判的对象加以丑化，而是写出他们在时代风云变化中的性格、思索和行动，显示了时代的动荡怎样冲击着每一个人，迫使他们在这个动荡中披露自己内心最隐蔽的动机、愿望和感情，以自己的行动决定自己在时代生活中的位置，有助于我们更全面地理解历史潮流的趋向。《风萧萧》中，不但写了黄巢，也写了一个颇有胆识，却又终于颓唐了的王仙芝，使人们更进一步理解到，农民起义也许可以冲决某个封建王朝的统治，却绝不可能彻底结束整个封建制度。小说创作，特别是长篇小说创作的历史的深刻性，往往在于能从不同方面把握历史激流的冲击作用，正像列宁说的："时代是不同现象的总和。"从这个意义上看，塑造特定时代不同的人物形象，不仅是为了内容的丰富多彩，而且是为了更深刻地反映一个时代的内在规律。有些作品，写出了并非出身于下层，然而却体现着历史前进趋势的志士仁人，有助于更全面地反映时代的变革。《戊戌喋血记》中谭嗣同的形象，一出现就引人注目，绝非偶然。这个资产阶级改良派人物，尽管身上有鲜明的阶级烙印，但他以建立起近代国家需要的现代文明和民主制度为己任，以国家政体的根本改革为目的，确实是表达出当时关乎人民命运前途的一个主要的方面。他孜孜不倦追求改变封建制度的道路，他废寝忘餐寻找改革封建制度的方法，特别是他坚信真理必胜，临危不惧、镇定自若，不愧是历史长河中的先驱。而像《宝姑》《求》这样的作品，或以一个出身于小康之家的童养媳的生活经历为主，展现了大革命的洪流怎样改变着生活的进程，使一些远离革命旋涡的人们也被卷了进来，经受艰辛的磨炼，走过曲折的道路，终于成长为一名革命战士；或以一个生长在书香门第的孤儿的遭遇为主，展现了从抗日战争到解放战争胜利祖国所发生的巨大变化，如何使许多孤军奋战、寻求救国救民真理的知识分子打开了眼界，使他们终于认识到自己应当做一个怎样的人。这一切，无疑都是丰富了长篇小说的人物画廊，通过多种多样的人物反映了丰富多彩的生活。而像《芙蓉镇》这样的作品，通过一个善良而又正直的普通妇女胡玉音的悲苦遭遇，通过一个被称作"癫子"的小知识分子秦书田佯作癫狂内心却潜藏着无限酸辛的经历，甚至也通过那个运动篓子王秋赦以善观风向而青云直上的可耻行径，揭示了多年农村政治生活中"左"的偏差和错误给善良人们带来沉重灾难，使一些侥幸之辈横行无忌，达到了是非完全颠倒的境地，是很有历史深度的。可以说，塑造出各种不同的人物，通过他们的命运历程，更广阔地展现错综复杂、变化多端的时代生活，在近年来的长篇小说中已成为一个趋势，而这正是现实主义文学的一个显著特点。

当然，人物形象的丰富和充实，还不仅表现在性格的多种多样上，也表现在性格本身的丰满和复杂上。黑格尔曾说过，个性像一个焦点那样，反映出"球面"（整个外在世界）的丰富内容。历史小说《金瓯缺》中的一些人物，就因为写得复杂丰满，才从他们身上鲜明地反映出那个升平与战乱交替、屈辱与奋争共存的复杂的时代。像马扩这样一个下级军官的形象，有火一般的报国热情，有铁一般的战斗意志，但却是那样听命于朝廷，忠贞于皇家，明知自己的岗位在前线，却不得不用大部分时间在京城周旋；明知奋起抗争可以制服异族的侵略，却不得不去求降纳币俯首于人。这是他所处的地位、他周围的复杂关系形成了他的性格的复杂内涵，既显示了那个时代有识之士的不甘于沉沦，也透露了封建官吏不可能逾越一定界线的历史局限，这才是一个完整的性格，读者从这样的人物身上感受到的不是某种抽象的概念，而是看到一个处在社会关系纠结中的活生生的人，因而也就更能体味到那个复杂的时代。宋徽宗的形象也很丰满，他身上那种落拓不羁的傲气和颖悟过人的智慧，他那恍恍惚惚的多变的心绪，显示了他那绝非简单的精神世界，但他在内忧外患接踵而至的危急关头，却委军国大事于佞臣，唯求个人的舒适宁静和声色之乐，一步步陷进悲剧的氛围，这也不仅是一个封建皇帝的标本，而是那即将衰败的专制制度、隔绝于世的宫廷生活，把一个精神上超尘出俗的活生生的人，变成事业上一筹莫展的废物。他和李师师若即若离、难以强求的爱情，他以龙舟竞渡寻求自我安慰，都披露了他不平静的心绪和惶惑的内心世界，读者从这里不仅看到了封建皇帝的可憎，而且也感觉到封建皇帝的可悲，思想意义就显得比较深沉了。《黄河东流去》（上）中的徐秋斋，是一个破落的农村知识分子，他具有许多颇不高尚的毛病，贪吃、骄矜、自命清高、鄙视劳动，但他接受了民族文化的熏陶，又长期和黄河边上那个小村落的穷乡亲朝夕共处，在民族危亡之际懂得什么是民族大义，在扰扰攘攘的社会中懂得什么是清白自重，在以强凌弱的压迫中懂得什么是正直不阿，作者当然无意把他写成完人，但正是这种复杂的性格，使我们看到民族美德对人们心灵的滋润和渗透。同样，《漩流》中的朱佳富，作为民族资产阶级的一员，他身上镌刻着明显的阶级印记，手段老辣、野心勃勃、唯利是图，但他又是那样知识渊博、温文尔雅、谈笑风生。从他的身上，我们既可以看到新一代的资本家的新的风貌，又可以体会到聪明才智、洁身自好也许可以增加他在争夺川江航运权时施展本领的资本，却不能改变他行将没落的命运。他力图保持自己的利益，却已经逐渐陷进了时代的旋流。这就比把资本家统统写成是穷凶极恶的贪婪鬼，更能展示生活发展的趋势。《冬天里的春天》中的于而龙，作为一个革命者，作者也并没有掩盖他身上由于小生产意识和地位变化产生的并不光彩的弱点，他不仅有耽于享受的庸俗习气，而且有追求地位的世俗作风，小说作者甚至写了他想利用女儿的婚事谋求升迁的卑微情感。但他经过"文革"的磨难，又回到当年打游击的地区，往昔的传统、群众的命运，激发起他对历史、对现实、对人民、对自己本身的一系列深沉思考，终于荡涤了灵魂，振作了精神，走上了新的征途，作者正是通过这个处在不断发展中的复杂的性格，写出了一个在时代召唤下不断成长的新型的人物，其中包含的生活内容是相当深厚的。因此，写出人物形象的复杂的内涵，才能真实地再现变化多端的社会关系和人物性格之间的密切联系，也才有可能使作品具有更深沉的历史内容和时代内容。近年来的长篇小说优秀之作在这一点上有显著的进展，值得引起人们的注意。

正像本文开头说过的，长篇小说创作有其困难之处，在短短的时间里，取得了不少成就，弥足珍贵，至少也为今后的创作提供了经验。但为了促进长篇小说的繁荣，也应该看到在整个小说创作中，长篇还处于落后地位，特别是在构思的浮浅、情节的一般化和人物形象的单一化方面，存在着明显问题。而这一切，又来源于现实主义精神的不够充分。

也许因为长篇小说的构思时间较长，近年来出版的长篇不少构思于粉碎"四人帮"以前，过去那些"左"的思潮和文艺上的庸俗社会学观点，对长篇小说创作的影响比较大，常常出于对文艺和政治关系的狭隘理解，不是通过生动而广阔的生活图景和个性化的形象来概括一个时代，而是致力于描绘以阶级斗争为纲的重大政治事件、生产运动，不仅作品的内容很单薄，而且不可避免地出现概念化、雷同化的现象。有的写新中国成立初期工业战线生活的作品，全部内容是如何高速度修建炼铁高炉的过程，围绕这个过程写人们的不同态度的冲突，而每种态度都代表一定的阶级和类型。人物的不同性格、人物的不同命运，以及这些性格和命运在社会生活影响下构成的复杂矛盾冲突、发展变化，都排除在外，用这样的构思来结构文学作品，是无法反映多样丰富的现实生活和深刻的时代精神的。在写民主革命斗争时期战斗生活的作品中，确有不少作品触及了和整个人民解放事业攸关的大战役，像中原突围、淮海战役等等，但不少作品的构思限于按照事实记录这些伟大战役的经过，或者反映战略思想和战术思想的斗争，不是把重点放在描写人物及其精神品质，以及战争对时代生活、人物命运的影响上。有人称这类作品是老而又老的故事，旧而又旧的人物，固然有些夸张，但缺少生动活泼的时代内容、鲜明深刻的人物形象，人物的精神世界没有描绘出来，想要使作品有新的开拓、新的创造，是不可能的。可以说，缺少能够展现不同人物个性和命运的情节，只去一般地描摹重大社会事件，无论哪个事件具有怎样重要的意义，也无法反映出生活的多样性和丰富性，而这恰恰是目前不少长篇小说构思上的一个很大的弱点，与此相反，又有一些作品填充了不少生活事件，但由于这些事件和人物个性特点和性格变化毫无关联，或者关系不大，人物成为各种事件的点缀，那也是缺乏生活深度的。有的写"文革"时期生活的长篇，对那个惶惑而混乱的年代的生活现象写得淋漓尽致。但经过"文革"，主要人物在性格上有什么发展，在思考上有什么变化，他们的命运经历着怎样曲折的过程，都表现得比较一般，很像那个特定历史阶段的大事记，而不是反映了复杂深刻的社会矛盾和塑造了鲜明生动的人物形象的艺术作品。这种现象，比起那种从阶级斗争等社会科学概念出发反映生活，表面上看来是截然不同的，但不是从人物性格出发，不是着力去描写现实生活中的人和时代、时代和人的复杂关系以及互相影响，设计的情节是一般社会学意义上的事件，从构思上讲，都是缺乏充分的现实主义精神的。

文学作品要塑造人物形象，长篇小说更应该塑造出有深厚时代内容、巨大思想力量和鲜明个性特征的艺术典型。这一点在近年来的长篇小说中有明显的不足，不少作品中的人物形象缺乏性格特点，他们的作用仅在于面对各种社会问题发表各种不同的观点，讨论各种不同的问题，他们的性格特点的形成，他们在社会实践中性格的发展变化，他们精神世界的波动，几乎都没有得到揭示。有的写抗日战争时南方一个大城市斗争生活的长篇小说，里面的主人公只是在那里发表各种各样有关抗日的议论，应该进行抗日斗争，应该进行反对反动派投降阴谋的斗争，等等。人物的个性消融到原则中，抗日战争前夕复杂的时代矛盾怎样影响着人们的性格，改变着人们的命运，都很难看出，作品反映的时代内容当然十分单薄了。有一些反映民主革命时期的作品写旧社会人物经历的苦难生活时，常常是惟妙惟肖，曲折传神，感情刻画得细，性格描绘得活，而这个人物一接触革命道理或参加革命阵营，就只是在那里宣传革命理论，形象苍白无力。其实，一个在旧社会受到重重压迫的人，走进一个新的革命天地，他的性格、他的内心、他的人生道路必然要发生深刻而复杂的变化，这种变化因人而异，因时代不同，不写这种"异"、这种"不同"，只写一般的革命道理，是既不能感染读者也不能启发读者的。恩格斯称赞明娜·考茨基笔下的人物是典型，就因为她精确地写出了"这一个"，我们常常认为，写出"这一个"，仅仅是因为这样做关系到人物的生动与否，其实写出"这一个"正是为了包容更深刻的时代内容，每一个人都以自己不同的经历形成的个性去进行社会实践而改变着某些特点，形成着某些特点，以现实生活为依据的文艺作品，特别是小说创作，就要从个别出发，写出时代的发展、生活的运动怎样影响、形成人物的性格和影响人们的精神世界，只有这样才会包孕深厚的时代内容，才会有深刻的认识意义和审美意义。50年代后期关于典型是阶级特征或某个社会集团特征集合体的庸俗社会学观点，以及六七十年代在文艺上推行所谓人物是阶级斗争路线斗争的代表的"左"的谬论，使艺术形象成为表达某种思想观念的道具，对艺术典型的创造妨害极大，流弊至今。近年来某些长篇小说在人物创造上忽视个性化的特点，多半受这些观点的影响，值得引起人们的注意。当然，有一些人物形象，就其个性特点来看，不无生动之处，但缺乏丰富的生活内容和深刻的时代特点，缺乏震撼人心的思想力量，因此也是很难成为艺术典型的。出现这些情况，原因可能是多方面的，但有一个重要因素容易遭到人们的忽视，那就是没有把人物放在时代生活的复杂矛盾中，从各方面展现他们的精神风貌，特别是他们富有个性特点的思考特征和发展过程。近年来出现的一些反映"文革"时期的长篇，确实写出了几个在那动荡年代里思考国家前途、民族命运的人物，他们在精神上也都经历着一个复杂的发展过程，一步步变得清醒起来和成熟起来。但也确有不少作品写善良的人民在苦难遭遇中的愤怒、哀怨、嗟叹，写正直的人们处逆境而不颓唐，逢厄运而不自弃，不能说这样写没有意义，但一些有志之士面对这场灾难，怎样在深沉的思考中明辨是非、认清真理，在思想上产生一个升华，在认识上产生一个飞跃，成为真正的马克思主义者、真正的共产党员，这才是真正的时代典型，但似乎还没有出现，不能不使人感到是一件憾事。这样说，绝不是要求在文学作品里写析学讲义，抽象地叙述人们的思想活动。人的智慧风貌，包括思考特征，是各有特点的，从古典长篇小说看，《红楼梦》中的贾宝玉以翩翩少年的憨态蔑视仕途经济等一大套封建羁绊，林黛玉以清白女儿的孤高傲视市井泥腿等一大群封建庸人，都在思考抵制周围那些令人窒息的礼教浊流，然而特点宛然不同。从当代长篇小说看，《创业史》中的梁生宝，即使在思考农村前途这样的大事时，也贯穿着"听话少年"的敦厚，因而是那样实在、那样质朴，性格特点也是非常鲜明的。强调这一点，似乎不为多余。就在近年来出现的长篇小说中，有个别作品，不仅完全诉诸人物的理念，而且常常是一些似是而非的理念。比如有的小说，倾全力塑造一个把人道主义当成最高行动准则的完人形象，待人接物、处世对己都不断用人道主义的精神来要求、来衡量，而且要用人道主义补马克思主义之不足，且不说这种倾向是如何歪曲马克思主义和违背历史潮流的，就这个人物处处都是苦口婆心地讲述人道主义的意义来看，不过是一个原则的影子，是没有什么艺术感染力的。

还可以举出近年来长篇小说创作的不足之处，像有些作品热衷于追求离奇，或写身怀绝技的女地下工作者，或写半人半妖的抗日英雄，等等，想以出其不意震惊读者，其结果适得其反，给人以虚假的感觉。但最主要的不足还是在构思和人物塑造上，这是文学创作的基本功，在长篇小说中显得更加重要，是长篇小说创作现实主义深化程度的标志，只有在这个方面有显著的进展，长篇小说的繁荣才会到来。是否之处，愿听到作者、读者的意见。

1982年8月24日凌晨于西安

选自《王愚文学评论选》，湖南人民出版社，1985年

关于农村题材创作

——读陈忠实小说集《乡村》的联想

前不久，作协西安分会"笔耕"文学研究组，在陕西商县召开了京夫作品讨论会。会上，从京夫作品出发，不少同志谈起了陕西地区小说创作创新的问题。由于历史的和现实的原因，陕西地区的小说创作取材于农村生活的较多，话题就自然而然引发到农村题材的创新上来。

不能说陕西地区近年来的农村题材小说创作没有出现突破现有水平的具有新意的作品，路遥、陈忠实、邹志安、贾平凹、京夫、王吉呈等同志都时有新作发表，引起了一些反响，有的还引起了广泛的议论。但从总的方面看，那种一下子就抓住人，给人强烈艺术感染和巨大思想冲击的作品，似不多见。这个问题，一些青年作家也感到苦恼。商县会上，京夫同志就说到过，他当前确实面临着如何更进一步提高的问题，感情真挚，态度诚恳，我个人是很受感动的。陈忠实同志在别的场合也说过类似的话，听熟悉他的创作情况的同志说，他最近写作、读书都很刻苦，想必也是要在这个方面有所突进。在陕西商县的会上，除过会上的讨论，会下，有不少同志和我说到陈忠实的新作《霞光灿烂的早晨》[①]，感到他在选材上、在开掘人物精神世界的深度上，有较大的进展，触及农村实行责任制后农

[①] 陈忠实：《霞光灿烂的早晨》，载《北京文学》1982年第8期。

村比较先进的人物精神世界的矛盾状态和他们的思索，很有现实意义，有一定的深度。但也有不能使人满足的地方：把问题简单地归结为农业生产责任制好，似乎实行了责任制，一切思想上、精神上的问题都迎刃而解。不能不说作者在开掘生活上有浅尝辄止的状态。

就在这种情况下，我参加会议后看到陈忠实的短篇小说集《乡村》①，迅速翻阅了一遍，很想从他的创作中摸索出一点规律性的东西，更进一步思考农村题材创新的症结所在。读后，使我产生了不少联想，随笔记下来，整理成略像文章的东西，以求教于作者和关心农村题材创作的同志们。

从《乡村》收集的二十篇作品看，最引人注目的是，陈忠实同志由于长期做农村基层工作，和农民群众朝夕共处，对近年来农村生活中一些重大社会问题是十分敏感的。他总是力图通过揭示农村生活中纷纭的矛盾，触及关系农民命运转折和生活发展历程的社会问题，使人看到在打架事件、队长更换、买卖小猪、农村招工等经常碰到的日常生活场景中，竟蕴藏着那么多矛盾冲突，而那些基层干部、普通农民就在这形形色色的矛盾冲突中，表现出各自不同的思想差异、感情色彩、性格特点和发展过程，使人们身临其境地触摸到粉碎"四人帮"尤其是党的十一届三中全会以来，农村生活的急遽变化和人们精神世界的波动。从问题出发，自然是现实主义创作的大忌。用生活来印证问题，容易走到概念化的窄胡同里。但如果是从生活出发，不断深入地认识、开掘生活，触及现实生活中关于人们命运转折和生活发展的重大社会问题，似乎也是文艺的重要作用之一。恩格斯在论述巴尔扎克的伟大时，曾说"他用编年史的方式几乎逐年地把上升的资产阶级在1816年至1848年这一时期对贵族社会日甚一日的冲击描写出来"，并说明巴尔扎克给当时的资产阶级社会"绘出了一幅广阔的、构思深刻的图画，因为他们对于第一次革命和1848年革命之间的资产阶级

---

① 陈忠实：《乡村》，陕西人民出版社，1982年。

发展中每一重大问题和阶段都有深刻的广泛的经验"。①契诃夫说到托尔斯泰时，说他能够"正确地提出问题"。可见，对于现实主义的作品来说，不接触重大社会问题是无法取得深刻社会意义的，关键在于作者是通过对现实生活的研究、分析、体察归纳出问题，还是从一个现成的问题概念出发，用形象去演绎。茅盾在1935年就说过："要点不在一位作家是不是应该在他的作品中'提出问题'，而在于他是不是能够把他的'问题'来艺术形象化。"对现在的作家也还是有借鉴意义的。一个有社会责任感的作家，在这方面有所追求，比探索闭锁于自我天地里复杂心灵变化，比探索虚空的抽象人生哲理，似乎更现实一点，至少也不比那些探索更差。

陈忠实的《信任》发表后受到读者的欢迎，引起了较大的反响，在于它提出了社会生活中一个重要的问题："文革"期间受迫害的干部平反后，应当怎样对待受蒙蔽的农村基本群众，怎样对待曾经跟着错误路线跑、迫害过自己的同志，怎样对待犯错误的亲人。作者通过一桩年轻人打架的事件，巧妙地提出了问题，又通过对主人公罗坤——一个"文革"时期被诬陷、被打击才恢复工作的党支书——面对复杂矛盾时的思索和处理过程，展开了两种不同处事态度以及情感与理智、个人与事业的反复斗争，赞颂了罗坤那种胸怀坦荡、面向未来、不计私怨的正确思想和正直品德。这个问题的提出和解决，对当时如何正确理解平反冤假错案的意义，积极投身于"四化"建设，具有强烈的现实性。从中也可以看出，作者提出这样的问题，是和他对农村生活的熟稔，对现实生活的敏感分不开的。在其他一些作品中，从各个侧面写"左"的错误和偏差给农民带来的贫困和痛苦，写农村基层干部在党的十一届三中全会路线指引下，迅速改变精神状态，摆脱"左"的干扰，把心更紧地贴在农民群众身上，从《反省篇》《土地诗篇》，包括生活气息浓、人物形象生动的《猪的喜剧》，都可以看出，陈忠实在写作时，忠实于他所熟悉和经历过的生活，对影响广

---

① 中国社会科学院外国文学研究所、外国文学研究资料丛刊编辑委员会编：《卢卡契文学论文集》（二），中国社会科学出版社，1981年。

大农民群众命运、生活、前途的重大社会问题有一根迅速感应的神经，这就使他的作品有一种火辣辣的现实感和时代感。而当生活不断向前发展时，他又对"文革"造成的后遗症——弥漫于农村社会生活中的不正之风，有了切肤之痛，对一些正直的人对这种不正之风的斗争，感到由衷的欣慰，像《第一刀》《石头记》等等，也是颇能引人深思的。我们常说，写农村题材，要传达出农村生活的气息，要有农村生活的风土人情味，这都对。在陈忠实的作品里，也不乏这样的描绘。《土地诗篇》的开头，乡村夜晚的景色、秋天庄稼的气味，在字里行间飘荡着，很能引人入胜。但透过日常生活现象，捕捉生活中的矛盾冲突，触及生活中重大的社会问题，以此来统率全局，恐怕是一个现实主义作家更为重要的追求。陈忠实在这一点上孜孜以求，是值得称许的。

还应该看到，陈忠实不是冷漠地、旁观地刻画他笔下的人物，他对农民群众，尤其是一些有志气、有魄力、有心胸、有胆识的人物，有一种深沉而挚厚的爱，因此常常把极大的热情倾注在这些人物身上。《信任》中的罗坤，《第一刀》中的冯豹子，《徐家园三老汉》中的长治老汉，《石头记》中的广生……都是这样的人，甚至那个在"左"的错误铺天盖地而来时紧跟不移，而在新形势下意识到自己的错误敢于向群众赔情道歉的梁胆大，也写得很有生气。这就使他的作品常常有一股生气，有一种力量。这倒不是说，不可以写那种落后愚昧的人物，或者揭示一些善良之辈身上难以摆脱的因袭重担，在陈忠实笔下，像《反省篇》里的黄建国、《早晨》里的冯老五，或者在新事物面前猥猥琐琐，或者在新形势下躲躲闪闪，写得都很不错。而像《尤代表轶事》中那个以无赖行径"吃"社会主义、在荒唐岁月中却又沉渣泛起的尤代表，《乡村》里那个连祖宗三代都当作赌咒对象、丧尽天良坑害别人的王九娃，即使算不上揭露得入木三分，也是颇为传神的。但是，把客观现实当成一个整体来考察，前进的步伐不会停止，蓬勃的生机不会遏制，就在于生活的链条也许会暂时受到阻拦，却绝不会戛然而止，而推动这个链条的，只能是生活中的那些强者。

我们的农村生活，在一个长时期停滞不前，"左"的偏差和错误，特别是江青集团那条"左"的路线的危害，是重要原因，而这个路线危害最大的则是使许多人失去了前进的信心。当前党的农村经济政策的落实，时代处在变革、转折的关键时刻，农村又多么需要一些真正的有作为的以毅力和意志推动生活前进的强者啊！仅仅从表面上写一些敢于发家、敢于致富、辛勤劳动的普通劳动者，无疑是映照着时代的折光，但他们毕竟是生活激流中的浪花，而不是时代洪流的弄潮儿。在商县讨论会上，我们曾慨叹于农村题材的创作还没有出现像蒋子龙笔下的开拓者形象，像《祸起萧墙》里的傅连山、《三千万》里的丁猛等形象，总使人感到力度不够。陈忠实注意到此，不能不说是慧眼独具，体现了现实主义的力量。只不过，陈忠实笔下的这类人物，在魄力和本领上着墨较多，他们的智慧风貌、深沉的思考、锐利的目光，一句话，世界观里面新思想的闪光，还不是那样耀眼，还有待于作者去体察、捕捉、创造。

然而，也应该看到，忠实的作品单篇读来，很有感人之处，汇总来看，总觉得不是那样醇厚。比如说，从现实生活中触及重大社会问题，是有眼力的。但问题的深化和解决有待于诸种不同社会力量的反复较量，作品中就触及得较少了，显得内容单薄。原因何在？我以为至少有这样几个方面：

首先，文学作品以写人为主，大约是得到公认的一条规律。那么，在反映生活的问题时，也就是展开生活的矛盾冲突时，就必须是人物性格的矛盾和发展。陈忠实的作品，有些是注意到人物性格的，像《信任》中罗坤的思想斗争，对儿子的情感和对原则的考虑的矛盾，都写得比较入情入理，内容丰富。但总觉得他涉及干部作风、工作方法的矛盾比较多，而写人生态度、人生观、世界观等方面的矛盾比较少。只有这后一方面，才是一个人之所以这样做而不那样做，之所以这样对待周围的人和事而不那样对待周围的人和事的根本原因。匈牙利文艺理论家卢卡契有一篇长文谈人物的智慧风貌，就是讲的这个问题，很有见地。陈忠实受到大家赞扬的小说《第一刀》，那个年少气盛、魄力甚大的新任队长冯豹子，抓生产队整顿，首先从看鱼池的他二伯抓起，绝不为情所动，大快人心。但他是怎样考虑的，他为什么有那样的考虑，他对整个生活前途的感知，似乎都付诸阙如。这样只从工作方法着眼，不从人物性格的内涵深入开掘，未免显得浮泛。文学面对的是整个人生，离开了这个基点，去提出问题、捕捉矛盾，或者径直从形势或工作需要去提出问题、解决问题，以便推动某项具体工作，这是文学不能担负也担负不了的任务。在近来一些农村题材创作中，时有这种现象出现，这次在商县讨论京夫的作品，有些不太成功之作，也有类似情况。处此情况，想在创作上有所提高和创新，是比较困难的。

其次，触及矛盾，特别是人物性格的矛盾，就要把矛盾的各个方面展开。而陈忠实的作品中，常常是揭示了矛盾的开头，却急于鸣金收兵，按政策或形势要求匆匆结尾。《立身篇》揭露农村招工中的不正之风，前半部分写得很充分，搞不正之风的既有以利益为诱饵的，也有以权势相威慑的；既有以逢迎为手段的，也有以恩情为代价的。在这种情势下，即使那个为人还相当正直的王社长也不得不躲起来，让胆小怕事的薛干事受窘迫，可见阻力之大。要克服这种阻力，必须进行一场颇为艰辛的斗争，而人物的性格也会在这种斗争中成长起来。然而，作品最后一转，王社长烧掉那些请托的条子，原来不过是一场虚惊，未免虎头蛇尾，社会内容就不是那么充实而深邃了。黑格尔曾说："只有当情境所含的矛盾揭露出来时，真正的动作才算开始。"[1]陈忠实的一些作品，使人觉得不够味，原因自然不少，但没有深刻揭示矛盾发展的过程，人物的富有个性色彩的动作无从开始，反映生活的深度就欠缺了。

最后，综观陈忠实的创作，在追求人物形象的典型化上，似乎还不是那么清醒。尽管当前在议论小说创作创新问题时，有人对真实地创造典型环境中的典型形象不以为然，但长期的艺术实践证明，创造典型性格，是艺术的最高要求。黑格尔认为"情致是艺术的真正中心"，而在"具体的活动状态中的情致就是人的性格"。[2]现在有些流行的理论认为，写人

---

[1] 黑格尔：《美学》第1卷，商务印书馆，1958，第275页。
[2] 同上，第292页。

的内心世界，写人的直观感受，写人的微妙情感，才是文学发展的必由之路，典型性格云云不过是已经陈旧的束缚作家手脚的陈规旧法，其实情感、感受等等不就是人的性格特征的一部分吗？不少研究心理学的书中都讲到过这一点，怎么能置性格于不顾，追求那些扑朔迷离的内心感受？这岂不是舍本逐末之谈吗？而从源远流长的文学作品看，给人留下鲜明印象的，几乎全是那些通过鲜明生动的个性反映时代内在底蕴的典型人物，像奥赛罗、苔丝德梦娜、高老头、安娜·卡列尼娜、贾宝玉、林黛玉、王熙凤、阿Q……而当代文学中，如果说反映一个历史阶段使人经久难忘的力作还不够多，则至少和没有塑造出典型性格有关。粉碎"四人帮"以后，短短的几年工夫，陈忠实的创作的进展速度不能算慢。但也应该看到，真正具有时代意义的典型人物，还没有出现。他的笔下的一些人物，不乏生动的个性特点，但这些人物身上镌刻着的时代变化的特点，以及应该包孕着的具有深刻历史意义的内容，还是不鲜明、不厚实的，这不能不是一件憾事。从陈忠实的生活经历和创作过程看，更高的概括能力（不仅仅是思想水平，主要是认识水平），更广的生活视野（不是拘于一隅就事论事，主要是从历史的、全面的观点来观照具体的人和事）似乎是迫切需要取得的。当然，就陕西地区从事农村题材创作的其他作家来看，也都或多或少存在这个问题。而要想创新，要想提高作品的思想艺术水平，对这个问题没有一个清醒的认识和韧性的追求是不可能的。在商县，我们曾集中议论过这个问题，也有一些争论，很希望评论家结合创作实际、作家们结合自身的体会，把这个问题议深、议透，我想将会对当前的创作起到一定的促进作用。

　　本来想写一篇短文，说出我的一些感受。放手写来，竟如野马脱缰，兜不转来。赶紧就此打住，伫候作者、读者的明教。

1982年10月20日午夜于西安作协心斋
选自《王愚文学评论选》，湖南人民出版社，1985年

为一代新人塑像

——略谈几部反映当代青年生活的小说

时代的变化,生活的发展,造就着不同的人物,也锤炼着不同的青年一代。处在当前这个新旧交替、除旧布新的转折时期,青年一代的身上,交织着过去与现在、旧习与新风的矛盾,有着和上一辈不同的特点。怎样反映这一代青年的精神风貌,近年来,引起了不少作家的注意。

从1980年到1982年,一些引人注目的中短篇小说,不少是反映当代青年生活的。尽管其中有些作品引起了争议,但从总的方面来看,作家笔下的青年形象,概括了80年代新一辈的性格特征,作家对他们的命运历程进行了有益的探索,说明了我们的小说创作向生活深处的突进、向当前时代的靠拢,给文学创作带来了蓬勃的生气。

粉碎"四人帮"以后,我们的小说创作并非没有出现过当代青年的形象。但那是为失去了的党的优良传统而呼唤(《人民的歌手》);为灵魂深处的累累"伤痕"而感叹(《伤痕》);为无法解脱的悲剧而哀怨(《我应该怎么办》);甚至也有为卷进狂热之中丧失理性而感到愧疚的(《铺花的歧路》)。青年怎样向新的征途迈进,那时还没有也不可能引起作家们的关注。只有在拨乱反正的任务基本完成,"四化"建设的宏图已经绘就,80年代的青年一辈迎着新生活的曙光迈出新的步伐的时候,作家们才有可能去体察、捕捉、描绘这一代青年丰富的精神世界。

正当人们议论当代青年究竟是怎样的一代——思考的一代？迷惘的一代？垮掉的一代？——的时候，徐怀中的《西线轶事》出现了。刘毛妹不同于五六十年代的青年，他身上镌刻着"文革"留下的深深印痕，看破红尘，愤世嫉俗，然而在战火纷飞的战场上，他却作出了意外的抉择，舍身沙场，完成了英雄的壮举。在刘毛妹身上，带有这一代青年的特点，他们不再是唯唯诺诺的庸人，也不再是狂热虔诚的信徒，他们用自己的头脑去思索，思索一代人走过的艰辛历程，思索未来的人生道路，从艰辛历程中看到正义之可贵，从未来道路中看到希望之所在，于是，他就以一种自觉清醒的意识去向邪恶、残暴抗争，维护民族的正气、国家的尊严。他所完成的不只是一桩英雄行为，而是在思考中走上坚实的人生道路。比之刘毛妹，《高山下的花环》（李存葆）所描写的几个青年形象，思考就更为深沉。作者以他深刻的思想认识、敏锐的艺术笔触，把人物置身于错综复杂的矛盾之中；通过人物内心的波动，追踪思考的历程。尤其是指导员赵蒙生，他抱着"曲线调动"的侥幸心理来到连队，却面对着血与火、生与死的考验。一场战争，使他从战友们身上，看到义无反顾、无私无畏的英姿；从军长身上，看到疾恶如仇、大义凛然的气魄；而从自己母亲的身上，又看到卑微猥琐、私欲膨胀的灵魂。尖锐的对立震醒了他的头脑，激发了他的自尊，在战火中经受冶炼，成为"一级功臣"，终于在人生道路上找到了正确的位置。这一代青年就是这样在思考中获得了精神境界的升华。不过，生死攸关时刻，不是每一个年轻人都能遇到的，面对普通的日常生活，青年仍然面临着需要思考的问题。陈建功的《飘逝的花头巾》，从日常生活中提炼了一个有意义的主题：当代青年，颓唐时怎样才能坚定起来；在小有成就时，怎样经受荣誉的考验。青年作家秦江就面临着这样的难题，要用认真的思考作出回答。他原本是一个无职业、无技术的青年，曾感到人生无常，陷于潦倒、颓丧之中，然而当他看到周围沸腾的生活、前进的时代，意识到前途、幸福、事业要靠自己的努力去争取，于是他奋力拼搏，终于写出了短篇佳作，受到社会的注意。在赞扬面前他受到又一次考验,悲剧也在他面前发生——心爱的女友弃他而去,慕名而来的却是轻浮的女郎。怎么办?还要不要继续奋斗?当然要,但奋斗的目标是什么,却成了他思考的中心。是啊!奋斗者必胜,但并不是每一个奋斗者都能做出有益于社会、有益于人类的事业,因而也就不是每一个奋斗者都能善始善终,不断有所前进。他从中悟出一个真理,个人的奋斗,而不与时代结合,不与群众相通,终归是沙上建屋,根基不稳,难免在人生道路的暴风骤雨中坍毁。而另一个女青年沈萍,也未尝没有奋斗之心,已经凭自己的力量考进大学,却由于沉溺于虚荣之中,终于像"败叶"一样,面对秋阳璀璨,被风吹得无处归宿。总之,思考的特征,特别是对人生前途的思考,对祖国命运的思考,对自己力量的思考,是80年代青年的一个突出特点。这种思考,不同于老一辈的执着,带有更多的锐气;不同于中年一辈的回溯,带有更大的开创性。自然也不同于上两代人,有着稚弱、摇摆,甚至偏激的一面。没有对当代青年了然于心的熟悉和了解,是很难把握他们这不同于往昔几代人的思考的特点的。

80年代新一辈,不论他们身上还存在着怎样的弱点。由于党的十一届三中全会以来解放思想潮头的催动,他们对改革的渴求,也许比任何一代人都更加迫切,他们生不逢辰,处在"文革"的环境中,吃够了虚无主义、个人主义、钳制思想、盲目迷信等"左"的狂热思潮的苦头,加上职业无着,生活的苦闷、思想的混乱、知识的浅薄使一些人沉沦、颓唐,甚至走向纵乐、愤世的歧途。即使在一些有为青年的身上,也多少带有"文革"期间败坏了的社会风气的影响,但他们毕竟接受了一次血与火的洗礼,痛定思痛,对如何通过改革来实现社会主义建设的宏伟目标,建立一个高度文明、高度民主的社会主义国家,有着强烈的愿望,也因此他们对束缚人们思想、羁绊人们手脚的陈规陋习,有着强烈的不满。《赤橙黄绿青蓝紫》(蒋子龙)中的刘思佳,就是集各种矛盾于一身的人物。他既有愤世的一面,也有严肃的追求,可以看出,一代青年就是从这种复杂的矛盾中开阔道路,一边揩擦着身上的污垢,一边昂首向文明生产、科学管理的领域迈步，体现了这一代新人思想敏锐、气势恢宏的特征。这种形象，在当前小说中还不多见，但我相信，随着改革步伐的加快，刘思佳一类人物将会更多出现在文学作品里，当然，他们有着各自不同的特色，那也是必然的。

80年代新一辈，走过艰辛的人生旅程，精神世界不可避免带有过去岁月遗留下的杂质，然而他们又感受着解放思想的时代气氛，他们的追求、理想远非那样单纯，而是呈现着复杂的面貌。怎样拨开这纷繁的外表，撷摘出他们灵魂里闪光的内核，应该是一个严肃的作家的责任。可惜，不是所有作家都注意到这一点。有的迷惑于某些青年的外表，把一时的放纵、顷刻的消沉当作一代青年的特点，给以赞颂，歪曲了生活，歪曲了青年。有的从外表看人，把复杂的性格简单化，甚至统统当作浅薄的时髦追求加以斥责。《燕儿窝之夜》（魏继新）在这一点上的描写是深刻的。它从一群各有弱点的女子身上，看到潜藏在她们内心深处那种对事业的追求。崇高的责任感，让她们在一场严峻的考验中，展现出美好的情思，因而那些平时叽叽喳喳、为了生蜂窝炉子都可以相互埋怨的姑娘，当洪水袭来的紧急关头，在和外界失掉联系的情况下，却奋不顾身，互相体贴，紧密团结，完成了不同寻常的业绩。《八百米深处》（孙少山），也是把一群带有不同特色的矿工置身于生死的绝境，让他们的精神世界迸发光彩，作者没有掩盖他们身上那不很光彩的弱点，尤其是那个李贵，受到无政府主义的污染较多，时时惹是生非，但当他们从老队长，从周围的矿工们身上看到工人阶级临危不惧、敢于牺牲的品德，意识到自己灵魂的渺小，思想上、精神上产生了飞跃。我想，写80年代新一辈，就是要探索这种复杂的性格的复杂的成长过程。用任何脱离生活实际的框框去规范青年一代，是不可能写出有血有肉的新人形象来的。

当然，这一代青年，也并不都是走在铺满鲜花、洒满阳光的大道上的。其中有一些人，由于自身的弱点，也由于时代生活的尚待完善，他们还在人生道路上艰苦跋涉。《人生》（路遥）中的高加林，就是这样一个人物。对这个人物，最近议论较多，意见不尽相同。但我以为，《人生》的意义，不在于确定高加林是英雄，还是懦夫；是新型青年，还是个人主义者。而在于作者写出了一个比较复杂的新时代青年的精神历程。他对事业的追求，对文明的向往，对前途的坚信，确实带有这个时代新青年的特点；但他过于相信自己的力量，过多的虚荣心，又使他处于摇摆不定的状态中。情势的逆转，带给他希望，也带给他苦恼，他在事业上、爱情上的波折，主要来源于此。而他面对的时代，又是一个遗留着过多历史惰力的时代，在他身上经常受到这两方面力量的冲击。双重因素，给这个复杂的人物带来了悲剧性的结局，但这只是人生漫长道路的一段，他有可能成为新人，但还没有成为真正的新人。作者在这里不是简单地对待这个人物，一方面看到他的悲剧的必然性，一方面也同情他的遭遇，这种同情，其实就是对他身上那些弱点的惋惜，也是对如何改变对生活中还存在的历史惰力的谴责，如果说《人生》的主题有一定深刻性，就深在这里。

由于我们这个时代是新旧交替的时代，准确判断新与旧、美与丑，对青年一代是一个考验。对反映青年生活的作家，也未尝不是个考验。近年来出现的反映青年生活的作品，有人说很丰富，很复杂，其原因就在于此。以上所列举的，大都是作者顺应历史潮流，真实地反映了生活内在规律的，因而从大的方面看（小的败笔、艺术上的不成熟，在所难免，且不赘述）就生活的逻辑、性格的发展看，浑然一体，比较准确写出了80年代新一辈的特点。但也确实有一些作品，不是真实地揭示青年的弱点，而是美化这些弱点；不是引导他们和自身的缺陷、失误决裂，而是文饰这些缺陷。这就不大可能正确地反映这一代青年的精神风貌。其中最突出的，莫过于把一些青年受不正确社会思潮影响形成的人生态度，其中不少又是受西方世纪末思潮的影响，像将消极遁世、玩世不恭、皈依宗教、弱肉强食等当作新的追求去一味肯定。《当晚霞消失的时候》（礼平）写饱经"文革"之痛的青年，最后在宗教中找到寄托，作者认为这就是找到了人生的康庄之途，恐怕只能把青年导向虚无和逃避现实的路上去；《在同一地平线上》（张辛欣）写一对夫妻强烈的自我奋斗，各自以"孟加拉虎"的姿态向生活拼搏，向周遭人等（包括自己的爱人）抗击，作者以颇带感情的笔触，淋漓尽致地描摹这种冷酷的精神世界，恐怕也只能使人们之间失去互相理解的基础，变得冷酷起来。而有些作品，乍看起来，不无一定的现实意义，但作者在其中强调的是青年人的自由选择和选择自由。像《南方的岸》（孔捷生）中那两个男女青年，在城市待业，随后参加了组织起来的集体单位，却感到周围全是碌碌无为、浑浑噩噩的庸俗之辈，其中没有他们的位置，他们就上下求索，最后还是远离城市，去遥远南方海岛的丛林中寻找出路，作者一再强调他们的选择，且不说这种选择是否正确，如果都像这两个青年那样去选择，即使现状有缺陷，到底由谁来改变呢？而且，周围的庸俗竟是那样弥漫无际，似乎只有这两个青年鹤立鸡群，"众人皆醉我独醒"，使人感到一种冷冷的孤傲感充溢在作品中。

从1980年以来，反映当代青年生活的小说，卷帙浩繁，这里只能勾勒出一个轮廓，供关心文学塑造青年形象和热心阅读反映青年生活作品的同志们参考。至于艺术的工拙，表现的优劣，也是应当做出论断的，这里不多啰唆了。

1983年1月14日于陕西作协

选自《人·生活·文学》，陕西人民出版社，1987年

关于文学的现代化和现代派文学

一些热衷于提倡现代派文学的人，总是把文学的现代化和西方现代派文学等同起来，认为文学现代化就是要走西方现代派文学的路子。对这种错误的观点，一些同志进行了严肃的批评，正确地指出了西方现代派文学并不是文学发展的方向，更不是社会主义文学发展的方向。他们还指出物质生产的现代化和文学的发展没有什么必然联系。有的同志也指出，文学有现代化的问题，但不能走现代派的路子。有的同志不同意文学现代化的提法。这就不能不引起关注文学发展的人们的思索，究竟怎样理解文学现代化，怎样理解西方的现代派文学和文学现代化的关系，物质生产的现代化和文学发展有没有联系。这一切，又不能不影响到当前的创作实践，创作需要在现有水平上提高，到底应当沿着怎样的道路前进。弄清这些问题，在理论上加以科学说明，在实践中有意识地进行探索，对开创社会主义文学的新局面、繁荣创作无疑会有积极的促进作用。

当然，对这些问题作出有高度理论概括的说明，需要研究文学发展的历史和现状，需要运用马克思主义的立场、观点、方法加以分析和判断，也需要一定的时间。在这里，我只想提出两个问题来作一番简略的考察。一个是文学的现代化和西方现代派文学有没有区别？如果有，区别是什么？一个是社会主义文学的发展有没有文学的现代化问题？如果有，具体内容应该是什么？

西方现代派文学的产生，从19世纪末到20世纪初，经历了曲折的发展过程，包含于其中的流派相当庞杂，而现代派或现代主义，本不是一个严格的科学概念。像纯重主观、否认客观、追求人心灵秘密和梦幻世界、彻底推倒逻辑和理性约束的超现实主义，力求生活细节准确无误而把真人真事推为极致的新现实主义，在艺术主张和创作实践上可以说是大相径庭的，然而却都被归在现代派文学的旗帜下，本身就是矛盾的。如果说文学的现代化就是现代派文学，到底是纯主观追求是发展趋势呢，还是纯客观是前进方向呢？可见这样的直接推论，是失之于偏颇和失之于片面的。

如果我们从形形色色的西方现代派文学的思想内容看，与其说它们是现代化生产的直接产物，倒不如说它们是现代资本主义诸种矛盾，尤其是高度发达的生产力和生产资料私人占有的矛盾影响下产生的一种特殊的精神现象。物质生产水平的高度发展，既受到私有制的束缚，又冲击着私有制的存在，矛盾丛生，危机迭起，是现代资本主义制度的痼疾，由此而引起的人们的精神崩溃、心灵空虚、对前途失去信心，成为资本主义社会较为普遍的精神状态。现代派文学中的很大一部分，逃避现实，闭锁于自我，陷于绝望和迷茫；另外一部分，鼓吹本能，崇尚享乐，歌颂暴力，都是这种精神状态的真实写照。被公认的几位现代派大师的著名作品，卡夫卡的《变形记》、奥尼尔的《毛猿》、福克纳的《喧嚣与愤怒》，都以人变为非人为主题，绝非偶然。实际上是以荒诞变形的手法，曲折反映了现代资本主义社会人与人之间的畸形关系。和我们当前一些提倡现代派的论者不同，在现代派的作家那里，"科学和物质的失败"恰好是他们着力追寻的题目，奥尼尔的《毛猿》的主人公，自以为自己可以成为钢铁的主人，到头来却是被关在铁笼中的"野毛猿"，尖锐地表现出物质文明和人的本质力量的对立。甚至有些现代派作家，在资本主义社会混乱的现象面前看不到出路，痛恨现代文明，皈依宗教，回归往古。超现实主义大师艾略特反对现代文明，呼吁人们皈依天主；存在主义者加缪认为，回归古希腊才是现代社会的出路。他们的主张不仅没有适应生活发展的现代化，简直就是返璞归真的复古派。而我们提倡建立"马克思主义的现代主义"的论者，却径直声称：现代派是"来源于社会的物质生活"。且不说这种直接比附有"经济主义"之嫌，就现代派文学的实际来看，也不一定准确。实际上，逃避现实的作家，往往诅咒物质文明的进步，这无非因为他们是唯心主义者，他们不可能通晓社会生活发展的真正原因，无法正确理解历史发展的真实进程。现代主义的这种文学主张和创作实践，无疑代表一种违背历史发展潮流、背离人民群众前进的错误思潮，它和现代生活的发展、物质生活的进步并不完全同步。当前有个别青年作家，不是用马克思主义观点看待生活发展，不善于区别现代文明和精神变异既有联系又有区别的阶级原因、历史条件，生搬硬套，在作品里宣扬一到城市就在精神上变坏，多少和这种影响有关。而现代派在艺术上对人的内心深处捉摸不定的情绪的挖掘，对瞬息万变的直觉感受的迷恋，对梦幻和下意识活动的热衷，以及那些颠倒时空结构追求恍惚印象的技巧，也可以看出是为了适应其所表达的内容。不顾及现代派这些产生于特定历史条件的不尽正确的基本内容，以此来附会文学现代化的要求，是缺乏根据的，也是违反历史真实的。

不能否认，现代派的作家和作品，在一定程度上是资本主义物质文明发展的产物，透过它们那扑朔迷离的外表，也多少折射出当代资本主义社会人们生活状况和精神世界的部分真实，但现代派和当代文学发展的方向有根本的不同，至少在这样几个方面是不可调和的。

第一，现代派的哲学思想和美学原则，基本上是唯心主义的。作为西方现代派文学思想基础的克罗齐的直觉说、弗洛伊德的精神分析学、萨特的存在主义等等，侧重点尽管不同，但都是强调主体意识的决定作用，强调精神意志的独立地位，这和正确反映历史发展、正确认识社会生活的唯物论是完全对立的。因此，现代派的文学很难指出人们处在混乱情况下的出路，充满着悲观绝望，即使标榜"黑色幽默"的作家，也发出了自己是"大难临头的幽默"的哀鸣，这是毫不奇怪的。倒是另外一些作家，他们虽然吸收了现代派不少艺术手法，基本上却是在现实生活中汲取创作灵感，以开掘现实生活中活生生的人的内心世界为主，像海明威等人，多少反映了生活前进的脚步。我们要发展社会主义文学，不能不把目光放在当代生活的变化上，必须使自己的感受、思想、认识符合生活的逻辑发展，自觉地运用历史唯物主义的观点去观察生活，观察生活中的人，这应该是基本的立足点。更何况，马克思主义的出现，在总结人类认识的历史发展的基础上，形成了辩证唯物主义和历史唯物主义的世界观，开拓了正确认识复杂纷纭现实生活的道路，在这样的条件下，再把现代派文学的一些基本观念视为时代发展的必然，就是一种时代的错误，只会把创作引向歧途。目前有些作品欣赏人的梦幻世界，鼓吹到宗教和虚无中寻找解脱，甚至探究抽象的恐怖感和琐屑的迫害狂，把主体意识脱离现实看作理所当然，丧失了起码的时代感，就是例证。

第二，现代派在艺术中的革新，即完全抛弃传统，尤其是抛弃一个民族的文化传统和审美习惯，在实践中是行不通的，也是违背艺术发展的客观规律的。有的研究家们以为，现代派作家的反传统，主要在于形式，像反小说、反戏剧，虽然也革除了一些僵化的教条，但也生造出了离奇古怪的形式，像拼板游戏式的结构，打破语言习惯的梦呓等，这当然是不足取的。但摒弃传统，更多表现在他们对过去生活的一概否定，对民族传统审美习惯的蔑视，像"意识流"文学，强调"自由联想"，否定传统的对"联想"和客观现实之间的有联系的正确的态度，把跳跃性和随意性推向极致，违反了人们正常的思维过程。"存在主义"文学认为传统的诚实、道德、善良都不存在，只有为了个人利益进行自由选择才是实在的，这就完全违反了人类借以生存和发展的基本精神支柱，无怪乎他们的剧本中出现了曾经坚决同法西斯斗争的游击队员，却在最后一秒钟又隐瞒身份，逃避迫害。从文学现象看，西方现代派文学虽然此起彼伏，层出不穷，却像走马灯一样，寿命不长。脱离传统，不为广大人民所接受，不能不说是一个重要的原因。而当前我国的一些热衷于引进西方现代文学，提倡建立中国现代派的论者，论点尽管各有侧重，但都认为过去的文学已经过时，甚至有些论者认为,新一代的青年诗人,其作品的"主体内容上的特征"就是"我不相信"。有些论者还引鲁迅为例,认为鲁迅初期小说的最大特点,就是对外国文学的艺术主张和表现手法的学习,却忘记了一个根本事实,鲁迅在创作小说以前,对中国历史、中国社会和中华民族的灵魂做了翔实而深入的研究,因此他的小说从来也没有割断历史,而是在探索中国人民摆脱封建枷锁的历程。从形式着眼,不看重形式所附丽的内容,是不符合生活发展趋势,也不符合艺术发展规律的。艺术发展的过程,是对现实生活,包括人自身本质力量认识不断深化的过程,也必然是在民族生活土壤上,不脱离民族文化传统和审美习惯的基础而不断变化的过程。一切新的探索离开了这两个基点,就会成为无源之水、无根之木,势必脱离现实,脱离群众。现实主义的创作精神,从它的发生到发展,以真实地反映现实生活(包括人的物质生活和精神生活在内)为目的,也就能比较正确地解决艺术和生活的关系,这关系到艺术发展的根本问题,它要丰富,要发展,要走向更广阔的道路,自然不在话下,生活的发展,人们对生活认识的深入,决定着它的前景。但要把这一切都归为过时的东西,一心另起炉灶,至少是一种脱离文学实际的轻率的态度。近年来,有一些文学作品,在小说上以梦呓或直觉为主线,颠倒时空、支离破碎;在诗歌上刻意涩滞,追求模糊,创新之意可以理解,但使人读来必须按图索骥,不敢稍有疏忽,否则就找不着头绪,把欣赏文学变成一种苦役,也许在某些读者中会受到称许,但对争取较多读者有一定阻碍,未尝不是过于脱离传统审美习惯的结果。民族化和吸收外来经验的问题,长期以来就有不同意见,中国有,外国有;现在有,过去也有。19世纪俄罗斯文学的斯拉夫派、西欧派就争论过这个问题,别林斯基为此发过不少议论;我们的现代文学发展过程中,20世纪30年代也曾爆发过类似的争论,鲁迅先生为此写过不少文章。如何正确处理两者的关系,是一个大题目,要作专门研究。但正如别林斯基说的:"文学中的民族性是什么?那是民族特性的烙印,民族精神和民族生活的标记。"因此,"如果关于生活描写是忠实的,那就也必然是民族的"。把西方现代派的产生和物质生活的发展联系起来,而又把当前的时代笼统称作"电子和原子的时代",忽视当前时代中民族生活、民族精神的烙印,对传统一概加以蔑视,以为应该把现代派当作文学发展的方向而亦步亦趋,脱离现实是无疑的,更不用说脱离因制度不同而形成的社会主义现实生活了。

第三,西方现代派,在很大程度上,是西方一些较为敏感而又脱离群众的知识分子的心理状态和审美情趣的反映。正像当代英国小说家安格斯·威尔逊指出的,意识流大师伍尔夫,"对个人价值的过度关心是因为她有充裕的收入,也因为她承袭了安定的上层社会悠久的传统"。当然,这些知识分子也处在被压抑的情态之中,他们对资本主义世界精神崩溃的揭露,对人的异化的抗议,对善良、正义被扼杀而感到愤怒,等等,和广大人民有息息相通之处,能引起一定共鸣。但也不能无视他们所处的社会条件和他们的思想产生的阶级根源。他们敏感,所以对物质文明和精神空虚的矛盾深有体会;他们脱离群众,所以常常孤高自许、躲进象牙之塔,在精神上凌驾于资产阶级,也凌驾于普通人民之上。这种两重性往往使他们慨叹于知音难求,发出绝望的呼喊:"我们本身就是悲剧。"是"已经写成的和尚未写成的惨剧中最令人震惊的悲剧"(表现主义戏剧家奥尼尔语)。近年来,我们有个别青年作家的作品,写当代知识分子和当代青年的心理和追求,在汲取现代派表现手法的同时,也常常流露出一种对现实的冷漠和对群众的孤傲,像有的作品以把现实生活看成黑色一团为新的发现;有的作品以不被群众理解为坚实追求;有的作品以把周围人等统统看作是庸俗为志趣高洁,有的以整日生活在梦幻世界中为美好理想。如此等等,大有"众人皆醉我独醒"的味道,恐怕不能说是一种健康的、正确的思想倾向和美学追求。这也从反面说明,引进西方现代派在思想上应该有一个正确的认识。正因为这样,一些论者高呼建立中国的现代派,和文学应当具有像恩格斯说的时代观念,站在当前思想高度上,着重反映当代生活的进程是没有什么必然联系的,甚至是背道而驰的。

现代派和我们社会主义文学发展的方向在思想基础、美学原则上，带有根本性的分歧，这是无疑的。不过，我们也不能因为有这种分歧，忽视了文学现代化的问题。应该说，现代化这个提法有含糊不清的弊病。所谓现代化，到底是文学要跟踪物质生活的发展，以及由此引起的人们意识的新变化，在观念上不断创造革新，还是指文学适应物质生活的新潮流去摹写人们物质的丰裕、利用现代技术的程度，或者完全脱离一定的历史条件追求抽象、永恒的共同美，在形式上刻意翻新而不顾及内容的需要；是站在时代的思想高度，从人们意识的变化中探索符合历史潮流的因素，还是对当代产生的一切新思潮，不分彼此，不辨是非，不揭示其在生活中处于先进还是落后、新生还是没落的位置，统统加以礼赞。这些都不容易从"现代化"的提法中找到准确的规定性。但是，物质生活的发展、现代科学技术的进步，或多或少或迟或早改变着人们的生活方式，影响着人们的意识，也必然引起当代文学的新发展。如果画地为牢，固守原来的、旧的文学观念，常常会脱离当代人们对生活的新的认识和新的审美特点。不少批评提倡现代派文学的论者的文章，正确指出了现代派文学对现实生活的观点，对艺术规律的破坏是资本主义社会固有矛盾的畸形反映，但一概反对物质生产和科学技术（包括社会科学以及近年兴起的边缘科学）的发展和进步对人们的意识、对文学的影响，也不免失之于简单。不少文章都引用马克思主义关于物质生产和艺术生产的发展的不平衡关系的论断，据以说明文艺和物质生产没有什么直接关系。这实际上是把马克思的针对某种具体现象的论断当作普遍规律来应用。马克思主义对意识形态，包括文学艺术在内的一个基本观点，也是有别于唯心主义和机械唯物主义的基本观点的："物质生活的生产方式制约着整个社会生活、政治生活和精神生活的进程。不是人们的意识决定人们的存在，相反，是人们的社会存在决定人们的意识。"并且据此断言："随着经济基础的变更，全部庞大的上层建筑也或慢或快地发生变革。"《〈政治经济学批判〉序言》而所谓不平衡关系，是要解决艺术的繁荣和社会发展的关系，不能认为在人类不发达的社会阶段就不可能产生艺术的某些形式，就不可能有艺术的繁荣，因为文艺解决的不是物质生产问题，也不是科学技术问题，而是对人们的生活方式、精神世界的探索和揭示，这种探索和揭示愈深刻、愈充分，就可能产生"某些具有重大意义的"艺术形式，像马克思指出的"史诗"。这也就清楚地说明，文艺的发展，绝不是某些形式的消失和更新，只有文艺家所创造的形式，在完美的程度上表现了他所置身的那个时代，就会形成一定的艺术繁荣，而且也会在百年后仍给人以艺术的享受。但是正如马克思所断言的：希腊艺术是"这个社会阶段的结果，并且是同这种艺术在其中产生而且只能在其中产生的那些未成熟的社会条件永远不能复返这一点分不开的"。因此，马克思的不平衡理论是要解决艺术发展的一个具体问题，解决艺术的特殊职能问题，并不是要解决物质生产，以及由此形成的生产关系对文艺的决定性作用的问题，不能简单地作为普遍规律去论证文艺与物质生活发展的关系。当然，这种影响要通过人类意识中介而实现，也是不可忽略的一个方面。

应该说，一部文学史，就是文学随着生活变化和时代前进而不断发展的历史。我国的古典文论中，很早就注意到这个问题。刘勰在《文心雕龙》中就说："文律运周，日新其业。"明代袁宏道（中郎）说："文之不能不古而今也，时使之也。"清朝末年的改良派，尽管在谈到文学，尤其是小说时，过分强调它对社会的作用，但梁启超愤而言之的："故今日欲改良群治，必自小说界革命始；欲新民，必自新小说始。"（《饮冰室文集》卷十七）很可见出这些向现代文明和民主招手的先驱者（他们后期变为保皇派，有其历史的和阶级的根源，是另外一回事，不再赘述），是如何重视文学追随当代生活的发展而发展的特性。我们常说汉文的恢宏、曹魏诗歌的通脱、盛唐之音的巍峨，都是反映了当时物质生产发展影响下人们意识的变化。更不用说，"五四"以后新文学运动的实绩，突出表现在反映当时变化了的生产关系，向腐朽的封建意识猛烈开火，开辟了一个新的天地。

因此，我们对文学的现代化问题，应该有一个科学的、准确的评价。既不能笼统地把文学现代化简单地和经济建设、科学技术的现代化直接联系起来，不考虑意识形态自身发展的规律（例如文学的发展和当代人们的政治观点、道德观念、美学观念的联系，文学和阶级的关系，等等），也不能忽视物质生产的迅速发展对人们的意识的影响。这种影响必然会引起当代文学在观念上、在开掘生活的角度上、在反映人们审美意识变化上的一系列新的发展。

这种发展，在当前已经引起了不少作家和评论家的注意，但由于封建主义在我国存在的时期较长，小农经济的影响更是十分牢固。新中国成立以后，提供了彻底消灭封建主义、改造小农经济的有利条件，但50年代后期，"左"的思潮的抬头，错误估计了社会主义社会阶级斗争的形势，没有认真清除封建思想的束缚，没有认真改造小农经济的落后与保守，在文学观念上，新的变化比较缓慢。粉碎"四人帮"后，党的十一届三中全会以来，经济建设和科学技术的现代化步伐加快，生活中摆脱封建思想禁锢和小农经济束缚，清除"左"的思潮的浪潮拔地而起，人们的意识也正在经历着一个新的变化的过程。党的十二大提出的建设两个文明的号召，尤其是把建设精神文明也作为建设社会主义的不可或缺的重要部分，更促进了这个变化的过程。文学观念的变化，使文学更能适应这样一种现代化的进程，就显得更为突出。

比如说，在思想上如何站在当代的高度去认识过去、反映现实、展望未来，应该有一个清醒的态度。近年来，文艺创作的发展，文艺理论的活跃有目共睹，不少论者以为这是党的解放思想的号召产生的硕果，其实，所谓解放思想，就是抛弃陈旧的观念，或者貌似时髦而实质陈旧的观念（包括中国的，也包括外国的），树立先进的、符合时代要求的新观念。像对60年代初期那种表面轰轰烈烈实际上狂热浮夸的生活现象的再认识，对"文革"时期极左路线对人民生活的破坏迫害的揭露，对实践中的共产主义思想的礼赞，对落后、愚昧、轻视知识文化的习惯势力的抨击，对文明之风逐渐深入古老生活角落的欣慰,等等,都使文学和当代人们的思想感情更为接近,且有鲜明的时代感。但是,也不能不看到,一些陈旧的文学观念仍然时隐时现,束缚着文学的革新和创造。有些同志提出,近年来无冲突论的倾向有所抬头,就是不适应时代发展的一种旧的文学观念在作祟。其他像文艺直接配合政治运动、图解政策的现象,在文学创作和理论上都时有出现。一个阶级一个典型的变种也常常在理念加个人特征的形态下出现,对人物精神状态的复杂性的忽视,对作品主题纯化的要求,对社会主义新人形象特别是当代青年形象单一化要求,等等,都是比较陈旧的文学观念。近来有个别作品,意在提倡民族固有的美德,却不强调社会主义时代的内容、共产主义思想的萌芽,把封建的忠孝作为当代人处理家庭关系、婚姻关系的标准,更是开倒车的观点。说它们陈旧,是因为这些观念和简单化地理解文艺与政治的关系,文艺与生活的关系紧紧联系在一起,是因为这些观念不适应于当代生活的发展。

又比如对时代变化和生活发展,以及反映社会主义社会人生的价值和意义、道德伦理观念的变化,也应该有新的开拓和认识。近来有些文学创作,尤其是崛起势头甚盛的中篇小说,之所以在群众中,尤其在青年群众中引起较大的反响,都是在这方面有突出的长处。像《黑骏马》通过一个古老的民族中的一对青年男女有诗意的爱情的悲剧,展示了古老的草原上也需要吹进文明之风;《人生》通过生活在城镇和农村交叉地带的农村青年在人生道路上的艰苦跋涉,探索了整个社会应当怎样重视知识才能、这一代青年本身应当怎样投身到时代生活激流中去找到前进基点等富有时代气息的重大社会问题;《流逝》通过一个中年妇女的地位变化引起的思想波动,显现了人们在金钱之外对更坚实更丰富的精神生活的需要;《高山下的花环》之所以在军事题材上独辟新径,也在于作者不是按照解放军战士的一般标准去塑造小说中的先进人物的,而是把人物放在当代诸种矛盾的交叉冲击中,挖掘了这些矛盾在人物内心的折光,写出当代青年在血与火的洗礼中曲折成长的过程。这些作品的人物有着多侧面的性格,却又统一在富有时代特点这个整体上，才给人以新的感受和新的启发。相反，近年来数量惊人的长篇小说中，出现了不少平庸之作，原因可能是多样的，但在艺术构思上，受到过去陈旧的文学观念的影响，用老而又老的手法写旧而又旧的故事，写工业战线，就是方案之争、劳动生产过程、拼命蛮干、不尊重科学，片面强调精神变物质；写农村生活，就是支书先进、队长落后、贫农积极、中农动摇；写战争场景，就是硝烟弥漫、奋不顾身。如此等等，也是至今未能出现代表一个时代艺术高峰的巨著的一个重要原因。

又比如关于现实主义创作精神的坚持，也必须建立在发展的基点上。我们说现实主义是最好的创作方法，是因为现实主义创作方法的核心是这样一种创作精神：要敢于面对现实，真正地反映现实生活的进程，真实地描绘有深度的有重大时代意义的具有鲜明个性特征的典型形象。这就要求现实主义追随着时代的变化，不断有新的发展。19世纪俄国现实主义文学的两个大师，屠格涅夫和托尔斯泰，不约而同地说出抛弃陈腐、走出新路的愿望。一个说："应当走另一道路……与老的手法永诀。"一个说："避免陈腐的手法。"对现实主义作了科学说明的恩格斯，也强调指出："古代作家的性格描绘在我们的时代里是不够用的。"这些都说明现实主义的生命力在于不断地有所丰富和发展，不断跟随当代生活的新发展、新趋向有新的变化。前几年，由于长期以来现实主义遭到厄运，文艺界提出了恢复现实主义传统的主张，有一定积极意义，不少作家努力从事于斯，也产生了不少佳作，时至今日，我们就不能满足于恢复，而是要力求发展。说现实主义已经过时，是一种片面的形而上学的理解，因为取消了现实主义的基本核心——和现实生活广泛而深刻的联系，取消了现实主义对作家的基本要求——忠实地面对现实，剖开表象把握本质，也就无所谓什么现实主义精神了。而生活在发展，时代在变化，现实主义精神也必然有发展、有变化，坚持这样的精神，是不会过时的。

当然，就像我们当前从事的现代化建设是社会主义的现代化一样，既要吸取当代物质生产和科学技术的每一项新的成就和经验,也要保证社会主义制度的根本性质不能改变,我们的文学适应生活变化而不断创造革新,努力具备像恩格斯说的"时代观念",也要坚持社会主义的内容,要具备先进的共产主义精神。归根到底,是要开创社会主义文学的新局面,而不是搞其他什么文学。具体说来,建设社会主义的过程是复杂而曲折的,充满着矛盾,充满着困难,但是它毕竟代表着历史发展的前进趋向,逐步深入掌握了科学社会主义原理的广大群众,开始能够意识到自己改造自然、创造文明的力量,开始能够清醒地看到尽管荆棘重重,未来的前途是充满希望的,开始能够摆脱封建主义、资本主义的陈旧羁绊,有信心发挥自己的聪明才智,这才是真正的新时代的曙光。反映这个时代的文学,不论是真实地描写社会关系的变化,还是展现人们精神世界的变化,自然要贯穿着这样一种时代的特征。有人以为文学观念的现代化就是要接受现代派文学那种畸形观念形态,那是在资本主义社会物质生产高度发展、人的精神受到压抑的现象日益严重面前束手无策,陷于悲观、绝望,甚至诅咒文明和进步的畸形观念形态;有人担心提出文学的现代化,就是兼容并蓄,不分彼此,有丧失掉社会主义文学的特点,被现代派"化"过去的危险,还是坚持传统比较保险。意见针锋相对,其实都是对当前这个社会主义时代没有从整体上加以考察的片面性的观点,而表现在当前创作实践上,两种情况都有,像有的作品,把以自我为中心的人物看作生活中的闯将,有的作品把自我奋斗、弱肉强食当作人们生活的准则;有的作品把蔑视现实、追求梦幻当作人生的美好向往;而有的作品,仍然走着公式化、概念化的路子,甚至以为反映时代精神有点概念化也无妨;有的作品仍然致力于描绘神化或半神化的英雄;有的作品热衷于绘制甜甜蜜蜜、欢歌笑语的无冲突的牧歌式的景象。这些都不能准确地反映新时代、新的风貌。

因此,如何看待文学的现代化和现代派文学,既要看到现代派文学产生的历史条件和社会根源,社会主义文学在哲学思想和美学原则上和他们有着根本分歧,不能搞全套引进,那样做就会丧失掉社会主义文学的特征，又要看到，文学适应生活的发展，具备当代的"时代观念"，也不容忽视。从这个意义上讲，适应当代物质生产和科学技术发展的水平，在文学观念上倡导创新精神，以及对一些陈旧的观念的冲击精神，接受当代心理学、人类学、结构分析学等人文科学的新成就，在探索人们精神世界和心理活动方面作出新的尝试，并且注意到与此相适应的一些艺术表现手法的革新，对促进我们文学观念的新的发展，都会起到积极的作用，其中也包括正确借鉴当代西方文学的一些有益的经验。问题在于，我们要时时把握住社会主义文学的基点，在这个基点上，"转益多师是汝师"，社会主义文学才能有真正的繁荣。是不是这样呢？愿得到对这些问题研究有素的同志们的批评指正。

1983年5月19初稿

1984年2月7修订

选自《人·生活·文学》，陕西人民出版社，1987年

谈中篇小说《人生》的创作

《星火》杂志编者按：今年春节过后，中篇小说《人生》的作者、青年作家路遥和评论家王愚，在陕西西安的一个普通楼房里，围绕《人生》这部作品，讨论了当前小说创作中的一些问题。我们认为，他们所谈的这些问题，对关心《人生》和当前小说创作的同志有较多的启迪意义，故整理发表出来，供文学界的同志和广大读者参考。

王　愚：《人生》发表后，引起了读者的重视，在文艺界也产生了比较大的反响，全国各地报刊发表了不少评论文章。我读过你的三部中篇后，感到在反映生活的深度与广度上，每一部都有不同程度的进展。你在构思《人生》时，究竟有些什么具体设想？

路　遥：这部作品，原来我写的时候，确实没有想到会有什么反响。我写农村题材，不是一天两天的事了，也不是突然想起要写它，这部作品的雏形在我内心酝酿的时间比较长，大概是1979年就想到写这个题材。但总觉得准备不充分，还有很多问题没有想通，几次动笔都搁了下来。然而不写出来，总觉得那些人物冲击着我，1981年，下了狠心把它写出来。我只想把这段生活尽可能地表现出来。当作品发表了以后，得到了读者的热情支持，收到了上千封来信。我自己实在不想说什么，主要是想听听评论家的意见。

王　愚：你写《人生》，实际上就是在不断地探索"人生"，搞评论的人谈起来，不免"隔靴搔痒"，也许只有你自己更清楚这种探索的甘苦。

路　遥：根据目前发表的评论文章看，评论家们还是敏锐的，对这个作品内涵的东西，都基本上看到了，有些地方连我自己都还没有意识到。他们提出的作品中的不足之处，有些意见很有价值。即使那些反面意见，对我也很有帮助。

王　愚：你的《人生》，给我最突出的印象，是对当前这个转折时期中错综复杂的生活矛盾的把握。从当前整个文学创作的进展来看，这也是一个很重要的问题。当然也不仅是《人生》，你的三部中篇，在这个问题上都有比较突出的表现，最初发表，后来又得了奖的《惊心动魄的一幕》，尽管有些地方不免粗疏，但对"文革"时期那种虔诚混合着狂热、惶惑交织着冲动的复杂状态的描绘，尤其是挖掘主人公内在的精神力量，使他的性格发出闪光，内容是比较厚实的。你的《在困难的日子里》也是这样，在那样一种困难的时刻，在那样一些年轻人身上，一种坚毅不屈、冰清玉洁的性格力量，和周围严峻的生活矛盾互相冲撞，回响着悲壮的基调。在《人生》中，对这个转折时期的诸种矛盾，从人物的命运，从人物的内心活动中完整地展现出来，比前两部更为深刻、广泛。你在好几次讨论会上的发言和你写的文章中都提到，要写交叉地带，胡采同志也谈过这个问题，我是很同意这个观点的。在当前这个除旧布新的转折时期，现实生活的各个方面互相影响、互相渗透、互相交织，呈现出纵横交错的状态，作家要反映这个时代，就要从这样一个视角考虑问题。以我个人的偏见，当前有些作品之所以单薄，或者狭窄，或者浮浅，主要的恐怕是局限于狭小的生活范围，写农村就是农村，写城市就是城市，写待业青年就是待业青年，就事论事。其中一些较好的作品，也有一定的生活实感，但很难通过作品看到时代的风貌，因为常常是有生活而没有时代。当然，也有的作品，只有空泛的时代特点，没有具体的生活实感，那也不行。你把这两者结合起来，我觉得你在反映矛盾冲突问题上，有自己的思考。

路　遥：这方面我是这样想的。生活往往表现出复杂的形态，有些现象、矛盾、冲突浮在表面上，一眼就看得到，有些作家常常被这种表面的东西所吸引，所迷惑，不少作品就是描写这些东西的。但生活中内在的矛盾冲突，有时不是一下子就能够看清楚的，而作家的工作主要在于拨开生活中表面的东西，钻探到生活的深层中去，而不能满足于表现生活的表面现象，这样，作品才能写得深一些。

王　愚：你这个见解很深刻。不少作家到生活中去，一下子被生活的表面现象吸引住了，抑制不住自己的热情，没有经过反复的思考、消化、酝酿，常常是描写有余，思考不足，就很难深下去了。

路　遥：像农村生产责任制，这是党的现行政策，在农村和农民中间有着很大的反响，从表面上看，农民富起来啦，有钱啦，有粮啦，要买东西。但作品仅仅停留在这一步描写上，写他们有了钱，买电视机、买高档商品，写他们怎样把钱拿到手，又花出去，这样写当然不能说没有反映农村的新变化，但毕竟不足以反映新政策带来的广泛而深远的影响。一个作家，应该看到党的农村经济政策的改变，引起了农村整个生活的改变，这种改变，深刻表现在人们精神上、心理上的变化，人与人之间的关系上的变化，而且旧的矛盾克服了，新的矛盾又产生了，新的矛盾推动着体制的不断改革和人们精神世界的变化、人与人之间关系的新的调整。总之，整个农村生活经历着一种新的分裂和组合，应该从这些方面去着眼。从表面现象着眼，就容易写得浮浅、雷同。我自己原来也是这样，所以写的作品很表面。这样的作品，引不起读者对生活更深刻地思考。因此，我觉得作家应向生活的纵深开掘，不能被生活中表面的东西所迷惑。你刚才提到关于交叉地带的问题，就是我在现实生活感受到的一种新的矛盾状态。我当时意识到的是城乡的交叉，现在看来，随着体制的改革，生活中各种矛盾都表现着交叉状态。不仅仅是城乡之间，就是城市内部的各条战线之间，农村生活中人与人之间，人的精神世界里面，矛盾冲突的交叉也是错综复杂的。各种思想的矛盾冲突，还有年轻一代和老一代、旧的思想和新的思想之间矛盾的交叉，也比较复杂。作家们应从广阔的范畴里去认识它，拨开生活的表面现象，深入生活的更深的底层和内部，在比较广阔的范围内去考虑整个社会矛盾的交叉，不少青年作家的创作都是从这方面去考虑的，我的《人生》也是从这方面考虑的，但还做得很不够。

王　愚：就目前来看，《人生》展现的矛盾，是很不单纯的。

路　遥：回过头来看，有些地方显得很不满足，这个作品就主题要求来看，还应该展现得更广阔一点，现在还有一些局限。但就这部作品来说，再增加点什么已经很困难了，只有等将来再补救，主要是还要更深一步地理解生活。

王　愚：也许正因为这样，对《人生》的评价就有一些不同看法。我以为，你写《人生》是要剥开生活的表象，探索生活内在的复杂矛盾，因此，《人生》的主题就不是单纯一句话说清楚的。从作品的内涵看，你是探索转折时期各种矛盾交叉点上的青年一代，究竟应该走什么样的人生道路的问题。高加林的理想和追求，具有当代青年的共同特征，但也有历史的惰性加给青年一代的负担，有"文革"加给青年一代的狂热、虚无的东西。这些都在高加林的身上交织起来，因此，认为作品回答的问题就是高加林要不要改造，高加林的人生观是正确的还是错误的，都显简单了些，《人生》的主题应该是交叉的，是从一个主线辐射开来反映了时代生活的各个方面。

路　遥：这方面的争议多半集中在高加林身上，这是很正常的。对高加林这个人物，老实说我也正在研究他。正因为这样，我在作品中没有简单地回答这个人物是什么样的人。谈到作品的主题，过去把主题限定在狭小的范围内，总要使人一眼看穿，有点简单化了。当然也不是说让读者什么也看不出来。我的意思是，作品的主题不是一个简单的概念，因为生活本身就不是一个简单的概念。生活是一个复杂万端的综合体。作品是反映生活的，真实地反映生活的作品，就不会是简单的概念的东西。应该像生活本身的矛盾冲突一样，带有一种复合的色调。我在《人生》中就想在这个方面进行一些探索，主要表现在高加林身上。至于作品的思想性，我觉

115

得，作品的每一部分都应渗透着思想，而不是只在作品的总体上有一个简单的思想结论。作家对生活认识的深度应该在作品的任何一个角落里都渗透着。

王　愚：对！这个问题提得好。当读者读作品时，应该处处都能引起他的思考，而不是读完作品才证明了某个结论的正确或谬误。

路　遥：就是这样。像托尔斯泰的作品，处处都会引起读者的深思，《安娜·卡列尼娜》开头的第一句话就引起人们的思索。优秀的作品，每一部分都反映了作家对生活认识的深度，应该这样去理解作品的主题思想。

王　愚：作品的主题思想是丰富的，作品的人物也不应该是单一的。像高加林这样的人物，就不能够简单地去理解他。他的追求和理想，有这个时代青年人的特色。他想在当民办教师的岗位上，想在改变农村落后风俗上，做出一些成绩，想取得一些施展才能的条件，恐怕无可非议，但他身上也夹杂着一些个人的东西，追求个人成就、患得患失，碰到不顺心的境遇灰心丧气，等等，这一切交织在他身上，引起了精神世界的矛盾冲突，使他处在一个发展过程中。高加林是一个在人生道路上的艰苦跋涉者，而不是一个已经走完人生道路的单纯的胜利者和失败者。他的内心深处的矛盾和发展变化，触发着青年朋友们的思索，究竟应该怎样认识复杂的人生，总之，这是一个多侧面的性格，不是某些性格特点的平面堆砌。

路　遥：我觉得，人物形象能不能站起来，关键是这个形象是否真正反映了生活中的矛盾冲突。有些评论对人物的看法比较简单。往往把人物思想的先进与否和人物是否具有艺术典型性混为一谈，似乎人物思想越先进，典型意义就越大。衡量一部作品里的人物是否塑造得成功，主要看它是不是一个艺术典型。至于根据生活发展的需要，提倡写什么典型，那是另外一个范畴的问题，不应该把这两个问题混为一谈，这样的观点，在读者和初学写作者中间已经引起某种程度的混乱。至于高加林这个形象，我写的是一个农村和城市交叉地带中，在生活里并不顺利的年轻人的形象，不应该离开作品的特定环境要求他是一个英雄、一个模范，也不应该指责他是一个落后分子或者是一个懦夫、坏蛋，这样去理解就太简单了。现在有些评论家也看出来他身上的复杂性，认为不能一般地从好人或坏人这个意义上去看待高加林，我是很同意的。像高加林这样二十来岁的年轻人，生活经验不足，刚刚踏上生活的道路，不成熟是不可避免的，不仅高加林是这样，任何一个刚走上生活道路的年轻人，他不会是一个成熟的、完美无缺的人，更何况高加林处在当时那么一种情况下，对任何事情都能表现出正确的认识是不可能的。但是在这个青年的身上，绝不是一切都应该否定的。我自己当时写这个人物时，心理状态是这样的：我抱着一种兄长般的感情来写这个人物。因为我比高加林大几岁，我比他走的路稍微长一点，对这个人物身上的一些优点，或者不好的东西，我都想完整地描写出来。我希望这样的人物在我们这个社会里最终能够成为一个优秀的青年。目前出现在作品中的这个人物，还没有成熟到这一步。这并不是说我护短，在作品中可以看到，我对他思想感情上一些不好的东西的批评是很尖锐的。对作家的倾向性，咱们已经习惯于看他怎样赤裸裸地去赞扬什么，批判什么。我认为，一个作家的倾向性应该包含在作品的整体构思中。我的倾向性，表现在《人生》的整体中，而不是在某个地方跳出来把高加林批评一顿。

王　愚：这一点，有些评论文章没有讲得很充分。我觉得你最后那样的结尾，或者说不是结尾的结尾，已经指出来，对于高加林这样的人物，实实在在地扎根在生活的土地上，才会有一个新的开始。你对高加林是寄予厚望的。

路　遥：这里面充满了我自己对生活的一种审美态度，这是很明确的。至于高加林下一步应该怎样走，他将会是一个什么样的人，在某种程度上应该由生活来回答，因为生活继续在发展，高加林也在继续生活下去。我相信，随着我们整个社会的变化、前进，类似高加林这样的青年，最终是会走到人生正道上去的，但今后的道路对他来说，也还是不平坦的。

王　愚：对，他在以后的生活道路上还会遇到许多风风雨雨。

路　遥：这是肯定的，因为我们的生活本身就是在矛盾中前进的。

王　愚：你创造高加林这个形象时，是有原型呢，还是从很多青年身上概括出来的呢？

路　遥：我自己是农村出来的，然后到城市工作，我也是处在交叉地带的人。这样的青年我认识很多，对他们相当熟悉。他们的生活状况、精神状态，我都很清楚，这些人中也包括我的亲戚，我家里就有很多这样的人，我弟弟就是这样的人。我在生活中有很多这样的感受，才概括出这样的人物形象。

王　愚：高加林的形象，引起读者的广泛共鸣，恐怕主要是作者认认真真、老老实实从生活出发，把握了生活中复杂的矛盾冲突，而又完整地表现了出来。这个人物不仅是农村青年的写照，也是这个时代一些青年的缩影。

路　遥：高加林作为一个当代青年，不仅是城市和农村交叉地带的产物，其他各种行业也有高加林，城市里的高加林、大学里的高加林、工厂里的高加林，当然，更多的是农村中的高加林。这样的青年，在我们社会中，并不少见。我当初的想法是，我有责任把这样一种人物写出来：一方面是要引起社会对这种青年的重视，全社会应该关怀他们，从各个方面去关怀他们，使他们能健康地成长起来，因为我们整个的国家和未来的事业是要指靠这一代人的，所以我们必须从现在开始严肃地关注他们，重视这个问题；另一方面从青年自身来说，在目前社会不能全部满足他们的生活要求时，他们应该正确地对待生活和对待人生，从某种意义上来说，尤其是年轻时候，人生的道路不可能是一帆风顺的，永远有一个正确对待生活的问题。

王　愚：应该说，高加林的性格是多层次的，在他身上不仅仅是个人特点的堆砌，而且是反映了我们时代的诸种矛盾。另外一些人物也是这样，有些人物，在已发表的评论文章中还谈得不多，像刘巧珍这个人物，是一个很美的形象，但也反映着农村女青年自身的一些矛盾。还有高明楼这个形象，你没有把他简单化，他身上有多年来形成的一种优越感，甚至一种"霸气"，但却有他顺应时代发展的一面，有心计、有胆识，也有很多复杂的东西。刘巧珍这个形象，你突出加以表现的，更是我们这个民族悠久的历史所赋予这一代青年的一种美好素质。看来，你是很欣赏这个人物的。

路　遥：刘巧珍、德顺爷这两个人物，有些评论家指出我过于钟爱他们，这是有原因的。我本身就是农民的儿子，我在农村里长大，所以我对农民，像刘巧珍、德顺爷爷这样的人有一种深切的感情。我把他们当作我的父辈和兄弟姊妹一样，我是怀着这样一种感情来写这两个人物的，实际上是通过这两个人物寄托了我对养育我的父老、兄弟、姊妹的一种感情。这两个人物，表现了我们这个国家、这个民族的一种传统的美德，一种在生活中的牺牲精神。我觉得，不管社会前进到怎样的地步，这种东西对我们永远是宝贵的，如果我们把这些东西简单地看作带有封建色彩的，现在已经不需要了，那么人类还有什么希望呢？不管发展到任何阶段，这样一种美好的品德，都是需要的，它是我们人类社会向前发展最基本的保证。当然他们有他们的局限性。但这不是他们的责任，这是社会、历史各种原因给他们造成的一种局限性。

王　愚：我们历史的惰性，限制着他们应该有所发展的东西不能发展。

路　遥：正因为这样，他们在生活中，在人生道路上不免会有悲剧发生，像刘巧珍，她的命运是那么悲惨，是悲剧性的命运。我对这个人物是抱着一种深深的同情态度的。

王　愚：相形之下，我总觉得黄亚萍这个人物写得单薄了一点。我所谓"单薄"，就是说黄亚萍身上虚荣、浮浅的东西写出来了，这个人物内心必然会有的矛盾冲突、她在人生道路上的颠簸，似乎都写得不够深。这也许是我个人的偏见，不知你究竟怎样想，好些评论文章也没有更多地提到这个人物。然而从这个人物和高加林的关系来看，应该是既有互相影响的一面，也有互相矛盾的一面。刘巧珍美好的心灵体现了我们这个民族世代相传的美德，她在困难的时候温暖了高加林的心，坚定了高加林在生活中支撑下去的信心。这是和高加林旗鼓相当的一个形象。但高加林和黄亚萍之间，互相沟通、互相冲突的东西毕竟太少，似乎只在于衬托出高加林的悲剧命运。

路　遥：这个作品确实有不足的地方。我写较长的东西的经验不是很丰富的，因为牵涉的人物比较多，有的人物就没有很好去展开，我对这些人物的关注也不够，和一个初次导演戏的导演一样，常常手忙脚乱，有时候只能盯住几个主要角色，对一些次要的人物照顾不过来。而一些有才能的、经验丰富的作家，就像一个胸有全局的导演，使每一个角落都有戏，我现在还是一个实习导演，只能关注主要人物。黄亚萍这个人物，我原来设想的要比现在的规模更大一些，这个人物现在的表现还是个开始，她应该在以后的过程中有所发展。现在作品已经完成了，来不及弥补了。如果这部作品能够展开的话，可能比现在好一些。也不仅是黄亚萍一个人，还有其他人物，像高明楼这样的人，如果作品再往前发展，说不定，他还会上升到主要地位上去。我现在还只能关注到主要的部分。当然一个完整的作品是不应该有次要部分的。

王　愚：像戏剧演员常说的，在舞台上只有小演员，没有小角色。

路　遥：这就像盖一座房子，你关心的主要是横梁、立柱，而且想办法搞得独特一些，其他部分就来不及精雕细刻了，有时候甚至是用一般的材料来填充。这样，有些地方显得很平庸，我也是很不满足的。

王　愚：艺术创作上要照顾到每一部分，确实是不容易的，不仅关系到作家的器识，也关系到作家的经验和功力。不少大师在结构上下功夫，确非偶然。在托尔斯泰笔下，像《安娜·卡列尼娜》中的奥勃朗斯基这样的人物，应该说是次要的，但他在作品反映的生活范围内起了关键性的作用，使得整个作品的结构显得那么熨帖和匀称。《人生》后面的两个情节似乎和整个作品的结构贴得不是那么紧，一个是高加林从乡村到城市的地位的变化，是由于他叔父的偶然到来，而他从城市又回到乡村，却是碰到张克男的母亲那样一个女人，出于妒忌而告密都过于突然。这些地方不知你是怎样考虑的。

路　遥：艺术作品离不开虚构。关键问题要看作品描写的矛盾冲突、人物的命运，以及冲突的转化和发展，从历史生活本质的角度检验，是不是合情合理的。有些地方看起来，偶然性太明显，主要还是作者没有写充分。后面两个情节，不能简单地说是偶然的，只能说我没有写充分。

王　愚：由此，我想到当前小说创作中的一些问题。我们常说现实主义要深化，结合《人生》的创作来看，这个"深"，一方面是反映生活中矛盾冲突的深刻性，一方面是人物性格的内在的丰富性，也就是更深刻地反映多侧面的性格。今年《延河》二期发表的陈涌同志的文章，提出了一个很值得重视的问题，他认为文艺作品表现矛盾冲突，不光要表现人和周围事物的矛盾冲突，而且要更进一步反映人物本身的矛盾冲突，即使新人形象也是这样。你的《人生》，我觉得在这一点上表现得很突出。

路　遥：实际上，一个人就是一个世界，这个世界，不是孤立的，是和整个社会密切相关的，互相折射的。有些作品，尽可以编造许多动人的故事，但他们没有关注人物的精神世界，人在作品中只是一个道具，作品就不会深。欧洲有些作家，包括大仲马，为什么比巴尔扎克、托尔斯泰低一等，原因也在于此。

王　愚：今天和你的谈话，使我受益匪浅。作家要研究生活、研究人物；评论家就要研究作家、研究作品，注意作家们在研究生活上、反映生活上有什么新的经验、新的思考。这样，作家和评论家才能成为真正的朋友。

路　遥：实际上，作家和评论家都应该研究生活。评论家研究生活，也研究作品；作家研究生活，也重视评论。只有这样，评论家才能准确地评价作品，作家才能不断地提高自己。

王　愚：最近，听说《人生》和《在困难的日子里》都要改编成电影，你除了改编这两部电影外，还有什么新的打算？

路　遥：当前我们的国家正处在改革的洪流中，生活的矛盾冲突和变化比较剧烈，我不想匆匆忙忙去表现这个变化。这种变化对每一个人来说，都是一个新的课题，对作家来说尤其如此。这个改革才开始，我们不可能一下子把所有的东西都看得清清楚楚，我想深入研究这个改革的各种状态，以及人们的各种心理变化，暂时还不可能写出什么来。一个作家写出一篇引起人们注意的作品，好像爬上一座山坡一样，也许前面会有一片洼地，只有通过这片洼地，他才有可能爬上另一座山坡。

原载《星火》1983年第6期，原题为《谈获奖中篇小说〈人生〉的创作》

（张素文根据录音整理）

把握真实的历史精神

——柳青创作道路的一个探索

一

柳青的创作生涯，早在1934年就开始了。但是他引人注意的作品却是写在20世纪40年代的《种谷记》。这部长篇小说，以敏锐的思想洞察力和炽烈的政治热情，描绘了当时解放区农民怀着翻身喜悦变革生产关系、创造新型劳动组织——变工组的生活历程和精神变化，触及了新民主主义革命的一个重大的课题。四年以后，他又写出了长篇小说《铜墙铁壁》，虽然小说的背景是解放战争，但作者注意的重点还是农民在战争中所起的作用。全国解放后，他毅然扎根在陕西省长安县一个村庄里，以坚韧不拔的毅力，为广大农民在共产党领导下彻底摆脱贫困、走社会主义道路、热情投入农业合作化的伟大进军谱写历史，描绘他们创社会主义新业的艰难跋涉的历程，描绘他们在这个历程中精神世界细微曲折的变化，描绘一个新的制度诞生前的阵痛和诞生后的欢乐。于是，他构思了规模恢宏的《创业史》，又在创作《创业史》的紧张劳动同时，急切地写出了中篇小说《狠透铁》。可以说，柳青穷毕生之力，是在探索中国革命的一个重要组成部分——农民革命的特点，举凡这场革命激起的大波微澜、人世沧桑、家庭纠纷、婚姻组合、情绪转变，一一映照在他的笔下。他的作品的现实主义力量之所以厚重而犀利，其源盖出于此。

但是，柳青作品中反映的那一段生活，毕竟已成过去，而且由于一定的历史条件，那一段生活，尤其是农业合作化运动，既开拓了农业向社会主义发展的道路，也由于1955年夏季以后要求过急，工作过粗，改变过快，形式过于简单划一，产生了一些缺点和偏差，使农业的社会主义改造经历了曲折的过程。正是由于有了这种变化，对柳青的作品也就有了不同的评价，在几次学术讨论会上，或见之于公开发表的个别文章中，都有不同程度的争议。

这种争议，大多表现在对农业合作化和当前农业生产责任制的理解上。有人以为，农业合作化有过"左"的偏差和失误，今天的农业生产责任制又不同于过去的农业合作社的组织，反映农业合作化的作品就站不住脚。这种看法，不能说没有一定的根据，但显然是片面的，这样来衡量《创业史》等作品，也缺乏一定的说服力。因为《创业史》这类作品，没有简单地同政策的执行、运动的开展亦步亦趋，它里面展示的生活发展的趋向，翻身农民迫切需要摆脱贫困屈辱的处境，走一条共同富裕的道路，是至今也没有失去生命力的。因此，这种把政治上的功过是非当成衡量艺术作品价值的唯一标准，是用观念套生活，而不是从生活实际出发，不符合艺术自身的规律。

当然，也不能单纯就艺术论艺术，抛开当时的历史条件和时代背景，把作家看成和政治毫不相干的智者。有人以为，尽管农业合作化出现过这样或那样的偏差，但柳青写《创业史》时没有受到多大的影响，他的作品是严格从生活真实出发的，是现实主义的胜利。其实，柳青从创作《种谷记》开始，就以清醒的头脑，注视着农民革命对整个中国革命所起的促进作用，他对党制定的一系列方针政策是深信不疑的，这也是他作为一个革命作家极其珍贵的品格。1963年，他在回答个别评论家对《创业史》的批评时，就直截了当地指出："小说的字里行间徘徊着一个巨大的形象——党。"这样的作家，在写作时不考虑到党的方针政策，是不可能的。在当时的历史条件下,要求一个作家根据生活的真实去抵制某些指导方针上的偏差,也是不现实的。翻开《创业史》,在一些局部性的描写上,包括有些文章中提到的重大修改,甚至在《狠透铁》的结尾,支持坏人的一个干部,原来是个右派,等等,显然是一些败笔。不能笼统地要求柳青在当时就有识别"左"的偏差和失误的眼力,作家也是生活在一定历史条件下的人。更何况这样的败笔,也未必就是柳青一个人的弱点,至少在当代作家中,柳青的失误并不是最严重的。问题在于,柳青作为一个革命作家,他是要为一个新的社会主义制度的诞生谱写历史新篇的,他热情地赞颂党的领导在这个新制度诞生过程中的巨大作用,但又不是简单地描绘党的政策方针的执行,一次运动的开展始末,而是在作品中充溢着深厚的历史内容,表现出鲜明的时代特点,即使作为贯穿情节线索的某些事件已成为过去,这样的内容和特点,仍能使我们怦然于心,受到感动,得到启发,这倒是值得我们认真加以探讨的。

　　一部概括一个完整的历史时代的作品,或者说反映运动着的时代和时代的运动的现实主义作品,尤其是叙事性强的长篇巨著,最根本的还在于作品应该是"巨大的思想深度和意识到的历史内容,同莎士比亚式的情节的生动性和丰富性"(恩格斯语)三者完美的融合。现在被有些同志认为是马克思主义经典作家关于现实主义的著名定义"除了细节的真实之外,还要真实地再现典型环境中的典型性格"(恩格斯语),不过是就小说这种体裁,对上述三者完美融合的一个具体发挥。其中,"意识到的历史内容"应该是融合的基点,这已被马克思和恩格斯对不同作家和作品的论述所证明。马克思曾说过:"逻辑地意识到的世界本身才是现实的世界。"恩格斯认为巴尔扎克之所以是"比过去、现在和将来的一切左拉都伟大得多的一个现实主义艺术家",就在于他在《人间喜剧》里,"给予了我们一部法国社会的卓越的现实主义的历史"。可见,把握真实的历史精神,是一部作品长久保有生命力的关键。缺乏这种精神,即使给作品里添加多少重大的政治事件和社会问题,或者在刻画性格、揭示心理上花费多少笔墨，在艺术手法上怎样出奇制胜，都无济于事。也许可以制造一些暂时轰动或取悦于世的小品，但绝不可能是划时代的宏著力作。

究竟怎样理解真实的历史精神？正如马克思和恩格斯一再强调的："人们自己创造自己的历史。"具体说来，就是一个作家应该深刻探索人民在创造历史过程中的行为、心理、变化、发展。在艺术作品中，就是要通过具有不同性格特点的人物形象的命运历程，触及时代发展的重大矛盾对人的命运的影响。说得简单明了一点，就是围绕一个历史时代的巨大矛盾，写处在时代运动中的具有不同性格的人们的命运。这是衡量一部作品是否真正把握住真实历史精神的标志，也是一个作家思想艺术功力的重要体现。

不能说柳青在创作生涯开始时，就完全自觉地意识到这一点。但由于他通过生活本身，通过跟人民生活的联系，特别是1942年以后，他坚定不移地置身于人民群众为变革旧制度而进行的火热斗争之中，也包括他对优秀的现实主义大师们的作品的精心揣摩，使他有了把握真实的历史精神的可能，并在自己的创作中体现出来，逐步加以发展和完善。他起手的长篇小说《种谷记》，虽然反映的那段生活已经过去很久，甚至在当时也不是人人都感兴趣的，但作品却流传了下来，以至于要全面理解中国农民在革命斗争中最初迈出的坚实步伐，体会他们摆脱旧习、走上新路的心理和情绪，都不能忽视这部作品。至于他有一个宏伟构思，却不幸没有完成的巨著《创业史》，就更是如此了。

二

要把握真实的历史精神，首先要求作家对他反映的那个历史阶段的矛盾冲突，有透彻的、清醒的认识。这种矛盾冲突，不是臆造的，也不是抽象的，而是关系到人民命运前途的矛盾冲突。因此，不能凭苦思冥想或凭一时的政治热情去制造或触及矛盾，而是要依据科学的态度对生活的丰富内涵和内在运动规律加以反复的仔细的研究,并且能从历史的和时代的高度加以认识。列宁认为,托尔斯泰的伟大之处在于,他"的确是一面反映农民在我国革命中的历史活动所处的各种矛盾状况的镜子"。可见,尽管"托尔斯泰的学说无疑是空想的,就其内容来说是反动的(就反动一词的最正确最深刻的含义来说的)"。但由于他极其熟悉俄国的乡村,俄国乡村一切"旧基础"的急遽破坏,加强了他对周围事物的注意,加深了他对这一切变化的兴趣,从关心人民的命运和前途出发,致力于深刻反映那个历史时期犬牙交错的社会矛盾,才创造了可以称之为艺术瑰宝的史诗性的长篇巨著。当然,我们不能要求所有的艺术作品都达到这样的高度,但是,一部力求反映出完整的时代风貌的作品,尤其是长篇小说,却不能不在这个方面有自己的追求,尽管这种追求受到一定历史条件的限制和作家主观认识水平的制约,会有程度不同的差距。

就柳青的创作经历看,在毛泽东同志《在延安文艺座谈会上的讲话》指引下,他从1943年起,就不辞劳苦,与群众朝夕共处,也写出了像《土地的儿子》等短篇小说,但大都属于新生活、新人物的素描,可以看出作家思想感情的变化,却还不能深刻揭示出那个历史阶段重大的社会矛盾对人民命运所产生的深远影响。这并不难理解,一个作家和生活中的人们感情上息息相通,关系上融洽无间,只是可以创作出优秀作品的基础,并不能保证一定会创作出具有深厚历史内容和巨大思想深度的作品,要做到后一点,还需要作家在认识生活、研究生活上有独到而深刻的见解,最根本的还在于作家对社会生活中对人民命运举足轻重的复杂矛盾有深刻的认识。

到了柳青写《种谷记》的时候,情况才有了变化。从写作所费的时间看,1944年柳青在心目中就开始有了《种谷记》的雏形,这就是大家所熟知的一些资料,作为书中人物王克俭的原型,柳青曾在他家住了两个月,此人身上还有柳青父亲的影子,等等。但是直到1947年,柳青才写出了《种谷记》,其间,柳青对他要反映的这段生活是经过反复思考、反复酝酿的。如果拿他在1944年春天写的那个短篇,反映一个行政村主任不愿别人使他的驴，执意不参加变工队，来加以比较，可以看出，作家的思考和酝酿，在于怎样从较广阔的生活范围、较复杂的矛盾纠葛中，展现人们从不同的角度改变生活面貌的命运历程和精神世界。《种谷记》是柳青写长篇的发轫之作，但已可看出，作者透过农会主任王加扶、村行政主任王克俭、"奸猾堂"主人王国雄三条线索的矛盾冲突，不仅仅是对耕作制度和生产组织有所变化产生的分歧，而且是翻身之后的农民在旧基础已被破坏然而尚未彻底清除之际，面对旧势力的蠢动，怎样不断克服自身的弱点、清除头脑中的陈旧意识、开辟新的生活道路的斗争历程。这就有可能从比较广阔的历史背景下映衬出一种新的历史要求，不是局限在讴歌当时为农民摆脱贫困采取的一些具体措施上，作品的意义就不会随着事件的变化、条件的不同而消失。当然，正像前面提到的，《种谷记》在把握真实的历史精神上，还不是那样深刻，那样清醒。烦琐的细节，冗长的描写，对农民生活中落后东西的渲染，使作品过于沉闷。除了描写及安排情节重心上的缺点外，小说的结尾以撤换王克俭的村行政主任宣告结束，用行政手段来解决包含着复杂历史内容的矛盾，不免简单化了一些，也可以看出作者在功力上的不足。

写于两年之后的长篇小说《铜墙铁壁》，是柳青写解放战争，写扭转全局的一场战役——西北战场的战争形势，但是把重点放在一个粮站的活动上，可以看出，作者的企图还在于写人民的作用，人民的力量。不过，由于作者对这一段生活的熟悉程度远不如他对农村生活和农民群众的心理活动那样娴熟于心，革命激情多于生活矛盾的揭示，粗略的勾勒多于精细的刻画，在反映深刻的历史精神上，逊于他的其他长篇。

直到《创业史》的问世，才表现了一个艺术家把握真实的历史精神的魄力。不少评论文章认为，《创业史》的题序部分，起到了笼罩全局、提纲挈领的作用，是很有道理的。之所以有这样的作用，就在于作者从历史发展的高度，探索了占中国人口绝大多数的农民群众必须走上一条彻底摆脱贫困落后的道路的历史必然性。那扰攘不安的社会，那惊慌不已的生活,饥饿的人群,惶惑的心理,孕育着旧的基础的衰颓,预示着新的世界的到来。但这不是梁三老汉的善良、生宝妈的柔顺和梁生宝的苦干所能左右的。尽管在那苦难的岁月中,梁三老汉忠厚的庄稼人的心地,使生宝妈和梁生宝免受饥寒交迫之苦,但即使梁生宝像一头牛一样不知疲劳,苦撑苦干,剥削和压迫的风暴还是无情地袭来,梁三老汉的做四合院长者的美梦不得不破灭,生宝的勤劳换得的却是背家离舍钻进终南山去过一种近乎逃亡的生涯。历史的进程,就这样逼迫着普通的农民不得不认真思索,究竟应该走一条什么样的道路才能找到真正的幸福。这就为新中国成立后广大农民经历的历史发展提供了坚实的基础。不是某些领导灵机一动,就提出农业合作化的主张,也不是一声令下,广大农民一下子就意识到农业集体化的方向并且欢欢喜喜地组织起来。经过一番土地改革,农民有了自己的土地,但剥削的根子——私有制的问题不解决,单家独户对天灾人祸无力抗拒,难免有一天还会走上那苦熬日月,仍然难以真正走上发家创业的道路。因此走集体化的道路,组织起来发挥更大的力量,是当时广大农民的必然要求。然而,这个要求也并不是全体农民都能清醒地意识到的,不仅那些精明强干家道殷实的人们,自以为还有力量发家致富,难以接受这样的发展道路,即使那些受苦受穷多年,短时间也未必能在经济上、生活上彻底翻身的人们,也习惯于旧的生活秩序,只求勉强度日,对新的生活道路一下子还无法理解,也难以接受。因此,历史的必然要求是,农民翻身以后必须走上一条新的道路才能彻底摆脱贫困。而实现这个历史要求,又必须广大农民都有这样的自觉意识,更不用说,还有反对这个历史必然要求的人们,这些人与其说是为了个人的私利,倒不如说他们预感到在历史发展的新进程中,他们将会失去一切可能再处于决定别人命运的地位的优越感。矛盾的复杂是可以想见的。要想反映出这种历史的、时代的真实精神,就不能不触及矛盾的各个方面。有些反映农业合作化的作品,之所以显得简单化,主要就是缺乏这种深刻的历史精神,好像当农业合作化的方针提出后,农民在精神上没什么要求,也没有什么准备,只有工作组进了村，农民才有可能接触到新的道路、新的方向。一些积极分子也多半是因为响应党的号召（应该说，他们只有从切身体会中认识到党的号召指出了前进的方向，才会有自觉的意识），才奋发起来做合作化的带头人。有些动摇的人也多半是不相信新道路能走成功，一些反对的人则是死守个人利益，顽固到底。离开一定的历史条件，不是充分写出广大人民改变自己的命运的必然要求，充分揭示在实现这个要求的过程中出于不同的个人意志之间的矛盾冲突，单纯地写合作化的开展，写开展合作化的步骤、方法，当人民的历史的必然要求在另一种条件下有了变化时，当然会失去生命力。恩格斯在一封论述历史唯物主义的信件中说："历史是这样创造的：最终的结果总是从许多单个的意志的相互冲突中产生出来的，而其中每一个意志，又是由于许多特殊的生活条件，才成为它所成为的那样。"他还说：各个人的意志"虽然都达不到自己的愿望，而是融合为一个总的平均数，一个总的合力，然而从这一事实中决不应作出结论说，这些意志等于零。相反地，每个意志都对合力有所贡献，因而是包括在这个合力里面的"。[1] 我们常常强调运用马克思主义的原则指导我们认识生活、反映生活，但常常忽略了在作品中反映这种丰富复杂的历史创造过程；相反地，尽量写"总的平均数"，却没有花费力气去探索"许多单个的意志"怎样通过互相冲突，融合成总的推动历史前进的"合力"。柳青曾宣称他严格按照历史唯物主义的原理认识生活，反映生活，力求充分揭示农民在创造历史过程中所经历的外在的和自身的错综复杂的矛盾冲突，像他在《创业史》中达到的那样，是保证他的作品不因时光的流逝失去生命的根本原因，也是我们今天的小说创作应该力求做到的。

《狠透铁》是柳青在紧张创作《创业史》的中间，用较快速度赶写出来的一部中篇。在这里面包含着他对历史事变的睿智的探索，作品中所揭示的矛盾，尽管发生在正直的农民和一些企图夺取合作社领导权的坏人之

---

[1] 中共中央马克思恩格斯列宁斯大林著作编译局编：《马克思恩格斯选集》第4卷，人民出版社，1972年，第478—479页。

间，但一个重要的原因则在于忠心耿耿、任劳任怨的"老监察"由于历史条件的限制，文化水平低，对周围事物反应迟钝，脑子不够使，无法在集体化的道路上领导群众前进，当然也无法制止别有用心的人们的阻挠和捣乱。通过这样的矛盾，提出了一个含义深邃的教训：在集体化的过程中，没有充分的民主，没有适应这个新的历史要求的基层干部，仅仅依靠"要楞跑楞跑"跟着共产党的简单热情，是无法推动历史前进的。作品所达到的这种历史深度，在反映农业合作化的同类作品中，应该说是有其独到之处的，而且对处在一切变革时期的人们，都有普遍的意义。把握真实的历史精神，对一部作品（无论其篇幅大小），就是这样起着举足轻重的作用。

三

文艺必须有助于人们更深刻地认识历史，认识生活，它的教育作用、审美作用，都建立在这个基础上。但是，文艺是通过它的特殊对象认识生活、反映生活的，那就是它要写出活生生的、完整的人物形象来。因此，文艺作品对生活的认识应该建立在对人的命运的关注上，包括人的理智和感情领域在内，一句话，包括人的全部外在活动和精神世界在内。从这个意义上讲，把握真实的历史精神，最中心的环节在于，把人物的命运同历史发展的潮流融合起来，对人民中间性格各异、追求不一的人物，探求他们在巨大历史变革时期复杂的矛盾冲突中怎样思索，怎样行动，怎样变化，怎样前进。

从《种谷记》开始，已经可以看出柳青的这种探求，他有意把王家沟的各色人等放在组织变工、集体种谷这件牵动庄稼人的大事周围，然后放手去写他们的不同感受、不同思索和不同的行动，而且尽量开掘他们之所以这样想而不那样想、这样做而不那样做的历史渊源和现实根据，不轻易放过他们内心里的矛盾。不仅在一些主要人物形象上如此，在一些次要的、无关轻重的人物形象上也是如此。像农会主任王加扶、村行政主任王克俭、富农王国雄，作者既写他们对变工、种谷的态度，也用不少篇幅写他们的处世之道、家庭关系。拿村行政主任王克俭来说，他对变工、种谷自然是厌恶的，但作者并没有简单地写他对这种改变旧习惯的新事物的抵触，而是着力写他处境的困惑、心情的抑郁，写他在家庭里无端的烦恼、无名的发火，这就活脱脱地刻画出一个在社会生活中恪遵祖传陈规、唯求一己富足，但又胆小怕事、俯仰人前的殷实户的形象。即使像存恩老汉、六老汉这样的人物，作者也是既写他们对生活中的大事模棱两可和坚定明确的不同态度，也写他们待人处事温敦有余和厚道热心的不同的表现。人物形象包含着丰富的生活内容，贯穿其间的又是他们整个的生活态度决定了他们对待社会事件的态度，历史的、时代的、生活的内容交织在一起，作品的意义当然就深厚得多了。不过，由于《种谷记》毕竟是柳青第一部长篇，没有把变工、种谷这类生产的变化所包含的深刻意义，放在更广阔的历史背景上去开掘，人物的生活关系写得过细、过于烦琐，相比之下，人物的社会关系的复杂性没有充分揭示出来，影响了人物形象的更高的典型性，自然也会影响到作品的思想和艺术高度。

到了写《创业史》时，作者在反复研究生活、概括生活的能力上，积累了比较丰富的经验；在把握真实的历史精神上，有了深刻的变化。作品中各式各样人物行动的动机，几乎无一例外地是"从那把他们浮在上面的历史潮流里汲取来的"（恩格斯语）。且不说像姚士杰那种完全反对农业合作化的敌对者，他的反对并不仅仅是因为经济上的损失，更主要的在于政治上的失势、地位上的降格，像郭振山那种对合作化采取阳奉阴违态度的党员干部，也未必就是单纯反对某种组织起来的形式，而是向往自给自足的生活，惧怕失去一村之长的威望。作者并不是简单地把他们当作反对农业合作化的对立面道具来使用，而是通过他们对待这样一场变革的思想、心理、情绪的变化，写出把自己的命运、前途和旧制度、旧事物联系在一起的人们，怎样以历史的必然性走到反对新制度诞生的道路上去。即便是那些受尽剥削之苦的贫下中农，他们摆脱了封建剥削的束缚，迎来了一个新的制度的诞生，正在创造着新的历史，也不是一下子就意识到自己在推动生活前进、创造历史过程中的作用,他们是带着缺点、不足走到新的历史道路上来的,经历着不同的甚至是艰难的变化,怀着不同的心情(也可能是痛苦的心情),同过去告别。这里面不仅有被旧势力吓破了胆、忍辱含屈变成麻木不仁、终于痛苦地和人生告别的王二直杠;有闭目塞听、失去人生欢乐、灵魂被扭曲了的素芳;有习惯于吃喝玩乐,却又一贫如洗的白占魁;也有梁三老汉这样步履蹒跚,欲进又退,做着个人发家美梦,却又无力实现这个梦想,终于明白了应该怎样前进的善良的庄稼汉;就是那些基本拥护组织起来走集体富裕道路的人们中间,也还有任老四这样小有收益便裹足不前、向后退缩的老贫农。这就使得作品从更广袤的范围反映了剧烈变革时期各阶级、阶层的复杂变化,历史也就在这种变化中前进。而作者在《狠透铁》中着力塑造的老监察,更可以看出作者在开掘真实的历史精神方面的努力。柳青写这个人物时,并不只是简单地把他当作一个先进人物给以政治上、道德上的评价,而是把他放在一个总的历史背景下,探索了普通农民怎样才能走上真正翻身之路的复杂历程。他身上那对共产主义的向往,那热爱社会主义之情,那一心为公的品质,无疑是很可贵的;但他因袭下来的沉重的包袱,缺乏文化、反应迟钝,视野狭窄等等弱点,妨碍着他成为真正的生活主人,于是他在一场新的变革中不能不扮演着既可敬又可悲的角色。马克思曾说过:"问题是在于实际上什么是无产阶级,无产阶级由于自己的这种存在在历史上必然有些什么作为。"①对于翻了身的贫下中农,尤其是他们中间的共产党员来说,他们的存在,必然要成为推动历史前进的力量,但必须具备一定的才干,最主要的是需要思想上的洞察力和认识上的高水平;否则,只能成为一个受人同情和尊敬的好人,而不可能是创造历史的带头人。当受到一定条件限制,历史还没有创造出这样一种人才时,即或被历史事变的潮流浮到一定的地位上,也很可能发生悲剧。柳青依靠自己对历史唯物主义的深刻把

---

① 米海伊尔·里夫希茨编:《马克思 恩格斯论艺术》,曹葆华译,人民文学出版社,1960年,第322页。

握，通过老监察这个人物达到的结论，和日后合作化高潮中暴露出的弱点——历史条件不成熟，人民的觉悟和才干不能适应，竟有某种程度的吻合，足见作家思想功力的深厚。

至于柳青在塑造社会主义新人形象的探索，也是他力求把握真实的历史精神的一个方面。像梁生宝这样的形象，作者尽力铺排他努力在较高思想水平上适应时代发展的渴望之情，作者尽力从个人经历的角度来纵观梁生宝成长的历程，写他从听话的庄稼人到听党的话的好党员，从关心个人到关心集体，从眼目所见的小天地到高瞻远瞩的国家等方面的变化，都是把个人的命运和历史的前进联结在一起，通过人物的思想、心理变化，探求变革的时代怎样造就逐步自觉起来推动变革的杰出人物。也许作者急于事功，更主要的是他不幸早逝，《创业史》半途夭折，梁生宝的形象并没有最后完成。现在看来，这个形象身上，理念的活动有过直过露之处，感人的魅力不够强烈，不能不使人感到遗憾。

应该说，柳青的作品之所以现在还葆有艺术的生命力，原因是多方面的。近年来，对他的创作，尤其是《创业史》，议论较多，研究他的作品和创作道路的文章，也是研究当代作家中数量较多的，就是明证。但是，他在把握真实的历史精神上所做的努力，无疑是他的几部长篇能够蜚声中外的一个主要原因。我们常常慨叹于近年来长篇小说质量不够理想，原因当然也是多方面的。但缺乏深刻的真实的历史精神，使得一些长篇小说不足以反映一个完整的历史时代，人物形象缺少深厚的内涵，不能不说是一个重要原因。从这个角度来看，柳青积累的经验包括不十分成功的教训，都是弥足珍贵的，有一定借鉴意义。这也就是我为什么不自量力就这个方面晓晓不休的原因。限于自己的水平，偏颇、谬误之处肯定会有，期望得到方家通人和读者诸君的指正。

1983年8月6日

选自《王愚文学评论选》，湖南人民出版社，1985年

在交叉地带耕耘

——论路遥

路遥的创作生涯，开始于1971年。他最初的一些作品，虽然也使人感到在构思上有自己的特点，对生活比较熟悉，艺术上质朴而严肃，是一个颇有才华并不肤浅的作家。但总带有不成熟的痕迹，有些作品还多少带有生活故事的味道。1980年他发表了中篇小说《惊心动魄的一幕》，一下子引起了文学公众和文艺界的瞩目。

人们惊异地看到，从对生活的开掘看，确实有粗疏之处；从对生活的思考看，也不免有不够深沉之处；从艺术表现看，还缺乏缜密圆熟的笔墨。总之，还有年轻作家那种稚嫩之气。但一个三十刚刚出头的作家，却敢于触及生活激流中尖锐的矛盾冲突的核心，勇于向广阔的生活天地驰骋，笔锋闪耀着热情的火花，目光蕴含着睿智的探索，尤其是作品中跳动着的奔突的力量，气势博大，的确使人耳目一新。同样是写"文化大革命"，其中所展现的却绝不仅仅是那个混乱岁月的表面描摹，尽管其中也不乏诚恳夹杂着狂乱，虔信包容着愚昧的描绘，但从历史发展的纵深对生活加以观照，通过交叉重叠的矛盾，追寻时代风云变幻和国家、民族、人民命运发展的轨迹，着重表现在人妖颠倒、是非错乱、大地震颤、日月呜咽的时刻，真正的共产党人那种临危不惧、大义凛然的悲壮气魄，却是当时描绘心灵创伤以抒愤懑和摹状血雨腥风以示残酷的作品所不曾具有的。

不久，他的《人生》发表，展现了转折时期城乡交叉的社会矛盾，揭示了重叠复杂的人生纠葛，将新一代农村知识青年（也不仅仅是农村青年）的思索、追求、理想、奋争以及他们"先天不足"的弱点和"后天失调"的缺陷一一披露出来，显现了当代青年崎岖不平而又充满生气的人生道路，产生了相当广泛的影响。后来，又看到他的《在困难的日子里》，线索比较单纯，色调却较繁复。作品着力描写一个中学生在60年代困难时期一段辛酸的经历，他经受贫困的煎熬，他忍受饥饿的痛苦，在稚弱的心灵上刻下难忘的印记，一种"到处潜悲辛"的气氛，遍布周围，然而就在那弱小的身躯中却蕴藏着一种不甘于沉沦、不接受怜悯、不溺于哀愁的精神力量，他尽管饥肠辘辘，面有菜色，却力图在精神上倔强起来，抬起头颅，挺起胸膛，做一个堂堂正正的人。这就在一个广袤的背景下，勾勒出我们这个国家和民族在曲折中行进的历程，以及年轻一代为保持正直的品格、高尚的情操所经历的挣扎和奋争，从一个侧面透视了我们的人民虽经劫波终究不会沉沦的内在力量，使人们在对历史的"反思"之余增长了志气。

一个年轻作家，短短三年，三部中篇，都引起了强烈的反响，至少说明他不是率尔命笔，不是敷衍成篇，而是对生活有反复的思考，对艺术有严肃的追求，尤其重要的是，他和时代有着十分紧密的联系，他对生活在底层的人民倾注着深沉的情愫。不能说路遥的作品臻于至善、无懈可击，他前面还有很长的道路，一条并不平坦的道路，需要他付出更艰辛的努力，但这个生在贫瘠闭塞山村，长在文化荒芜岁月的年轻人，以对生活的热爱和坚忍的意志、辛勤的努力走上文坛，作品的数量并不算很多，却以广阔的视野、深沉的思考、炽热的激情、质朴的风格引人注目，个中道理，确实值得人们认真加以探讨。

一

路遥自己曾说过，农村和城镇的"交叉地带"色彩斑斓，矛盾冲突很有特色，很有意义，值得去表现。这话当然不能仅仅从表面上理解，似乎写城市必写农村，写农村必写城市，或者推而广之，写部队必写学校，写工业必写商业，等等。一部文学作品，总是以小见大，即使包罗万象的百科全书式的鸿篇巨制，也只能通过部分反映整体。罗列生活现象，致力面面俱到，不是失之于庞杂，就是失之于肤浅，从文艺的特点和创作的实践看，都不足取。根据路遥后来的具体阐释和他的创作实践看，他所谓"交叉"，主要是着眼于"种种的矛盾，纵横交错，就像一个多棱角的立锥体，有耀眼的光亮面，也有暗影，更多的是一种复杂的相互折射"[①]。这应该说是一个有抱负的作家的经验之谈，也是他的创作具有比较丰富深厚的社会历史内容的根本原因。

　　文学要反映现实生活，应该是文学的基本特点。但怎样才能反映出生活的运动，反映出生活的深邃，反映出生活本身固有的五彩缤纷的色调，往往取决于一个作家能不能反映出生活中矛盾冲突的复杂形态。生活中的矛盾冲突，并不总是像在理论抽象中概括的那样壁垒分明、轮廓清晰，它们渗透在生活的各个范围内，互相纠结，常常是牵一发而动全身。用固定的模式、简单的分类，甚至人为地制造对立，是无法把握到生活的内在脉搏的。作为一个忠实于现实生活的严肃的作家，承认不承认现实生活中固有的矛盾冲突，是有无现实主义精神的标志，而能不能从生活中反映出矛盾冲突的重叠交叉、互为因果的全景，则是现实主义精神深刻程度的标志。

　　有些浮光掠影的作品，也并非完全不接触生活的矛盾冲突，但常常把复杂的矛盾纯化、净化，变成简单对立的、抽象的几股力量，千篇一律的阶级斗争，枯燥乏味的方法方案之争，尽管写来火爆炽烈，蕴含的社会历史内容却十分有限。至于有些作品，避开现实中固有的矛盾，热衷于描绘人们心灵深处瞬息万变的感受，人们头脑内部流动不已的印象，尽管

---

① 转引自晓蓉、李星：《深入生活，写变革中的农民面貌和心理》，载《文艺报》1981年第22期。

写来一波三折，细致入微，却因为这些感受和印象不是同生活的流向和运动胶结在一起，不仅苍白无力，而且柔弱纤细，时代的声音回响微乎其微。

路遥的作品，尽管在这些方面有自己的追求，但也是经历过一段发展的。

且不说他步入文坛的发轫之作，像1977年的《不会作诗的人》，当时流行的风尚的影响还依稀可见。作为一篇故事看，不能说没有反映出生活的一鳞半爪，在那个"左"的路线风靡之际，空喊革命口号而不顾及生产发展和群众生活成为时髦，作者着力写一个基层党员领导干部刘忠汉热爱劳动、积极生产、关心群众生活的优秀品质，写这个干部因此而受到的压力，但基本上还是先进特点的堆砌，人物不是在左冲右突中显现出多侧面的性格，缺少丰富的生活内涵，"左"的"三突出"的流弊，对作者来说，一时还难以彻底摆脱。就是他后来写的《夏》，作品的泥土气息甚浓，男女主人公的爱情纠葛也写得不是一览无余，但作者的笔触仍然局限在揭示人们应该怎样树立正确的在政治思想上一致的恋爱观上，而不是通过对爱情的不同追求，探索一定历史条件下人们审美观念发展和精神世界变化的复杂的社会原因。同样是写爱情生活的《姐姐》和《月下》，就可以看出，随着作家对生活纵深的突进和对生活理解的深入，人物经历的是爱情的起伏跌宕，蕴蓄在背后的却是生活中新旧交替的复杂矛盾形态在人们精神世界里的折射。《姐姐》中的姐姐，她心中爱情幼苗的萌动和凋零，几乎和现实生活的变迁亦步亦趋。一个生长在偏僻山村的姑娘，对洋学生高立民由同情到爱恋，既是她身上那种纯真的感情的流露，也是高立民不同于一般农村青年的风采和才华引起的感应，而这些又和那个搅动生活各个角落、打破正常秩序的狂热岁月联系在一起。正是那场风暴中各种矛盾的冲击，接受现代文明熏陶的城市青年来到闭塞的山村，在狭小、停滞的生活圈子里辗转的姑娘面前展现了一个新的境界，几乎来不及思索就陷入了感情的漩流。她和他的思绪的沟通，感情的交流，是在一种他们并不十分清醒的反常条件下滋生起来的。当生活的风暴趋向于平静，生活的正常状态又趋向于恢复，感情的热度也会随之而下降，终于发生了给姑娘纯洁心灵涂上悲愁、给姑娘善良的灵魂带来痛苦的悲剧。你可以责备姑娘的过于轻信，你可以谴责高立民情操的低劣，但你不能不承认这个悲剧里包容着的具有一定历史性的矛盾，城乡之间多年来在物质、精神上存在的差距，以及这个矛盾在一定条件下的融合和激化。如果说，在《姐姐》里，作家对这种复杂现象的认识还不是那么清楚，没有更进一步深刻表现出，由于生活发展的曲折行程，高立民由勉强接受爱情到不可能把这种爱情保持永久之间微妙复杂的精神状态（至少从"我"的稚气的眼光中会感到一些不和谐的状态），谴责高立民那种有负于"姐姐"的态度溢于言表，这个小说的情节发展多少有点"痴心女子负心汉"的味道，以至于有的评论家认为对高立民的不道德行为的鞭挞还不够有力。那么，当作家写《月下》时，通过一对土生土长的男女青年爱情道路上的波折，就比较深入地表现了，即使在农村生活中，由于境遇出路的不同，生活条件的差异，也会造成精神上的距离和感情上的分野。兰兰何尝没有爱恋大牛的心意，但当她有可能通过婚姻的纽带进入城市，体验一种较为丰富的物质和精神生活时，她终于离开了大牛，而大牛处在困顿的农村生活中，尽管内心深处对失去了爱情是那样痛苦而愤怒，但也无法改变这既成的事实，只能把一腔无名之火发泄到载走兰兰的汽车上。同样可以谴责兰兰那不无市侩气味的婚姻观，但小说里对农村生活多年来在"左"的影响下形成的贫困、停滞、闭塞状况的描绘，对兰兰在去留问题上不平静的内心思绪的刻画，已经透露出，现实生活在前进与停滞之间越来越尖锐的矛盾状况下，会给人们在精神上、感情上带来如何非同寻常的波动。

当然，这些短篇小说还只是作者初试锋芒之作，虽然从爱情生活这个敏锐表现社会心理发展变化的侧面，触及了当代城乡之间复杂的矛盾形态，超出了仅仅局限于描绘谈情说爱、男婚女嫁的狭小范围，其意义也不再是简单地谴责情操低下、喜新厌旧、追求享乐的恋爱观和婚姻观。但由于展开的生活面不是那么开阔,作家对社会生活的矛盾状态从更广袤的范围加以把握的可能,不能不受到一定限制。只有他的中篇创作,才触及和社会历史进程攸关的复杂矛盾,包含了丰厚的内容。

《惊心动魄的一幕》,偏重粗线条的勾勒,的确像一位修养有素的评论家说的那样,可以写得"更深沉,更宏大,更美妙"[①],然而,"文化大革命"那种特有的矛盾组合,夺权斗争的反复,派系对立的分合,几股力量的纠结,其中更插入农民群众的奋起……跃然纸上。更富有意蕴的是,这诸种矛盾并不是并行不悖,而是互为因果,集中在争夺原县委书记马延雄的明争暗斗上,也成为马延雄心潮起伏、殚思竭虑的焦点。两派头目的交错出现,农民群众的迂回斗争,两派力量处于火并前夕一触即发的紧张气氛,既关系到党和国家的命运,也关系到群众的存亡,是社会生活动荡的契机,这些都牵动着马延雄的思绪,也扣动着读者的心弦,真是一幅五光十色的动乱岁月的真实的写照。实际上,就是通过这种互相牵制的矛盾,各种互相较量的力量的冲击,历史才沿着曲折艰难的行程为自己开拓前进的道路。如果作者不是这样触及矛盾的各个方面在历史进程中的位置,不是触及每个人怎样被卷进这些矛盾的旋涡中去,他的命运又怎样在漩流激荡下变化发展,也许我们可以看到一场你死我活的混战,至于这些混战给社会历史发展带来的冲击和阻碍,以及通过这场混战显示出的人民的力量,就使人很难有所体察,而这后一方面,才是一个现实主义作家应该具有的深沉的追求。

在《人生》中,作家的这种追求,扩展到较为广阔的范围,触及生活的底层,作品所揭示的矛盾,既有转折时期城乡差别引起的反响,也有社会上和党内不正之风引发的新的矛盾,还有"文革"给青年一代打上的印记——个人奋斗、个人追求同生活发展不协调的冲撞,凡此种种,又都纠结在一起,互为因果,对青年走上人生的康庄大道起着牵制作用。比

---

① 秦兆阳:《要有一颗热情的心——致路遥同志》,载《中国青年报》1982年3月25日。

如说，高明楼等人以走后门的不正当手段挤掉高加林民办教师的位置，显然是不正之风带给高加林的厄运；但高加林的命运的变化却也从此开始，是屈从于停滞而闭塞的生活圈子而消沉意志，还是力求展翅翱翔为改变生活旧貌而奋争，而又通过怎样的途径去奋争，既展现了生活中消极的东西对年轻有为之辈的束缚，也暴露了青年一代同生活进程不适应的弱点，不能不由此产生了新的矛盾。即使他靠偶然的机遇摆脱了这种束缚，进入了城市，有了可以施展才华的条件，在人生观上如何树立正确的追求，对他仍然是一个尖锐的考验，至少在高加林和黄亚萍的关系上，和刘巧珍的关系上，都面临着一场严峻的抉择。这种种矛盾都有着深刻而复杂的社会、历史原因，也有个人的因素。生活的发展，既有为青年一代奋发有为创造条件的一面，也有受历史局限一时还摆不脱陈规旧套、因循保守等因袭的一面。从青年一代自身看，既有进取的一面，又有不适应于生活发展的一面；既有摆脱传统中陈旧因素的一面，又有如何继承传统中优秀因素的一面。呈现出转折时期新旧交替的特有的复杂色彩。把握这些矛盾，反映这些矛盾，有助于展现广阔的生活风貌，也会触发人们的深思，既注意环境的改造，也注意对人的改造，寓意就不一般了。高加林和刘巧珍的爱情悲剧，从当代社会的道德规范看，自然不无可以訾议之处，但更深一层探求，也反映着深刻的社会矛盾。这种矛盾开初就存在于高、刘之间。一个那样有追求、有幻想，不安于现状，想出人头地；一个是那样陶醉于已获得的爱情，满足于一个安乐的家庭，绝无非分之想。在一种非常情态下，高加林落魄农村，刘巧珍爱有所寄，可以取得一定平衡；但生活在发展，高加林出头有日，大显身手，刘巧珍仍然停留在原来那种境地，差距的加大导致感情的破裂，这其实还是生活中新的因素的增长和停滞的节奏之间矛盾的映现。某种历史条件造成的矛盾，只有当这种条件完全改变，才谈得上矛盾的解决。作家没有简单对待这种矛盾，读者的眼光才不会仅仅停留在对个人行为的谴责上，而是引发创造条件解决这种历史性矛盾的思索，《人生》反映矛盾的深度正在于此。问题在于，作家对高加林矛盾心情的刻画，稍显简单；而对刘巧珍复杂思绪的揭示，尤显单薄；高加林的决断过于突兀，似乎主要原因是高加林离开农村，要找一个可以远走高飞的攀缘，忍痛割爱。作家对这个人物又寄予过多的同情。这样一来，不仅在道德上多少开脱了高加林，也使悲剧的形成缺乏更深刻的内在历史的和社会的根源，不免会引起一些纷纭的争议。

最近发表的《黄叶在秋风中飘落》，就反映的社会面看，确实不如《人生》，但作者深耕于社会道德领域，写时代转折在一个生活在僻壤之地的农村妇女精神世界里引起的复杂变化，又写一个城市姑娘到农村后精神上感到的充实。探索真美之所在，剖析真正美好的事物和对物质生活丰裕的追求既有联系又不完全一致的复杂情态，是对时代生活更进一步的开掘，也是在交叉地带精耕细作的收获。

可以看出，随着作家人生阅历的积累，随着作家洞察现实生活的逐步深入，路遥创作中对生活的复杂矛盾状态的把握，逐步深化起来，使他的作品涵孕着更丰富、更厚实的社会历史内容。尽管在这方面他还存在着不足之处，但对一个现实主义作家来说，能够在这一点上孜孜以求，就为自己的创作奠定了一个坚实的基础，从这个意义上讲，路遥初登文坛，就使人瞩目，并非偶然。

二

对于一个现实主义作家来说，把握现实生活中复杂的矛盾状态，既是在全景意义上概括一个历史时期的需要，也是完整地展现人物性格的重要环节。路遥笔下的人物，在典型性上当然还有这样或那样的不足，但都给人以鲜明的印象，尤其是人物形象包含的社会历史内容比较丰富。他总是把自己的人物放在复杂的矛盾冲突的旋涡中，放在时代风云变幻的"风眼"中，让人物面对周围相互纠结的复杂关系，左冲右突，显现出在社会环境影响下多侧面的特点，以及人物性格的力量和强度。

当然，任何一个在人类艺术宝库里添加了新的珍品的作家，都在形象的典型化上有自己突出而鲜明的艺术发现。从新时期文学六年的发展来看，对塑造多姿多彩的人物形象的重视，几乎可以说是一个共同的特点。然而，使自己笔下的人物和时代生活的变化联系得那样紧密，包容广泛而深刻的社会历史内容，展现出性格的力量和强度，也许在路遥的作品中表现得更为突出。即使路遥把笔触深入人物的内心，也不是静态地剖析人物的灵魂，而是写人物思考的曲折反复，写人物感情的强烈起伏，而这一切又和人物所处的历史条件、生活环境有着或明或暗或显或隐的千丝万缕的联系，是人物对现实生活中重大矛盾冲突的反射和感应。这样，人物的性格不仅不会成为某种类型的象征，也不会成为单纯的特征堆砌，而是充满行动、充满活力，因而也是充满生命的有血有肉的集中体现错综复杂社会关系的人。

这样的特点，在他的一些短篇中，虽有些表露，但还不是那么明显。发表较早的《夏》中，对主人公杨启迪内心希望与失望交替出现的描绘，细致入微；对杨启迪面临个人感情和社会义务冲突时的痛苦思索的刻画，很见功力；就性格发展反映社会生活矛盾冲突的深度看，似乎还缺乏更内在的纽带。稍后创作的《青松与小红花》中，城市女青年关月琴那种执着的追求，对知识的渴望，同周围那闭塞、停滞的山村生活，同一些抱有历史惰性的偏见，是那样不协调，不能不引起姑娘内心的苦恼、焦灼和奋争。人物的心理变化体现着陈旧的偏见同生活发展的强烈对立，在对立中揭示了时代前进的历史必然，性格的内涵有了更深一层的寓意。然而由于对立力量的开掘流于一般，人物性格的时代特色多少有些模糊，难以展现人物性格在同那些闭塞的生活和陈旧的偏见反复较量中蕴蓄起来的内在力量。他还有一篇别具一格的短篇小说《痛苦》，有意避开一般常见的套数，从一个农村青年失去爱情（对方是一个留恋城市的姑娘）的复杂心境着手，深挖在痛苦的情绪煎熬下，一个有作为的、愿意扎根在现实土地上的青年，终于自拔于烦恼之网，领会到有比爱情更珍贵的情谊，心灵深处的大起大落，映照着时代生活的曲折前进，精神世界发出了闪光，但小说的描绘失之于单调，没有在反复感受中使主人公的性格力量充分表现出来。也只有到了他的中篇创作中，他对人物在复杂社会矛盾影响下形成的性格的复杂性和性格的内在力量的把握，才有了进一步的体现。

《惊心动魄的一幕》在写人物性格上并不是十分成功的，但作者不满足于仅仅写出一个共产党员在混乱岁月中的悲壮气概，而是进一步揭示一个县委领导人面对复杂形势的思考和抉择。他既不能不相信这一场"革命"的必要性，因为这是上级肯定了的，他作为一个忠诚的共产党员，不能有另外的考虑，但他又不能不对两派的活动有所怀疑，因为他毕竟是在一个县的党的领导岗位工作多年的干部，对党的事业的忠诚，对群众利益的热忱，头脑里不可能没有一个起码的衡量是非的标准。因此，当广大农民的安危处在紧要关头，他的感情波动不已，他的痛苦与日俱增，他的思想激烈斗争，显示了他身上既有和人民群众身家性命息息相关的感情，又有对当时混乱状态无可奈何的顾虑。即使他在农民群众掩护下躲藏起来，有可能摆脱困境，却意识到两派争夺他的激烈斗争迫在眉睫，他终于挺身而出，置自己的血肉之躯于不顾，去制止一次浩劫，行动本身也仍然是性格的两个侧面的映现，人们为他的悲壮之气深受感动，但也不能不为他陷于这样一个惨痛的终结而惋惜。这就使得马延雄的形象，不仅是一个有着正直品质的共产党人形象，也是处在那个惶惑时代中经历着复杂内心历程的共产党人形象。自然，由于作品中气氛的勾勒多于性格的开掘，尤其是主人公与农民群众血肉相连的感情交流写得不够充分，正像作者自己后来说的，这些都"影响了人物怎样表现得更有力量些"[①]，免不了留下粗糙、简单的痕迹。

这样的缺陷，在写于稍后的《在困难的日子里》中，有了较大的改变。20世纪60年代，党的指导思想的"左"的偏差和错误，给人民生活

---

① 路遥：《东拉西扯谈创作》，载《文学简讯》1983年第2期。

（尤其是农民生活）带来了很大困难。在过去"左"的思想影响下，没有也不能做出实事求是的评价。粉碎"四人帮"后，特别是党的十一届三中全会以来，一些有眼力的作家已冲破人为的禁区，出现了一系列被称为"反思文学"的作品，这些作品比较偏重探索出现这一段辛酸经历的历史原因，有些作品也写出个别明智之士和智勇之辈从不同侧面冲破"左"的网罗，为群众利益而奋争，却由于形势所迫力不从心，演出了赍志以殁的悲剧，但我们这个国家、这个民族经历了这一段灾难，没有沉沦，内在的力量何在？似乎还很少有人注意。路遥从对普通人民的关注出发，不忽视这一段严峻岁月对人们的考验，又深入探索人们的精神世界怎样在考验中升腾净化，冲破"左"的羁绊，化为行动支撑着生活的意志不陷于颓唐，推动着生活前进的行程。于是，他饱含着对普通人民的眷恋之情，通过几个中学生入世未深的稚弱心灵的感受，入木三分地刻画出他们始料未及的善的重压、饥饿的煎熬、品格的考验；点染出他们不甘于沉沦、不屈于境遇、冰清玉洁、相濡以沫的精神，人物性格的闪光和周遭境遇的清苦形成反差，人物性格的力量和生活进程的严峻互相辉映，既显示了"左"的错误是那样严酷冷峻，也表现出生活在新中国的年轻一代的毅力和理想。不论是在饥饿面前痛苦，却又绝不接受别人怜悯的"我"，还是对同辈充满着温暖友情的吴亚玲，都是从父辈那里继承下高尚的品德，又熔铸进对生活的新的信念。人物性格丰满而复杂，又充溢着一股蓬勃的生气，就像水晶球一样折射出时代发展艰难而曲折的步履。

到了《人生》的出现，作家面对转折时期人们的生活、心理的急遽变化，以犀利的笔触，通过不同性格的人物，力求把处在矛盾旋涡中的青年一代的精神风貌披露出来，探寻他们跋涉在人生道路上的追求和困扰。主人公高加林的理想和追求，一方面反映了拨乱反正后青年一代不满于落后现状向文明和进步召唤，在事业上跃跃欲试的急切心情，他想在民办教师岗位上做出一番成绩，施展自己的抱负，对改变农村落后面貌怀着强烈的愿望，他愿意在新的岗位上做出成绩，都明显地带有时代变化的特点；

另一方面，他的追求又夹杂着不少个人的私心，甚至有一股个人奋斗的劲头，他为了青云直上轻率抛掉纯真的爱情，特别是他鄙视当前条件下的农村劳动，显然是当代一部分青年在多年来"左"的错误影响下，又没有树立坚定而先进的人生观所形成的一种并不正确的追求。这无疑反映了转折时期青年一代脆弱的一面。高加林就在这些矛盾的性格特点的互为消长的冲击下，走着一条很有希望却又摇摆不定的人生道路，这就打破了过去写人物时单纯堆砌优秀品质或者错误缺点的简单化的框子，写出了一个农村城市交叉地带（也是转折时期矛盾交叉状态）的青年有血有肉的艺术形象和复杂的精神风貌，能促使青年朋友们更清醒地认识到人生道路的曲折，认识到在现实生活中磨砺自己克服那些不切实际的个人杂念的必要。其他几个人物形象，像高明楼的既狭隘又精明的性格，刘巧珍聪慧诚挚又过于单纯的性格，等等，也都可以看出作者在把握性格的多侧面上有了一定的功力。

《黄叶在秋风中飘落》着重刻画了两个妇女，但性格之迥异、内心的繁复跃然纸上。尤其是刘丽英，她得到了梦寐以求的东西，充裕的生活，悠闲的岁月，受人尊敬的地位，却失去了人生最宝贵的东西——创造的热情、精神的充实。她那反反复复、感情起伏的心灵变化，写得真切生动，可以看出作者在塑造人物上已积累了较为丰富的经验。

当然，路遥在塑造人物上将精雕细琢的心理刻画和大开大合的社会矛盾相结合，突出性格的力量，也不都是他自己的发现，从19世纪现实主义文学和十月革命后苏联文学中，可以找到他借鉴的线索，但他把这些用来探索当代中国人，准确点讲是生活在转折时期的当代中国人的精神世界，原先那种精细的、静态的东西少了，添加了豪放的、动态的东西，显得他在艺术上是力求有所创造的。尽管这个创造只是一个开始，有不足，也有缺陷，如果他沿着这条路子走下去，可以取得更大的成就，则是毫无疑问的。

三

路遥的创作生涯并不算长，但他的作品无论从内容的丰富性还是感人的程度来看，都有一定的特点，而且几乎每部作品（主要是指他的中篇小说）都有不同程度的新的艺术发现，进展的幅度较大。像《人生》这样的作品，尽管有不同议论，瑕疵之处也不能说没有，却引起了广泛而强烈的反响，比之最初他那些记述事件、报道过程的习作，几乎判若两人。究竟怎样理解这种现象？是由于他有过人的天赋，还是由于他有超乎常人的灵感？就路遥的生活经历和创作经历看，似乎不是这样。

这个生长在陕西一个偏僻山村的农民的儿子，童年生活充满着辛酸。因为家境贫困，他七岁就过继给无子的伯父。但这个伯父的家里也很贫穷，只能勉强供他上完村里的小学。当他考上初中时，家里根本不给他拿粮食，完全靠同学们的帮助，才勉强上完了中学。随之而来的，又是"文革"冲击，他这样的年龄，被卷进狂热的浊流，和知识、文化绝缘，也是很自然的。这样的生活经历，绝非培养天才、触动灵感的温床。

最根本的，还是生活造就了他。他那辛酸的童年和少年生活，使他过早懂得了世间的冷暖、人生的艰辛，而且有机会置身于社会生活激流之中。他就是生活中的一员，和他周围的父老兄弟一起，经历艰难困苦，感受酸甜苦辣，有痛苦也有追求，有冷漠也有温暖，这就是他的作品为什么对生活有那样真切的感受的基本原因。他说过："《惊心动魄的一幕》中马延雄这个人，我在生活中遇到过很多，我自己就经历过'文化大革命'，对这些比较了解。"他还说过，《在困难的日子里》所反映的那段生活，那种情绪，几乎就是他在上中学时的亲身经历。[①]而像《人生》中高加林这样的人物，在他兄弟身上就可以找到原型，他是怀着兄长一样

---

① 路遥：《东拉西扯谈创作》，载《文学简讯》1983年第2期。

的感情来写这个人物的。①他曾对一些文学爱好者讲过:"作家必须体验生活,而这种体验要引起自己心弦的震动。"②这些都足以说明,生活阅历、生活体验是成为一个作家的基础,虽然这不过是"卑之无甚高论"的普通道理,然而却是一条实实在在的真理。

　　自然,有了成为作家的基础,未必就能成为一个作家。就路遥来说,最早接触文艺作品,在书的海洋里漫游,使得他和文艺结下不解之缘,有了可以进入艺术之门的阶梯。在一份由他自己执笔的《作者小传》中,他写道:"少年时在生活上和心理上所受的磨难,以及山区滞重的生活节奏和闭塞的环境限制,反而刺激了他爱幻想的天性和追求新生活的愿望,因此他想了解更广阔的外部世界。当时没有其他条件,于是热烈地迷恋上了书本。他的第一批读物是俄罗斯的文学著作。以后,比较喜欢俄罗斯及欧洲古典和现代的文学著作。"③可以说,对文学的广泛涉猎,不仅使他扩充了知识领域,而且使他滋生了追求更广阔的生活天地和更丰富的精神需求的强烈愿望,使他不满足于那个闭塞的狭小的生活世界,力求冲破因袭陈旧的束缚,向生气蓬勃的未来行进。这种愿望和努力,和时代生活的脉搏共振,所以是那样深沉;和时代运动的步伐同步,所以又是那样强烈。这些构成了路遥作品叩击人心的力量。

　　不过,仅仅有了生活的体验,有了艺术的追求,还不足以写出使人在感动之余,又在思想上和精神上有所升华的作品,还需要作家具有洞察生活内在规律和发展趋向的清醒头脑。要做到这一点,一方面作家要沉潜在生活激流中,一方面又要有纵览生活潮头流向的历史感。路遥的作品,能紧跟时代前进的趋向,展开一定历史阶段复杂的矛盾冲突,而且把时代的变化和历史的发展沟通起来,构思深沉有致,视野触类旁通,主要得益于这两个方面。像《在困难的日子里》反映的那段生活,当然可以有从不

---

① 王愚、路遥:《谈获奖小说〈人生〉的创作》,载《星火》1983年第6期。
② 路遥:《东拉西扯谈创作》,载《文学简讯》1983年第2期。
③ 路遥:《作者小传》,载《延河》1983年第1期。

同侧面切入的办法,可以挖掘产生那种困顿生活的根源,可以写普通人民(尤其是农民)的辛酸经历,可以写有识之士奋臂而起的悲壮气概。但路遥选取了另外一个角度,表现普通人民的精神力量,普通人民之间温馨的感情。这不能简单地看作他要力避走别人已经走过的路,是同他对历史和现实的观察与理解一致的。正像他自己说的:"你抓住一个题材,哪怕是很小的题材,都应把它放在广阔的社会历史背景上去考虑。"[1]这就使得这部表现"左"的错误影响下人民困顿生活的作品,在较为广阔的历史背景下展现了我们这个民族生生不已的高尚情操的闪光,既显示了"左"的错误的深重,又开掘了人民不会沉沦、历史不会倒退的前进趋向,具有较为深沉的思想和艺术力量。他的《人生》写当代青年的人生道路,也是放在新旧交替的时代背景下,既写出旧的生活方式已无法阻碍当代青年的新的追求,又写出在追求新的生活前景时不能超越一定的社会历史条件,无论何时,都要扎根在现实的土壤中,扎根在人民的土壤中。这种既不忽视现实的严峻性,又把它当作历史发展的一个阶段,展现它的源头和归宿,作品构思的现实感与历史感沟通起来,所谓"寂然疑虑,思接千载;悄焉动容,视通万里。吟咏之间,吐纳珠玉之声;眉睫之前,卷舒风云之色"[2]。内容就不会流于单薄和狭窄了。当然,这样写,需要对历史和现实有比较准确的把握,需要在理论修养上下一番功夫,不能说路遥在这些方面已有十分深厚的功力,但他力求朝这方面努力,不仅使他的作品显得内容扎实,而且成为促使他不断超越自己的动力。当前有个别论者,不满于过去简单配合政治任务,以模式化的方式构成作品骨架的公式化和概念化,却主张背靠现实,面向"自我",在个人心灵里兜圈子,认为只要凭直觉,凭借非理性的心理状态,就可以写出不同凡响的作品,事实证明,那只是一条逼仄的死胡同罢了。

---

[1] 路遥:《东拉西扯谈创作》,载《文学简讯》1983年第2期。
[2] 刘勰:《文心雕龙》,见杨明照校注拾遗《文心雕龙校注》,古典文学出版社,1958年,第195页。

纵观路遥的创作，短短十几年的过程，从一个写点生活故事、表现好人好事的文学青年，不断成长，写出了紧跟时代脚步、展现较为广阔的时代风貌、塑造充满着活力的人物形象的作品，可以说，生活造就了路遥，文学滋养了路遥，而倾听时代心声，体味人民甘苦，站在时代思想的高度，从广阔的角度展现生活全貌，从历史的纵深探索当代人不断发展的精神历程，赋予路遥的作品一种沉雄厚重的格调。这些经验，不仅对于路遥，对于我们整个新时期文学创作来说也是值得珍视的。

至于路遥的不足，有些也是显而易见的。他毕竟是新露头角的青年作家，思想上的不深沉，艺术上的不成熟，在所难免。而在最主要的两个方面，他确实还需要付出艰辛的努力。一是怎样把对生活的激情和对生活的深沉思考更完善地结合起来，在反映复杂的矛盾冲突时，避免由于对主人公的钟爱，连带人物身上的弱点也给予过分的谅解（像对高加林），或者由于对人物偏离生活发展轨道的痛心，把人物身上复杂的东西简单化（像对黄亚萍）。这实际上是现实主义精神不够充分的流露，恩格斯很早就劝告明娜·考茨基夫人，在一部现实主义作品里，"作者不应当过于钟爱他的主人公"。关键在于作家必须具有高瞻远瞩的历史目光和对生活辩证认识的分析能力，具体说来，在理论修养上还应该不断加强。二是在艺术上怎样丰富起来和缜密起来。除了《在困难的日子里》《人生》，其他的中篇和绝大多数短篇，结构上的板滞、描写上的缺乏风采、艺术上的平淡，都不同程度地存在着。这和通晓古今中外的知识准备不足有密切关系。像路遥这样一代的青年作家，比之前辈艺术大师，知识准备的不足，本是通病，其中有一定的历史条件和时代条件的限制，不能单单责怪作家本身。在十年的荒芜中，已有的知识受到破坏，更何况新的知识积累，就路遥本人看，他能孜孜不倦读书，吸取人类丰富的艺术经验，已属难能可贵，但知识面的狭窄仍然是存在的，反映到他的作品里，艺术表现手段的变化不那么丰富，艺术描写不是那么熨帖而精到，总使人感到不甚满足，给人的艺术感染不是那么强烈。这一点，路遥自己也是有所感觉的，他在一篇纪念柳青的文章中，着重谈了柳青对文学遗产和丰富艺术经验的通晓和吸取，这或者也可以看作路遥对自己的高标准和严要求。他最近的新作《黄叶在秋风中飘落》，写人物的行为绘声绘形，写人物的感情交流和情绪变化细致入微，显然在艺术上有了新的起步。

路遥曾坦率地谈到他当前的心情："我写了几个不像样的东西。这实在是没有什么，就像爬山似的，两座山峰之间必然是凹地，你必定会跌得鼻青脸肿，才能爬上另一座高峰。我自己就是这样：写完了一部作品，下一个作品，对我来说还是很苦恼的事，我还是像一个什么也不懂的小学生，匍匐在生活和文学的脚下。"我相信，怀着这样一种严肃认真、永不满足、不断追求的精神，路遥是会写出超越他自己已有水平的好作品来的。我们期待他的新作品出现，文学公众也瞩目以望他为新时期的文学再添风采。

原载《当代作家评论》1984年第2期

谈近年来短篇小说的现状与发展

短篇小说创作的现状究竟怎么样？在评论界和读书界的估价是不太一样的。有的认为形势发展一天比一天好，那么文学也应该不断发展，愈来愈繁荣。实际上，从1982年以后，像过去那样一篇小说发表出来，就不胫而走，引起强烈的反响，读者排队去买，这种现象近年来确实不多见了。特别是今年（1984年）上半年，似乎连去年都比不上。去年还有《我的遥远的清平湾》《阵痛》《围墙》这样的短篇小说，而现在连这样的作品都没有。因此，倒应该说，比起前几年来，短篇小说创作在思想上、艺术上的突破都不是那么明显。而比起中篇小说的创作，相形之下，短篇小说并不是很景气的。也有一些评论家注意到这种现象，并且试图探讨一下其中的原因。譬如，有的同志说，我们的生活一天天复杂起来了，所以我们的中篇就要兴盛。但查一查文学史，这种说法似乎没有多少根据。比如说，抒情诗大约是最古老的艺术形式，收在数千年前的诗选集《诗经》里，就有像"关关雎鸠，在河之洲"这样的短抒情诗。那时候生产力水平很低，生活也不那么复杂，但现在人们还在写抒情诗，它并没有消失。如果说生活越来越复杂，短篇就要让位给中篇，那么将来中篇就要让位给长篇，随着生活的发展难道将来长篇小说也不行了，还需要超长篇吗？这恐怕是不可能的，因此，这种说法无论从艺术实践上讲，无论从文学史的实际上看，是不大能站住脚的。

还有一种说法，据有的评论家说，现在短篇小说不景气主要是劳动力的流失太大，有好多写短篇的都去写中篇了，而且这些人都是七、八级工。这种现象我们陕西也是有的。看来好像有些道理，但也不能那么简单。一个作家采取什么形式来处理他的素材，他有他的审美需要，他有他的对生活的理解，否则内容决定形式就不能成立了，成了形式决定内容了。实际上有不少写短篇小说的作家，即使写了中篇，同时也还在写短篇。还有的说是我们现在的稿酬制度不合理，以字算钱，中篇比短篇的篇幅长，可以多拿稿酬。我想恐怕不会有作家坐在那里算：我写短篇多少钱？我写中篇多少钱？如果是那样的话，恐怕写什么也写不好，自古以来还没有斤斤计较于金钱而能成为作家的。这种说法，作为闲聊，可以作为谈助，实际上是太低估我们的作家了。

　　还有的说，生活经验不足，艺术素养差是我们短篇小说少的原因。关于这一点，从总的来看，我们这一代中青年作家可能都吃了这方面的亏。这一代中青年作家，受到客观条件的限制，艺术素养不足是普遍现象，这主要是指我们的知识太少，对古今中外的优秀文化遗产知道不多，或者可以说是"无知"。茅盾二十多岁考商务印书馆，报考的有几百人。但他名列前茅，为什么呢？那时他就懂外文，诸子百家、十三经都读过。鲁迅三十几岁发表小说，可以说是大器晚成，比起现在一些青年作家年龄要大。但在这之前，鲁迅已和他的兄弟合作翻译了两本域外小说集，写了许多诗，抄了许多碑文，还从类书里校订了《嵇康集》和摘录了《古小说钩沉》，学术价值是很高的，所以一代宗师，没有艺术素养不高的。至于生活经验不足，有些人是不大相信的，我们就在生活中怎么还说生活经验不足呢？问题是我们多少年来，强调深入生活，不是从艺术家应该怎样深入生活着眼去研究它的规律，去探索它的特点。艺术家深入生活和旁人不同的地方，在于艺术家深入生活是积累自己的独特感受，积累情绪记忆，积累形象。没有你自己的感受，要想把生活变成艺术是不可能的，只能人云亦云而已。积累情绪记忆，你这记忆是带着你的感情的。为什么史铁生能写出《我的遥远的清平湾》？十年之后写，写得那么成功？问题是在他的记忆中，对清平湾那个地方，对那个老汉，对那既有善良、淳朴之风，又显得愚昧、落后的地方充满着爱，充满着激情。一个作家没有情绪记忆，要想写东西是很困难的。积累形象，每个作家总要在脑海中装满各种各样的形象。像契诃夫常说的，我脑子里的人物是挤着要往外跑。因此，契诃夫才以有限的生命写了那么多至今还富有生命力的短篇小说。你脑子里没有形象，下去采访一两个人，可以写报告文学、新闻报道，写小说恐怕不行。我们这一代中青年作家，为什么在粉碎"四人帮"后，特别是在党的十一届三中全会后，艺术创造力那么旺盛？因为他们经历了常人所没有经历的生活。十年"文革"，对国家、对民族是不幸的，美丑混淆，是非颠倒，人的善良、纯朴，人之所以为人的起码本性都受到扼制，受到压抑，"瓦釜雷鸣，黄钟毁弃"。我们许多青年刚进入社会，就经历了平常看不到的复杂形态，所以在粉碎"四人帮"后，在党的十一届三中全会后，在中央解放思想方针的指引下，他们看清了过去这一切是多么荒唐而又沉重，多么冷酷而又悲惨，于是愤而为文，许多小说就这样出来了。但生活是永远不会停留在一点上的。时代发展到今天，一切不适应生产发展的体制，包括人们的观念都要发生巨大的变化，而不少流毒还在影响着我们每一个人的精神，每一个人的灵魂，束缚着我们每一个人的头脑，这一切都需要有新的体验、新的思索。变化又来得那样急速，那样快，一时还很难适应，更不用说深入体察、了然于心了，当然会有生活经验不足的问题。近几年的短篇小说中，"小"字号的比较多，也并非偶然的。写一点小溪，写一点流水，写一点小小的悲欢离合，"杯水风波"的作品，毕竟不需要更多的生活体验。因此，加强艺术修养，投身到当前的变革的生活激流中去，是当前短篇小说有所突破和不断提高的关键。否则，就很难感受到生活中具体而微小的变化，也就很难写出精粹的短篇小说。当然，如果再作一点更高的要求，那恐怕就是，我们作者对短篇小说的内在规律的掌握应该有一定的重视。缺乏这样的清醒的认识再加上对生活的感受、体验和分析研究能力差，提高得就比较慢了。短篇小说有极大的概括性，知道一点就写一点是很困难的；知道十分写一二分才是可取的。像海明威说的，他的短篇小说像冰山，露在水面上的只是十分之一二，而在水下的可能是十分之八九。所以，对短篇小说内在规律的掌握有所忽视，对生活的感受、体验和分析研究能力提高得较慢，在艺术手法上墨守成规或者是不求甚解，不能从大量的生活现象中，敏锐地观察和捕捉到折射着时代精神变化的人和事，截取能闪现生活焦点的场景，提炼素材，深化主题，着意渲染，使广大读者能从一斑而知全豹，以一目而见精神，我看我们短篇小说长期提不高，恐怕主要是这几个方面的原因。

当然以上的分析是以高标准要求而言的，不能说当前的短篇小说创作比不上过去几年的短篇创作，就一点新的开拓或新的创造都没有。应该说当前的短篇小说正在积蓄力量不断探求，孕育着一个新的突破，这表现在这样几个方面。

第一个方面，反映生活变化的内在脉搏的作品多了，主题意旨有新的开拓，不少作品已经不满足于描摹表面的事件过程和冲突过程，而是从各个侧面去追踪人们精神世界的复杂变化，以此来折射时代的发展。不像改革之风开始吹拂之际的作品，局限于写改革不改革之争，各种改革方案之争，或者是实行农业生产责任制后钱多了怎么办。1983年一些优秀短篇小说就不是这样了，譬如《抢劫即将发生》就在一个非常的时刻，写了一个非常的人，令人触目惊心。作者没有正面去写农民怎样抢化肥，这自然是社会上不正之风和特权思想同农民生产积极性空前提高的尖锐矛盾。而是集中力量写了一个新上任的公社党委副书记，面对这事怎么办，怎么想。小说并不是单纯地抨击不正之风，通过余维汉这样一个忧国忧民之士，面对当前变革中的尖锐矛盾，所引发的感受，思想上产生的变化，折射出人们对变革现实的前景的思索。农民要抢化肥是不好的，但"抢"的背后到底表现了什么样的情绪？我看主要是表现了我们当前生活中一种被"左"的东西压抑了很久的改革精神，压抑了很久的生产积极性。余维汉意识到一点，他的思考就在他的精神上引起了变化。就是说，他已经不限于怎样阻止农民抢化肥，而是想得更宽、更远，想到我们的供销体制需要来一个彻底的改革，否则我们的农业生产责任制就很难巩固。想到一个党的领导干部，在新形势下应该怎样使自己的精神状态适应于生活的发展。这样，这篇作品就不是一般的写事件、写过程，而是从人物的精神世界的变化写出了一个改革者应有的头脑和胆识。如果人们的思想认识在这一方面不清醒，就可能在生活中引起矛盾的激化。从这点上说，《抢劫即将发生》是有深刻的内涵的。

还有《围墙》，它写了一群人，这群人也未必都是坏蛋，包括那提倡现代派建筑风格的、古典派建筑风格的，以及那位所长，他们都是好心人。但是他们多少年来已习惯于开无休止的会，习惯于坐而论道，议而不决。因为议而有决必须有人去做，那么谁来做呢？谁去修那围墙呢？谁也不愿承担这个责任。有人说，《围墙》是反对官僚主义的。其实那个现代派，那个主张搞古典式的，他们既不是"官"，也不是什么"僚"，是多少年来特别是若干年来吃大锅饭形成的人们精神上的惰性。他们的责任是提意见，发表出来也就算完事了，空谈误国呐！但是这时候有一个普通的干部站出来了，他也没有多大能力，也没有多高水平，但他有一颗赤诚的心，有一种踏踏实实干的作风，他行动了。他干的结果却是大家都不满意。但围墙毕竟是修起来了，不满意也无可奈何。《围墙》就这样一方面指出一种根子扎得很深的精神上的惰性，一方面指出克服这种惰性之道不在于口头发难而在于身体力行。正像鲁迅先生在一篇文章中写的，改革是很难的，这是祖宗传下来的，动不得，炉子摆在东边，如果你要搬到西边，有人怎么也不会同意，会提出种种理由来和你辩难；如果你说，现在我不搬炉子了，我要拆房子，管你炉子往哪里搁。这些人也许会跟你谈判：搬炉子可以考虑，房子最好不要拆。《围墙》的意义也正在这里。从《围墙》中，我们更可以看到，作品的主题应该宽泛一些，它表现出来的不能限于一层意思，如果是一层意思那就过于简单了。

还有《条件尚未成熟》这样的作品，它确确实实展示出了在改革中并不是所有人都一厢情愿的,都是举双手赞成的,每个人都有每个人的想法,甚至在一些很微妙的关系上都表现出人们的各种姿态。落实知识分子政策,知识分子总会竭诚拥护的,其实不然,某些知识分子的精神状态,还确实存在着不适应当前生活变化的一面呢!因此,主题的开掘就不是一般地以改革画线,指出哪些思想好,哪些思想坏,而是我们每个人都应在灵魂深处搜索一下:在精神世界最隐蔽的地方,有没有不适应今天急剧变化的现实的角落?

还有《阵痛》,它从另外一个方面告诉人们:并不是所有的人都从吃大锅饭得到好处,有的人靠着"大锅饭"混下来了,有的人被吃"大锅饭"毁了。我们现在讲发现人才,但确实有的人因为多年吃"大锅饭"变得什么才能也没有了,在今天的改革中成为一个废物。《阵痛》里的郭大柱就是这样的人。他作为一个五级焊工,应该把他的焊工当好,至少要比那个刚生过孩子的李月英的水平高些。但可悲的是,在讨论承包的时候,人们宁愿要那个李月英,也不要这个膀粗腰圆的郭大柱,因为李月英总还能干一些活,而他郭大柱却什么也不会干,什么也不能干。为什么呢?我们多年的"大锅饭"和一些政治运动造就了郭大柱这样的人,开会、发言、搞大批判头头是道,但就是干不了活,甚至不习惯干活。改革也会使某些人或者一批人感到痛苦,就像产前阵痛一样。生活中急剧的变革必然会引起我们国家、民族,人民中某个角落、某个人的某些痛苦,要丢掉些不适应变革的旧的观念、习惯,并不是每个人都心甘情愿的,是要经历一番痛苦煎熬的。《阵痛》这个作品有的地方显得生硬,作者常常自己站出来讲话。但它告诉我们,在现实变革中应该有勇气承受这种痛苦。有勇气承认它,并进而抛弃它,方可以言改革。我们每个人身上都承载着历史带给我们的重负,这个重负使我们在改革中必然要经历一种相当深刻的"阵痛"过程。郭大柱后来要求去扫地,就表明他已经从"阵痛"过程中走出来了,有了新的生活追求。

从这些作品来看,去年反映生活变革的作品多了,而且从较深的层次、从多侧面的变化，最主要的是通过人们精神世界的变化，写出现实变革的丰富内涵，主题旨向有了新的开拓，无疑是短篇小说创作的一点变化。我们国家到今天这个地步是非改革不可了。如果现在再不改革，再不解决这些问题，我们的民族、国家就无法兴旺。最近中央有位领导同志说过，经济基础决定意识形态，这是马克思主义基本原理，现在经济体制的改革势在必行，意识形态不变也不可能。同志们如果注意文学艺术在这几年的风云变幻，我想，是可以理解这一点的。这几年，也不能说文学艺术没有出什么问题，然而长期在"左"的影响之下，我们常常夸大了缺点，而且，总有人要借机把这些缺点大肆渲染以证明这几年文学艺术没有一个新的变化。而我们去年的短篇小说之所以能够有所变化，不在于出现了一些天才之辈，而在于只要作家有决心去把握时代的主动脉，观念上适应这个变化，就会或多或少透露出变革时代的信息，倒不在于写什么题材。生活的变化促成了作品的变化，是生活造就了这些作家。

有的作品看来好像和改革沾不上边，但也可以从中看出我们生活的变化。如李杭育的《沙灶遗风》，它没有写什么太大的事情，就那么一个小镇，那么些普通人，习惯于旧生活方式，生活变了，至少古老的落后技术很难施展了，他们到底应该怎么办？还有陶正的《逍遥之乐》，这是一篇很奇特的小说，你很难说它批判了谁或歌颂了谁。但它写出了一个很严峻甚至有点冷酷的老猎人，感受到生活变化的冲击，逐步意识到在生活中应该对人善良一些，多关心一些，我们生活的变化就这样逐渐温暖了孤独老人的心。

还有《那山　那人　那狗》，你说它表现了些什么呢？但它就使你沉浸在作品的境界里：一个老邮递员孤孤独独走这条线路走了几十年，现在要传给他的儿子了；但他不仅仅是把线路、把职业传给他儿子，而是把他对事业的爱、把他对生活的爱全部传给他儿子。你说，究竟生活中什么是美好的？什么是高尚的？我看这些邮递员就是。生活中更多的是普普通通、平平常常的人和事，从这普普通通、平平常常的人和事里，开掘出究竟是什么促使人变得美好起来，变得高尚起来，《那山　那人　那狗》的意义就在于此。你说它不是写了生活的变化吗？它也是写了生活的变化。这篇小说并没有教训你：什么是美好的，你应该热爱它等等。但你看了它后会感到生活是多么美好！一代又一代人就靠这种美好的感情维系下来，就靠这种对生活的爱、对事业的爱、对人的爱维系下来的。这样，人与人之间才可能互相理解、互相爱护、互相团结、互相温暖。老邮递员的儿子如果在这种美好的感情熏陶下成长起来，那他的心灵一定也会是美好的，而且他创造的生活一定会比上一代更美好，因为他也会把他的心血、他的生命都渗透到事业中去了。我觉得短篇小说就要在这种地方见功夫，因为短篇小说写两军对垒、金戈铁马，写什么两条路线之争是比较困难的。只有从一个侧面，从追踪人的精神世界的变化上下功夫，才能变得精粹起来。

第二个方面，1983年的短篇小说努力捕捉在新的历史条件下，人们身上的人性、人情正在逐步丰富起来的历程。社会主义人道主义精神逐步渗透在民族生活中的历程，有了更深的寓意，有了较强的艺术感染力。像王戈的《树上的鸟儿》。它体现了什么呢？一对恋人，对生活有着不同的感受，逐渐扩大了彼此的距离，但贯穿其中的却是更为博大深厚的情感，那就是你怎么正确理解你的上一代？不管生活变化的速度多快，你怎样理解扎根在土地上的以默默劳动哺育了一代人的老一辈人的感情？有人说，《树上的鸟儿》是叫人热爱农村。如果仅仅是这样的话，那恐怕是一只不一定能飞得多高的"鸟"了。小说写他怎样体会上一代朴朴实实劳动人民的感情，而这种感情又使他真切地感受到上一代人和下一代人生生不已、一脉相通的深情。写这种感情，写两种不同的人生追求：是追求一种朴朴实实的美，一种扎扎实实的美，一种在生活中靠自己劳动去创造的美，还是追求另外一种途径，靠侥幸、轻巧的手段去取得成功，靠轻薄浮浅的冷漠态度去待人接物。这是两种不同的人生追求，作者着墨最多的也就是于此。特别使大家感兴趣的一个细节，是父亲削冰棍棒棒供儿子念书，引起儿子的无穷遐思。这不仅仅是简单地宣扬节俭的美德，而是开掘了更深一层的意思：一个人怎么从尊重别人劳动的基础上，使自己变得更理解生活的意义。我想，这篇小说如果不是展开写情，写人在劳动中、在交往中形成的深情，主题也就不会有现在这样的深度。重视写这个情，是很有意义的。在我们这个国家、我们这个民族处于逆境的时候，人跟人之间有没有什么相近的东西？我们古代的哲人曾说过："涸辙之鲋，相濡以沫。"人与人之间应该有相通的东西，这是我们的文学不应忽视的一个方面。而我们民族这种美好的东西，常常遭到一些非难和破坏，"文革"是最明显的例子。前不久，有的青年作者在作品里宣扬，人跟人之间的关系跟孟加拉虎似的，这是我们不能同意的，这是生活的一种变态。人与人之间不能相通，那么我们这世界就要垮台了。这是不可能的。这几年，我们许多小说在写人和人的情感上有所成就，应该说是一种新的进展。短篇小说不可能写出包罗万象的事件。它的着眼点应该是人的精神世界，以此也折射生活的变化。因此写情、写人情，显得特别重要，作家的艺术功力、思想高度也常常在这方面显露出来，像《肖尔布拉克》，也包括《雪国热闹镇》，都是这样。《雪国热闹镇》的作者刘兆林是写部队生活的。过去写部队生活，就是写军事训练，写集体主义，写艰苦奋斗。近年来军事题材的作品摆脱了这个框框，写部队生活的矛盾冲突，写战士们的喜怒哀乐，写他们的命运变化、他们的性格成长，这是我们近年来军事题材创作取得的很大的成就。刘兆林就是比较突出的一个，他的《啊！索伦河谷的枪声》，我觉得好就好在着重写人物的感情变化。他写一个指导员到了连队以后，有一种陌生感，谁也不理解他。那怎么办呢？如果按照过去的写法，可能要读读政治工作条例，打通战士的思想。然而作者写他从理解每一个战士精神世界入手，同他们交朋友，知道他们想什么，为什么想，而且善于从平凡、朴实的外表下，发现战士精神的闪光。他的《雪国热闹镇》也是这样，作品的故事很简单，写一个平时有点调皮捣蛋的战士，当镇上唯一一个居民生孩子的时候，他不惜冒着违犯军纪的风险，到边境那一边给孩子买来了牛奶。作者着意渲染美好的东西怎样不被人理解，而一旦被人理解之后，你会感觉到这种精神品质的美，足以创造许多更有价值的财富。作者在小说的一开始，就渲染这个镇的荒僻、落后、人烟稀少，几个战士一个居民，但是就是在这样的地方，也需要人与人之间的感情相通，也需要人与人之间的互相理解，也需要一种为了他人不惜牺牲自己的美好情愫。作品最后的处理也是很好的：一面免予起诉，一面要这个战士去学习边防政策纪律。因为部队毕竟是部队，它要用严格的军纪来维系。达理夫妇的《除夕夜》不如他们夫妇的另一个作品《无声的雨丝》那样深刻，却从一个角落显示了我们青年应该追求什么，也是充满温馨的绵绵情丝的。从这点看，我们去年短篇小说创作中，注意到写情，就使得我们短篇小说中文学的因素、审美的因素在增长，这应该说是一种可喜现象。什么是文学的因素？什么是审美的因素？我认为，无非是更充分地发挥了文学的作用。文学作用于人，主要是作用于人的感情，而不是作用于别的什么，更不是板起面孔讲道理，而短篇小说尤其要注意这一点。我们短篇小说多年来吃亏就吃亏在用戏剧化的手法来写短篇小说，老是要排列正面反面的冲突分头去写，而不是从一点切入，去写人的感情，写人的感情的变化，写人的内心世界的冲突。当然后面我还要讲，现在又有人走向另一个极端——孤立写人的内心冲突，这也不足为训。怎么掌握艺术分寸，十分重要。

第三个方面，近年来，短篇小说创作，都表现了作者对生活、对普通人热切的爱抚和饱满的激情。现在有的人一讲现实主义，就是生活是什么样子，就写成什么样子。一讲激情，就是浪漫主义了。这个问题，评论家讨论得很多了。这种讨论，给人一个突出的感觉，就是老是在概念上兜圈子，所以搞创作的人对此兴趣也不大。我认为，一个作家，现实主义作家也罢，浪漫主义作家也罢！对生活缺乏激情是很难写出作品来的，而对写短篇小说来讲，激情恐怕更为重要。契诃夫说过："当我在生活中间，没有一种强烈的爱和憎的时候，我很难写出东西来。"我想这话是有道理的，如果作家对生活冷冰冰，无动于衷，抱着完成任务的态度去写作品，是不可能写出好作品来的。作家的社会责任感从何而来？作为一个作家，要在生活中有所创造、有所前进，最根本的是要对生活有激情，而这种激情甚至可以克服他生理上、处境上的某些困难。像史铁生，从他的《午餐半小时》《白帆》看，他思想上不能说没有绝望的东西、灰色的东西。但从《我的遥远的清平湾》看出，史铁生之所以能够活下来，能顽强地写出作品，主要是他对生活、对生活中的人、对他曾经生活过的地方、曾经深深眷恋过的地方，是用他的生命、用他的全部感情去贴近、去拥抱的。没有这些，他写不出《我的遥远的清平湾》。他把他的全部感情，倾注于他曾经生活过的土地和那里的人民，那里的人民是那样淳朴，那样善良，然而也是那样的愚昧，那样的狭隘，那样的落后。反衬过来，在那么落后的地方，又有那么美好的人民，难道我们的生活还不应该更好些！我想，作品感人之处就在于此。当一个作家在创作的时候，有没有一吐为快的感情呢！这应该是能不能写出感人至深的作品的重要因素。1983年的得奖小说《秋雪湖之恋》的作者石言同志，已经进入花甲之年，但非常容易激动，是个童心未泯的人。他的《漆黑的羽毛》在1982年也得了奖。他的《柳堡的故事》在60年代遭到了批判，说是解放军和二妹子谈恋爱，是对人民军队的诬蔑。那么难道我们的战士就不应该有劳动人民的感情吗？就不应该有热爱生活的感情吗？《漆黑的羽毛》提出了什么呢？我们现在常说要发现人才、爱护人才，那么有了人才你应怎么办？在那些有旧思想人的手里，它也可以成为妨碍人、扼杀人的感情正常发挥的借口。这是一个悲剧，它提出了尊重人的个性、感情和尊重人才是个什么关系。这个问题提得很有意思。《秋雪湖之恋》写了在"文革"这样一个逆境下，我们的战士怎么把自己全部的爱、全部的关心、全部的温暖，给了芦花那样一个弱女子，而在芦花这个弱女子身上又能出现那样坚强活下去的意志。这两者的交叉，使我们看到了我们的民族、我们的人民的希望所在。如果作者没有对生活的深沉的爱，是很难写出这种作品来的，我们现在有些作品显得冷冰冰的，就在于作者缺乏对生活深沉的爱。还有《琥珀色的篝火》，它的情节很简单，无非写了在那样的困境下，那么一个落后、弱小的民族，竟可以出现那样怀有深沉爱抚之情的人民。如果作者不是对他所写的人物十分熟悉、挚爱是写不出来的，而这些归根结底是对人民的激情，冷冰冰地客观描写那是不行的。据说，这次讲座中有同志跟大家讲了角度问题。从理论上说，就是作家设身处地成为作品中的某一个人，跟他融为一体，用他的眼睛观察我们这个世界，用他的感情来感受我们的生活。我们强调深入生活，那么你去了以后怎么办？作家在生活中应该捕捉到什么？作家应该用全部生命、感情去拥抱、体验、理解生活，没有这一点，你就是在生活中钻一辈子，也未必能写出作品来。作家在生活中应该感受什么？这里激情很重要。我觉得去年的优秀短篇小说都是浸透了作者激情的。有了对生活的爱，对生活的激情，你跟生活拥抱在一起的时候，你去探索生活的内在规律，去探索人的灵魂奥秘，而在这种探索中，甚至可以丢弃你原来的一些偏见。如果你用在生活中的体验、感受、丰富了你的认识，改变了你的偏见，那你就可能写出作品。如果你用偏见来改制生活，那常常会失败。我在一篇文章中写过：不少青年作家都在生活中，但有的写了很多作品，有的却长期写不出来作品，怎么解释这个现象呢？是生活决定意识错了吗？很明显，没有深厚的生活积累，很难写出文学作品。文学史上这样的例子太多太多了。我看《红楼梦》中的一副对联会对大家有所启发。那副对联，上联是"世事洞明皆学问"，下联是"人情练达即文章"，我认为：一个作家一定要在"洞明"上下功夫，在"练达"上下功夫。什么叫"洞明"呢？那就是一眼可以看透、看穿你的描写对象的内心世界，对什么事情，从纵的历史渊源，横的时代影响，在交叉点上你都能把握住，那么这个短篇小说你就有可能写出来。"人情练达"，不是只熟悉一种感情，而是你对许多感情都亲身感受。《我的遥远的清平湾》特别体现了对那里的乡亲、土地的乡土之爱，包括牛叫声，包括早晨起来的互相招呼的声音，包括婆姨女子们的音容笑貌，作者都是充满了激情去体验的，这才能写出真正感人的作品。而史铁生的《午餐半小时》，我认为艺术上是极有才华的，思想感情上就比较混乱。为什么说混乱呢？就在于作者对生活感到绝望：周围都是些庸常之辈，这个庸俗的网，你很难冲破。作者确实写得不错，就那么半个钟头里，把所有人的精神面貌都写出来了：人已经无聊到想让什么汽车撞死，而撞死以后又能解决些什么问题？无非是户口、工作。一群卑微的灵魂，一群无望的追求，就是这么回事！如果人们都活到这种地步了，那就太卑微了。契诃夫的《小公务员之死》是在黑暗的沙皇时代，而且作者怀着善良的愿望去鞭挞的，作品中饱含了作者的激愤之情。《午餐半小时》，作者对这一切庸俗、卑微，是很欣赏的。作者后来的《白帆》争论较大，那是写"文革"的，作者也说，那是辛酸的回忆。作品里写到一个干部下乡后，遇到一个半精神病似的人。作品说明了作者对生活缺少了一点信心，缺少了一点激动，这样，你可以写出小说来，要写好是不可能的。高尔基说，安德烈耶夫专门用恐怖来吓唬人。他认为，安德烈耶夫无论如何不是俄国的第一流作家。安德烈耶夫对生活丧失了信心，所以他几次自杀，他觉得没法活下去。激情是所有作家都要注意的，而短篇小说中这种激情恐怕尤为重要。这样，才可能使你的小说上升到诗意的光辉，一种美的境界。

第四方面，我简单谈谈艺术手法。1983年短篇小说的艺术手法，确实是博采约取。《哦！香雪》成功地截取了一个横断面，一下子凸显了人物的思索与追求。它把一群天真未泯、混沌未开的姑娘，放在看火车的背景下，写她们（尤其是香雪）的喜悦，她们的苦恼，她们的醒悟，她们对生活的追求，终于她们的感情起了新的变化，拿十四个鸡蛋去换一个铅草匣子，目的虽然很小，但心灵十分高尚。文明之风，吹进了幼小天真闭塞落后的心灵，有了新的追求，使人们看到，在那么个偏僻、停滞的地方，随着生活的变化，我们下一代的心灵中，已开始萌发新的幼芽。我认为，《哦！香雪》在手法上，是短篇小说的写法。《我的遥远的清平湾》情景交融的记叙，这也是古已有之而现在又有所发展。陶正的《逍遥之乐》

不一定有多深刻，但它以人物的感情作为贯穿线，跳跃非常大，通过一个横断面的场景，人物性格一下出来了。还有《沙灶遗风》像古典小说的写法：不动声色地娓娓而谈，而作者的全部感情都倾注在里面了。小说的艺术手法是可以多种多样的，不要否定哪一种。譬如，前一阵有人说，只有西洋的小说，只有时空跳跃，写人物内心复杂感受的小说才是小说的正宗。那么有头有尾、有故事的小说怎么办呢？我想，现在有些艺术形式是在向小说挑战，譬如，刘兰芳说的《杨家将》，袁阔成说的《三国演义》。袁在说《三国演义》时，把自己体验到的大量的人情世故都容纳进去了，而且，他非常追求故事的发展，非常注意故事的扣子，这些，你都不能忽视。我们现在有些主张，只能在一定范围内有道理，过了限度就会产生片面性。譬如，为了纠正编故事，提倡要写人物的心理、人物的意识，然而把写人物心理、人物意识推向极致，什么都是扑朔迷离的，一点明晰性都没有，很难获得读者的共鸣。当然，我们也不能把凡是写意识流的，都说成不是中国小说的正宗。简单地讲，中国小说的发展，从六朝志怪到唐宋传奇有两个不同：一个是从天上到了人间，一个是从叙述到描写，主要是从注重外在的故事到注重人物的心理。鲁迅先生说，唐人传奇，虽小而婉转，楚楚动人，就是这么个意思。艺术手法的多样，标志着作家对生活、对人物体验得更为深刻，观察得更为细致，这是文学艺术发展的必由之路。

比起近年来短篇小说的变化，也有一些现象值得注意，有些作品确实显露了作者的才华，但这种才华用得不是地方。比如，个别作家热衷于写人的本能，而且写得淋漓尽致，入木三分，像《挑战》《静夜》里的人物都跟动物差不多，本能的性的要求，像脱缰野马，无法抑制，那么，人和禽兽的区别还是否存在呢？马克思说：人是按照美的法则创造，动物是按照本能的要求创造。宣扬本能的无可抑制，不是把万物之灵的人降低到动物的水平了吗？我想，人性恐怕主要还应该是历史发展的人的属性，而人的动物属性怎么逐渐适应人的社会属性是人性发展的一个规律。《挑战》

和《静夜》的作者，分不清什么是人的本能，什么是爱情。你能说"关关雎鸠，在河之洲"不是一种爱吗？但里边不会有情；人类的爱情主要在于感情。贾宝玉为什么徘徊于钗、黛之间？这主要是薛宝钗比林妹妹漂亮，这是有小说为证的。对美好的仪态的追求，是人性的一部分，更准确地讲，是人的自然属性的一部分。但为什么贾宝玉在感情上接近林黛玉并最终选择了林黛玉，那就是因为他们有共同的理想、共同的追求，所以感情的作用就不仅仅在于漂亮的外貌引起的本能冲动。而在20世纪80年代出现了《挑战》《静夜》这样的作品，这不能不说是短篇小说的歧途。另外，在一些作品中——特别是一些青年写的作品中，对人生的绝望情绪，一种不满现状却又不能正确对待表现出来的疯狂性，甚至认为人与人之间永远不能相通，这在去年也引起了很大的争论。像张辛欣同志的《疯狂的君子兰》，有人说它不真实是不对的，小说确实写出了一群缺乏理想的人们的歪曲的灵魂。他们丧失了理智，在利欲面前热昏了头，是有针砭之意的。问题在于作者写了一群扭曲的灵魂，不是把它放在时代前进的背景下予以鞭笞，而是多少流露了一丝绝望的情绪。似乎在我们生活中没有什么美好的东西，这就未免以偏概全。她的另一篇小说《清晨三十分钟》抓住那么一段时间，写了青年一代复杂的人生体验，奋力拼搏。但里面也透露出人生是那么不可捉摸，以致一切追求都是虚妄的。这至少是和我们这个虽有艰难曲折却不断奋发向上的时代的主调有些不那么协调，无助于增加人们生活的信心，也无助于向生活中的丑恶现象做斗争进而去消灭它们。

而更多的作品，之所以提不高，缺乏新的突破，主要在于平庸。这种平庸，有艺术上的原因。比如，现在有许多短篇小说，拉得太长，短篇不短，有一点新意也淹没在拖沓、冗繁的叙述和描写之中。从结构上看，有不少短篇是用中篇的结构来结构作品的：一条线发展下去，然后各个侧面都来了。我想，所谓短篇小说就在于你能不能在生活中找到一个焦点，能不能把你的人物的精神面貌、性格变化在这焦点上一下子凸显出来。严格意义上的短篇应该是这样的。契诃夫的短篇和中篇是不会混淆的。他的

《草原》说是中篇，一条线下去，触及一个较广阔的天地。他的《宝贝儿》《跳来跳去的女人》就是严格意义上的短篇。那个跳来跳去的女人，你甚至不知道她是从哪里来的，到哪里去。但她就是个跳来跳去的女人。他的《脖子上的安娜》，你不知道安娜的身世，但你知道安娜是个附属于别人的人。契诃夫通过一两个场面，把人物性格上最主要的、最复杂的、最隐蔽的东西给你揭示出来，这才是严格意义上的短篇。

短篇小说怎么才能写得精粹？我想除结构问题以外，从体验人物、认识生活上看，是不是有这样几个问题。第一，观察生活准不准？体验生活深不深？提炼素材的功力如何？没有这，要想把短篇小说写精粹是不可能的。从这方面讲，认识生活的能力是不可忽视的。有人说，我们现在还要不要学习马列主义？马列主义作为一门科学，符合我们生活发展的规律，当然必须学。然而，也不仅仅是学习马列主义。现在一切新的理论，大家也不要忽视，包括最近热门的"未来学"，看看有好处。它讲了信息社会，这个社会概括起来无非是两条：一是尊重知识，二是智力开发。而且到了信息社会，人的变化是高情感式的了，愈来愈丰富，愈来愈复杂，那么就更有文学工作者用武之地了。我们要做生活中的有心人，反复体验、理解和研究生活中的人和事，才能写出具有丰富内涵的作品。靠什么去研究呢？要靠理论知识的武装，你必须站在当前时代思想的高度去体验生活，抓住它的渊源递进和发展趋向，你的人物的一笑一颦、一举一动才会那么有根据，那么自然，那么从容，而不是随心所欲驱使的工具。现在有些中青年作家苦于提高不了。为什么提高不了？没有生活吗？他们中许多人都还在生活中嘛！看来也不是没有生活。我想，可能存在两个问题：一个是视点，一个是视角。视点是站得高不高的问题，是不是站在时代思想的高度来看问题？人是高情感的了，我们怎么适应人的意识的变化，性格的变化，情感的变化。人的感情愈来愈复杂了，我们怎么把握它呢？如果还是从旧的道德观念出发。发出"人心不古"的感叹，你怎么能理解当代人的思想感情和行为举止呢？更不用说艺术地再现了。视角是看得宽不宽的问题，拘于一隅，就是停留在周围那个村镇、那个工厂、那个学校，就是你身边那几个至爱亲朋、生活的历史发展、全局的重大变化、人生的丰富阅历。你都不去关心它，把握它，所见者窄，所写者必浅。脱开丰富的联系，脱开互相的影响，孤立的人和事的意义根本显露不出来，你也就只好在人和事的表面特征上打主意了。

我想，如果我们能看到近年来短篇小说的发展，并不是完全停滞更不是倒退，而是在时代生活变化时，正在聚积力量，向生活的纵深开掘，而且已经产生了新的变化。如果我们能清醒意识到短篇小说在思想和艺术上还有待于更大幅度的提高和更大的突破，那么，短篇小说的发展还是大有前途的，很希望有更多的有智之士在这方面大显身手。

选自《人·生活·文学》，陕西人民出版社，1987年

附记：本文系作者在作协陕西分会1984年6月14日举办的短篇小说讲习班上的讲稿。由吴祥锦同志根据录音整理，并经作者本人审定。

贾平凹创作中的新变化

——谈《小月前本》和《鸡窝洼的人家》

青年作家贾平凹,去年以来有两部中篇小说相继问世,一部是《小月前本》(《收获》1983年第5期),一部是《鸡窝洼的人家》(《十月》1984年第2期)。两部小说都反映了在当前农村生活中,普通人精神世界的变化和人与人之间关系的变化,艺术上保持了作者细腻熨帖的特点,在写人状物的清新明丽上更有所发展。但是,两部作品对目前农村复杂纷纭生活形态的把握,尤其是对人物精神世界的审美评价还是有差别的。前一部作品,对当前农村生活的新发展,力求勾勒出比较鲜明的轮廓,但由于作者对这种变化的历史意义把握得还不那么准确,显得有些力不从心。后一部作品,通过两对夫妻的纠葛,他们的离异和重新聚合,反映出农村现实变革在人们内心世界和相互关系上掀起的波澜,显示了当前农村历史性的转变所引起的人们思想方式和行为方式的新的变化。这两种情况的出现,如果同贾平凹的创作历程联系起来看,很有引人深思之处。

贾平凹初登文坛时,从自己切身体验的山区生活中触发灵感,撷取素材,着意披露面对新的生活变化,山村人们在心灵里滋生的美好情思和热切追求,虽不免失之于浅,却如晶莹的露珠,显得那么清新活泼、生机盎然。但是,随着生活环境的变化,面对纷纭复杂的社会生活,他却缺少识透表象的慧眼,缺少治丝理乱的器识,目迷五色,失去驾驭,在一些作品中，竟慨叹起生活的无常，寻觅着出世的穷途，用细腻的笔触去刻画一些破碎的、变态的心灵，诉说一些低沉的琐屑的故事，显示出人生的难以捉摸，透露了现实的扑朔迷离，甚至在个别作品中对生活发展的前景也感到茫然。对他作品中这种不尽正确的倾向，不少读者和文艺界的同志曾提出过严肃的批评，也使对他寄予厚望的前辈和同行感到惋惜。此后，贾平凹时有新作发表，也有一些作品还是比较健康的，但总体来看，变化不大。

1983年底，贾平凹的《小月前本》发表。从作者对生活的开拓和创作意图看，作品着眼于当前农村生活的新变化，力求写出带有复杂因素却也具有新的性格特点和心理特征的人物，比起以前一些作品，有了较为充实的生活内容，在艺术上也更明快了。小说写了两个农村青年。一个谨遵老辈传统，埋头耕耘，性格是那样憨厚、老成、淳朴；另一个感受到现代文明，善动脑筋，生财有道，性格是那样活络、精明、狡黠。一位善良而单纯的农村姑娘徘徊于两者之间，她考虑居家过日子的需要，选择了那位忠厚老成的青年做自己的未婚夫，但她又受到生活变化的冲击，为新的物质文明和生活方式所吸引，感情上和那个见过世面，头脑灵活、颇具手腕的小伙子亲近。她在两者之间难以决断，最后只能发出"这两个小伙子能变成一个人该多好啊"的慨叹。通过这些描写，可以看出，作者确实感受到农村生活正发生的新变化，对主要依靠耕地经营致富的传统观念和旧的习惯提出疑问，认识到进行多种选择、开辟新的经营门路，是生活发展的必然，是历史性的进步。但新的路子怎样走？从作品中人物的所作所为看，作者对这个问题的思索还不够深入，有些简单化了。农村生活的新变化所包孕的丰富的生活内容，不能仅仅表现在某种生活方式的变化上，不能仅仅体现在一个流气而又庸俗的农村青年身上，而正是在这一点上，作品对主人公小月的精神追求和思想的描写，都显得不够，从而影响了作品反映历史的深度。同时，为了使作品包孕较为丰富的生活内容，作者着力对人物关系的复杂性加以渲染，却由于对农村生活变化的历史意义把握得不够深刻和准确，人物关系的变化没有折射出更多时代的生活发展的特点，感情的起伏也没有含蕴多少深刻的社会内容,更不用说那些带有挑逗性的官能冲动的描写,不免过于抽象而且失之于庸俗。

时隔不久,贾平凹的新作《鸡窝洼的人家》发表了。作品里也写了两个青年农民,一个老成,一个机敏;一个安于现状,一个勇于进取;一个恪守传统,一个探求新路。作品里出现的女性形象,不是一个年轻姑娘,而是两个已婚少妇,她们性格迥异,但都在自己的婚姻生活中同丈夫产生了隔阂。于是,两对夫妇之间,出现了裂痕,并导致离异,又终于重新聚合,找到了各自的归宿。就情节构成看,似乎还没有脱开家庭婚姻和爱情的范围。

然而,作者通过两个家庭的风波,却显示了现实生活中新的变革折射出当前生活的前进步伐。这主要归功于作家在作品中塑造了几个性格复杂却又含蕴着较深社会内容的人物形象,揭示了他们在农村生活历史性转折的背景下精神世界的变化,探索了他们在时代潮流冲击下命运历程的变化,尽管在思想概括的高度和艺术处理上还不无可议之处,但应该说是贾平凹创作中一个新的转变。

作品中禾禾的形象,是作者精心刻画的。这是农村中原来就有的那种硬汉子,舍得出力,宁折不弯。但当他有机会到县上、省上去开阔了眼界,受到现代文明之风的吹拂,看到党的农业经济政策的新的调整,他便产生了摆脱狭隘的土地经营,开拓更广阔生产门路的强烈愿望,有了新的追求,有了坚韧不拔地闯出一条新路的刚劲之气。然而他又毕竟是长期受到传统束缚的农民,缺乏精明的算计,缺乏灵活的头脑,于是,他就只能在重重困难之中艰苦跋涉,而这种种磨炼又促成他的性格起了新的变化。他风餐露宿打狐狸,却打伤了别人家的狗;他千辛万苦做豆腐,却赔了老本;他满腔热情养柞蚕,却碰上乌鸦的糟害。真是创业艰辛,好事多磨。然而也就在这磨炼中,他坚定了信念,气未馁而志不衰,正像他接二连三遭到失败后对烟烽说的:"山里的好东西这么多,都不利用,就那么些地能出多少油水?这不能怪我命不好,只怪我起点太低。"就这样历经曲折，磨砺了他的意志，启发了他的灵智，使他在种桑养蚕上奔出了一条新路。更主要的是他有了现代化的眼光和经营者的头脑。谁也无法保证，禾禾今后就会一帆风顺，诸事如意，但一个穷乡僻壤的农民，不再束缚在那一小块土地上，懂得为更远大的前程去奔波、去开创，不能说不是我们这块古老大地上萌生的新的嫩芽，是新的生活起步的信息。如果对当前农村生活的急遽转变不是深有体验，很难这样细致地把握这种人物的性格特点。作家前一段的农村之行，是有收获的。

　　作家着墨较多的另一个人物是烟烽，就她泼辣大胆、刚强爽朗的性格特点看，在平凹过去的作品里也曾出现过这样的女性形象，至少《小月前本》中的小月，也多少有这种特征。但作者没有满足于仅仅写出这个女性的个性特征，而是把她放在生活变化的背景下，逐步展示她对闭锁的农家生活的不满，对新的生活境界的追求。她最初不过是怜悯同情禾禾的处境，她对禾禾的关怀也的确像嫂子对待小叔一样。但从帮助禾禾磨豆腐、养柞蚕、运桑叶，逐渐感受到安于现状的日月是如何停滞，就像她初嫁之日就开始推的那个小石磨一样，永远在原地盘桓，毫无变化，而在生活中不断地追求，不断地进取，又会使人们的精神如何充实起来，感情上当然会滋生出新的因素。特别是她随禾禾进了一次城，开阔了视野，振奋了精神，意识到过去那种呆板生活的狭隘，憧憬着未来生活的无限美好，接受了文明的启迪，思想上、感情上有了新的升腾，而自己的丈夫却偏偏是那样遵从古老的习俗，安于自给自足的现状，不仅对她的希望和追求根本不理解，还想用老一辈的方法束缚她的手脚，羁绊她的智慧，不惜采用吵架闹仗、动手打人的野蛮手段对付她。她忍无可忍，终于走出家门，大胆地同禾禾结合在一起。作家正是通过这一系列蹑踪追迹的描绘，勾勒了一个刚强女性的觉醒，一种在生活变革影响下有了新的人生追求的觉醒。平凹没有脱离开人物的性格基调，又写出在生活变革触动下人物感情深处的变化，使人们看到她在婚姻关系上的抉择是势在必行的，这就不仅透露了这个普通农村妇女爱情观念上的变化，而且是一代农村妇女心里的一束光。

对另一个回族男青年，作者既没有无视他那善良的心地和务实的品格，也没有掩盖他那安于现状、不求进取、自得其乐的小农意识。他慨然应允禾禾借住他家的西厢屋，处处对这个离了婚的伙伴伸出温情之手，当他知道禾禾离了婚的妻子有孩子拖累，缺乏劳力，生活上困难重重，便主动替她耕地播种，做得那样认真，那样毫无私心。即使在他和妻子烟烽的关系上，他并不满意烟烽那种毫无顾忌的性格，但还是事事迁就，甚至当村人对烟烽和禾禾的相处有了非议，他也是耐心劝告。从这个人物身上，的确可以看到中国农民长期以来在劳动中形成的若干美德。但是，通过他和禾禾的矛盾，通过他和烟烽的冲突，又暴露了他头脑里十分保守而陈旧的观念，他欣赏那仅足果腹别无他求的宁静生活，他心甘情愿厮守在一小块土地上知足常乐。因此，他对任何改变现状的努力都本能地反感，其结果，只好和禾禾分道扬镳，和妻子分开另过。当然，他虽有苦恼，也并未山穷水尽，在生活中也还能找到情投意合的伴侣。那个绝无非分之想、总想把丈夫笼络在身边、只求做一个贤妻良母的麦绒，终于发现自己和回族青年的共同点，于是结为夫妻。但从他们那板滞、沉重、全无开创精神的生活里，分明流露着一种缺乏生机的陈旧气氛，生活的进程就是这样把一些恪守陈规的人远远地抛在后面。

作品正是通过家庭生活的风波、人与人关系的变化、人们精神世界的变化，显示了当前农村从传统农业向现代农业转化的轨迹。整个作品的矛盾冲突主线是两对夫妇的分离和重新聚合（这样处理情节，也多少可以看出作者的创作构思还存在着像过去一样的弱点，喜欢在男女之间的感情纠葛上做文章），但展现的却是当前农村生活的新的转化，比起《小月前本》来，无疑是跨进了一大步。当一个作家对生活中新的变化吃不透、拿不准时，他虽有写出生活变化和人们精神变化的愿望，也只能求助于逼真而琐屑的描绘，或者径直归之于人的天性和本能冲动，很难反映出时代和人的复杂关联，缺乏一定的思想深度，而当一个作家能够在生活中认真思索和深刻体验生活变化对人们内心世界的触动和影响时，尽管不一定能写出反映时代进程的鸿著，也必然会在作品里勾画出生活前进过程的一鳞半爪，使作品具有较高的思想境界。

贾平凹创作的这个新变化，从何而来呢？我不禁想起，在去年年底，老一辈的文学评论家胡采同志曾就贾平凹近年的创作给他写过一封信。语重心长地向他指出："生活是重要的，在重视生活的基础作用的同时，必须重视马克思主义思想的指导作用。只有在正确的思想指导下，才能获得对生活的正确认识和达到对生活的正确反映。当然，也只有投身到火热的群众生活实践中去，才能使自己的思想不断得到进步和发展。"[1]后来，贾平凹在一次座谈会上也表示他要进一步到生活激流中去，要学习理论，首先是马克思主义理论。看来，正是由于贾平凹认真考虑了前辈评论家的意见，努力实践自己的诺言，才从《小月前本》中走出来，进入具有较高思想艺术境界的《鸡窝洼的人家》，不能说贾平凹的新作尽善尽美，至少里面流露的一些不十分健康的情趣，一些挑逗性的语言，还有待向更高的境界升华。特别是禾禾和麦绒在性格上和生活追求上的差异，写得不够充分，似乎作者有意要在人物关系中添加一些复杂的因素，属于败笔之列。但比起《小月前本》来，《鸡窝洼的人家》确实有了很大的变化。这种孜孜以求，在创作上有所前进、有所转变的精神，是值得肯定的，对其他一些青年作家，也未必不能起到"他山之石"的作用。

原载《文艺报》1984年第7期

---

[1] 胡采：《给贾平凹同志的信》，载《文艺报》1983年第12期。

关于西部文艺的沉思

先是电影界提出中国西部片的设想，现在又有西部文学的提出，扩而大之，西部文艺成了热门话题。究竟怎样看待这个问题，众说纷纭。从提倡者说，划定的范围各有不同；从不赞成者说，所持论据，也不尽类似。要想理出一个清晰头绪，好像并不那么容易。

但是，这个问题的提出，确非偶然。西部文艺，或者更准确一点讲西北地区的文艺，由于西北地区的历史沿革、风土人情、地理环境的独特性，反映这里的生活，自然有不同于中原大地和东南沿海的特点，西北地区，久处化外，不像东南富庶之乡和中原人文荟萃之地，发展迅速，文化密集，易为人知，只是近年来，开发建设大西北的号召，引人注目，形成了一派热气腾腾的景象，西北地区的文艺也脱颖而出，成为文艺界关注的对象。

因此，如果说西部文艺的提出和探讨，是在西北地区特殊的生活环境和特定的时代背景下，对西北地区文艺特点的概括和未来发展的预测，这种提法似无不可。不过，就我所知，现在关于西部电影以至西部文艺的提倡，似乎比较偏重几种美学追求和艺术风格的规范。比如关于中国西部电影（或者径直叫中国西部片）和美国西部片的异同比较，以彼国彼时彼地的影片来作为立论的根据；又比如，认为中国西部文艺主要是一种阳刚之美和开拓风骨，是一种粗犷和雄奇的格调。诸如此类，不是说西北地区的文艺创作不具有这样的特点，然而这些特点绝非西北地区文艺所独有，

175

内蒙古草原的风貌辽阔无垠，内蒙古人民的姿态豪放粗犷；东北林区的风光郁郁葱葱，东北人民的劳作坚韧不拔。这一切，也未必不能产生阳刚之美和雄浑风格的作品。用某种美学追求和艺术风格来描述某类艺术创作的特点是可以的，因此就产生了不同的流派；用以来规范整个一个地区的文学，不一定准确，反而会缩小了研究者的视野和创作者的胸怀。至于美国西部片的产生，有它的历史条件和时代背景，有它特殊的审美追求，作为借鉴当然可以，恐怕不好拿来生搬硬套。也因此，对西部片，或者西部文艺，作为学术的探讨，不能说没有意义，至少可以促使我们对西北地区的文艺创作进行具体深入而非一般浮泛的研究，而用这样的倡导作为发展西北地区文艺的途径，未必妥当，至少目前还不成熟，还缺乏更有说服力的论证。

那么，西北地区的文艺，就真的没有什么可以区别于其他地区的特点以供探讨吗？西北地区的文艺毕竟根植于西北高原的黄土层中，面对的是有着共同历程的历史沿革，在当前的时代中，又有着共同的发展使命。西北人民的精神风貌，既有相似的历史积淀，也有觉醒后的奋起直追，这一切，对西北地区的作家，以及有志于描绘西北风貌的作家，不能不产生深刻的影响，深入地对这些方面加以探讨，对西北地区文艺创作的发展，对西北地区文艺的继承和开拓，将会起到一定的促进作用。

要想全面论述这些方面，必须对西北地区的历史变迁、生活发展作详细的研究，必须对西北地区文艺的状况作深入的探讨，更要以高瞻远瞩的目光对西北地区文艺的发展作有把握的预测，这不是一篇短文所能胜任的，我只不过提出这个问题，供专家同人在讨论中参考。

如果勾画一个轮廓，无妨这样说，西北地区历史发展的缓慢、自然条件的严峻、人民生活的贫瘠和这个地区地理位置的重要、地下宝藏的丰富、发展前途的广阔、人民求生意志和艰苦奋进精神的坚韧，形成了蕴含极深的潜在冲突，当新的历史转折时期拉开序幕，这种冲突在生活的各个角落，在人们的灵魂深处，势必愈演愈烈，成为当代历史与现实交织点上极富有时代特征的矛盾冲突，大西北的历史将从这种冲突中展开新的篇章，大西北的人民将从这种冲突中逐渐进入新的精神境界。因此，大西北的作家就在把握这种冲突的演进中，磨砺自己的艺术感觉，锻炼自己的艺术眼力，形成自己的审美特点，写出不同于其他地区生活的有特点的艺术创作来。这些创作，美学追求或有不同，艺术风格也许各异，但贯穿于其中的西北人民力求摆脱历史重负、急起直追时代脚步、自强不息、生生不已的意志和追求，是当前时代的折光，也是西北人民行进的轨迹，自有其独特的色彩和格调，区别于其他地区的文艺，丰富着人们对大千世界的观照，启迪着人们对艺术邃密的领悟，随着大西北地区的腾飞，这样的文艺也将前途无量，大有可为。

从现在已经出现的一些有影响的作品看，也可以找出一些印证，小说《人生》《啊！故土》《鸡窝洼的人家》《腊月·正月》，可以说是各有千秋，艺术格调颇不一致，《人生》的邃密、《啊！故土》的沉郁、《鸡窝洼的人家》和《腊月·正月》的细腻，给人的审美感受是丰富多彩的。但《人生》对农村、城市交叉地带错综复杂矛盾的揭示，对当代青年处于历史和现实交织点上艰难的追求和不平坦的命运的探索；《啊！故土》对陕北黄土高原历史积淀的剖析，对生活在贫穷之中又力图奋发的人民精神的观照；《鸡窝洼的人家》和《腊月·正月》对偏远山区面临改革大潮时陈规旧习的解体与挣扎、新生萌芽的产生与奋争，给以细致入微的刻画，又无不带有西北地区那种历史土层深厚、新芽破土艰辛的特点。大西北的人民就在这样的背景下默默行进。即使像邵振国的短篇小说《麦客》，作者触及的也许只是偏僻山区小县农村中的一场邂逅，但蕴含于其中的陈旧风习的压抑，人性追求的萌生，唤醒了的良知，升腾了的追求，又何尝不是西北地区普通男女从旧生活迈向新时代的起步。电影《人生》《黄土地》对生活的开掘和思考，侧重点可以说是很不一样，但其中展现的历史与现实、落后与先进、愚昧与文明的冲突，以及这种冲突对人们精神世界的渗透，也是唯有西北地区人民才具备的精神历程。如何深化这种表现，是当前西北地区文艺创作的一个迫切课题,这里面牵涉到西北地区作家(尤其是中青年作家)理论思维和形象思维的进一步提高,牵涉到作家们艺术表现的更加丰富(应该承认,西北地区的作家有其优长之处,但由于西北地区的闭塞状态渊源较长,苦学力行之士不少,颖悟开放之才受限。在思维能力和知识结构上,确有进一步开拓的必要)。但是,力求把西北地区人民生活的历史、现状和未来的内在冲突开掘出来,把握西北地区人民精神历程的演进,以一种奋进的激情和深沉的挚爱,把这些方面表现出来,应该是西北地区作家义不容辞的责任。

  以上的粗略勾画,如果还能成立的话,我以为,与其对西部文艺从美学范畴和艺术风格加以规范,不如从西北地区的历史与现实的特点和这种特点的艺术表现来加以探讨,找出其中规律性的东西,或者会更符合于西北地区文艺创作的现状,更能揭明西北地区文艺创作的未来。我自己无意于对倡导西部片、西部文艺的各种言论作出优劣高下的评判,限于学力,也无法作出评判。相反,倒是这许多言论,以其开拓的气势和立论的精到,给我不少启发,促使我对这个方面进行了一些思索。因此,这篇短短笔谈所阐述的意向,很不成熟,更不可避免会有许多谬误,仅仅只是零碎的感受,提供讨论中的参考。

原载《西部电影》1985年第3期

我选择了一条艰难的道路

——我和文学评论

我从来也没有计算过,在文学评论这个行当里究竟干了多少年。今年我的一本文学评论选集出版了,选了我从50年代到80年代各个阶段散见于报刊的评论文章,屈指一算,1955年我在上海《文学月报》发表第一篇文章《谈赵树理〈三里湾〉中的人物描写》,到现在整整三十年了。"生也有涯",三十年的时间也不算短了。

但这样一计算,不仅没有欣然于怀,反而觉得忧心忡忡。本来,一个人在文学评论园地里苦苦耕耘,历经三十年风雨,到今天,以半百之年,衰病之身,还在对当代文学发表着或正确或谬误或深刻或肤浅的议论,说句大言不惭的话,也算得上无愧于心了。尤其在当今文苑中,重创作轻评论,已经成为风气,就是在搞文学理论研究的圈子里,重理论探讨、轻文学批评,重古代现代、轻当代评论的看法,也早已有之。我还是满怀深情地注意着当代文学的走向,以自己微薄的能力,浅薄的认识,评骘得失,披流寻源,写出一些也许并不为人看重的评论文章。甚至为此牺牲了不少可以闲步庭院、流连视听的业余时间,让别人看起来,不免有些难以理解。

然而,再往深处一想,三十年过去了,大大小小、长长短短的文章写了不少,求其对世道人心有所补益,对文学流变有所建树的真知灼见,实在是凤毛麟角，少得可怜；更不用说可以垂裕后昆，百代之下还能起到一点作用的传世之作了。三十年，在历史递邅中，并不算长；在人生旅途中，也不算短。语云："三十而立。"我从事文学评论三十年，究竟"立"了什么呢？每念及此，不禁发出"生年不满百，常怀千岁忧"的慨叹。虽然，我至今笔耕不辍，也还有刊物愿意发表我的文章，但我总觉得，从事文学评论，实在是选择了一条艰难的道路。

不过，慨叹归慨叹，我终于选择了这条艰难的道路，直到今天还在艰苦地爬坡，也并非毫无来由。

说是职业的需要，也未尝不可。解放以前，我只是个高中学生，虽然在校学习时，由于家庭熏陶，对国文有所偏爱，但那时政治腐败，民不聊生，选择文人这个职业，根本没有可能，所以高中毕业，我考大学时就报的是医学院而不是文学系，觉得救人性命比舞文弄墨要实在得多。解放后，像当时的年轻人一样，满怀革命热情，踏进西北军政大学的大门，当时从心底里感到，人民政权建立之后，从军从政为社会主义社会服务，比写点文章、搞点宣传，要高尚得多。但后来组织上出于革命需要，分配我到艺术学院去学习，偏偏又分到文学系，从此和文学沾上了边。但当时向往的是写出一鸣惊人的作品，对文学评论，说句不恭敬的话，是不屑一顾的，觉得那是创作的附庸。20世纪50年代初，提前分配工作，我搞过曲艺创作，搞过戏剧改革，就是没有搞过文学批评。

出乎意料，当我精力旺盛之年，却身患重病，在病床上一躺就是四五年，病中寂寞，借读书以自娱，读多了，发现有些书感动了我，有些书就不太感动我，有些书甚至引起我的反感。为了弄清个中因由，便又找了几本文艺理论书阅读，想从其中寻求答案，以启愚蒙。记得当时就有苏联季莫菲耶夫的《文学基本原理》、巴人的《文学论稿》、蔡仪的《新美学》。这些书打开了我的眼界，原来文学并不仅仅是消遣解闷的闲书，而是对人生的探索，对社会的感应，其中有深刻的含义在。又因为这些理论书籍中都宣称以马克思列宁主义为指导，引用的也多是马列名著中的词句。我又翻阅了马克思、恩格斯、列宁、斯大林和毛泽东有关文艺的论著，翻阅得多了，有了一些比较，我又发现当时文学理论书籍中的理论，有些能说服我，有些并不能说服我，它们之间也各有不同，我便随手记下我自己的一些看法，待到病情稍轻，重看我那些断片零简，觉得还有点自己的意见，便连缀起来，写成文章，寄给一些文艺刊物。起初当然以退稿居多，后来也有发表了的，甚至还有一些对我的文章中的观点表示同意或不同意的文章发表，这就进一步引起了我对文艺理论和文学批评的兴趣，而且觉得，文学作品是那么多，在人们阅读中，肯定也会有人和我一样，需要进一步思索，这时，文学批评将会给人们以帮助。我为什么不把自己的一些看法公之于众，既能引起人们对文学的进一步理解，也会在辩难中提高我自己的阅读和欣赏水平，于是便继续写了下去。可以说，我走上文学评论这条道路，完全是为了表达自己的见解，至于这些见解是不是合乎一定的规范，合乎一般的看法，没有多考虑，至今我还遵从这个原则。

时隔不久，我的病情有所好转，当时西安的《延河》月刊缺一名理论编辑，编辑部的同志发现了我，便力邀我去编辑部工作。到编辑部后由于工作关系，不能不执笔为文，当时编辑部的领导也颇鼓励年轻的编辑勤于动手，尤其作协机关的领导，像柳青同志，就常常说，一个编辑部必须出成果，出人才，成果就是见诸版面的作品，人才就是编辑能成为某一方面的专家。在这种气氛之下，我也就不揣浅陋，不断撰写文学评论文章，也力求写得有点见解，有点作用。这样看，我走上文学批评之路，始非所料，继而为职业所限，也可以说是工作需要吧！

但是，如果说单纯是为了职业，却也不尽然。大约在编辑部工作了一年，反右斗争就开始了，在当时那种扩大化的氛围中，我又经常在文章中，在口头上直接表达自己的看法，特别是读文学书籍多了，又不愿意人云亦云，很快就被错划为"右派分子"。

从此，开始了我二十年的坎坷行程。"文革"结束后，冤案昭雪，我才重见天日，回到原来的工作单位。这样沉痛的教训，我本应记取在心,从此洁身自好,再不去搞文学评论。俗话说"一朝被蛇咬,三朝怕井绳",更何况我因撰文获谴,足足二十年不能翻身,又何必重操旧业。我想,当时如果我向组织上提出不再搞文学评论,或者干脆不再干文学工作,以我二十年受到的磨难,领导上也是会给以谅解加以照顾的。但我不禁又回到理论编辑这个行当里来,而且又执笔为文,旧习不改,对当代的文学创作评头论足,说短道长。看来,仅仅从职业的性质着眼,又不是那么准确,也未必全面。

  我想最主要的还是我对文学的爱,对文学事业的爱。这种话,听来十分一般,但当一个人从文学中找到慰藉,找到力量,甚至在沉沦底层、陷身囹圄、遭到许多人白眼时,他在文学中体味到人生的美好、奋争的激情和温馨的爱抚,他要把自己的感受传达给自己的至爱亲朋、周围挚友,甚至想要更多的人与己同感,这就不是一般的喜欢,而是一种炽热的眷恋。所以虽遭大难,我至今仍然在这条艰难的道路上。最初,我爱上文学,主要是家庭环境。我的父亲虽是半生从戎,但他对文人的向往,愈到晚年愈强烈,藏书成为他一大嗜好。所以,从我懂事开始,就和书籍为伴,加上我是独子,没有多少嬉戏的伙伴,书便成为我度过空闲时间的唯一伴侣。那时几乎什么书都读,从古文诗词到杂记随笔,从先秦诸子到鲁迅、茅盾,久而久之,涉猎渐深,我在文学中发现了一个神奇美妙的世界。因此,我爱上了文学,我希望文学能长久滋润人们的心田,铸炼人们的灵魂,陶冶人们的情操,共同走向真诚、善良、美好的境界。这样一种对文学的爱,已经变成了我生命的一部分,即使在"文革"中,我被关进监狱,完全与文学隔绝,我也没有丧失对文学的兴趣。找不到书看,就回忆过去读过的书。时至今日,我虽然别无所长,但读文学作品,似乎已经成为习惯。有人以为,评论家都是极其冷酷的人,喜欢吹毛求疵,搜寻弊病,其实就我自身的经验看,我之所以在文学评论这个行当里乐此不疲,根源在于我对文学的爱。现在看来,单纯从对文学的挚爱出发,也许对文学评论这样庄严的事业有点亵渎,至少也是不够庄重。但我总以为,缺乏对文学事业的爱,很难写出声情并茂的评论文章。从20世纪50年代后期(还可以追溯得更早一点)开始,不少文学评论摆开大批判架势,好像和作家天生是对头,结果成为读者厌烦、作家畏惧的一纸判决,甚至从批判的武器过渡到武器的批判,深文周纳,置之死地,那更是文学批评的末路。每当这样的时候,我就想起那位贫病交加的俄罗斯伟大批评家别林斯基,当年我在辗转病榻的时候,就因为看到满涛同志翻译的(顺便提及,满涛同志的译文是否准确,我不懂俄文,无从置喙,但文章的丰神、文章的激情至今仍令人叹服)《别林斯基选集》,才有兴趣走到文学评论这条路上来。论疾恶如仇的精神,别林斯基对颂扬沙皇统治的宫廷文人的斥责,对模仿西欧的平庸作家的厌恶,真是溢于言表、声色俱厉。但他对俄罗斯文学的挚爱之情,他为许多作家受到当时不公正的批评而奋笔直言,在他那卷帙浩繁的著作中,几乎渗透在每一行、每一页之间。我又想起我们视为先哲的鲁迅先生,他那"横眉冷对千夫指"的冷峻精神,他那痛打落水狗的战斗意气,他那对一些浅薄批评家的热嘲冷讽,至今也还没有失掉生命力。但他对年轻作家的奖掖,他对新生文学的热爱,他要求批评家具有剜烂苹果精神的期望,真是先辈风范,尊者气魄,又何尝有一点尖酸刻薄呢?所以说,有了对文学、对文学事业、对文学家的挚爱,未必能当一个见解深刻、眼光犀利、笔锋恣肆的批评家,但缺乏这种爱,根本就不可能成为一个批评家。也许我在这一点上认识有偏颇,但我是信守这一条并且始终不渝的。50年代,王蒙的《组织部新来的青年人》受到围攻,我作为省级综合性文学月刊《延河》的编辑,完全可以不必搅和进去,何况有些批评文章已隐隐有挞伐之音。但我本着对文学事业的热爱,对文学真实反映生活的喜悦,决定写一篇文章,而且就在自己当编辑的杂志上发表,尽管文章并不十分成熟,但在当时情况下,仍然引起了各方面的注意,周扬同志甚至极力推荐,可见,没有对文学事业的爱,就不会有批评文学的胆识。当我从二十年的坎坷处境中走了出来,重新回到文学工作岗位上的时候,我也正是怀着对文学事业的爱,对粉碎"四人帮"以后,尤其党的十一届三中全会以后文学事业的蓬勃兴旺、多姿多彩欢欣鼓舞，重新拿起笔来，自愿为新时期的文学鸣锣开道。大约从1980年起，我写的绝大多数文章，都是力图为新时期文学的发展，为新时期的文学能直面人生、摒弃谎言、勇于探索、不落旧套、视野开阔、不拘一格而呐喊呼唤。我没有多少颠扑不破的真理之言，也没有什么惊世骇俗的远见卓识，尽管有些人认为我这样的文章缺乏新颖的知识和深奥的理论，但我以为，只要通过我的文章，能使读者诸君感到当前文学的氤氲和气势，进一步关心这个事业，从中汲取应有的教益，也就于愿足矣！

当然，光凭感性上的爱，并不能正确评估文学作品和作家的价值、弱点，而做不到这一点，文学批评的存在也就没有什么必要了。说句老实话，文学园地里尽管百花争艳，但也不可能没有杂草丛生。从作家本身来看，大概没有一个人自愿在文学园地中制造荒芜景象，但受到各种条件的限制，审视现实的程度，审美情趣的陶冶，适应读者的选择，观察社会的广度，写作时的心境，诸如此类，都影响和制约着作家的创作。尽管有人把作家看得如何超凡入圣、不食烟火，他总归是生活在一定的历史条件和社会环境中的一员，不可能遗世而独立。古代有所谓"山林隐逸"，且不说那些"身在江湖，心存魏阙"的沽名钓誉之辈，真的逃世是不可能的，庄子虽然大声疾呼"未若相忘于江湖"，但他还奔走于君主之间，还得要去作漆园吏，恐怕也是不能完全忘世的。一部《南华经》，对人情世态看得那么透彻，岂是一个逃世的人所能做到的。更何况，现在的时代，人类的创造精神不断发扬，科学技术飞跃发展，向自然进军的深度、广度前所未有，人类的触须已经不限于地球，而是伸向了茫茫的宇宙，想躲开纷繁的现实，寻找极乐的净土，不过是幻想而已。因此，作家的创作必然要受制于历史的、社会的诸种因素。这时，就需要文学批评家从历史和时代的高度，从人们审美意识的发展，去评析作家的创造，看看这种创造的价值何在，对人类的进步是有益，还是无益；是创造审美的读者，还是降低读者的审美水平。我也正是意识到这一点，才走到文学评论的行列里来。尽管比起历史上伟大的理论家和当代有成就的批评家，我不过是一抔黄土，限于自身的才思和所处的生活学习条件，读了许多书，所得者甚少，这是至今还引以为憾的，常常有"书到用时方恨少"的苦恼，感到文学评论虽不为人重视，在我却仍然是十分艰辛的事业。如果说现在我还有一点知识积累的话，那也是因为我杂学旁收，并不仅限于读文学作品，而是广泛涉猎以求视野的开阔，我读哲学、历史、经济学、心理学，甚至一些观光旅游的游记、描绘风光的散文，也加以浏览。特别是能提高自己思维能力、指导自己进一步把握历史和生活发展规律的马克思主义理论，使我能在纷纭的文学现象中，理出一条明晰的线索。

　　当然，我的读书也并非一帆风顺，有时甚至是以个人的痛苦为代价。1957年我被错划为"右派分子"，离开了编辑岗位，后来又因病调回机关，政治问题没有解决，自然不能去做党的文艺工作，领导安排我管资料室，开始我还有点怨气，后来面对那浩瀚的书籍海洋，才找到了最好的寄托，老老实实读了一些书，比较认真地学习了马克思主义的理论。这时，我不仅打开了眼界，知道人类的创造精神可以在更深、更广的领域里纵横驰骋，而且通过学习，知道了平常熟视无睹的现象背后有那么多隐情，在我们身边之外，有那么广袤的天地，懂得了简单地把文学看成政治工具和道德训诫是自古以来就有的对文学本身的限制，但文学也确实不是富人膝下的巴儿狗、闲适之辈的小摆设、庸俗之徒的消遣品，它要为一代人的精神灵魂写照，要给弱者以力量，给豪强以抨击，要净化人的情操、充实人的头脑。我就这样在书籍中度过了整整两年。时间虽然不长，却为我以后认真读书、刻苦学习、不满足于一知半解打下了基础。我在此后写的一些评论文章，尽管未必有什么新发现，却总是力图从文学在把握历史真实和时代精神上，从文学怎样通过现实生活发展对人们内心世界的触动和渗透上，从文学怎样最大限度适应时代的审美意识上去评价作品，论述作家。

　　党的十一届三中全会以后，我才把我对文学的想法公之于世。因此，从1979年，我刚刚回到工作岗位，当我看到像《班主任》《伤痕》这样的作品，冲开极左思潮对人们精神的束缚，抒写人们长期以来灵魂上受到的压抑，便按捺不住心头的喜悦，为之鼓吹呐喊，特别是当时有些人对这些作品颇有非议，我很不以为然，极力维护这种与时代同步、与人民共感、在艺术上不尚藻饰的作品和文学现象。"文革"后，我写的第一篇文章，就是从一篇描写极左路线对普通工人家庭种种迫害景况的小说，谈到"伤痕"文学之必然产生和应该存在，尽管现在看来，相当粗疏，但能为真实而真诚的文学鼓吹，在我是莫大的欣慰。也由此想到，文学评论之所以需要，似乎并不完全在于对美文的鉴赏，对韵味的品评，特别是在新旧交替的时代，生活急剧变化的时刻，需要的是呐喊，是奋争，是冲决，是向往，是对文学的时代意义和历史作用做出的肯定和否定；吟味风月，流连神韵，不免显得纤弱，和人民的审美情调未必和谐。后来，我看到有些评论家，对一些锐气十足、敢于揭示生活中尖锐矛盾的作品，大声疾呼，充分肯定，表现了他们的勇气和胆识，我虽不才，也极力追随他们之后，为文学作品能具有蓬勃的生气、活泼的锐气，能和时代生活贴紧，与时代精神感应，从理论上加以总结，从审美上加以评议，为新时期的作家能具有高度的时代使命和敏锐的生活感受而鼓吹。也许这样做，有过分偏爱文学的社会功能之嫌，但是，文学在一个时代的社会生活中不能引发人们对自身、对时代、对历史的反思，不能触动人们对周围世界强烈的感情，恐怕也就失去了存在的价值，审美情趣为什么代代不同，为什么不断发展，起关键作用的，还是历史的运动，时代的发展。这种认识，也许并不那么深奥，但却是我在困顿之境中走出来，通过自己的学习和阅历，对文学评论的理解。我不仅在理智上按照这样的理解去从事文学评论，也充满着激情去维护这样的理解。在我自己，也正是有这样一个理解，才不计得失，直到现在还全力以赴从事文学评论工作。可惜的是，我的学力和见识都有欠缺和肤浅之处，没有写出有价值有水平的文章。我深知做到这一点，确实不易，它需要坚实的理论基础，广阔的艺术视野，细致的审美感受，比起创作来，并不轻松愉快，我常常为自己缺乏这些方面的修养和才能感到十分吃力，自己的文章在写作时信心十足，发表后懊丧不已，总觉得水平不高，文思涩滞。自己好像总是在不断地爬坡，无休无止，真是选择了一条艰难的道路。尤其是近年来，文学评论的方法更新成为热门课题，一些年轻有为的评论家脱颖而出，以他们对西方美学理论和艺术哲学的知识，对陈旧传统的摒弃，对新的文学现象的敏感，写出了许多颇有新意和充满朝气的文章，像我这样在传统的路子上走得较久的人，一下子确实有适应不了的感觉，不免有些惶惑和惘然。但也正因为有这样的苦恼，使我不能不认真对待他们提出的许多新的命题，对这些命题反复思考并且不断做出新的抉择，重新认识自己走过的路子，一方面认真学习扩大知识视野，一方面认真总结自己几十年积累起来的经验。只有在这时，我才真切地意识到，自己的理论基础，特别是马克思主义的理论修养，还相当薄弱，对一些文学现象和文学作品的剖析和判断，缺乏一定的理论高度和分析深度。比如关于文学的审美功能，关于文学的文化内涵，现在似乎是引人注目的领域，好像过去没有人朝这方面思考。其实马克思、恩格斯他们对文学现象的审美观照，他们对人类审美感情的精湛研究，至今还是我们在美学领域分析许多复杂现象时所没有达到的；而由马克思、恩格斯开创，一直到列宁继续开掘的，对人类文化内涵的精辟论断，从资料的掌握，到理论的说明，像马克思在《摩尔根〈古代社会〉一书摘要》中，或者恩格斯在《家族、私有制及国家起源》中表现出来的渊博知识和历史唯物主义高度，至今依旧能给我们提供新的启示。同时，我也真切地感到，自己对浩瀚的人类文化成果知之不多，或者知之不深，在概括当代文学史的发展上，缺少可供驱遣和论证的资料。从这个意义上讲，年轻的同志们的锐气、朝气和勇于探索的精神，对我是一种有力的推动和激励，使我有机会看到自己治学的薄弱环节，意识到自己的经验的不足之处，要更深入地学习马克思主义理论，更广泛地掌握日新月异的知识，进一步发展自己，努力对当代的文学现象和文学作品做出符合实际的、富有科学性的分析和判断，毫无疑问，这条道路对我来说仍然是艰辛的。

也因此，我在回顾自己从事文学评论工作的经历时，深深意识到我确实是选择了一个艰苦的职业，一条很艰难的道路。我在这条道路上已经走过了三十年，但我有决心继续走下去。谁让我对文学事业有那么多的爱呢？

1985年11月22日午夜于西安

选自《人·生活·文学》，陕西人民出版社，1987年

小说观念和创作方法

——《新小说论——评论家十日谈》之七

阎　纲：创作的风格与个性的形成，受许多复杂因素的制约，而对小说本体观念的认识，直接影响着创作风格与个性的形成和发展。我们就从这里入手，谈谈小说观念和创作方法吧！

顾　骧：什么是小说？新时期文学创作的实践中提出了这个问题，传统的看法，小说就是讲故事，有头有尾，有完整的情节。现在有人认为，这样的小说要让位给戏剧和电影。按照新的小说观念，小说的主要任务应该是写情绪，写感受，写一个意念……

阎　纲：写一个镜头。

顾　骧：所谓"非情节、非人物、非典型"，大概就是这样概括出来的。小说不一定非写情节，不一定非写典型人物，可以写典型情绪。据某些文学史家的意思，小说的发展已经历了三个阶段。第一个阶段，注意描写情节和人物外部活动，这是早期小说；第二阶段，注意描写人的内心生活，所谓心理小说；后来进入第三阶段，就是意识流小说。不仅描写理性意识，还描写人的非理性意识，幻想，幻觉等。我们最近几年提出了小说观念问题，这有它的历史原因，我们过去对小说艺术的探讨太少了。新时期文学不满足于传统的小说写法，不断地有所创新，结合着现代派的某些观点，就把小说观念的问题提了出来。

阎　纲："文革"前十七年，那么多作家写了那么多小说，在小说观念上是不是没有提出过问题呢？也提出过。小说民族化的问题，小说形式的问题，小说情节的问题，小说人物的问题，十七年中都不断有所涉及。但是没有从比较文学的角度，把它放到国际背景中去考察。我们关着门写小说，看待小说，天地越来越狭小。阶级斗争扩大化和庸俗社会学，不但影响了小说创作的发展，也影响着小说观念的研究，所以十七年间小说观念的研究很难讲有什么大的突破和进展。粉碎"四人帮"以后，这个问题的突破首先是从创作，而不是从理论开始的。作家面临着怎样反映民族的苦难，怎样反映拨乱反正的历史进程，怎样表现作家的思想、感情和意志等一系列重大问题。我们在上一个问题中讲到作家的创作个性与风格的关系时所举的那些作家，差不多是1957年被错划为"右派"的同志。这个现象很值得注意。这些当年的年轻作家，现在形成了一个群体，而这个群体又成了新时期小说创作的中坚力量。这些同志经过二十多年的苦难，二十多年的辍笔，到了新时期为什么反而一鸣惊人，能够在创作上实现大腾飞呢？我读了陕西省咸阳地区作家峭石的小说集，他曾经被打成"反革命"，粉碎"四人帮"后，回到老家兴平县当农民，两口子养活一大家子人，生活非常苦，以后好容易被安排到咸阳市创作研究室。他在这本集子的后记中写道：别人问，你近年来创作了这么多作品，是不是和把你打到基层有关系？他说，有关系，为什么呢？因为"把鳖扔到水里了"。我看了这一段，觉得很深刻，又很痛心。最后这句话来自民间传说。一个全副武装的武士，看到一个鳖在那里爬行，他说，我才是满身甲胄，你怎么配？于是就踩它，踩不动。没办法，处以极刑，把它淹死！于是就把它扔到水里去了。这就是"把鳖扔到了水里"。这个比喻很好。这也让我想到西来昨天讲到刘勰的"蚌病成珠"这句话。这是当代文学史上一个很奇特的现象。正因为我们的作家下到水里，有了生活，有了感受，才能在创作上大放异彩。当然，这话不能反过来说。要是那样的话，可就太悲惨了。但我们已经被"扔到了水里"。"屈原放逐，乃著离骚。左丘失明，厥有国语""愤怒出诗人""文章憎命达""士穷而后工",都是真正摔过跟头的人才能说得出来的真话。没有那种独特的遭遇,就没有张洁的作品;没有"故国八千里,风云三十年",也没有王蒙的风格;没有在大墙底下蹲过,就没有从维熙的"大墙文学";没有遭受张贤亮那样的折磨,也写不出《绿化树》。我们的作家受了几十年苦,一旦解放,就要大放异彩。政治解放了作家,也解放了文学,但同时新的问题出现了:这么丰富的生活,这么复杂的感情,怎么把它浓缩到一个小小的画框里去呢?首先碰到这个问题的是王蒙,他的创作在粉碎"四人帮"以后与以前大不相同。其中显著的特点就是容量增大,有限的篇幅里塞满更多的东西,这一点恰恰就是以小见大,就是艺术的奥秘。聪明的作家不约而同地想着一个聪明的问题,就是如何认识和更新我们的小说观念。早在1980年前我就感觉到这一点,我常说:做了二十多年小说读者,不知小说为何物。后来,不仅在写作实践上,而且在理论评论上,对这一问题首先发难的,是王蒙。怎样表现更丰富复杂的感情世界?怎样在有限的篇幅里压缩更多的社会内容和历史内容?问题就是从这儿开始。在新的矛盾和新的事物面前,王蒙焦急不安,却又从心所欲,好像又一次被"扔到水里",是自己把自己扔到艺术的海洋里去,王蒙用新法写的六篇小说,之所以在社会上引起偌大的反响,在文坛上引起轰动,就是因为涉及小说观念的问题。"难道小说可以这么写吗?""难道小说不可以这么写吗?"讨论得十分热闹。他的《夜的眼》,那写法叫人眼花缭乱。他的《风筝飘带》才华横溢,叫人目不暇接。《海的梦》则深刻到深奥的程度,深奥到让人不大能够完全理解,却让想象横生的程度。《春之声》没有什么情节,车厢是破旧的,车头却是新的,这也是象征。发展到《杂色》,就发展到五光十色,多声部合唱,交响乐。我对《杂色》的估价是比较高的。王蒙的有些作品我不能完全接受,多少有点散漫,但他好多用新法写的作品我是喜欢的,而《杂色》在其中占据着相当重要的地位。

何西来:《杂色》应当算王蒙第一流的作品。

阎　纲：是他创作成果集中的表现，也是他的新小说理论一次比较集中的实践。在《杂色》中，世界是驳杂的，人物感情是驳杂的。我相信王蒙自己的思想也不是百分之百地滤清后才写《杂色》的，但是他对多样化、多色调、多层次、多方位的世界有了深切的感受，心理活动是复杂的，情绪是极其强烈的。这篇小说只写了两个人物，或者说两匹马，一个是老瘦马，一个叫曹千里，也是用了马的名字。马是人格化了的马，人是马性化了。除此之外，什么也没有。要谈小说新观念的话，王蒙的《杂色》是代表作。通过对《杂色》的分析，可以进而研究中国当代小说的新观念。此后，王蒙又写了六篇《在伊犁》，现已合集出版。《在伊犁》的后记中王蒙说的几句话很有意思。他说，《在伊犁》是用写实的手法，也就是用现实主义的手法写成的，改变了自己原来不无炫耀的一些写法。这固然说明王蒙同志手里有几副笔墨，但也说明王蒙自己就把《在伊犁》的写法和在此之前一些作品的写法区别开来了。前者用的是新的写法，这种新法就是他的新小说观念的艺术体现。以上这些，就是王蒙在小说观念方面首先发难的表现和背景。王蒙的影响是历史性的。

那么，新的小说观念的主要内容是什么呢？首先是在典型问题上提出诘难。王蒙新小说观念的真谛，主要围绕艺术典型问题，特别是人物典型问题。他把人物、典型、性格三者区别开来。他认为性格不一定是典型，人物不一定是性格。我们一直在讲，小说就是写典型环境中的典型人物，王蒙则提出，小说不一定非写典型人物不可，这是问题的要害。他认为，小说可以写典型人物，也可以不写典型人物，要是都要求写典型人物的话，短篇小说怎么办？小小说怎么办？他也举出一些中篇小说为例，说明即便中篇，也有不以刻画典型人物为主要特征的。这已经由他的创作实践得到了证明，例如《杂色》，和传统的典型观念就大不一样。与其说《杂色》刻画典型人物，还不如说它在渲染典型情绪，用心理交错之法，用象征，用抒情诗。

何西来：典型的情绪，典型的心境，典型的情景。

阎　纲：他还举出契诃夫的《草原》作证明。的确，契诃夫不是在那里塑造典型人物。

但是，关于这个问题的讨论，以后走了点弯路，不同意他的意见的人总是揪住说他是反对小说塑造典型人物，等等。其实王蒙不是那个意思，在这一点上，把他冤枉了。然而，他对典型人物的塑造有所忽略、有所放松，我在一篇文章中说过："不要轻抛了典型。"这是希望。以王蒙的生活基础，以他的艺术功力，是可以塑造出久驻人间的典型人物来的，所以，这种希望，我觉得还是允许的。

何西来：我也同意你这种观点，关于要不要写典型人物的问题，他的思想有几个层次：不一定写典型，也不一定重点写人物。就是说，也可以写也可以不写。我认为，王蒙不是一个一般的作家，他现在的成就使他有可能成为一个大作家，而历来的大作家都是跟他笔下的人物一块儿活在读者的心中，没有性格非常鲜明的典型人物活在读者的心中，作家也不能在读者的心中生存下来。王蒙在一定程度上轻视了这个问题，这就造成了他的有些作品的缺陷，人物应该写得更好一点的没写好，尽管他具备这种能力。

顾　骧：现代派文学中历来就有许多非典型的人物，如威·福克纳的《喧哗与骚动》，但不易看懂。

阎　纲：我在那篇文章中提出"不要轻抛典型"，同时也为王蒙正名——他不是现代派，不是西方意识流。说王蒙是西方什么派，学西方什么人，恕我冒昧，那样反而贬了王蒙。我还提到他的手法的确新了，是意识的解放。我的那篇文章叫《小说出现新写法》，是1980年在北京师院（今首都师范大学）召开的王蒙作品讨论会上的发言整理稿。

朱　寨：在1980年的那次王蒙创作讨论会上，他对自己的创作也做了解释。大家都认为，他的新探索始于《夜的眼》，但他说最早的一篇应是《布礼》，动手在1979年2月，但发表在《夜的眼》和《蝴蝶》之后。他说他探索的是人的精神受到的迫害和心灵受到的考验。他认为，心理活动和客观世界的其他活动有不同的规律。他说，我在最困难的时候，梦见的往往是儿时的情景，多在心理活动中，把印象重新结合，会形成震撼人心的画面。王蒙的作品看上去没有结构，但他说，他的结构并不是随意的，而是按照心理活动的规律去结构作品，《蝴蝶》是感觉先行，《说客盈门》是情节先行。

阎　纲：他先从创作上探索，再从理论上总结。

何西来：他对这个问题的思考，可以追溯到1963年他在一篇论文中对鲁迅先生收在《野草》里的散文诗《雪》的评价。他对鲁迅这篇作品提出了另一种解说。这种解说，与他以后的创作关系极大。特别要强调的是，王蒙的探索是为了把几十年经历的磨难，用一种恰当的方式表现出来。因此，他的这种追求不是形式主义的，不是纯形式的玩弄。有人说，王蒙的探索给人的感觉就像一个彪形大汉跳到儿童游泳池里去玩花样，我是不同意的。

朱　寨：《夜的眼》最大的突破就是摆脱了戏剧性结构，这和李国文的小说形成了鲜明的对比，后者显然是传统的戏剧性结构。

阎　纲：李国文是这样，张一弓更是这样，追求戏剧效果。

何西来：李国文讲究草蛇灰线，讲究伏线。他的作品，在结构上，大都是非常严谨，非常考究的。他自己说，曾经读过几十遍《红楼梦》，许多段落，可以成诵。在《花园街五号》中，杀刘大巴掌以前，他对那个公馆曾有一处描写，写了天花板上的弹痕。粗看起来似乎是闲笔，于是编辑把它删掉了。这么一删不要紧，后边却不好办了：在戒备森严的刘公馆里，深夜放枪，居然没有人来管，而杀了刘大巴掌的韩潮和刘钊还能大摇大摆地出去，就不合情理了。原来，天花板上的弹痕，是要靠细心的读者去回味。刘大巴掌这个土匪出身的人，常常随便在公馆里放枪，像放鞭炮一样，谁也不当一回事。因此，把他处死的枪声就不会引起警卫们的注意了。

阎　纲：他非常讲究伏线、伏笔、照应，如果说他是草蛇灰线的话，王蒙就是"羚羊挂角"了。

何西来： 王蒙是由于所表现的内容需要这种形式，然后才去探索这种形式的。最有代表性的就是《布礼》。这部作品曾经两易其稿，第一稿是用编年式的办法写了三十年，最后看起来像流水账、大事记，而且写得很长，连作者自己也感到沉闷，无法卒读。

阎　纲： 于是就"剪"嘛，就"跳"嘛！

何西来： 这才采取了现在这种结构办法，把前后的年代，把时空关系交错起来。

阎　纲： 剪开以后用蒙太奇的手法重新组接。但《布礼》中使用新法还是初步的，不很纯熟。

王蒙的小说新观念的理论提出来以后，关于这个理论的讨论进展不够理想，走了点弯路。所谓走弯路，是指这场讨论向两个极端发展，一个极端认为王蒙是反对一切典型。

白　烨： 其实王蒙提出的是"例外说"，任何事物都有例外。

顾　骧： 主要是写典型人物，但有一部分作品不这样，写典型情绪，也应该允许人家试验。

朱　寨： 不能把恩格斯的话当作典型的定义，它是现实主义典型化的一种方法。典型既可以是人物的，也可以是情绪的。

阎　纲： 这类文章的观点很鲜明，保卫了"典型说"，特别是保卫了恩格斯的"典型说"。但是在辩论中间，它的一根针没有找准穴位，所以王蒙感到疼，不是穴位发麻，而是无谓的疼痛。西方现代派问题闹开以后，这场辩论也就不了了之。

顾　骧：《人民日报》上发的那篇文章怎么样？

何西来： 那篇文章把一个复杂的艺术问题过分地简单化了。

阎　纲： 他这一简单化，好像王蒙是反对刻画典型人物的，这是冤枉。

朱　寨： 王蒙以后的创作实践也证明不是那样。《相见时难》还是着重写人物的。

阎　纲： 另外一个极端，是我们一些作家评论家认为：只有王蒙这种写法才是我们应该追求的,它可以替代一切艺术方法,是小说的极致,高招,绝招。认为它是完美无缺的,以后写小说就应该如此这般。当时文坛上空,的确升起美丽的风筝。

何西来: 刚才讨论的那几篇就是几个风筝。

阎　纲: 这些观点当然可以讨论,它们接着被纳入现代派问题的争论里去了,把王蒙算作现代派作家在现中国的代表,把他作为囫囵引进西方现代派的代表人物,这就把问题复杂化了。

何西来: 这本来不是王蒙的本意。这反映了我们在对待艺术观念、小说观念问题上的锁闭状态,没有开放精神和宽容精神。

阎　纲: 认为王蒙反对刻画典型人物,这不是王蒙的本意;认为王蒙自居为中国现代派作家,也不是王蒙的本意。出现了这么两个极端,接着又是现代派的讨论,又是"清污"的扩大化,一团乱麻,搞不清楚了。

王　愚: 这个问题的讨论如果作为正常的学术争论来进行,完全可以讨论得更深一些,至少可以澄清一下若干年来纠缠不休的文艺理论问题,像典型与个性、典型与感情等等。可是一开始就把它纳入要现代派还是要现实主义的争论,后来纲越上越高,扯到社会主义文学的方向道路问题上去。于是,把问题越弄越简单化了。

何西来: 它本来是艺术问题,而且是艺术形式问题,最后却完全成了政治问题,成了"我们的文艺要走什么道路"的问题。

阎　纲: 这就造成了不好的效果。"清污"的扩大化,使王蒙不得不改变一下笔墨,写一些写实的作品来缓和这个矛盾。这就是他《在伊犁》的写作动机之一,我是这样理解的。把王蒙和西方现代派一锅煮,王蒙有口难辩,那好吧,还是回到现实主义来吧,我又不是不会。《在伊犁》六篇就是这样出来的。但是这六篇并不证明王蒙放弃了他在小说观念上的主张和追求,如此种种,不过小小的迂回而已。

在讨论中还出现了"三无世界"的问题。"三无"小说是一种归纳,当时确有同志或对人物描写,或对情节描写,或对主题的确定采取漠然、淡化的态度，但王蒙并没有主张"三无"小说，他并不认为小说一概都要"三无"。他只是说也可以这样，有例外。

从我们对前几个问题和这个问题的探讨可以看出，王蒙无论在小说创作实践上还是小说观念的理论上，都有创造性的贡献。他的创作和理论的影响是深远的。我们中国新时期小说创作史上，可能已经出现伟大作家，也可能没有出现。要是没有出现伟大作家的话，那么，在伟大作家的候选人中间，王蒙是站在前边的一个，正像张贤亮等也是其中之一一样。

顾　骧：刚才阎纲讲到新时期小说观念的变化。这些生活上受尽磨难、生活积累很雄厚的作家，他们在寻找能够在很小的篇幅里加大思想和艺术容量的新的表现方法，这是一个原因。但是还有，不能不看到由于思想解放运动和"双百"方针的贯彻，作家们思想比较活跃，追求艺术上的不断创新也是一个原因。艺术就是要创新，包括内容和形式两个方面，不能把形式上的创新说成是形式主义。艺术形式上的创新是为了更好地表达内容，作家们的艺术创新需要新的表达方法，在这个时候我们实行了对外开放，西方的文学包括作品和理论被介绍过来。把王蒙笼统地套上现代派是不准确的，但是，他和现代派不是无关的。这没有什么不得了的，在前一段讨论中，把现代派的问题看得太重了。尽管也承认现代派的表现手法可以借鉴，包括内容上也有有价值的东西，但是在有些同志那里，谈到现代派，好像就是"资产阶级自由化"。实际上，如果我们对现代派进行具体分析，对某些表现手法加以有选择的借鉴，经过过滤和改造，是进步的表现。这没有什么奇怪的，何必怕把王蒙和现代派联系呢？无可否认，他的探索和现代派是联系着的。

阎　纲：有联系，有借鉴，这样说是公道的。

顾　骧：罗曼·罗兰20世纪30年代曾经对苏联作家说，你们的作品只注意表现外部世界、客观世界，应该把它们和人的心理活动结合起来。这个意见很好，确实，我们提倡社会主义现实主义，文艺要客观地、真实地、历史地反映现实，尽管批判现实主义也注意心理描写，但是应该说，在现代派以前，我们传统的文艺，深入人物的内心不够。现代派很重要的一点，就是强调文艺的主观性。它的各种形式都是为了尽可能地加大文艺作品的主观因素的容量，这是一种时代的思潮，不仅是小说，戏剧、电影也受到这思潮的影响。

王　愚：新时期以来，我们在创作方法上和小说观念的变化上表现是比较突出的。我们的小说观念逐渐走向开放，创作方法也走向开放。苏联从十月革命以后，用社会主义现实主义的方法来统一文学创作，从方法上硬要定于一尊，这个问题现在看来是很值得研究的。

顾　骧：所以它就搞不下去了，提出了开放体系问题。

王　愚：苏联20世纪70年代提出社会主义现实主义的开放体系问题，实质上就是承认创作方法的多样化。现在看来，用一种创作方法来统一文学创作是比较困难的。尽管可以说在创作方法上有比较好的、应该坚持的东西。在这方面，这几年开了一个好头。王蒙的探索，以及一些青年作者的探索，比如，张承志的《黑骏马》和《北方的河》，你要把它纳入严格的现实主义范畴，是比较困难的。但恐怕也不能把它归入王蒙那一类。比如《北方的河》，他写河，实际上也是写人，写民族精神，主人公有没有名字，问题都不大，这里确确实实有一些浪漫主义的因素，注重感情的倾吐和对民族精神演变的探讨。《北方的河》确实写出了我们民族的精神，写出了20世纪80年代青年的追求，一种摆脱旧的传统束缚的自强不息的精神追求。总之，创作方法的多样性和小说观念的开放，这两点在新时期文学中是不可忽视的。但是这两点在讨论中碰上了许多困难，比如本来是创作方法的讨论，硬是要拉到创作道路和方向问题上去，这一下子就使问题起了质的变化，谁也不敢再说了。

最近我看刘心武的《钟鼓楼》。这是风俗画，继承了不少我们古典的东西，却又作了新的处理，不像刘心武当年同高行健通信时所提倡的那样。他写的就是钟鼓楼旁边的一个大杂院，通过风俗画面写钟鼓楼的演变，人对钟楼的感情，以及大杂院的红白喜事。这实际上是继承了从古代话本到老舍的小说传统，但又是现代意识的流露。

陕西作家京夫的《白喜事》，写商县一个地方死了一个老太太后一家人的治丧活动，基本上还是写实的手法。但着重在社会心理的变化上，当作家写到其中的主要人物舅舅来了，完全可以看出时代生活和社会心理的推移。他是党支部书记，但又是家族的长辈，似乎一切都得听从他的安排，不料他过去这一套不大能行得通了，原因是农村生活起了变化，人的各种价值观念起了变化。过去，他既是舅舅，又是支部书记，从家族说，从地位说，对他唯命是从似乎是天经地义，他说怎么办就得怎么办，现在就不行了。每个人都有自己的意识，自己选择婚丧大事也有自己的考虑，舅舅的威风就受到了冲击。当然作品写得成熟不成熟，还可以再探讨，但是它确实显示了作家创作的多样性。

小说究竟该怎么写？这次在天津开会，黄子平、林兴宅这些年轻的同志说："三无"小说是谁归纳的？谁这样提过？现在恐怕谁也找不出它的娘家来。"三无"小说很容易叫人想起赫鲁晓夫的"三无世界"，几乎完全成了政治概念了。实际上没有人这么提过，他们提出的，就是刚才阎纲同志谈到的情节的淡化。这实际上是小说的两路写法，从19世纪到现在都是如此。一路写法就是逼真，讲究典型环境中的典型性格；一路是写情绪，就是写心灵世界，写内心的活动。自古以来，就没有把哪一种写法定于一尊，那么现在为什么一定要定于一尊呢？在这个问题上，我们只是开拓了一条探讨的道路，距离目标尚远。比如说典型问题，译文就几经改变，忽然说是典型人物，忽然说是典型性格。我同意朱寨同志刚才的意见，不能把恩格斯的话当作严密的定义。

何西来：恩格斯当初讲的时候并没有说他是在下定义，只是到了后来，才有一些人把它当作现实主义的经典定义，而且别人再提出异议，就用这个来压他。在这个问题上的争论，仍然是学术问题。我认为像程代熙那样的态度是不可取的。徐俊西提出的观点，可以讨论，也可以不同意，但不能用那种办法压人。

王　愚：徐俊西的文章讲得很清楚，他只是说恩格斯的话并不是现实主义的唯一的定义，但有些人一反驳就成了反马克思主义。

阎　纲：徐俊西一是认为典型环境中的典型人物作为定义不合适，二是在对典型环境的理解上也有不同的见解。

白　烨：他认为恩格斯对哈格奈斯的批评根本上就错了。

王　愚：根据不同的译文，如果恩格斯当年讲的是典型环境的典型人物的话，那么现在这些情节淡化的小说，你可以说他没有性格，但是不可以说他没有人物，这不但包括写人的，还包括写猫的、写狗的。比如《雪球》，写的是猫，但主要表现的还是人的情绪。

顾　骧：是象征主义的。

王　愚：人家写这种东西，作为一种实验，我们可以在文学批评中判断他成功与否，失误多少，但是不可以忽视人家这种探索的意义。

我们的小说多年来都是戏剧化的写法，戏剧中的"三一律"统治了几百年，要想打破它是很不容易的。高行健的《绝对信号》打破了"三一律"，我们现在流行歌曲的唱法使许多学院派的同志不大满意，不能说流行歌曲都好，其中不乏靡靡之音，但所谓气声唱法，其最终目的无非是更好地与观众结合，多走出了一条新的探索之路。

阎　纲：气声唱法也是为了生活化，很容易被耳朵吸收。艺术要生活化，不要舞台化，也不要一味地戏剧化。

王　愚：现在许多公式化、概念化的小说，大体上都是遵从戏剧化的写法。动不动就是"两种对立力量之争""方案之争"，这是从过去的以阶级斗争为纲的框框发展而来的。总是把金戈铁马式的两军对垒塞进一个短篇小说中去，所以我们的短篇小说常常是面面俱到的，而不是从一点突破。短篇不短跟这种戏剧化的写法恐怕不能说一点关系也没有。

阎　纲：当然有关系。所谓要"交割清楚"，一交割清楚就有话则长，短不了了。

王　愚：所以，要充分估价这几年小说观念的开拓和创作方法的多样化的成绩。现在确实出了一批实践家,像王蒙、张承志、张洁等。

何西来:也包括受到了批评而王蒙认为才分很高的张辛欣。

阎　纲:还包括邓友梅。《疯狂的君子兰》批错了,这是象征小说佳作。还包括冯骥才、孔捷生。孔捷生的中篇新作《大林莽》手法新颖。林斤澜更是一位刻意创新的宿将。

王　愚:这几年小说创作的发展,实际上是好几条线并存的,既有像王蒙那样的探索,和他后来《在伊犁》这样的写法,也有像张承志这样的写法、张辛欣这样的写法、邓友梅的《烟壶》那样的写法。而现在有一种趋向很值得研究,就是对风俗画的追求,包括李杭育、刘心武。这和通俗小说有关,通俗小说现在评论家不注意,不研究,但它现在有很多的读者,像吴越的《括苍山恩仇记》,一印就是好几百万册,结果谁也不重视。它是写革命斗争的,但它完全是按照章回体的办法来写的。

阎　纲:还有《夜幕下的哈尔滨》,读者、听众和观众都不少。

王　愚:《神州擂》和冯育楠的《津门大侠霍元甲》,都是很严肃的通俗小说。所以,鉴于苏联和我们新时期文学发展的经验,在创作方法上应当提倡多样性。

阎　纲:还是开放好。

何西来:王愚刚才提到马尔科夫的开放的社会主义现实主义,这在苏联实际上已经是属于保守的观点了。提出社会主义现实主义是开放性体系是修补篱笆的做法。社会主义文学要不要容纳多种创作方法,在苏联文学界是一场大的论战,从60年代以来持续了相当长的时间。一方面是以赫拉普琴科、巴斯别洛夫等人为代表,他们提出了一个社会主义文学的概念,在这个概念中应当包括社会主义现实主义、批判的现实主义、自然主义和浪漫主义,就是说不能用社会主义现实主义方法来囊括一切。如果用一种方法统一文学,就会使文学的生产力受到极大的束缚,这时,便需要胀破这个结构了。马尔科夫是苏联作家协会书记处的书记,他不赞成胀破这个结构,但也看出了问题。他说你们提出了这么多方法,我把它们都包容到社会主义现实主义的开放体系里来，以退为进，是固守阵地的一种办法，这连改良都算不上。

阎　纲：他是采取"收编"的办法。

朱　寨：就是允许你逾越这个雷池，另外还画了一个圈。

王　愚：这也说明就连定于一尊多年的社会主义现实主义也不能不走向开放。那么，我们现在的文学有没有应该统一的东西？我认为统一就统一在"二为"方向下，关于"二为"方向，中央几年来多次强调，但我们并没有很好地理解。有些同志认为"二为"方向无非是过去文艺为工农兵服务、为政治服务的继续。实际上，为社会主义服务、为人民服务，它的范围很宽泛，在这个方向之下，任何方法都可以存在。这势必引起我们小说观念上的新变化，引起创作方法的多样性。有人提出现实主义精神贯穿于一切创作方法。这从理论上是讲不通的，现实主义和浪漫主义怎么能炒到一个锅里？可见，理论界面临着总结作家创作探索的经验，开拓文学未来的任务。

阎　纲：人们一般把现实主义分为两种，一种是现实主义方法，一种是现实主义精神。还有人在现实主义精神和哲学上的唯物主义原则之间画上等号，这就把问题搞乱了。《北方的河》《迷人的海》，能离开认识反映论？能离开唯物主义？那么好吧，生拉硬扯，也被纳入现实主义。应该为现实主义正名。我还认为：现实主义不能分为现实主义方法和求实精神，浪漫主义不能分为浪漫主义手法和理想主义。创作方法就是创作方法，方法不是思想。

朱　寨：把浪漫主义归结为理想主义，这实际上是把方法与思想混同起来。

顾　骧：把理想主义打到浪漫主义那里去了，那么，就从现实主义中排除了理想主义。

朱　寨：好的现实主义作品都是有理想的，哪一个作家没有理想呢？

王　愚：批判现实主义没有理想吗？托尔斯泰没有理想吗？屠格涅夫

没有理想吗？他的《前夜》里还出现了新人形象，你说他没有理想行吗？如果不是对生活绝望，那么任何反映生活的作品都不可能没有理想。

阎　纲：把现实主义分为现实主义方法和现实主义精神（即求实精神），把浪漫主义分为浪漫主义手法和理想主义，造成了很多理论上的混乱，许多问题说不清了。比如说，现实主义就是创作上的求实精神，那么，革命现实主义难道成了革命的求实精神？再如革命的现实主义和革命的浪漫主义相结合的"两结合"问题，一直讨论到现在。那么，"两结合"的方法到底存在不存在还是个谜。要不要提倡，也是个谜。这个谜迄今没有解开。但是不管怎么样，我觉得有一种理论是站不住脚的：现实主义是求实精神，浪漫主义是理想主义，所以要把求实精神和理想主义结合起来，实行"两结合"，两全其美，相得益彰，这岂不甚好？这样一来，"两结合"比哪一种方法都要高明。你看，求实精神，是反映论，唯物主义离不了吧；理想主义，对共产主义的热情，能离开吗？现在两个结合起来，多么美妙啊！这就必然得出一个事与愿违的结论：它是唯一的、最好的方法，把它定为一尊。其实，这是把哲学问题生套到创作方法问题上来。

我是不同意把现实主义和浪漫主义那么分开的，方法就是方法。

何西来：我认为在小说观念问题上应当开放，因为小说创作和整个文学创作一样，需要创新。用叶燮《原诗》中的话来说，叫作"变"。这里的"变"，就是梁萧子显《南齐书·文学传论》中所讲的"若无新变"，不能代雄的"转变"，即革新。每一个时代的文学的革新，不仅表现在内容上，而且由于内容的变化，也表现在形式上、技巧上。内容、形式、技巧的变化，既是文学观念变迁的表现，也是这种变迁的原因。在这个问题上不能有任何停滞。停下来就会凝固，这是艺术的死胡同，我们过去在这方面的教训是很深刻的。"十七年"的后期，小说艺术在形式上的单一化已日渐严重，僵化、锁闭之势已成，到"文化大革命"则完全走上了绝路。但看看新时期的小说创作，真可以说是"大千世界"。其数量之众多，花样之翻新，前所未有。我觉得各种写法都是应当鼓励的。我们只坚持一点，就是社会主义的方向，至于手法上，我以为不必多所禁忌，借鉴西方现代派的某些合理因素，是完全可以的。我们前一时期对现代派的批判，我以为有两大偏颇，一个是我们对批判的对象——西方现代派，了解很不够。有些很勇敢的人，不是说他一点不懂，但是基本上不懂。不懂而要批判，我觉得这里边包含了很大的危险性。因为"知己知彼，百战不殆"，这不仅是兵法上的常识，而且是一切严肃的论争中的常识。你不了解人家，怎么能够打败人家呢？另一点，就是把问题估计得太严重了。某些作者的某些作品中，出现了这样那样的偏颇，即使不借鉴现代派的某些手法，也可能出现嘛。既然是创新，而创新又是走别人不曾走过的路，那就必然带一定的探索性质，谁也不能保证每一步都走得百分之百的正确，不出错。人们对真理的认识总是要经过几个反复以后才能够达到，艺术创造也一样。我们社会主义建设搞了三十多年，现在才总算上了轨道，而且还在探索。为什么作家的艺术探索出现了一点问题，就好像一股汹涌的资产阶级潮流已经漫卷而来，要淹没中华大地了。

阎　纲：似乎大有"欧风美雨，席卷中华"之势。

何西来：这未免把我们这个伟大的党、伟大的民族估计得太幼稚了，太简单了。我们这个民族有很强的吸收其他民族精神成果的能力。我们曾经有过汉唐气魄，这不仅表现在那个时代的心理素质上，而且表现在艺术上。汉唐艺术，气度恢宏，境界开阔，有很强的吸收和消化外来影响的能力。同时，也给其他民族艺术以强有力的影响。在唐代，波斯、中亚一带的外国人有不少在长安做官，有的官还做得很大。至于来自西域的舞蹈家、音乐家，就更多了。为什么到了现在，才借鉴了那么一点儿，才那么几年，连个起步都算不上，文艺界就有人胆战心惊，以洪水猛兽将至，需要发动一次大的运动来对付它？这反映了我们见识之浅薄和神经之脆弱。在这个问题上倒是夏衍、巴金的看法要开放得多，开明得多，他们有长期的实践经验，创造过第一流的作品，在国内外享有盛誉。他们都是从文学事业的发展着眼，谈自己的看法的。他们并不把形势估计得那么严重，他们的看法更贴近文艺界的实际。

阎　纲：这是"好得很"与"糟得很"的区别，我倒认为是"好得很"。

何西来：是的，我下面就要讲这个问题。毛主席在《中国革命战争的战略问题》里说，指挥员正确的部署来源于正确的决心。正确的决心来源于正确的判断，正确的判断来源于周到的和必要的侦察，以及对各种侦察材料的连贯起来的思索。在这里，侦察以及侦察得来的思索，都是调查研究。这是《实践论》的基本原则，毛主席就是靠这个领导中国革命取得胜利的。没有调查研究，就瞎判断、瞎干，会陷入盲目性。打仗一旦陷入盲目性，就丢掉了主动权，就会导致失败。艺术也一样，你不了解，你就没有主动权，你要立足于世界艺术之林，而世界艺术之林是何等样子你都不愿意下点功夫去了解，就视为洪水猛兽，乱打一通，怎么能自立于世界艺术之林呢？

用传统的办法，把现代派问题上升到吓人的政治高度，一提就是方向问题，是要不要坚持社会主义文艺的方向和性质问题。其实说老实话，西方运用现代派手法写作的作家，其中也不乏共产党人，罗马尼亚来中国的画展当中，有好多就是现代派的，你能说罗马尼亚的这些画家就是些资产阶级吗？有一些作家和作品，你很难用简单的政治概念来解释，例如毕加索，他的名画《格尔尼卡》就是。

朱　寨：还有布莱希特。

何西来：把复杂的艺术问题简单化，后果是不那么妙的。

我觉得应当开明一点，开放一点，应当像我们的先人一样，有那种气魄，那种气势，敢于消化世界上一切艺术，取其精华，去其糟粕！鲁迅先生也讲，人吃了羊并不会就变成羊。以张辛欣的创作为例，她在写法上，显然吸收了不少外来影响，可她还是她，有她自己的特点。我以为，前一时期有些对她的批评是过分的。王蒙给《文艺研究》写的那篇文章，虽然也讲了其他许多青年作家，却意在为张辛欣讲几句话。王蒙显然不同意别人把张辛欣的问题提得那么高，他也有批评，但态度却平和公允得多。

我并不是完全同意张辛欣的作品中表露出来的某些人生观点，但绝对不能把她的作品说成对社会主义制度、对人生的敌视。而且这个作者确实如王蒙所讲，"天分高、有才华"。她把握人物心理变化和活动的准确性和真实性，在当代女作家中，是相当突出的一个。而她所使用的方法，据我了解，在青年读者中是受欢迎的。

阎　纲：张辛欣有一篇作品应该翻过来，就是《疯狂的君子兰》。我认为它不但不是毒草，而且是香花。王蒙力求公正地评价张辛欣，而这种评价的当时又是什么背景呢？背景就是他曾经表扬过张辛欣，现在有人把张辛欣的作品打成毒草，提到政治的高度上。就是在这个背景下，王蒙站出来批评张辛欣的，他批评的最高点是她"以恶对恶"，而面对的还是社会现实存在着的恶。

何西来：所以我觉得，王蒙说"由于心气过高而产生的过分的愤懑，过分的敏感，于是恕我说得重一点，她有时是带着'恶'来写'恶'的。她好像怀着某种以恶对恶的报复心。这正是她的文学道路的坎坷所在"，这是公道的。这里既有实事求是的批评，更有爱护。

另外就是关于高行健的《现代小说技巧初探》，我觉得这本书没有政治问题，提到政治高度上来对待是不公正的。他只不过是想介绍一下现在世界上其他国家小说创作技巧的现状，让大家开一开眼界。人家谈的本来就是技巧嘛！技巧怎么就是政治呢？王蒙对他是肯定的，然后有几个作家如刘心武、冯骥才、李陀等，在《上海文学》上放了几个"风筝"，我认为这几只"风筝"是应当肯定的，虽然他们有一些看法是不够准确的，但他们不是理论家，他们是搞创作的，不必苛求他们，有的话讲得不够周严，有的事情表述得不够清楚，有的主张也存在着偏颇，但他们意在探索，这就好。

阎　纲：可以用"风筝"打比方，但有一句话，我当时听了不是滋味，尽管我对说这话的同志十分钦佩。通信中说："在寂寞的天空升起了一个五彩缤纷的风筝。""五彩缤纷"可以，怎么形容都可以，但是天空并不寂寞。

何西来：但是它反映了一种新追求。徐迟提倡的，受到批评的"马克思主义现代派"，以及冯骥才的那种对现代派的理解，都是想根据我国社会主义现代化的历史条件，提出解决小说观念现代化的问题，但因为他们对西方的有关情况了解不太够，也不太深，所以持论不稳，形成某些理论上的漏洞，尽管如此，他们毕竟提出了这样一种愿望，想要冲破原来在形式和艺术技巧上的某些藩篱。这样做，哪怕有缺陷，也是我们新时期小说观念探索中的一种进步。因为在我看来，固守化的藩篱，比之想要冲出去，而在冲的过程当中有偏差要不可取得多。王蒙的探索，就是一个进步。首先有了创作上的探索，然后才有了理论上的探索。

朱　寨：小说观念的变化以及出现了这么多有特色的、有创造性的作品，而常常被看作"离经叛道"，什么原因？确实我们在小说上有一种传统的观念，恐怕是从很久以前的说唱文学来的，注重故事情节，有头有尾。

何西来：有"得胜回头"，有开场，有高潮，有结尾，等等。

朱　寨：它的对象是听众，而不是读者。到《红楼梦》有了很大的变化。《三国演义》《水浒传》都是粗线条的、故事型的。但是《红楼梦》不同，尽管它采取了章回体的形式，但它是适于人们细读慢看的。

阎　纲：传统的写法被打破了。

何西来：而且它是中国古典小说史上第一个出现的有细腻心理描写的作品。

朱　寨：它打破了"大团圆"的结局，它是一个悲剧的结局。

另外，鲁迅也打破了我们的小说传统，他的小说是以形式的清新引起人们的注目的。

但是现在我们死死地守着那些传统的古老观念，如要有通俗性，要听得懂，有头有尾，当然这不失为一种形式，但是绝不应当一统于这种形式，因为它和一定的时代背景有关系的。将来小说肯定还要随着生活的发展而发展。现在为什么把对小说形式的探讨看成"离经叛道"呢？有两个观点，一个是中国作风、中国气派，一个是民族形式，对主席这个观点的理解凝固化了，对民族形式的理解也凝固化了。我认为民族不能离开现代化。如果离开现代化只强调民族化，我们的民族文化就要停滞。中国作风中国气派不是木乃伊，它必然吸收新鲜的养分才能维持生命。拿中国作风、中国气派以及民族形式来限制这种探索是错误的。要按这种观点，我们的开放就不行了。近年开放后，经济上、生活上的发展带来的变化，那都不符合民族形式了。

何西来：当"文艺从属于政治"的原则被孤立地、片面地、绝对化地强调的时候，小说本身的相对独立性已经被否定了。小说作为一种特殊样式的本身特点都被忽视了。这就像作为特权的人身依附关系一样，在这种关系下，人只被看作奴婢和工具，而不被看作人。文艺处于这样的地位，即使是有特殊规律，也不为人家所承认，因此，文艺与政治关系的正确解决很重要。解决了这个问题，小说创作的特殊规律才受到了空前的重视。小说的观念是什么？就是人们对小说样式本身的特点和特殊规律的理解和认识嘛。这个问题为什么五六十年代提不出来，而现在提出来了呢？

阎 纲：为什么提小说观念呢？因为小说观念那些年"异化"了，现在要"复归"一下。当然不是单纯的恢复。

何西来：我觉得这个问题是重要的，现在的探讨还是很不够的，还有更广阔的领域有待于研究。比如，我觉得应当有一门小说学，作为文艺学的独立学科，像诗学一样。现在小说美学已经有人在搞，但研究还处于起步阶段。

王 愚：北大出版的《小说美学》还是着眼于整理古典小说的资料，对新小说的规律研究得很不够。

朱 寨：也有人搞小说做法、小说技法之类的东西，但严格地说，这并不是研究小说创作规律得出的艺术经验总结，而是给想走捷径的人开的小说"配方"，形式主义的东西多。

何西来：那就把小说写成八股文了。

王　愚：这跟那种快速构思法一样，是起不了什么实际作用的。

何西来：所以从各个不同的角度对小说规律，特别是对小说的艺术创造规律作静态的动态的探讨和研究，我觉得是很重要的。刘再复同志最近发表的一组关于人物性格组合论的文章的意义，就在于他是把小说创作中的核心问题，拿来做专门性的学术探讨，他的探讨，涉及有关的许多方面。现在探讨这个问题，一是有了一定的外部条件，二是有了丰富的创作实践，三是也为别的同志的探讨提供了一定的基础。

顾　骧：人物性格的复杂性和丰富性的问题，结合创作谈了多年了。

阎　纲：刘再复的二重性格组合原理已经进入小说创作中人物塑造规律的深层了。

何西来：进入人物性格的内在结构、内部层次和它的各个侧面。

阎　纲：这是把小说作为艺术来研究的一个新的进展。

何西来：现在我们在创作中提倡的是现实主义，我觉得加上"革命"是可以的，我写文章时一般不加。为什么呢？照我的理解，现实主义应该跟现实生活的主流和本质的趋势保持一致，如果不是这样，那就不是现实主义的。加上"革命"与不加"革命"，却无所谓。

阎　纲：难道还有反革命的现实主义吗？

何西来：如果是反革命的，那就不会是现实主义了。另外，"革命"本身也是一个历史的概念，有无产阶级的"革命"，有资产阶级的"革命"，也有封建主义的"革命"。

阎　纲：过去，什么都要加上"革命"二字，为革命种田，为革命做工，为革命开车，为革命写作，把"革命"的概念庸俗化了。如果是革命作家所追求的现实主义，那么，"革命"自然就在其中了。

何西来：蔡仪同志的文章谈到现实主义时，从来不加"革命"二字。在创作方法问题上，特别不要政治化。有些作家即使运用批判现实主义的方法，或者带点批判现实主义的色彩，只要基本是忠于现实，政治上不以

209

反党反社会主义为目的，也都不要一概加上政治帽子予以否定。还有，比如黄伟宗提出社会主义的批判现实主义，我不同意这个口号。我认为，现实主义本身就包含了批判不合理东西的内容，不一定这样提。但他既然提出来了，我看也可聊备一说，这个提法是在"伤痕文学""反思文学"发展到一定程度上提出来的，这两种文学潮流的主导方面是批判"左"倾思想及其社会危害。黄伟宗的提法，是针对"左"的一套文艺思想，是从创作方法上对这样的文学现象进行说明，或者说是这样的文学现象在理论上的表现。我虽不赞成作这样的概括，但也不主张对此采取过严厉的态度。还有一些方法，可能是超现实主义的，比如宗璞，她的《蜗居》《我是谁》两篇小说。宗璞说，她这几年的创作是沿着两条路子发展的，一条是现实主义，另一条是超现实主义。她的上述两篇小说当然不是现实主义的。因为它们不注重社会现实的客观描绘，而侧重于表现作家的主观意念、主观感受，乃至幻觉。这种文学现象，你可以欣赏，也可以不欣赏，但作为一个作家，她进行多方面的创作方法上的探索，是应当鼓励的。这是有意义的。本来，创作方法也应当有个比较嘛。现实主义好，是在比较中看出来的，好与不好，只有经过比较才能知道。好的，就不怕比较；不好的，当然一比就垮。

阎　纲：不允许其他创作方法存在，孤零零一个现实主义，那样的现实主义太寂寞了。

何西来：所以，我觉得应当开放一些，开明一些。有人愿意做超现实主义的试验，有人愿意写纯粹的意识流小说，我看都可以，实验实验看么。但是有一条，你在政治上不能够反党反社会主义，这是一个大前提。只要你愿意为社会主义、为人民服务，采用什么方法都应当容许。至于你那个方法不好，群众不喜欢，那就在比较、竞赛中淘汰。

王　愚：如果表面上禁止了某种创作方法，实际上可能使各种各样的审美需要没有得到满足。

朱　寨：刚才阎纲也提到这个问题，对创作方法有一个广义的理解，还有一个狭义的理解。所以我们谈论这个问题，应当限制在一定的范围内。从批判现实主义到社会主义现实主义，终究是标志着现实主义发展的两个历史阶段，如果完全否认这个区别，不一定恰当。社会主义现实主义，也就是在中国通用的。革命现实主义，它所强调的是历史唯物主义的革命的世界观，要求作家自觉地掌握运用这样的立场观点，并且强调世界观在创作中决定性的作用。我认为如果完全抹杀两者之间的区别，就会引起一系列问题。

何西来：我是把现实主义作为一个历史的概念，作为一个创作方法来看的。当然，具体的人使用具体的方法，自然是在一定的世界观指导之下进行的。他的创作，他在创作中所要表现的思想，一定是与他的世界观基本上一致的。当然也可能有发生矛盾的情况。有人提出社会主义的批判现实主义，他主要强调揭露生活中存在的问题，你可以说它不全面，但不要上到政治问题的纲上，一棍子打死。我为什么讲这样的问题呢？实际上在现代派问题的讨论上，就有"上纲"的倾向，这不是我想象出来的，而是确曾存在过的现实，在这方面还是有教训的。

你刚才说世界观就一定跟创作方法联系在一起，那好，比如《蜗居》，作者说是超现实主义的，超现实主义在西方是一个资产阶级的艺术流派，但宗璞用这一方法揭露和批判了"文化大革命"践踏人的现象，也很有意味。你说这是什么世界观，是无产阶级的，还是资产阶级的？王蒙也在创作中借鉴了好多意识流的手法，怎么看？美术馆展出的罗马尼亚画展就有好多现代主义的作品，而这些都出于社会主义的艺术家之手。你说这些作者的世界观是什么呢？是不是就倒退到本世纪初去了，他们所反映的社会是不是也倒退了呢？世界观与创作方法这个问题，是十分复杂的。

朱　寨：应当把写实手法同现实主义原则或精神区别开来。

何西来：现实主义是什么？是精神，还是手法？这又回到阎纲那天提到的问题上去了。

朱　寨：不管怎样，现在是打破了所谓"最好"的限制。说是"最好"的，其实是唯一的。谁不想用最好的而去用次好的、三流的？于是大家只好都向"两结合"的一条路上挤，结果创作的道路越来越单一，越来越狭窄了。把大家拥在一起，创作的个性得不到发展。

王　愚：创作方法跟世界观的关系，是比较复杂的。世界观基本相同的作家，可能用不同的创作方法；世界观不同的作家，可能采取相同的创作方法。这在文学史上都可以找到例证，这一点过去讲得不够，好像世界观和创作方法是一回事，甚至发展成为世界观派生出创作方法，影响很不好。

顾　骧：刚才许多同志讲到小说新观念的探讨，对现代派形式技巧的借鉴，应该受到欢迎，应该看作是一种前进。这些观点我同意。但是作为正常的理论探讨，也需要指出值得注意的另一方面，就是在探索中对现实主义有某种轻视。通过对新时期文学的总结和对"十七年"文学以及"文革"十年文学的回顾，对革命现实主义要予以充分的估计。要看到革命现实主义给文艺带来的巨大作用和各种反现实主义、非现实主义潮流对文艺的消极影响。要批判"文革"时期"四人帮"反现实主义的"帮理论"，要总结新时期革命现实主义得到继承、发展的巨大成绩。当前，革命现实主义的生命并没有完结，我们在提倡新的探索的同时，不能贬低革命现实主义。我们坚持革命现实主义，认为它仍然有强大的生命力，但当别人在理论和实践上探讨新的手法的时候，我们要欢迎，不应该把人家打成邪门歪道。

王　愚：刚才顾骧谈到我们要提倡开放，提倡多样化，但也应当允许坚持现实主义。现实主义的前途还是光明的，而创作方法的多样性也是不可限量的。只有把这两方面结合起来，才能理解新时期文学的繁荣。

朱　寨：文学创作自有一定的规律，但没有现成的配方。如果有，它的生命也就结束了。

何西来：实事求是地说，现实主义在新时期文学中是成就最高的，是主流，是最光辉的部分，而且在可以预见的将来，它还是主流。在这种情况下，为什么还神经衰弱到不敢吸收、不敢借鉴外来的东西呢？

阎　纲：我还是觉得创作方法就是创作方法，不能把它看作世界观。两者要是混起来，好多问题说不清楚。我们现在就混起来了，把所有的创作方法都按政治标准分成两类：一类是革命的，一类是不革命的或反革命的。

主席早就讲过马克思主义只可以包括但不能代替现实主义。

何西来：就是说现实主义并不等于世界观。

阎　纲：前一时期，我自己也觉得保卫现实主义就是保卫革命。好像现实主义以外，即使不是旁门左道也不是正统的东西。我的思想深处有这个东西，现在应该打破。我的看法不一定正确，但我还是提出来。再说一遍：创作方法就是创作方法。

王　愚：我还认为，创作方法与世界观的关系是比较复杂的，有联系也有区别，但不论怎么样，世界观和创作方法绝不是单纯的"等于"。

何西来：可我们常常是搞"等于"，"现实主义还是修正主义"？这个提法就是"等于"。

阎　纲：什么印象派、超现实主义、未来主义、野兽派，一听就是资产阶级的，一概拒于国门之外，这就是把创作方法和世界观等同起来了。因此，竟然有了这样的划分：是现实主义还是自然主义？是积极浪漫主义还是消极浪漫主义？除了现实主义和积极浪漫主义之外的一切，都被挤到圈子以外去了。现实主义还要分是批判现实主义还是革命现实主义，资产阶级现实主义还是社会主义现实主义，非得让创作方法被世界观吞并不可，有什么好处？创作方法就是方法，我们探讨现代派就是方法上的借用，至于全盘欧化，全面借鉴资产阶级现代派作家的世界观等，当然要反对。

小说要发展，小说观念的探讨就应继续深入，切莫叶公好龙。我希望对小说观念的探讨如同对小说创作要"松绑"、要开放一样，也给予自由，也对外开放，放他们到应该去的地方去。

何西来：放他们到光明的地方去。

213

朱　寨：放他们到广阔天地去。

何西来：首先，王蒙借鉴现代派手法的作品，在政治上就没有问题嘛！

阎　纲：政治上不但没有问题，而且很好。

总之，关于小说观念的讨论意义重大。

近年来，理论界日益活跃，一批青年评论家生气勃勃地出现于论坛，锐不可当。党的十一届三中全会以来思想解放的鼓舞；打破理论封闭借用"洋枪洋炮"，向着一切陈旧迂腐的传统观念发起全面的攻击，首先把庸俗社会学打个落花流水，文坛大乱。乱花迷眼，睁大眼睛看花，看不尽的新花、好花，各种各样的花。西来同志说"变"，特点就是变，第一是多变，第二是变多，变得多样化。

变化最大的，即近年来理论界探讨的诸问题中最为重要、最为集中的文学观念，如小说观念问题。什么是文学？答：文学是人学。正确。这是文学的解放，说明文学并非社会学，文学不是政治。这是粉碎"四人帮"理论战线拨乱反正的一大功绩。但是，社会学也是人学！之所以仅仅回答文学是人学，不过迈出第一步。现在问题深入了，以至于提出文学逐渐接近数学的命题。特别是青年评论家们，把文学真正作为美学的命题进行研究。诚然，文学是人学，但不是社会学的人学。文学的人是什么人？讨论十分激烈。现实的人？感性的人？理性的人？生理学的人？病理学的人？下意识的人？原始的人？还有人的本质，人的价值，人的尊严，人的心理，人的变态，人道主义，等等。而且从人的性格到人性到性，莫不深入探讨，使人眼花缭乱，美不胜收。这种研究和讨论仍在继续，还会有大的发展，它将推动文学创作更自觉地发展。

原载《小说评论》1986年第2期

从总体上把握农民的精神历程

——陈忠实小说创作纵议

关心陈忠实小说创作的人，可能会注意到，忠实近期的作品，正经历着一些变化。

这种变化，不仅是形式或手法的一些变化，像他过去偏重短篇现在专注于中篇；过去习惯于揭示生活中对立力量的矛盾冲突，现在注目人们观念上的新旧纠葛。虽然这种变化也是作家企图在艺术上超越自己的表现，但总还是表层的变化。更主要的变化还在于他对生活的把握，采取了和过去不完全一样的角度和视点。

比如说，忠实过去的作品，常常触及明显的社会问题，收在《乡村》集子中的作品，大都如此。《信任》提出了农村基层干部平反后应当怎样对待群众，尤其是应当怎样对待执行过极左路线、迫害过自己的人的问题；《徐家园三老汉》提出了应当怎样爱护集体事业的问题；《第一刀》提出基层干部应该怎样对待至亲骨肉的问题；等等。即使他的《霞光灿烂的早晨》，虽然着重写那个老饲养员在农村实行责任制后的复杂感情，最后仍然归结到如何正确对待农村经济体制改革的问题。而他近年来发表的一些作品，尤其是中篇，似乎很难单纯归结为提出了什么样的问题。《康家小院》不是一部无懈可击的作品，至少作家在审美判断上呈现出了某种困惑之感，但作品包含的内容，作家注意的重点，远比提出一两个社会问题扩展得多。一个生活在闭塞乡村的普通妇女，只知道生儿育女，操持家务，把这看作人生的全部内容。然后，生活发生了巨大的变化，推翻了旧中国，建立了新制度，妇女解放也被推到生活流程中了，她通过上学看到了更为广阔的生活天地，看到了不同于把妇女只当作家庭奴隶使用的男人，忽然间意识到生活的狭窄和感情的压抑，萌生出一种冲出樊篱的激越之情，虽然结局是个悲剧，但她身上那种向往一种新生活、新天地的愿望，无疑是对千百年来束缚妇女的陈旧偏见的一次冲击，是妇女对自身应该具有独立人格的觉醒。可以看出，作家已经从单纯提出某种社会问题，转到揭示更广阔的生活流向方面去；从单纯追踪农民对改革形势的具体态度，转到揭示农民在大时代中精神历程的新变化方面去。即使被有些论者认为现实感颇为强烈的《初夏》，作家的重点似乎也不在于简单地提出和解决农民是否需要离土进城的问题，而是以此为线索，展现两代农民在时代变革中旧的观念、情绪和新生的思考、追求互相冲撞的态势。否则作者对冯景藩老汉那种既甘心为农村事业献身又不甘于在农村厮守的矛盾的心情，不会揭示得那样深刻而有力；作者对冯马驹的既不满意过去的陈规旧套又不愿一走了之的复杂感受，不会展现得那样细致而具体。虽然在这两方面都有败笔和弱笔，显示了作者对当前农民复杂的心态把握得还不是那么精确深沉，还不是那么烂熟于心，写来也就不那么得心应手，但就目前所侧重的内涵看，确乎不同于一般的问题小说，而是从生活的变化过程和人们精神世界的变化过程着眼，作品包容的思想内涵显然也是多方面的。还有他最近发表的《十八岁的哥哥》《最后一次收获》，虽然触及的生活背景，具有当前变革时代的特点，但前者写经济体制改革后农村青年新的追求，后者写有条件离开农村的农家妇女对生活变化的希冀和对乡土生活的眷恋，都是从当代农民精神历程中新旧牵制、新旧杂陈的复杂情态着眼，给人们的印象是，农村确实在变化，然而却是一种复杂的变化；必然要扬弃过去，却又不是简单地背弃过去。尤其在人们的精神世界里这种变化来得更为微妙，更为深沉。

又比如，忠实过去的小说，农村人们之间的矛盾、冲突、分歧多半产生于不同的政治态度，《信任》中的罗坤，之所以能正确对待过去执行过"左"的路线迫害过自己的对方，主要还是他坚决领会党中央的政策，坚持了自己作为一个共产党员的本色；《第一刀》中的冯豹子，之所以能抵制自己的叔父，主要还是他继承和发扬党的优良作风，保持了基层干部的正直品格。不是说这种以政治态度衡量一个人的是非曲直有什么不对，在当前的时代中，政治态度往往和人采取什么行动，和人们如何对待生活，有密切的联系，但一个人为什么有这样的政治态度而不是那样的政治态度，一个人精神世界中的变化为什么那样复杂，常常不是一两句话就能说清楚的。一个人在行动前，为什么有那么多的前思后想，甚至矛盾重重，这一切和精神世界的变化关系匪浅的心态，和人们的行为关系甚大的内在机制，就不是简单的政治态度所能决定的了。这常常和一个人的生活经历、人生阅历、理想追求、感情积累有千丝万缕的关联。忠实近期的创作，在这个方面就颇有拓展。《初夏》中冯景藩老汉的精神世界的变化，就很难用单纯的政治态度去衡量。一个多年来勤勤恳恳为党工作的支部书记，从来也没有怀疑过党的政策会有什么偏差，即使当他对有些不符合农村实际的政策有所怀疑，他也总是从自己是否理解错误去寻找原因，一旦党调整了过去的失误和偏差，制定了比较符合农村实际和农民需求的政策，他反而牢骚满腹，力求尽快为儿子找一条离开农村的路子，这与其说是他在政治上站到党的政策的对立面，不如说是他多年来，心理结构中形成的对社会主义农业的习惯感知，使他在感情上接受不了当前农村经济体制改革后农村人新的价值观念和新的行为方式。愤慨之余，必然会形成对农村发展前途的灰心与失望，这是他多年来的生活经历和人生阅历构建成的生活态度，其中和政治风云的变幻不能不说没有直接的关系，但又不完全是政治风云的简单映现。于此，不但可以看出多年来"左"的脱离农村实际的政策对农民精神世界的渗透，更可以看出，从小农经济的汪洋大海中走出来的老一辈农民，当他缺乏对生活全局的认识，既不可能对过去的平均主义的错误有切肤之痛，也不可能对当前复杂的变革形势有真切的感受，说穿了，还是旧的观念的束缚，使他对新的农村形势无法理解，勉强去适应，又常常会走到另一个并不十分正确的极端去。比起《初夏》来，从《最后一次收获》中，更能看出忠实把握当前农村现实生活的角度变化来。一对熬过了贫困生活的农村夫妻，当他们有条件进入城镇，不再为繁重的劳动（由于多年来在指导农业生产上的偏差，至今农村劳动的沉重程度仍然须有彻底的改变，这无疑是当前令人心酸然而又不能否认的事实）而操劳过度，不再为贫困的生活条件伤透脑筋，但在这最后一次的收获季节，他们，特别是那个即将离开乡土的妻子，是那样沉浸其中；无限的流连，无穷的眷念，丰收的喜悦，劳动的愉快，撩人心绪，引人遐想。这一切仍然不是简单的政治态度所能囊括得了的。人的精神世界的需求，往往不是单纯的物质利益所能满足的，而是有着更为广阔的境地，但是这样的需求，在贫困的生活中，在每日每时必须为温饱发愁时，处在一种并非自觉自愿的心境中，是无从发展、无从表现的。只有当人们有了摆脱贫困生活，有了保证温饱的基本条件，有了自觉自愿从事心爱的劳动的机遇时，才能体会到劳动一天之后夜晚的星空是那样美好；观照到青山绿水是那样恬静；麦草的香味是那样诱人。作家把全部的主人公放在离乡之前收获的季节里，展现他们的丰富感受，并不是随意的选择，而是为了在一种较高层次上回味自己的精神寄托，这就从一个较为宽广的范围中，展现了人们精神世界的全部丰富性，把读者带进一个不断追求精神生活丰富和充实的境界。当前的时代，是一个变革的时代，其中最主要的变革，就是使新一代的人具有更为丰富和充实的精神世界，具有对客观现实和自身价值的自觉意识，具有植根于生活沃土中的深厚的感情，具有对当代重大变革的真切感应，从这个角度讲，忠实的近作，摆脱了过去那种单纯以政治态度判断人的行为的单线思维方式，从人们的全部生活经历中揭示人们精神世界变化的丰富态势，这不仅不会削弱作品的思想意义，恰恰加深了作品的思想内涵，有什么比催促具有高尚、丰富、充实精神世界的人出现，更能推动当前的生活向更美好的境界发展呢?

还不能不提到,忠实过去的作品常常满足于当前生活现象的描摹,尽管由于他对农村生活的熟悉,很能写出一点有些论者誉之为"泥土的芳香"的章节;也由于他对农村生活,对朝夕相处的父老乡亲有一种发自衷心的挚爱,作品洋溢着炽烈的现实感,但毕竟是局限在一定发展联合体的具体的人和事身上,作品提出和企图解决的任务,多半是和当时最集中的社会矛盾、政治形势有关。上面我列举的《信任》《第一刀》《徐家园三老汉》大都是这样的构架,其他像《正气篇》《立身篇》等,也可以划到这类作品中去。不能低估这类作品的意义,至少在当时,不少小说作品对生活表层的社会矛盾和社会问题比较关注,有些作家怀着强烈的责任感,赞颂新风、指摘时弊,常常流露出概念化的痕迹。忠实的小说填充了不少生活的细节,人物造型也不乏情趣,在生活的真实感上确实给人以较有生气的印象。但倾向比较直露,手法比较单纯,使他的作品总缺少那么一种引人深思的余韵和耐读性。从1983年的《康家小院》起,忠实似乎意识到过去的作品有点过于急功近利,过于纯净化,失掉了现实生活那种毛茸茸的、充满活力的丰富性,眼光和笔触拓展了开去,开始探究生活中形形色色的人物精神世界里凝聚着什么样的历史负荷,怎样在现实生活发展的冲击和触动下形成新的分裂和组合;他们怀着时代赋予的新的心理素质,向更高层次的明天迈进。一句话,他在把握现实时已经开始注意到用历史的眼光看待生活的发展,看待人们精神世界的衍变,这种历史意识的自觉,有时表现为作家的艺术视角触及农民漫长的过去,《康家小院》就写了解放初期一个普通农家妇女生活视野的扩大带来的做人的觉醒,以及这个觉醒受制于主、客观因素的不成熟、不稳固酿成的小悲剧。生儿育女、厮守家庭、做丈夫附庸的妇女,理应要求有自己独立的人格,但这种人格的取得,绝非随心所欲、率意而行所能达到的,它有赖于社会条件的变更,有赖于传统观念的改变,更重要的是有赖于投身到新型的解放自身的事业中去,这种条件在全国解放初期,无疑是并不充分的,玉贤的始而醒悟,继而委身，终而上当，正是那个特定时期的产物。但这一番心灵上的骚动，行动上的迂回，已经可以看出历史的走向，不可能再像过去那样遵从古训、千年不变了。这就是作者在《康家小院》中透露的新信息，虽然作者自己在谴责这种现象时，过分强调了个人的责任，在审美判断上不无惶惑。《梆子老太》则从小农意识的狭隘和多年来"左"的失误的渗透上，揭示了一位逐步把自己封闭起来，处处和生活发展背道而驰的老妇人可笑、可怜而又可悲的一生。像《梆子老太》黄桂美这样的人物，偏执、嫉妒、饶舌，在过去农村那种闭塞的天地中，在那些死守住个人私利的落后农民中，不乏其人，本来在新的时代里，农民的集体意识逐步加强，这类人物处境会愈来愈困难，她的市场会愈来愈缩小，但遇上脱离现实、片面以穷为荣的"左"倾路线不断蔓延，她竟然成为一乡之望。历史的陈迹在新的条件下复活，一方面显示了历史趋向的复杂曲折，一方面显示了现实生活和历史发展千丝万缕的精神联系。虽然整个小说写得比较生硬，多少有点驱遣人物以表达作家的痕迹，但作家有意抛开就事论事的直观状态，从现实出发探究历史的走向，这种拓展，是作家趋向于发展的标志之一。到了《初夏》，忠实已经比较有自信地从历史与现实的交合点上来观察农村各色人的心理矛盾。处在当前的变革大潮中，农村经济体制改革，不仅在发展生产力和提高人民生活水平上，给人们带来了希望，而且对陈旧的观念也是一次有力的冲击，处于不同阶层和境地的农民心里怎样想，感情有什么波动，如果只从表面的景观上去考察，当然可以看出农民的热烈心情，但如果从历史发展的角度去看，在农民的精神世界里，确实存在并非轻松愉快的裂变，多年来习惯的生产组合和生产方式要有一个较大的变化，多年来习惯的思维方式和思想感情也会经历一场较为深刻的变化。忠实以他对农民生活和农民心理的熟悉，没有简单地在作品中描绘农业生产责任制实行后农民的喜悦和自豪，而是笔触深入农民的精神世界的深层，既不掩饰历史形成的农民对当前变革的惶惑，也不掩饰现实生活的变化带给人们的迷茫。景藩老汉走过一条较长的农业集体化道路，在他的头脑里已经形成了一种对农业发展远景的模式,他不可能立刻就接受农村改革所带来的体制上的变革,对过去与现实的联系又缺乏清醒的认识,却要勉强适应这个变更,只能走向极端。自己虽不能离开农村,却希望下一代永远脱离开农村,历史与现实的互相交织,就这样在一些老农民,尤其是长年来担任农村基层干部的老农民的心灵上,形成了复杂而矛盾的态势。他们之所以在一段时间里成为当前生活变革的阻力,并不单单是因为他们失去了什么,而是历史赋予他们的心理状态和精神状态,在现实生活面前,适应了现实的节奏,而长期形成的对生产前景的短视又使他们看不清历史向现实推移的必然性。在这种情况之下,他们为了适应现实,一旦采取行动,不是简单的抵触,就是简单的逃避。这就比简单地写基层干部为了怕失去权力、怕劳动而反对农村体制改革,显得更为深刻有力。同时,冯马驹终于选择了他在农村的道路,一方面是他面对当前农村还存在着的贫困,怀着对还不能摆脱贫困境地的伙伴们的强大责任感;一方面是他强烈感受到先辈们那种创业的精神,那献身意志,因为他毕竟比他的父辈少一些在"左"的路线压抑下沉重的负担,多一点开拓未来的博大胸怀。尽管作者在探索冯马驹的精神历程时,有些过于仓促,没有写出他复杂深邃的心灵变化,但通过冯马驹和伙伴们的相处,通过冯马驹和彩彩的爱情,等等,也可以看出,作者不是简单地处理冯马驹的进城和留村,而是尽力从冯马驹的精神历程中搜寻历史与现实的推移,在这个青年农民心理上留下的痕迹。非常明显,无论是对冯景藩、对冯马驹,还是对当前农村变革中农民精神历程的变化,作者都是力图从纵横交错、内外交织的总体上去加以把握的,既没有回避历史带来的负担,也没有割断历史与现实的联系,因此他对当前农村经济体制的改革的揭示,就有着比较深刻的内涵和宽阔的视角。同样,《十八岁的哥哥》《最后一次收获》也都是在历史与现实的联结点上,探索了农民精神历程的复杂变化。

  这一切,都可以看出,忠实近年来的小说创作正在经历着一些变化,这些变化的中心点在于他逐渐意识到从总体上把握农民精神历程的必要和重要，因此他的作品无论就生活内涵还是思想内涵看，都比他以前的创作要厚实和深刻得多。

但也由于忠实毕竟还是一个对农村生活充满着挚爱的作家，他不可能丢掉过去主动贴近现实生活的热情，因此，他从总体上把握农民精神历程时，也努力从历史和现实的发展中，开掘人物心态变化折射的时代色彩，这就使得他的作品始终洋溢着关于农村生活的气息，具有鲜明的现实感。他近年来的小说创作，除过《康家小院》《榔子老太》等，几乎都是以当前农村经济体制改革为背景的，并都不断寻找老一代农民、新一代农民在当前变革中的位置，通过他们精神世界的复杂变化来透视农村生活的发展趋势。

近来，在文学理论和批评界，出现了不少呼吁变更文学观的议论，显示了对文学的，以及对文学独特职能的重视。但其中也有一些论者，有意无意地把描绘客观现实图景和探索人们心态变化对立起来，或者认为后者是前者向更高层次的发展。其实这都是偏执一端之说，应该说，我们过去在理论研究和批评实践中，从浅近的实用主义态度出发片面强调文学反映现实的逼真，使文学创作在长时间内满足于生活场景的描摹，或者是一般社会问题的揭示，文学作为人学的职能无从发挥，感人肺腑和引人深思的效果无从实现，出现了不少虽有一定生活实感却很难说有什么艺术感染力的作品。为了纠正这种偏执，近年来小说创作重视了对人们精神世界的探索，重视了作家对生活的感受，甚至出现了一些专注于探寻人们心灵奥妙和意识流动的作品，其中也不乏满足人们不同审美需求，使人耳目一新的作品，从文艺创作的趋向于多样化、多层次来看，这许多探索都是无可厚非的。但是，从人类衍变的漫长过程看，逐步脱离生物和本能的状态，增强了社会群居的意识，是历史发展的必然趋向。人性的不断丰富，有赖于社会交往的扩大和感知周围世界的深入，因此，孤立地写精神、写心态、写意识，只能形成一个封闭的系统，无助于人类精神世界的丰富和升华。怎样通过把握人们的精神领域和客观世界的互为影响、互相渗透，在这个联结点上去透视人们精神世界衍变的来龙去脉，使人们在情操上受到陶冶，在精神上得到滋润，仍然是当代作家不断探索的一个重要课题。忠实的作品，过去确有过实之处，近年来有意识地向人们，尤其是当代农民的精神世界突进，却又力图把农民精神世界放在历史的进程和时代的变化中去追根寻底，不能说他的作品已经达到炉火纯青的程度，但这条路子至少是值得肯定的，是符合文学发展的内在规律的。这种追求尽管带有陈忠实自己的特点，但也无妨说是许多致力于表现农村生活的农民心灵的作家的共同追求。正是在这一点上，忠实近年的小说创作值得给以关注和探讨。

说到陈忠实创作的个性特点，我们不能不看到，虽然陈忠实已经逐步自觉意识到从追求生活的表层到透视生活深层人们精神历程的衍变，触及农村（特别是关中农村）社会文化背景在人们心理结构中的积淀和演变，但他并没有完全丢掉他过去比较擅长的对生活外貌作精细描绘的长处，这就使他的作品有一种比较凝重而厚实的格调，当他精确描绘现实图景时，充溢其中的是人们的精神历程；当他把目光投向人们的精神世界时，外在的环境又为这个深层领域的变化提供了可触摸的外壳。因此可以说他还是一直沿着现实主义的路子不断迈进的。现实主义在陈忠实笔下有了一定的深化，充填进人们的精神风貌，揭示了意识的历史内容，展现了较多的社会内涵，避免了脱离具体生活描绘容易坠入的虚空和浮泛的弊病。今天，在创作方法趋向多样化的局面下，如何使现实主义的创作方法不断深化，葆有生气，也仍然是值得探讨的一个方面。陈忠实的创作在这个方面有所坚持、有所发展，就他的追求来看，也已经初见成效，从这一点来看，也很值得加以认真研究和总结。

自然，陈忠实在小说创作上，已经走过比较漫长的道路，且不说他过去那些不十分成功，甚至有失误的作品，仅就粉碎"四人帮"，尤其是就党的十一届三中全会以来的创作而论，有一段时间突破也不是很大的。1983年我在评论陈忠实的短篇小说集《乡村》时，曾说过："忠实的作品单篇读来，有很感人之处，汇总来看，总觉得不那么醇厚。"之所以如此就是因为收在《乡村》中的廿篇作品，在触及迫切的社会问题、干部作风问题等方面，确有独到之处，眼光比较敏锐；而在深入把握人物的精神世界上，在展现人物内心的历史积淀和生活内容上，都有不足，容易给人雷同的印象。试比较一下，《第一刀》《正气篇》《立身篇》等作品，不仅主旨有相近处，人物也都依稀相似。近年来，忠实的创作有了较大的变化，尤其是几个中篇，在主题开掘、感知生活方面都有较大的进展；而在总体把握农民的精神历程方面，更可以看出忠实的前进脚步。我们说，正是忠实对文学的追求不断趋于自觉，趋于成熟，才形成了他目前小说创作中的新格局，而这个过程，不过是刚刚开始，还有许多雄关需要忠实去迈步超越。特别是，就近年来忠实的小说创作来看，有些作品还不能超越题材表层的含义，过于局限在具体的人物和事件中，即使他的优秀作品《初夏》，无论是在冯景藩老汉还是在冯马驹身上，都可以看出作家为了说明某种道理驱遣人物的痕迹。有人说景藩老汉在现实生活面前的复杂感受没有写充分，实际上就是为了尽快揭示出老汉不能正确对待过去和现在的错误，简单地把老汉推向马驹的对立面。这里起作用的是作家本身的意图，不是人物内在精神状态发展的结果。树藩老汉作为一个几十年勤勤恳恳为党工作的基层干部，他的思想中有正直忠诚的一面，也有虔诚迂腐的一面，这两方面都在他的精神中形成比较稳定的结构，在出乎他意料的变革到来时，必然由惶惑莫解到难以接受，最终以回避了事，这内中包容着多少历史的负荷和现实的冲击，作者对这样复杂的变化不能从总体上加以把握，人物的行动突如其来，就很难令人信服。同样，冯马驹终于选择了同乡亲们一起改变家乡的贫困面貌，精神上也是经历过几番风雨的，从他的所处境遇和思维方式来看，面对复杂的农村生活变革，他不可能一下子就确定自己的位置和应该采取的行动，只是在周围生活的不断冲击下，在回顾几代创业者的遭遇中，他才会逐步意识到自己的责任、自己的归宿。作者并不是完全没有意识到这一点，像写他看到邻里生活困窘状态时的激动，写他对受极左路线迫害的冯志强的遐思，都有助于深入揭示马驹精神世界的矛盾。但这样的深入腠理的揭示，毕竟没有贯穿始终，却让他对理想、对改变农村生活面貌、对去留问题发出许多直接的表白，不免显得浅露，这不仅说明忠实在艺术处理上的疏漏，而且说明他还不能从时代的制高点上来体察和观照人物的精神历程，因而就不容易把人们精神历程中丰富而深厚的内涵披露出来。在《十八岁的哥哥》和《最后一次收获》的后半部分也存在着这样的不足。可见，仅就这个方面，忠实还大有发展的余地。

总之，陈忠实近期创作的新格局，是作家在小说创作上具有更自觉的审美追求的结果，是作家以心灵感应生活复杂内涵的结果，是作家对人物内心世界突进的结果。而这许多追求，应该说是当前小说发展变化的一个缩影，因此他的经验，包括他的欠缺之处不仅对他，对陕西地区小说创作也是颇有引人深思的意义的。正是在这样的背景下，我才乐于喋喋不休地对陈忠实的创作评头论足。肯定有不当之处，伫候明察指正。

原载《文学家》1986年第4期

历史意识的强化与审美追求的深化

——对新时期小说创作的一个思考

新时期小说的发展，已经经历了十年的风雨，就题材选择的开阔、思维空间的开拓、审美作用的强化、表现手法的多样等方面来看，确有不少新的拓展，都可以总结出许多富有特色而又能为今后小说创作不断发展提供有益借鉴的经验。

但是，如果从小说发展的总体规模来看，小说观念和创作方法向全方位、多层次的推移，似乎更为突出。我们自然不必惶惑于连小说怎样写都成了问题，但也不能不看到，用熟悉了的、习惯了的小说观念去剖析、评断现在的小说的创作，有一定困难。

小说观念的变化，当然和理论提倡有关，但更重要的还是整个社会生活变化的影响。不能想象，如果没有党的十一届三中全会掀起的思想解放运动，没有党的改革开放的基本国策的制定，没有对过去"左"的思潮的彻底否定，小说观念就不会产生新的变化。

因此，小说观念的变化，一开始就和改革开放的历史背景紧密相连，就和过去一段时间内对文学、对小说的狭隘的实用主义、功利主义态度针锋相对，这中间特别引人注目的是小说审美追求的自觉。

自然，审美追求的自觉，仅仅是对小说创作的审美特性开始有了重视。而如何更深刻、更丰富、更完整地展现当代人们精神世界的复杂历程，尤其是怎样从历史向现实推移的运动过程中，揭示人们精神世界衍变发展的内在机制和外在制约，还有赖于审美意识的不断深化。

这种深化，和作家的感受能力、认识能力，以至于理论思维能力和整个文化素质有着密切的关系，但最主要的还是作家的历史意识的强化。缺乏博大而深湛的历史目光，不是从历史的进程和人们精神历程的相互渗透着眼，很难表现出人们精神世界的丰富和深邃，也很难折射出历史转折和裂变的重大意义，不是陷于单纯历史事件的罗列，就是陷于琐屑的灵魂奥妙的捕捉，而这两者都不仅缺少深刻的历史内涵，也缺少深刻的审美意蕴。

如果结合着新时期小说创作的发展来看，也完全可以看出，作家们历史意识的强化和审美追求的深化，使当代的小说具有了较为丰富的社会历史内涵和较为博大的审美品格。当然，也有一些作家，在这个方面有所欠缺，使得新时期众多的小说创作中仍然有平庸的、肤浅的作品出现，或者说还没有出现可以成为回响着当前时代心声的具有历史内容和巨大的思想力量的鸿篇巨制。

一

在新时期小说创作的初期，虽然有不少小说具有振聋发聩的气势，在艺术追求上也明显具有不同于过去的特点，至少像《班主任》《伤痕》《我该怎么办》这样的作品，开始注意到十年"文革"和"左"的路线带给普通人心灵上的创伤，注意到普通人命运的曲折历程。但这些作品基本上还是对过去那种狭隘的功利主义的矫正，还停留在对现实生活的直接观照上。《班主任》中的谢惠敏，尽管触及多年来"左"的思潮造成的年轻一代的畸形心理，但这种畸形心态所产生的时代土壤和历史渊源，仍然是模糊不清的，这种畸形心态的复杂网络也缺乏进一步的勾画，好像她只是一个怪胎，只是生活中的异常，这就使人虽然惊诧于心态的变异，却较少引起人们对这种心态的发生、发展、消亡的思索。同样，风靡一时的《伤痕》，揭示出就其实质而言封建气息甚浓的血统论，竟在一个"革命"的年代成为划分进步与反动的尺度，造成了撕心裂肺的内在创伤，颇能催人泪下。但这种血统论在人们精神上形成的类似集体无意识的状态，对人们心理结构的渗透，是在一种什么样的历史背景之下，是由怎样一种民族文化心理积淀而成，作者对这方面很少触及，也显得在历史意识和审美意蕴上都比较浅显。

今天来审视这些小说的不足，丝毫也不意味着贬低这些小说在新时期开头所引起的重大震动。当一个民族刚刚从长期以阶级斗争为纲的思想禁锢中解放出来时，主要的任务还不可能是去探求、去思考，而是要呐喊、要奋进。深化的审美追求和强化的历史意识，还有待于进一步的探索。恩格斯说，历史从来不会提出只有在将来才能提出的任务。

到了所谓"反思文学"出现的时候，不少作家历史意识的自觉和审美追求的自觉就有了进一步的发展。不少作品，以深沉的目光，注视着"左"的思潮产生的历史背景，探索长期以来不正常的政治气候形成的社会心理和这种思潮互为消长的紧密联系，已经不只是对生活表象的简单描摹了。当然，这种深化还是逐步推进的。最早出现的短篇小说《枫》虽然也用了不少笔墨描写"文革"中的武斗场面，但作家花费更多精力去探寻的是，在无休止的斗争信条压抑下美好人性消失的过程。作品中时时将男女主人公对友谊的珍惜、对幸福的渴望、对爱情的追求和那个时代风行一时的愚昧的虔诚、冷酷的心肠相互映照。这样，男女主人公的悲剧，就不仅仅是某种偶然条件的捉弄，也远非某种性格弱点所促使，而是人性追求同历史现实的对立，是历史现实对美好人性的扼杀。这就从较深刻的意义上揭示了那个时代的可悲，使人通过美的沦丧，意识到历史的荒谬，从而激发起不能让历史悲剧重演的强烈愿望。这部小说，以及根据这部小说改编的电影，一出现就引起争议，更多则是非议，足以说明，当时的人们还没有完全从"左"的禁锢中解放出来，还没有从历史必然性上来理解"文革"中"左"的思潮的泛滥,那不仅是某些个人的失误,而是长期以来陈旧的偏见和某种"革命"口号凝聚在一起,成为沉重的历史积淀,造成了人们心理结构的平衡失调,引爆了人们内心疯狂的破坏欲,践踏了人性,毁灭了良知,精神上的偏执和心灵上的创伤也许更为触目惊心。这就比一般写"文革"的作品取得了深一层的含义。不过,由于作品还充溢着作家义愤填膺的怒火,对武斗的场景和过程描绘得十分逼真,深沉的理性思考显得有些不足,给人的感官刺激比较强烈,反而冲淡了其中蕴蓄的历史内涵。

到了以中篇小说崛起为标志的创作浪潮兴盛时,对历史的反思,几乎成为众多中篇小说的共同追求,而这种反思,又和作家在审美追求上的深化渗透在一起,出现了不少在内容上有新开掘和艺术上有新追求的作品。

茹志鹃本是以纤细的笔触抒写人们（尤其是妇女）感情深处微妙变化的能手,这时却推出像《剪辑错了的故事》这样的作品,作品揭示了"大跃进"形成的偏执和浮夸的品格,在当时是很敏锐的。但更值得人注意的是,作品较早触及那个以全民族意气风发为背景的"大跃进",怎样在强调集体主义的名义下,对普通人精神世界的压抑,使经历了千百年积累的人与人互相依赖、互相温暖的情谊荡然无存,造就了许许多多对人民疾苦漠然视之、对万家忧愁冷眼旁观,一心一意唯上是从的畸形心态,作者穿插抒写老甘解放前和解放后心理变化的映现,不独以形式新颖取胜,而是力图从较为广袤的历史背景上展现人们精神品格上的美好人性,怎样随着唯意志论和阶级斗争意识的强化,一步一步丧失,终于变成了脱离开人们自身的异己力量,反转来又把人们推向冷酷无情的境地。揭示出这样的历史流程,就更使人感到"左"的路线的残酷无情。

如果说《剪辑错了的故事》还只是从普通人的精神世界来揭示美好人性的变异,那么,王蒙的《蝴蝶》就是从一个颇有思想和颇有修养的老干部的角度,展现了历史发展的曲折怎样造成了人格的分裂。张思远满腔热情走进革命队伍的时候,是要为百姓疾苦而奋争,要为民族振兴而献身,要和人民水乳交融的。然而,解放以后,地位的变化,传统意识的积淀,更重要的是整个唯上是从,错估形势,以宣扬斗争为主线,以泯灭个性为指归的历史氛围,逐渐使他脱离了最广大人民的需求,把自己同人民放在对立地位上,这不仅造成了他在心理上同人民大众的隔膜感,而且也造成他自身在心理构成上的闭塞和失重。只有到了"文革"时期,他重新回到作为历史活动的基点——广大群众中去,他才真正意识到自己的价值只有在人民群众的海洋中才能重新确立,自己的心理结构只有在和普通人平等相待时才会取得平衡,自己的使命只有在为广大人民的摆脱贫困的事业献身时才会坚实而有力,如此等等,才在张思远的心灵中形成翱翔与坠落、实在与虚空的互相冲撞。如果没有强烈的历史意识,审美追求向纵深层次的掘进,是不可能的。和这种追求类似的还有一些作品,像李国文的长篇《春天里的秋天》、刘真的《黑旗》,以及后来王蒙自己的《杂色》等。可见,作为一种共同的追求,作家们已经不满足于一般社会问题的提出、生活表层的勾勒及人物形象的生动活泼,而是在探求生活底蕴上向历史纵深开掘,以求从总体上把握生活的流程和人心的流变。即使那些把目光注视到社会重大问题上的作家,也由于有了较为自觉和强烈的历史意识,不仅仅限于提出问题和解决问题,而是把社会问题牵动的人物命运放在历史背景下去考察,加深了作品的社会、历史内涵。张一弓的《犯人李铜钟的故事》,一出现就引起强烈的震动,与其说是提出的问题比较大,不如说是作者立足于当代,回首过去思考那一段历史。从人物的悲剧命运看"英雄"和"犯人"这种不寻常的地位颠倒,已经透露了颠倒的时代所造成的人们命运的颠沛和心态的失重,更重要的还是人的价值观念的丧失。同时和随后出现的《李顺大造屋》《漏斗户主》《人到中年》等作品,或者把笔触深入普通农民几十年的沧桑经历,或者把目光注视到普通知识分子长期的辛酸生涯,都是力求从历史的变迁来透视人们命运的沉浮、心灵的搏动和情感的纠结。

这时,还有一批作品,触及新的历史条件下人们对往昔正常情感受到压抑、禁锢的深沉思考，特别是揭示出了身负历史重荷的妇女在情感上受到的漠视和冷视。在新时期小说的开拓阶段，也有像刘心武的《爱情的位置》那样的作品，但那还只是一种呼吁、一种呐喊，远远没有触及爱情生活中传统阴影的覆盖。张洁的《爱，是不能忘记的》，饱含深沉痛苦之情，写一个老年妇女在爱情上觉醒的美好理想，然而也是绝望的理想。这是一场无声的悲剧，是觉醒后又无法摆脱历史印记的清清醒醒的悲剧，这也许比那种猝然碰到的悲剧命运更发人深省。其他像张弦的作品，几乎全是通过爱情的波折，显示出深蕴其中厚积的封建传统。《被爱情遗忘的角落》《未亡人》《银杏树》《挣不断的红丝线》都是这样。爱情，是人类美好的天性，却又映照着历史的发展和文明的进步，新时期的不少小说家，在爱情这个领域，探索人的美好天性和社会心理、时代变化之间千丝万缕的联系，透视人性的衍变和邃密，应该说仍是得力于历史意识的自觉。

自然，还有一些作品，并非写人们的爱情生活，但通过人们在日常生活中一些个人爱好和追求受到冷遇甚至谴责，也同样触及对人们个性的尊重这样一个具有历史意蕴的题旨。刘心武的《我爱每一片绿叶》，就是从这个方面开掘下去，以温馨的同情和深沉的愤慨，揭示了主人公魏锦星内心的惶惑和怅惘。

可以说，在以反思为主调的这个阶段，小说创作的历史意识的强化和深化的趋势主要是从政治上、道德上着眼，但人们创造历史的活动，毕竟是从物质需求出发，以追求精神世界的充实完美为指归，远比政治道德这类上层建筑要宽泛得多，因此，历史意识的强化，特别是和审美追求的深化渗透在一起，就势必要求小说向更深层次和更广天地掘进与开拓。

二

近几年来，历史意识的强化和审美追求的深化，进入了一个新的层次，集中表现在对整个民族文化心理结构——民族精神历史蜕变过程的追踪。作家们在更宽广的领域，在不同的层次上，努力用一种历史的目光去把握生活发展的全过程，探索人们的精神世界在这个过程中经历的变化、发挥的作用。

这一点特别表现在一些探索社会变革的小说创作中。一般来讲，处在当前这样一个改革的时代，从农村经济体制改革到全面体制改革，除了政治上、经济上的因素外，更多地会触及人们的观念形态和心理态势，几千年传统的观念，加上多年来"左"的观念，形成颇为顽固的惰性因素，这种因素同新的观念、新的开拓，常常处在一种尖锐的对立状态中。当改革起步之时，不少作家由此看到了国家的昌盛和民族的振兴，往往容易从直接的政治作用和经济效益着眼，至少当时出现的一批被称为改革文学的作品就是这样，不是写体制改革的方法和体制改革的步骤，就是写普通人民生活的改善，这不能说毫无意义，但仅限于此，一方面改革的艰巨过程未免简单化了，一方面改革的深远意义未免表现得太肤浅了。改革的艰巨，当然和技术的引进、人才的培养、生产的提高这些物质条件的取得有关，而社会心理的进化、社会意识的变更、时代观念的更迭，常常需要很长一段时间，改革的速度也常常取决于这种种进化、变更、更迭的速度。清朝末年提出"中学为体，西学为用"，引进西方的科学技术，已经引起注意，却力图保存中国固有的观念形态。到了"五四"时期，科学技术的进展已大非昔比，民主自由的提倡已初见端倪，但保存国粹的呼声仍然此起彼伏。甚至到了现在，不是还有人惊呼中国固有道德文化的沦丧吗？于此可见，如果不从历史的宏观角度来考察当代人们精神世界新的裂变与组合，很难在较深层次上写出改革的深远意义和丰富内涵来。

这种考察，常常表现在立足于当代变革之中，对旧的传统观念和行为方式的历史反思上。李国文的《花园街五号》，从艺术表现上看，未必能超过他的《冬天里的春天》，但就历史意识的深沉上看，却有其独到的眼光。把选择接班人放在改革的事业由谁来开拓的基点上，由此着手，展现长期以来在选贤与能问题上，历史的因袭观念和新的现实要求间十分不同的标准，就把读者引向较为深刻的思考中去。这就比仅仅从改革的形势发展和当前政策需要着眼，具有了较为深刻的历史意蕴和审美追求。当然，这部小说还流露着对戏剧性冲突的偏爱，但作者把自己的眼光从现实的帷幕中透视出去，回溯几代人一脉相承的传统观念至今仍在不少人的头脑中时隐时现，这种审美判断和追求，无论怎样说，也为勾勒当前的现实变革闯出了一条新路。而矫健的《河魂》，尽管写的是一个偏远山区几十年的变迁，但由于作者以比较强烈的历史意识，探寻几代人心理上积淀的不同传统在当前现实变革中的分化和衍变，使我们看到历史怎样限制着人的聪明才智，而力图摆脱传统的人又怎样烙印着历史曲折行进的迹痕。还有像《拂晓前的葬礼》这样的作品，在较为深远的历史背景下，探索了一个普通农村基层干部曲折变化的历程，既有精明过人之处，又有摆脱不了的狭隘的农民意识，当他以宁折不弯的骨气为自己的农民弟兄谋一点福利时，权力使他变得那样强大；当他以个人意志为巩固自己的地位作出种种努力时，权力使他变得那样狂傲；当他以旧有的尺度去对抗现实的变革时，权力使他变得那样悲哀。如果不是从历史赋予农民的责任和局限着眼，田永祥这个人物对权力的渴望与获得、对权力的运用与保持纠缠不已，终于走上令人叹息和惋惜的结局，就无法理解。如此种种，都显示了这样一种审美追求：不是单纯从政治立场和经济效益去衡量改革的艰难险阻，而是从社会心理的历史变迁上去探寻改革的势在必行和艰难曲折。这便于充分发挥文学的职能，也能充分显示历史意识的强化和审美追求深化互相渗透、互为制约对当代文学发展的重要作用。

改革是一场深入的社会变革，触动社会的各个方面，冲击着人们的思想观念、生活方式、心理结构，随着改革势头的高扬，作家们历史意识的强化，就不能不深入观念形态和文化心理结构的较深层次中去。何士光的《乡场上》最早揭示出，平均主义"大锅饭"带来的贫穷和无休止斗争，带来的怯懦怎样压弯了一个普通农民的脊梁；而经济地位的改变，又

233

怎样唤醒了普通人做人的尊严。虽然，小说的结尾简单地用政策变与不变衡量这个变化的意义，还是从一般的政治意义上着眼略显浮浅了些，但已经预示着，历史转折的意义，不仅仅是经济生活和政治地位的改变，而且是思想观念和心理结构的改变，唯有这个改变，人们才会更清醒地投入改革洪流中去。后出的一些小说，在这一点上有了较为自觉的追求。周克芹的《山月不知心里事》和《果园的主人》对改革引起的人际关系、道德准则，特别是价值观念的变化，以及这些变化中的曲折与反复，揭示得是相当深刻的，经济体制的改革也许能在正确政策指引下比较顺利地推行，更多的阻力则来自人们头脑中传统的观念。《山月》中那个女团支部书记的深思，《果园的主人》中万元户对科学技术的拒绝，不能不引起人们对现实变革如何影响人的精神世界的关注。张炜近年来两篇有连续性的小说《秋天的思索》和《秋天的愤怒》，一以思索为主线，一以愤怒为主调，其实也都是对人们精神领域波动与裂变的历史反思。肖万昌和李芒之间冲突的加剧，与其说是经济利益分配的争执，不如说是李芒对自身价值的肯定，触及了传统观念和现代意识的尖锐对立。在思索阶段，还不过是由朦胧的感觉逐步过渡到清醒的认识；到了愤怒阶段，就已经是能否摆脱旧有的价值观念，在新的现实变革中重新肯定自身存在的尖锐命题了。这些作品，把注意力集中在农村生活和农民精神世界的变化上，并非偶然，不仅因为中国农民占有人口的大多数，他们的生活遭遇、心理状态在创造历史的进程和历史发展过程中有着举足轻重的作用，更因为长期以来封闭的自然经济状态、平均主义的"大锅饭"思想，形成了农民心理结构上历史惰性的沉重负担，在当前经济开放和文明进步的条件下，农民的精神历程、心理变化呈现着十分复杂的风貌，是民族精神在新的历史条件下不断重新铸造的重要部分。

  那些把注意力放在勾勒当前改革势头的作品，虽然所触及的是热气腾腾、活灵活现的现实及人的观念更迭和心灵波动，其中佼佼者，也往往得力于历史意识的自觉，使作品摆脱了事件过程的介绍和方案方法的评价，把触角深入人们心理结构和观念形态中新旧对立的历史渊源和未来走向。《新星》的出现，使人们思考了不少问题。论题材，一个胸怀变革意识的改革者，来到偏僻而闭塞的小县，遇到了重重阻力，以精神的魄力、刚毅的意志，冲破重重阻力，在小县城掀起改革现状的波澜，最终，在强大的习惯势力面前，不得不暂时离开，但改革的意志仍然坚定如初。可以说，这部作品并没有多少新颖的角度、奇妙的情节，但作品中蕴含着的对改革趋势的剖析，充满着深沉的历史感。那里的人物或者在历史的积淀重压下成为惰性的化石，或者力图挣脱传统的束缚而披荆斩棘，他们都以各自不同的个人欲望、心理结构和文化观念，创造着古陵小县的历史，而又在这历史制约中寻找自己的位置。改革就是在这种复杂的态势中曲折前进的。李向南的出现，劈开了裹得严严实实的陈旧积淀，剥出了生气蓬勃的开拓精神，倒确实是对积重难返的历史包袱作了一次有力的清算。（在后出的《夜与昼》中，这一点表现得更为宽阔而深远。）就这一点而言，《新星》获得读者的青睐，与小说蕴含的历史内容和作家清醒的历史意识是分不开的。这也必然会形成审美追求上的深化，在同类题材中，并不单纯是以手法的变化、形式的转换取胜。

也有一些作品，往往从道德伦理等方面着眼，开拓下去，触及历史发展同传统的行为方式、道德信条错综而复杂的对立，也可以蕴含较深的社会历史内容。王润滋那篇引起争议的小说《鲁班的子孙》，对旧有道德在现实变革面前受到的冲击，不能说作家没有惶惑之感，而且，对老木匠那显然不适应生活变化的清白为人的信条，作家也给予了过多的同情。从历史与道德的制约上看，并不是那么准确。但作者揭示了旧道德与新变化之间既不可能同步，也不可能割断的复杂态势，引起人们对历史转折时期自身精神世界发展变化的思索，应该说是很有历史眼光的。

还有些作品，从人情世态的变化、婚姻家庭的纠葛着眼，深挖下去，透视历史进展在生活各个角落掀起的大波和微澜，虽然也有纤弱之处，但也使人们于细微处听到历史进展的脚步声。贾平凹的《小月前本》《鸡窝洼的人家》和《腊月·正月》，有的以爱情生活中选择尺度的变化为主线，触及新旧价值观念的变迁；有的以家庭生活的分裂组合为背景，触及封闭的传统观念与开拓的当代意识间愈演愈烈的对立与推移；有的则以陈旧的审时度势眼光的没落和悲哀为轴心，触及传统文化的等级观念在穷乡僻壤中的渗透。尽管这些小说在情节安排、主题开掘上都留下浅露和匆忙的痕迹，因此引起一些疵议，但作家渗透着历史意识的以小见大的安排，使并不成熟的作品闪现出睿智的光彩，则是值得称道的，也为这类作品开拓了一个新的局面。

三

说到历史意识的强化和审美追求的深化，我们不能不注意到，最近一个时期，也就是从1985年开始，由不少作家尽力传扬，评论界也随之而议论纷纷的"寻根"文学和"文化小说"。这种传扬和议论，不尽相同，甚至大相轩轾，但大都集中在民族精神的开掘、历史积淀的反思、文化传统的复归、人类本性的思考上。

但是如果从历史意识和审美追求的角度来观察，尽管立论者有偏颇和不完备、不周严之处，但理论的提出，至少意味着当代文学家对强化历史意识的重视；而许多创作，包括理论提出者自己的实践，或者他们认为应该属于"寻根"或"文化小说"的作品，更呈现出复杂的态势，有成功的，也有失败的；有杰出的，也有平庸的。不能一概而论。

就具体的创作实践来看，韩少功和郑万隆都发表过"寻根"或类似"寻根"的理论，而且身体力行，写了不少"寻根"小说，这些小说大多专注于深山野林中原始人类神秘、粗犷、野性的生命力量，自然也有对人类生活水平低下时那种愚昧、落后习俗和心理的揭示。从民族精神的递嬗着眼，始初人类虽然处在生产水平和生活方式相当低下和落后的状态中，但人类在创造生存条件的实践活动中，心理层面积淀的创造力量和开拓精神,常常表现了人性的丰富内容,成为后来在历史接力赛中的新起点。我们过去在"左"的思想束缚下不仅讳言人性,而且也常从狭隘的功利态度出发,不愿承认这种可以成为全民族精神财富的宝贵遗产。从这一点讲,这些小说确乎深化了审美自觉,开拓了艺术空间,特别像郑万隆在《黄烟》等作品中,笔触伸向白山黑水间,写那些原始部落中剽悍的猎人、痴情的姑娘、纯真的爱情,透视人类在大自然怀抱中的理想、追求,勾勒出人类在幼年期的活力和生气,或者可以说还缺乏更多的智慧和理性,但不能说这种活力和生气对当代辗转于现代文明的人们,就不会注入一种清新的、豪放的精力,这也许正是显示了艺术表现永恒的人生的价值,未可厚非。韩少功在《爸爸爸》中,以冷峻的目光追摄远山远地生活中凝聚的野性的力量和痴狂的热情,不讳言其中蕴含的愚昧和残酷,也未必不能显示民族精神在混沌状态中的开拓和激荡。只要不割断历史,我们就不得不承认,在历史发展过程中,既有必须丢掉的陈旧负荷,也有可以激励我们的基因,这又不是用简单的阶级分析所能概括的。

但是,我们又不能不看到,这些作品由于只在"寻根"的"根"字上下功夫,而这个"根"又常常被从整体的历史进程中抽出来,只是"原始文化",只是民族历史的博物馆。历史的运动、历史的流变就在他们的笔下消失了。而缺乏历史的运动感,简言之就是人们在创造历史过程中立足于不断创造、不断革新积淀下来的心理结构、历史意识很容易变成对往昔封闭状态的礼赞,或者即使袒露出原始文化的落后与愚昧成分,也陷于无出路的探索,凝固了历史的发展。至少韩少功的《爸爸爸》中对丙崽白痴状态的客观描摹,对鸡头、鸡尾两寨野蛮仇杀的铺陈,对那种以死为殉的冷静展示,不仅与现实生活中人们的心境相去甚远,也并不完全符合历史发展的本来面目。而从审美角度来看,丑的事物充溢天地之间,连一道美的闪现、一丝美的萌动都无迹可寻,审美判断、审美理想也就失去了意义。这也许是一些"寻根"作家没有料到的结果。

倒是另一位主张"寻根"的作家,尽管把他自己的创作认为是不够格的"寻根"作品,在历史意识的自觉上,避免了狭义的"寻根"文学的若干孱弱之处。郑义和他的《老井》就是这样。这篇小说也写的是地处晋中山区的偏僻地带,那里的生活状态以及人们的心态几乎还停留在远古时期,但生活在那里的两位年轻人,不仅在生活追求上不安于现状,而且在内心深处激荡着冲开陈旧习俗、改变生活面貌的热流,他们虽然走了不同的道路,但他们对自己心理上承受的历史积淀,开始有了较为深沉的反省,在他们的精神上,既有和祖辈息息相通之处,不甘于贫困,不畏惧艰难,听天由命;但也有闯开一条新路的热切心愿,要用现代的文明进步改变穷乡僻壤的闭塞落后,要用自觉的文化追求冲击普遍心态的保守愚昧。更可贵的是,他们都有敢于正视历史向现实蜕变时那种隐隐阵痛的勇气,不是在这种阵痛中退避三舍,而是在这阵痛中体验创造的欢乐和昂扬的活力。从这里透露出的声音,既不是对停滞的过去无可奈何,也不是丢开传统基因的贸然闯荡。尽管作品在主人公旺泉和段寡妇的婚姻上,多少涂抹了一些传统道德的油彩,但作者从历史变动中去探索民族精神和民族心理结构不断衍变的用心,确实使作品有一种厚重的历史意蕴。

还可以举出一些表现形态不同、题旨内蕴都比较类似的作品,像陆文夫的《井》、朱晓平的《桑树坪纪事》、矫健的《天良》、贾平凹的《火纸》,这些作品触及的束缚人性的传统积淀,有时达到令人窒息的程度。但由于作家们对历史的反思是站在当代高度上,从惰性与开拓、封闭与开放、个性与群众之间不断突破、不断调整的历史运动中,从整体的历史流变中去探索历史前进的脚步、追踪创造历史的人们精神世界曲折变化的历程,引发的变革意识比较强烈,就具有了较深刻的历史意蕴。这些作品,都很难用简单的"寻根"去概括。

总体来说,历史意识的强化和审美追求的深化,是新时期小说创作从表象趋于深层、从就事论事趋于内在意蕴的一个重要的因素。

原载《当代文坛》1987年第1期

直接经历着历史的人民

——评路遥的长篇新作《平凡的世界》(第一部)

人们把优秀的长篇小说称为"生活的百科全书""史诗性的作品",是有一定道理的。即使小说观念有变化,长篇小说也要有丰富的、博大的、繁复的生活空间和艺术境界,大概可以被认为是大家都能接受的论断。

但是,怎样才能形成这样的空间和境界呢?有的作品为了扩展空间和增大容量,就尽量按照编年史的办法来写,选择重大事件,逐年编排,结果常常是事件淹没了人物,读来索然无味;有的作品按照列传的办法来写,几乎每个人物都有不短的成长历史,虽然人物众多,但都看不到整个时代的历史进程,被人认为概括力不强。为什么会出现这种情况呢?恐怕还是过于执着在空间和容量的表面意义上,没有抓住贯穿于复杂生活和大千世界运动的轴心,像一大堆光彩熠熠的珍珠(尽管是十分宝贵的珍珠),缺乏一根红线串起来,难以形成首尾相接的链条,虽使人目迷五色,却难以得出完整的印象。

最近,路遥推出了他的第一部长篇小说《平凡的世界》(第一部)。故事情节和所表现的时代背景,并没有什么出奇之处,相反,正像书名一样,作者描写了一群平凡的人经历着平凡的生活。但读完全部作品,正是这些平凡的人生平凡的生活中的劳作,和整个时代风云的变幻是那样息息相关,他们心态的起伏、性格的变化、情感的寄托,以至于他们之间人际关系的亲疏、炎凉，和时代历史的流变，或明或暗或隐或显地有着千丝万缕的联系；而他们的所作所为，尽管未必是什么豪情壮举，却像补充着历史长河的涓涓细流，源远流长。

作者选取的历史契机，是很有一番斟酌的。从60年代末到70年代的"文革"，无疑是解放以来历史发展的一个逆转，之所以会产生这个逆转，原因是多方面的，但和长期以来忽视最广大群众生活的提高，有不容置疑的关联。因此，在人民中间，特别是占全国人口绝大多数的农民群众中间，闭锁的、小农经济形成的平均主义思想，安土重迁，胆小怕事，惧怕开拓，反感创新，这一切惰性心态不仅没有随着历史的前进而改变，反而成为独断专行和空喊革命的基础。然而，生活的贫困，又磨炼着人们的意志；先进的理想，又诱发人们的追求。于是尽管"文革"的狂热有增无减，人民的情绪却乱极思治，这也就是1975年整顿之风有可能吹拂的基石，但随之而来的反扑，造成了历史行进的艰难曲折，农民就在这冲撞中思索自己的前程，寻找安身立命的场所，心灵经受着各式各样的煎熬。作品就以这个关系到全社会人民命运的时刻为纽结，展现了处于偏僻小村的各色人等精神世界变化的历程，有居于最底层的老一代农民孙玉厚、孙玉亭，有新一代的农民孙少安、孙少平，有居于领导岗位的田氏兄弟。不仅在事业上、劳动上，出现了诸种冲撞，而且在家庭中、爱情中，以至于衡量事物的尺度，如何做人的标准，怎样处理彼此关系，都出现了这样或那样的矛盾。这种种冲撞和矛盾，尽管带有那个时期历史的烙印，但由于是在一个历史剧烈冲撞中显示出来各自的内在特征，就有可能从更普遍和更广泛的意义上显露出中国农民——最普通的人民在命运中、性格中经历着的历史。

像孙家老一代的两兄弟，孙玉厚的身上，无疑带有更多的传统特色，安分守己、任劳任怨、息事宁人。但当他十几年前为自己兄弟的婚事向人借钱，十几年后又要为自己儿子的婚事向人借钱，也不得不从心底里发出什么时候才有一点希望的叹息，这又何尝不是对落后贫困生活的一种哀怨呢？而在孙玉亭身上，更多镌刻着时代的烙印，当他从那些空喊的"革命"口号中感受到一种虚假的满足时，他顺着这条狭窄的小径就越滑越远了。为什么一个普通的农民，能不事生产、不去劳动却梦想凭借在各种运动中作出激进的姿态，去改变自己的地位？这与其说是他性格中的弱点，还不如说是扭曲了的历史把这样的人物推向前台，使他从表象到内心，从处事到为人，都呈现一种扭曲的状态，一个尽力想改变自己的地位，却又不知怎样从辛勤劳作中改变自己地位的农民，在时代浪潮中就这样从随波逐流到自觉适应，正是其时农民缺乏先进思想、缺乏自身觉醒形成的悲剧。而孙家年轻一代的兄弟，由于在心理承受能力上远远超过老一辈，他们的变化，就更能显示出历史进程的渗透和影响。孙少安冷静而又坚强、果断而又温厚的性格，过早成熟的气概，过多思虑的头脑，固然和他的家庭分不开，但在那样一个纷纷攘攘的时代，变化莫测的形势，贫困艰难的生活，也迫使他不得不过早挑起生活的重担，走上人生的舞台。其经历既饱含着当代农民生涯的辛苦，也渗透着时代历史催人早熟的潜流。而孙少平稚嫩而又纯真、自卑而又自重、热情而又沉着的心理，不仅因为他在生活中经受了许多磨炼，更因为他从书籍中获得知识，有了新的人生追求，有了较高层次的生活目标。这仍然和那个时代密不可分，那的确是一个既压抑人的灵性又使人开阔眼界的复杂的时代。苏联一位作家米哈尔科夫说过："从过去、现在和将来的结合中认识当代现实，需要认识历史中的自我和自我中的历史。"我以为，这正是当代长篇小说不完全相同于过去的英雄传奇或讲史演义的一个显著特点。当人们对历史和文学的关系有了更深入和更明确的自觉性时，必然会摒弃那种直接堆砌历史事件，然后用人物去说明这些事件的较为表象的做法，而是通过人们的内心去折射历史的进程，从历史的内在机制上去寻求人的行动，以至于欢乐、忧愁、悲痛、壮烈的深层原因。《平凡的世界》通过几个纠结在一起的普通人的命运，以及他们的内心活动、精神历程，映衬出历史的变化对广大人民心理构成的渗透和影响，历史在这里就不是空泛的事件和静止的背景，而是人们实践活动和内心活动的潜在动力；普通人的生活在这里就不是日常琐碎的生活场景的素描，而是时代历史进程的活生生的内容。这才是文学家笔下的历史，真正意义上的历史文学。尽管作品才是第一部，而且由于种种原因，历史与人或者人与历史还没有完全融合在一起，但这个基点，或者说作家艺术构思和审美追求的指向，虽不能说已经写出了一部史诗，但却是具有史诗品格的。

当然，说人民经历着历史，在文学作品中就不能仅仅限于找出人物的情绪和心理、行动和命运同历史的关联，或者简单地把历史进程作为人的行动和感知的背景，更重要的，还是要把历史的衍变融进人物的内心世界里，人物的情绪和心理流程蕴含着深厚的历史内容。如果说，我们并不缺乏那种描摹重大历史事件，其中人物只起道具作用的小说，那么，路遥选取平凡的人平凡的事，而又想表现一个世界，这本身就意味着他是把人作为历史的创造者，把历史当作人自身经历着的过程来剖析和透视的。孙少安和田润叶的爱情，应该说是很一般的农村少男少女们的经历，但田润叶那种执着得近乎执拗的感情，那种处在纷纷攘攘社会生活中，对质朴、自然、纯真的爱情的向往，又何尝不是那样一个特定时代中，企图摆脱世俗偏见，对健全的、纯洁的、善良的人性的渴求，对生她养她的乡土一股纯真的恋慕之思。然而就是这样一种朴实而健康的感情，在那个错综复杂的时代生活中，在那个革命偏离航道、城乡生活距离拉大、贫困与匮乏还笼罩在农村人们头上的环境中，却又是那样难以实现，那样经受着各种各样的干扰与抑制，不仅她的家庭，她的周围，就是她所热烈追求着的对象，也不能不以务实的眼光、退缩的态度来对待她的纯情。而孙少安本人，既不能不为田润叶的纯情而怦然有动于心，又不能不清醒地意识到他们之间（一个已经成为拿工资的公家人和挣扎在贫困线上的庄稼人之间）难以逾越的障碍、难以沟通的距离、难以铺平的生活反差，他"真想找个没人的地方，一个人抱住头痛哭一场！他多么幸福，亲爱的润叶竟然给他写了这样一封信，可他又多么不幸，他不能答应和这个爱他的也是他爱的人一块生活"。在这复杂的心理活动和情绪波动中,蕴含着深沉的历史观,正是历史的逆转形成的现实差距,形成的农民耻辱而贫困的生活命运,在噬啮着这个年轻人的心。这还仅仅是长卷中一对青年人的爱情波折。其他像孙少平健壮的体魄与破旧的衣衫、自尊的信念与贫瘠的生活、自强的气质与屈辱的地位,引发了这个青年内心起伏不已的波涛;田福堂精明的算计和阴狠的居心、庄重的举止和浓重的私心,引发了这个农村能人心里闪闪烁烁的思绪;孙玉亭"革命"的喧嚷和行动的猥琐、出奇的虚荣和生活的羞涩,引发了这个农村"革命"者心底飘忽不定的念头。如此这般,都渗透着那个特定历史时代的色彩,那确实是一个美与丑、善与恶、正义与奸邪纠缠在一起的时代,也确实是普通人在命运颠簸中苦苦挣扎的时代,在他们身上既有历史行进的影子,也有历史形成的畸形,一场波及整个中国的"革命",在这偏僻的山村,在这最底层的人民中间,搅动起那么多思绪,而这些思绪又无不和那个历史时代息息相通,这也许正是这部长篇虽然只是朴朴实实地写,没有在技法上作更多的变换,甚至有些章节显得纡缓、板滞,却富有内在魅力的一个根本原因。做到这一点,当然和作者熟悉自己家乡的生活,理解自己周围的乡亲分不开。这种熟悉和理解,不仅靠观察的细腻,而且主要靠体验的深刻。但也和作者对那个历史时代的把握有密切的关联,路遥自己说,为准备这部长篇的写作,他不仅数次返回陕北,重温旧事,而且仔细翻阅当时的报纸、刊物,力求熟悉那段历史时期的风貌。这种方法似乎并不新鲜,但却是一个认真的作家的认真的态度。他和那些仅仅依靠灵气和想象创作的作家比起来,也许少了一点光华四溢的才气,但多了一点实实在在的生活实感和历史面貌,这也正是取得史诗品格的一个坚实基点。

有人说,从《平凡的世界》(第一部)可以看出,现实主义并没有过时,这话是有一定道理的,但是,仅仅看这一点,是不够的,或者说是意义不大的。说现实主义过时,或者辩之说现实主义并不过时,都未免过于表层。过去我们用现实主义和反现实主义斗争来概括一部文学史,证明是既不符合文学实际,也过于庸俗化、简单化;今天用一些新的手法(说穿了,大多是现代派的一些艺术追求和艺术手法)来否定现实主义,仍然是既不符合文学实际,也显得门户之见太深,割断了文学的递嬗与继承。更重要的是,应该认真研究在当代坚持现实主义创作原则的作家和前辈们有什么不同、有什么发展、有什么新意。如果说路遥坚持现实主义的创作原则,那就应该看看他除了从前现实主义作家那里继承了一些优长之处(比如他受俄罗斯文学的熏陶甚深,他甚得柳青的神髓等等)以外,还有什么属于自己的发现。这也许不是这篇短文所能详谈的。

当然,《平凡的世界》有三部,现在才仅仅是一幅长卷的开端。大约是为了给人一个概括的印象,并为以后的发展留有余地,第一部的开头部分,大多是情势的介绍和出场人物的亮相,读来不免给人以沉闷滞重之感。也有些部分,历史进程和人物心态还没有交融在一起、渗透在一起,给人以空泛、支离之感。这些情况,是否在以后的几部中会有所改观,尚未可知。但至少在目前还是值得作者给予重视并力求避免的瑕疵。

原载《文艺报》1987年4月18日

长篇小说《浮躁》纵横谈

王　愚：从《收获》发表《浮躁》以后，不少人认为这是陕西近几年来长篇小说的一个新收获。恕我直言，像你的《商州》，实际上是中篇小说的连缀，或者说是系列的短篇小说。具备完整的长篇结构的，《浮躁》可以算是第一部。它一发表就引起了人们的注意，不少评论家写了文章是必然的。

我觉得，如果说《浮躁》有价值的话，恐怕有两层意义：第一层是，对当前改革的时代，作了深层的探讨；第二层是，在深层次的探讨中提出了许多关于人生的重大课题，就这个意义看，它又超越了局限于具体改革情况的摹写。对文学，特别是长篇小说来讲，不概括一个时代是不行的，但如果没有超越时代生活的意蕴也是不行的。你的《浮躁》在这方面作了有益的探索，因此约你来谈一谈。我很希望听听写《浮躁》的时候，你怎么想的？

贾平凹：《浮躁》从元月份发表到现在快一年了，应该说已经好长时间了，在读者中反响还很大，收到不少读者来信。但在文学界和评论界开头一段时间，还比较沉默，我很愿意有这样一次交谈的机会。回想《浮躁》的创作，情况是这样的：前年冬天就开始写，一直到去年的年初，写了十五万字，后来全部报废了。从去年的春天，又断断续续开始写，夏天完稿。在写这部长篇时，我有个感觉，这几年随着年龄的增长，随着本人在社会上交往的一些生活具体感受的积累，总想写一下现实的、真实一点的东西。本来就我的思想来说，一度在创作中有意追求一些和现实有距离的东西。

王　愚：在文学创作中，"距离"这个东西，不能否认，因为太切近现实，热血沸腾，感触甚多，反而不容易深下去，就像鲁迅先生当年说的，热情可以杀掉诗美。但是这个距离应该是心理上的距离，而不是现实上的距离，不知你是否同意这个看法。

贾平凹：我是同意的。所以当时在写《浮躁》时，是总结了自己以往的创作，吸收了同时代的一些作家创作的经验教训，总结自己，也总结别人。比如我给很多人说过，《浮躁》中的金狗这个人物，还有对一些干部的描写，如果没有前一段出现的《新星》，就不可能出现现在的情况，我写这些人物时就有意识地站得高一点。又比如现在这样写，从一个乡到一个镇上、州里、县上，再到省上，这些办法严格讲也是吸收了路遥的《人生》的一些办法。原先我虽然写了这些现象，但没有拉得这么远，场面也没有这么开阔。我当时有一个野心，怎么能写得社会涵盖面大一些。

王　愚：这种野心，实际上是一种雄心。你讲的这个涵盖，是作品内在力量深厚与否的重要因素。涵盖面小，你可以写出一些具体的人和事，也许还比较生动鲜明，但人们通过这些具体的人和事，很难看到历史的走向，人心的流变，格局是狭窄的。这就关乎作品的涵盖面到底是博大，还是狭小；是深沉，还是肤浅。

贾平凹：我长期考虑一个问题：鲁迅先生的《阿Q正传》和塞万提斯的《堂吉诃德》，这两部作品为什么能典型地概括那个时代的特点。我觉得人家是能够从现实生活中抓住当时社会心态问题，抓准了，抓得有力，涵盖面就大。如果你从一个具体的人身上来概括这个东西，往往难度就更大，不容易达到这一点。如阿Q，就是抓住了那个时期、那个历史阶段的社会心态、民族心态，鲁迅先生抓准了，写了出来，这个人看也像他，那个人看也像他，其实谁也不是，只是阿Q。悟到这一步，对照总结了以前的一些创作，发现自己常常是从具体的人和事着手来写的。这回写《浮躁》，总的构思就不是从某一个人来看，不是听了什么故事从哪一个事件来写，而是从许许多多人的心态中抓住当前时代中的浮躁情绪，从这一点出发，去组合人物，展开事件，用的一些素材是现实生活中发生的事情，但抓住的是弥漫其间的情绪。

王　愚：从具体的人和事着眼，但拨开表层的音容笑貌，触摸蕴含其中的心态流变，并且把它上升到时代的高度，这恐怕是文学创作，特别是叙事性文学的一条重要审美原则。鲁迅先生谈《红楼梦》时说的"悲凉之雾，遍布华林"，也强调了当时的时代氛围、时代情绪和人物的心态的交融。你刚才讲到这一点，从浮躁的情绪开始，抓得准确与否，可以商议，但把浮躁的情绪作为当代普遍的社会心态突显出来，应该说是具有较深刻的文化追求和审美层次的，当然社会心态表现在具体人身上并不一样。比如说，表现在金狗身上，表现在雷大空身上，甚至包括表现在小水的身上，都不完全一致。但通过这些具体的、表现各异的人物身上，抓住整个社会氛围中间形成的一种心理层次，就比表面地摹写性格要深入得多。

贾平凹：我在过去写的几篇文章中，也谈过我这个观点。我觉得很多人经常讲时代特征、时代精神，我想谈时代精神应该有一个基础，并不是要怎么样就怎么样。汉代的时候，国家强盛了，国家强盛就必然产生霍去病这样的人，必然扩展国家版图，武力上富有绝对的扩展性，在经济上当然是国家富强，这样一来，石匠随便凿一块石头，都像霍去病墓前面那块石头了，粗犷、有力、浑厚、夸张。

王　愚：你当年写过一篇《卧虎篇》讲的就是这种情况。

贾平凹：对的。

王　愚：一块普普通通的石头，在艺术家的笔下，三敲两凿就表现出当时的汉代风骨，主要是社会心理的表现。

贾平凹：那种东西我估计当时的人也不一定能清楚地体会到，回过头来看，那一段时间是强盛的，才产生那种风格，那种气魄。而在清朝末年出现了鼻烟壶、小摆设，当时也是觉得很精致、豪华的，过后一看感到表现的只是一种小气的、没落的情趣。所以，我想怎样才能把握目前这种时代，这个时代到底是个啥，你可以说是生气勃勃的，也可以说是很混乱的，还可以说是摸着石头过河的，你可以有各种说法。如果你站在历史这个场合中，你如果往后站，你再回过头来看这段时间，我就觉得这段时间只能用"浮躁"这两个字来概括，拿我自己来说，我觉得这样的理解比较确切。因此，我以为，对当前的时代精神，主要是原原本本地、囫囫囵囵地拿出来，请后人来评价，如果现在人们要预测未来会怎样，恐怕也只能站得高一点，拉开一点距离来看。我就是在这种基础上开始写《浮躁》的。当然，《浮躁》用的材料，基本上是我这几年经历过的一些事情和我身边朋友发生过的事情。陕西也出现了很多案子，很多大案子，就案子本身来说咱不评价它的正确与否，对具体的牵涉到这些案子中的人的好坏也暂且不去管它，我是借用这些故事加以改造以透视当代人们的心态变化。有些还利用了我老家的一些材料，像巩、田两家的斗争。

王　愚：关于巩、田的问题，咱们以后还要谈到，究竟你写得深刻与否、准确与否，或者这样的概括有没有时代特征还可以再研究。但是你从这个家族问题着手，来探索改革发展的趋势，应该说很有见地。在中国，特别是中国农村，这个家族问题，恐怕是我们小农经济、宗法制残余里头一个根本的东西，它常常渗透在生活的每个角落，牵动着每个人的心灵，那是一种行为规范，又是一种牢固的习惯心理。一些村子里头，许多事情你很难从是非上、黑白上、进步与落后上区分清楚。但是你从宗族上加以剖析，却是泾渭分明的，这就是我们这个民族的特征。

贾平凹：这也是中国文化的特征。金狗斗争一场还得回去，他本身也是在那个网里，当然他在这个网里是比较活跃的一个分子，也有冲破网罗的愿望，但是他是受这个网的制约的，他也逃不出这个网，最后还得倒回来。《浮躁》中雷大空是一种浮躁，金狗本身又是一种浮躁，不管巩家的、田家的，都带有浮躁气；城里的、乡里的、山上的人、水畔上的船夫，都有浮躁气。

王　愚：青年评论家周政保评《浮躁》，文章的题目就叫《浮躁，历史阵痛的悲哀与信念》，我觉得他还是看出你在作品中追求的中心来了的。浮躁，一种在历史现实的推移面前的不安、躁动，尽管不是变化本身，却预示了蜕变的开始，这里面不是欢乐，而是有许多痛苦的。你刚才谈到金狗，还有雷大空，他们最后被捕入狱，自然有他们的弱点，也可以说是历史的印记，但你不能不承认，雷大空们从事的那些东西，还是适应我们这个时代的。金狗就更不用说了，他的几经折腾，至少可以看出逆来顺受、知足常乐那一套处世哲学的被怀疑、被抛弃，心理结构中不安分守己的因素在滋长、在发展，无论怎样，这总是我们这个时代的进步趋势。甚至在小水的身上也已经看出这种东西来，包括她后来不得已而出嫁，这中间是个人的也是历史的，不知你当时怎样想的。

贾平凹：当时写《浮躁》的过程中，总体方面的构想就是这样的，在《浮躁》未发表以前，我在《文艺报》上有篇文章，里面说道，我在1984年写出《小月前本》《鸡窝洼的人家》《腊月·正月》这三个中篇以后，到1985年时写了另一类作品，如《远山野情》《天狗》《黑氏》《古堡》，以后我想怎么能摆脱小家子气，把小家子气的硬壳突破一下，所以在这个长篇里面，除了我说的总体构想以外，想把生活面打开，写中国目前发生的事情，又把它和历史进程联系起来，造成一种比较宏大的规模。现在社会上对改革文学有些逆反心理，我想主要是这号文学写得太表层，又成了新的模式。能不能写了现实生活，却不是就事论事，使它升华起来，叫它寿命更长一些，我觉得关键是要突破小家子气，一方面生活面在开阔，一方面站的角度要高。

王　愚：能不能这样概括一下，一个是视野要宽，一个是视点要高。

贾平凹：我在这一两年中，系统地读过《史记》《中国通史》这类东西，怎样从历史的角度上考察目前中国发生的一些事情，把前后历史一看，有些问题你就会看得特别清，有些东西你当时看是不好的，从历史角度看或许还是符合历史规律的。比如雷大空，严格来讲，作为一个人，他走了犯罪道路是活该，但从他的举动，从他在这一段历史中起的作用来讲，都是应该唱赞歌的。如果不站高来看雷大空，你只能把他写成一个坏蛋，一个利欲熏心、在改革中钻党的政策空子、进行胡倒腾的家伙。

王　愚：在这一点上，牵涉到过去文学曾遇到过，现在的文学仍然会碰到的一个重要方面，那就是道德和历史的关系。文学是人创造的，对象又是人，是完整的人，不可能不触及人们行为的规范，也就是道德；但人的行为除了规范的一面，还有变化的一面、创造的一面，也就是历史进程，两者不可能不一致，但又常常不一致，这就增加了作家审美判断的困难。咱们把话题引到这个上面，可以更深入地谈谈，我想这对文学如何更深入把握当前这个时代会有一定的意义。你看，不光是陕西的作家，像山东那一批崭露头角的作家，写《鲁班的子孙》的王润滋、写《古船》的张炜等，都在这个方面有较深的探索。在我们当前历史巨变的时刻，旧的仁义礼智信那种道德规范已经不完全适应了，那么新的道德规范是什么，好像也没有完全确立起来。在这个中间怎么从道德上来看我们目前一大批处在改革的旋涡中，并且得风气之先的人，是比较困难的。我不知道作家目前有没有这个困惑，我们评论家是有这个困惑的。怎么评价这个问题，说符合历史进步的就可以不讲道德，恐怕是一种片面的说法，我们传统的道德，当然有许多是束缚人手脚和心灵的，但也有不少是调整人际关系的，完全抛弃，只能形成混乱；但说人心不古、今不如昔吧，好像一讲改革，全是不道德的，恐怕也是片面的，而且是一种更大的片面。那么怎么评断这个问题，我看还是应该采取一种探索性的态度，而不应该采取判决式的态度，不知你是怎样的看法。

贾平凹：出现这样一种困惑，应该说是必然的。山东那些很优秀的作家，写的东西不错，很有启发。我觉得应该提这样一个问题，怎样把道德、历史和现代意识这三个东西糅合在一块。这就牵涉到怎样看待目前这个社会。具体拿《浮躁》来讲，怎样看《浮躁》中这些人，比如金狗、雷大空、小水、石华等，要评价这些人，当然只能用现代意识。现代意识就是当代意识，当代意识严格讲里面也包括一种历史的眼光，不能就事论事来看这个东西，所以，不能仅仅用道德，尤其是过去的道德标准来评价，如果仅仅用道德来评价，只能导致黄世仁和白毛女的模式。

王　愚：是啊！黑白分明，善恶两极，而且那种评价基本上是以阶级立场为划分标准，地主阶级必然是坏的、恶的，贫农必然是善的、好的，在当时是有它一定的现实根据的，在"土改"时你不是这样的分法，就无法执行土地法大纲。但是在目前的80年代，怎样评价这个东西，恐怕就比较复杂了。

贾平凹：往深一层挖的话，就涉及对人本体的生命意识的考虑了。比如雷大空这个人物，他基本上应算是坏人、恶人，但从历史角度来讲他又有一定的进步性。从历史发展来看，没有这些人也是不行的，他们代表一种进步的力量。就拿我们目前街上看到的赶时髦的、穿喇叭裤的、留长头发的，或许就某一个人来说，有浮浅的、庸俗的、不道德的一面，但他总代表着一种新的风气、社会时尚。没有这些人的冲击，社会也不一定能够前进，当然这是从长远来看，从历史发展的高度来看。

王　愚：我觉得你这个考虑就深了一层。过去简单地说这些人是好或者从反面来讲这些人是坏，恐怕都过于片面，是一种单一的思维逻辑。

贾平凹：代表社会前进的力量，作为一个人来讲，并不一定就应该是通体完美的形象。

王　愚：如果一个作家在这些地方能够更深地思考的话，就不至于把自己的作品写成一个单一的模式。

贾平凹：当然这里面不是机械地搞那种性格组合，往好人脸上抹黑，给坏人添点光彩，不是机械的、人为的。因为在现实生活中你会发现一些人，他们都是完整的，常常是好处和坏处、善良的和邪恶的东西糅合在一起，又都和他们的经历、修养、气质相吻合。就拿《浮躁》中的金狗来说，他是农村追求进步的、有知识的、新的一代，但他本身又带着好多毛病，他既聪明，又狡猾，也会耍手腕，在男女作风问题上他也常常管不住

251

自己，比较轻率，但这些东西不是作家硬加给他身上的，他做的这些事情符合他的身份，这里面写了他和三个女人的来往过程。当时写的时候是想从他的婚姻生活问题上，也能看出他那种浮躁情绪，不是为写男女作风问题而写他的男女作风。田中正严格来讲是个很坏的人，但他在这种浮躁气氛之下，也有他的悲哀，有他的痛苦和他无可奈何的一面，他为了保住他的地位，也是一个毫无爱情的人。

王　愚：我们现在写改革者的一些作品里，为了复杂化，常常写三角恋爱，甚至四角恋爱，好像为恋爱而恋爱，而不是通过恋爱，写人的心路历程，写人的内心波澜。像田中正这号人，在爱情上朝三暮四，见异思迁，在事业上施展了许多手腕，工于心计，但是他本人的内心深处也隐藏着十分深沉的悲哀，在生活中也常常感到一种孤独的痛苦。

贾平凹：他嫂子把他控制着，他后来想摆脱都摆脱不了。

王　愚：这一点在你的作品中间写得很好，田中正既不能摆脱他嫂子的影响，然而现在他又非常想摆脱这种关系，这里面是非常痛苦的，而背后又是这个大时代的波澜促成的。

贾平凹：金狗被捕以后，这个女人也有恻隐之心，她也有痛苦，惊慌不安。这里面还牵扯到一个很次要的人物，就是军区司令，许飞豹表面上很正经，一心想当个清官，实际上他也有他的苦恼，他的老战友的儿女来找他，他怎么办？因为中国毕竟是中国，从文化层次看，人和人之间一定要有人情味，他和老战友一块闹革命，他又抚养这个儿子，战友的儿女给他又出个问题，他又解决不了。巩宝山因为是失利的一派，他知道田家在省上有更高的靠山，他虽然在中间部位也奈何不了解田家的县委书记，他也痛苦得很，他也想借助金狗这势力。金狗也正因为掌握了这一点，便借这个打那个，借那个打这个，我觉得这种写法符合现实生活，也符合人物性格。

王　愚：在这一点上，我有这么一个想法，你写的田、巩两家，跟你的金狗、雷大空、小水这些人物，包括组织水上运输队等，揭示了一个比较深刻的问题。近年来，我们在改革的过程中，逐渐意识到最大的阻力来自一种历史的惰性，这种惰性，我们常常归结为小农经济思想和宗法制残余，但肯定不同于春秋战国、汉唐宋元明清，也不同于民国时候，带有80年代的特点，这些宗族的东西，积淀在人心的层次中，渗透在人际关系间，而且会抹上一层合法的油彩，借助于冠冕堂皇的理由。如果一个革命者不是彻底打破传统，很可能陷进这个网内，因此，你由此着手，写出即使是党内、革命的东西，有时又会纠缠着许多宗族的东西，这样子就写得比较深刻一些，问题在于，你还是写得简单了一些。改革的大潮迎面而来，震动了各种不同的人，使他们躁动不安，成为一种时代的情绪，即使陷在网中很深的人，一面有挣扎，一面也会有惶惑、有痛苦，在他们之间也在经历着一番非常痛苦的精神历程，这似乎触及不多。

贾平凹：这些人是各个阶层的，不管什么地位的人都在这里面表现一种浮躁气，不管正面的、反面的，不管你在位子上不在位子上，上面的、下面的，国家有国家难念的经，从每个人本身讲，谁也不想把这个国家搞坏，但这里面就牵扯到个人的利益，个人对事物的看法，有时就搅和一块去了。

王　愚：这就牵扯到另外一个问题了。你从浮躁这个角度来观察我们现在社会的各种人的心态，它和改革开放的形势有关，然而更深刻地表现在民族文化心理结构之中，这就不能不牵涉到中国大的文化背景问题，中国人的心理结构的稳定状态和中国文化长期的陶冶分不开，开放改革，又遇到现代文化（较多是西方文化）的冲撞，它表现出一种既有顽强生命力，然而又确实带有落后性的情况，形成剧烈的冲击。不知你在《浮躁》中怎么考虑的。我看作品中出现考察人的形象，就是为了更明确地点明这个问题，正如评论界一些人说考察人不是个丰满的形象，比较简单。为什么你要写这个人物，从总的艺术构思上，你当时是怎样考虑的？

贾平凹：当时想这样一个问题，抓住社会总的心态以后，我就考虑为啥能产生这些问题，为啥在目前这种情况下产生这些问题，国民产生浮躁的情绪。

王　愚：这个问题提得好。近几年来我们的创作中间有个比较可喜的现象，大家现在不局限于某种生活领域、某种题材，而是从具体生活场景、具体题材着手，然后寻求超越，探索人生的归宿，甚至一种宇宙意识的形成，当代意识的渗透。这就不能不牵扯大的文化背景问题。

贾平凹：因为中国民族文化已经培养了中国这个民族，文化的民族发展起来，文化翻过来又把民族性格培养了起来；但是，后来又发展到"文革"那种闭关自守的、老子天下第一的地步。现在一下子开放以后，把国门打开，觉得世界上比咱们快了多少年了，又从那种强烈的自尊感一下子落到失落感，又产生民族自卑感。

王　愚：从闭门称王的妄自尊大到国门大开之后的自卑情绪，往往形成一种强烈的失落感，在不同文化冲击中，这种感受会特别强烈。

贾平凹：产生失落以后现在又不甘心失落，又要往前走，想急于求成，在这种基础上产生一种浮躁情绪，这个浮躁情绪总的来说，我觉得还是人，作为具体人来讲，都要接受现代、当代意识，自我表现，发挥个体的主体精神，金狗也是主体精神，雷大空也是主体精神，但是在主体精神的普遍呼吁下，国民都要自强起来，这就牵扯到国民素质问题，个人素质不一样，必然在自强过程中表现不一样，雷大空的素质太差，他要自强起来就要大轰大嗡，趁空就抠它一家伙，再加上中国的宗法观念、封建的东西太多，各种情况下精神受压抑以后，社会上就出现好多不能令人满意的东西。比如素质不好，国家叫你开放，把经济搞活，本来是个好政策，但有的人就钻空子去损害国家的利益，抬高物价，投机倒把，以假充真，把事情给办坏了，就存在这个问题。

王　愚：你讲国民素质的问题，这几年来恐怕也不仅仅是文学界考虑的问题，甚至是我们整个文化界考虑的问题。但是我们的文化素质为什么会出现这个问题，因为我们多少年来对人才、对知识本身，就存在一种偏见，尽管我们讲了许多这样的知识、那样的知识，但是在文化素质上没有提高，所以这几年来开始有了主体精神的张扬、提倡。但是我感觉到，你现在（包括通过考察人的嘴）说的，一种低层次的文化素质，或者文明层次，和主体精神的张扬这个中间的差距，从表面上看可能是这么个东西，可往深里想一下，所谓主体精神的张扬，首先是人的自主、人的尊严、人的价值的自觉，是价值观念的变化。在雷大空身上，甚至包括金狗身上，恐怕还很难说有什么主体精神的自觉，他们还没有意识到自己的存在，所以在改革的大潮下，他并不是十分清楚地、自觉地被卷到里面去的。当前，尤其是比较闭塞的地区，知识素养低的地区，这种人颇多。但他们每个人都想当弄潮儿，又不可能当弄潮儿，然后就发生许多悲剧，这个悲剧恐怕正是时代浪潮冲击下，人们缺乏主体精神的自觉才形成的。之所以缺乏自觉，当然和文化素质、知识教养、眼界大小有密不可分的关系。这里面我觉得你有几个着笔不多的人物，写得入木三分，比如韩伯，甚至于包括金狗的父亲画匠，这些人写得好，他连意识都没有意识到，然而他卷到这个潮流里去了，韩伯的发牢骚，画匠的驯服、懦弱、逆来顺受，而到后来也开始参与到改革中来，看来，倒是你刚才谈到的从妄自尊大到民族自卑的失落感、充塞于生活的浮躁情绪是最根本的症结。

贾平凹：因为我一直是这样认为的，主体精神的张扬，严格讲，我觉得这不属于中国文化的范畴之内，中国文化就不是这样要求的，这应该是西方的。正因为现在国门打开以后，进行开放以后，吸收外来的一些东西对农民来说，对农村各层人士来说，不一定明确指着说我要咋样，过去那古老的文化不适应他自己，他总想开阔开阔，但他从小生长到现在，血液里全部是中国的，他想主体意识高一些，但是要达到主体意识高一些，那是很艰难的事情，虽然是朦胧的、不自觉的、无意识的，但实际上也就是这个过程。

王　愚：在这一点上咱们基本上是从两方面谈的。至于主体精神是否从西方接收来的，恐怕还会有不同意见，但打开门户，放眼宇内，总要使人在失落之余刺激起一种重新认识自己、审视历史、发扬主体意识的精神，不仅中国是这样，许多别的民族也有类似情况，日本也经历过这个过程。我觉得你的这个思考不限于《浮躁》，大约从《二月杏》开始，恐怕你就开始考虑这个问题了。你读老庄，你研究禅宗，大约也是从那里面找出主体精神的张扬、个性意识的觉醒。但那样似乎比较困难。为什么呢？孔、孟之道也罢，老庄哲学也罢，基本上讲的还是怎样把人的个性融合到集体之中，所谓"天人合一"，所谓"顺乎自然"。因此，你现在这样一个变化，应当说是你这几年来对中国文化探索后，已经有所醒悟了。

贾平凹：现在开放以后，中国文化吸收了西方的一些文化，西方文化就是强化过程，强化过程是慢慢来的，不是很明了的，你要要求慢慢来就走到那一步了，但是他又是很自觉的，在大潮中每个人都要受到这种冲击，然后每个人情况不一样，就要产生浮躁情绪。

王　愚：当然，你的长篇中不仅写了一些在时代潮流中冲撞不已的人物，也写了许多非常美的形象，比如像小水，善良而又正直，温柔而又刚强，情感真挚，落落大方，给人很深的印象。但是目前也有些人，包括评论界，谈到小水总觉得旧的东西、传统的东西多了一些；而在石华的身上，现代的东西又多了一点。但从我的感觉上来讲，小水的形象，从她的内涵上，血肉丰满上，比石华要强一些，至少石华那些放荡不羁、热烈坦露的举止，外在的东西比较多，当然也许是我的偏见，是我对现代女性缺乏了解。我不知道你当初创造这两个人物的时候，是怎样考虑的。

贾平凹：当时写这两个女性基本上是互相参照来写的，也多少带有象征性，石华代表另一种，代表一种新型的女性；小水代表传统的女性。但她们都在中国文化背景中，不一定说新型的一切都是进步的，完美无缺的；传统的就是不好的。这里面有具体情况，石华她也带有新型的女性的浮躁气。她也一身毛病，她有她浮浅的地方。但有她可爱的地方，她生活浪荡，但内心是痛苦的、不得已的，他和高级干部子弟胡来时，人家糟蹋她，她也是十分痛苦的；对金狗，她也看不起，看不起金狗的出身，看不起金狗他爸，但是却看上金狗本人，金狗的才气，这也可以说代表了城市里一些女性的复杂心情。作为小水来说，小水身上传统的美多一些。但传统的美多，传统的惰性同时也就多了，同时存在。正如同石华体现了现代女性的追求，当代一些糟粕也就多了。不能单一来写，它都有各自的复杂性，所以她们每个人都在进行转变，不一定好就全好，坏就是全坏，这也和中西文化一样，不一定西方都是好的，也不一定中国都是好的。现代化也会带来些污染；中国传统的美好素质，的确令人陶醉，有时却会给你带来保守、落后、封闭。每一种文化都有它的长处和短处，具体到每一个人来说都有他的长处和短处，但这不是故意叫英雄人物多犯些错误，每一个人本身就是一个活生生的存在，这才是真实的生活。

王　愚：这几个人物带有你过去创作中间的特点，然而又有一种新的素质、新的内涵，这一点读者、评论界都给予了充分的估价。但是也有人讲你的《浮躁》，包括《鸡窝洼的人家》《腊月·正月》都是不得已而为之，容易发挥你的长处的还是在《远山野情》这一类作品里，我的看法不完全是这样。对现实的拥抱，无论怎样，都是当代作家对生活充满激情的表现，而在现实生活中又着重注意人们心灵深处的冲撞、衍变，是更深层次的审美追求，不能简单地看待文学的超越和永恒。

贾平凹：对这个问题，我也听说有人有看法，我有我的主见。我在一次会上谈过，不论任何作品，不管你用什么形式来写，不管你写啥，关键要增加一种大气魄，底蕴一定要在，境界一定要大，我是强调这个东西的。我觉得要增加自己的大气魄的东西，对现实生活要更了解。写现实生活，你能够充分把人物写透，就能增加自己的这种东西。不能说写现实的就低下，写过去的就高尚，我们常说："画鬼容易，画人难。"鬼谁也没有见过，现实生活任何人都能马上看得见，摸得着。如果想突破就事论事，表现起来难度就更大一些，比如现在人们对改革文学普遍不甚满意，关键问题还是没有写好，如果你写好了，同样能产生好作品，不一定你写过去的、历史的东西就能产生好作品。

王　愚：在这一点上我基本上同意你的看法。有些评论家对你的评论，说贾平凹在《浮躁》里面最根本的一种东西是表现出一种拥抱现实的热情，很有道理。当然有了这种热情，不一定就可以出现大作品，但是，如果不是全身心地、用自己的全部心血去拥抱现实，肯定出不了大作品。从这个意义上讲，《浮躁》这部作品，到底有多么高的成就，可以有不同的看法。但这部作品已表现出作家对现实的把握已经进入了一种新的境界，我看这一点是你《浮躁》中间最根本的东西。至于你作品中具体的人物、具体的结构、具体的情节，你自己过去讲过，对拉美的文学，特别对结构主义的一些长处很欣赏，我看在《浮躁》中间都运用进去了。但这些都是为了更深刻、更充分表现你对现实的新的感受、新的思考和新的探求。

贾平凹：对的，我在序言中也谈到这个问题，想把以前的一些创作，把艺术方面的一些设想，基本上能闹进去的都要闹进去。当时想给《浮躁》中增加一种气势，把气势搞充实，不能用原来那种软的笔调来写了，软的笔调给人以优美的感觉，但是这种优美时间一长就甜腻了，就不耐看了。老子说过："大巧若拙。"没有技巧它才越有技巧，所以在写的时候尽量增加那种浑厚感，在写的过程中怎样把它写得疏朗一点、疏野一点，写到城市那种复杂状态，更能表现城市生活的浮躁气，这样写，作品出来以后结构上就有一种拥塞感，写上一段就不能老这样写了。比如我写到州河上的时候，就用一种闲谈之笔来写；用色彩密集的手法来写城市，基本上用线条来写乡镇，用色块写城市的，这又吸收了外国的结构主义的一些东西，我觉得拉美人都是采取块式结构的，中国的小说一般是线式结构。在《商州》那部小说里面大量地采取一种块式结构，当然也有线式的，但是比较弱。

王　愚：在《商州》里可以看出，你展开了各种面，但你没用线条连接各种面，而且把各种面直接组合成整个的生活画面。

贾平凹：严格讲那还是对拉美结构主义一种比较生硬的吸收，后来我想，这种结构办法只能产生于西方的那种文化，西方人和中国人的思维不一样，我曾经在四川看过一种画像石，后来我把画像石画出来以后，把它的道理研究了半年时间，当然中国的结构主要是线，线里面也有它的色彩。

王　愚：从这点讲起来，这次在你的《浮躁》里面，不仅仅是表现拥抱现实的热情，写出了目前改革中一些非常复杂的心态，而且在艺术上也包容了多层次的追求。过去曾有人说你是关中才子，但是，还不是大手笔。这说法也许是很刺激的，但我觉得并不是毫无道理。因为在你的有些作品里，小巧玲珑的东西，疏朗的东西，一眼可以看穿，清澈见底的东西比较多。从《二月杏》以后，对复杂的生活，作家似乎又显得缺乏一种驾驭能力，常常陷于一种抽象的对人生的慨叹。从你的《鸡窝洼的人家》《小月前本》中又觉你激起了对生活变化的热情，但也有浮光掠影的东西，而且不少人物仍然比较单一，没有再进一步写下去。而在《浮躁》里面，确实有一种激荡不已的气势，从审美层次上讲，这应当是一个作家开始趋向成熟的表现。刚才你提到西方的层次，中国文化的层次，线性的，块状的，在《浮躁》的整个结构上，你是最初就考虑到了呢，还是在写的中间慢慢地开始清楚了呢？这不仅对评论界，对作家，对喜欢你的作品的人，恐怕都是很有兴趣知道的吧！

贾平凹：有的是写以前考虑过的，有些是在写作过程中得到启发的，比如说开头写了十五万字全部作废了。为啥作废了，十五万字基本上是大框架的，基本上讲是属于块式的，这一块和那一块间隔距离特别长，空间也特别大，我觉得有个问题，第一读者不容易接受，再就是这样写出来给人一种感觉太疏、太粗，有许多东西连不起来，也没有系统地展开。当时采取的那种办法不好展开，要么就变成了啰里啰唆的东西，那种写法还不太适应自己的写法。后来把这两种写法结合起来，严格讲也是摸索，比如说吸收西方的东西怎样和中国的结合，我看了西方一些作品，他们有一种神秘主义、荒诞主义，但西方是西方的神秘，中国的神秘是什么，所以我在作品中也大量写了一些神神鬼鬼的东西。

王　愚：这一点可以看出来，像占卜、星相、和尚的玄玄虚虚的议论，很有点东方式的神秘感。

贾平凹：当时就想追求这个东西。比如说摇卦，对鬼的理解，梦的巧合性，它和西方的神秘主义不一样。

王　愚：东方式的神秘基本上是人世间的神秘，西方式的神秘往往是远离人世的神秘，比如说耶稣基督的东西，咱们可望而不可即，而东方式的神秘包括摇卦、包括圆梦，大体上是和人世间上的东西互相照应的。

贾平凹：这里同时也吸收了好多象征性的东西，比如关于河的描写，河里发了几次水都是有一定讲究的，第一次发水是游击队进城把城墙冲倒了，第二次发水是金狗也冲过一次。河里涨水不是随便涨起来的。

王　愚：河里涨水和你作品中人物情景是结合在一起的。

贾平凹：对的，这里面有象征的东西，河的流向都是根据八卦阴阳太极的流法。

王　愚：这或者也有一定的道理，但我觉得现在对这类东西从表面上接受的多，有点猎奇。当然，咱们是谈心的形式，你也不一定完全同意我的看法，我也不一定完全同意你的看法，我们还是力求互相理解吧！

贾平凹：只要能做到互相理解，即使意见不一致也不要紧，反而会促成更进一步的探讨，更进一步的理解。

王　愚：对，我完全同意你这个看法。比如对《浮躁》可能提出十条八条的意见、缺点，包括你考察人的形象，咱们今天还没有完全谈到，你为什么把它放进去，将来再可以研究。但是，我觉得整个《浮躁》标志着长篇小说创作，至少在把握当时的复杂现实上，它走出了可贵的一步，从咱们的交谈中，我更加深了这个印象，这就是交谈的收获，在历史急剧转变的时刻大体上都是这样，浮躁是几大浪潮掀起的一种动荡状态。没有你的探索，很难想到这些，看来，我们之间的交谈还是有益处的，可以说是"平等互利"吧！

贾平凹：是啊！作为我们这一代人，老作家不用说，我们的知识还是比较薄弱的，还需和评论家交流。因为评论家掌握的知识、信息，美学的，历史的，作家不可能那样全面，交流以后，从自己的自私心理来讲，也是大有收获的，又何乐而不为呢？现在社会上有一些人，要么巴结评论家，要么歧视评论家，这都是对评论家人格不公正的看法，出现这两种偏见，反映出的都是同一种思想。

王　愚： 评论家自身也有这个问题，有些评论家就是依靠作家，谁有名就评论谁；或者一反其成，专门挑刺，危言耸听。这都过于趋时和媚世。有真正品格的评论家应该是作家的知音、诤友。知音说是你要理解作家怎么写，不要随便地否定作家的某一种探索，甚至这种探索可能是不成熟的；诤友，就是要坦率地指出作家作品一些不成熟的东西，作家可以同意你的看法，也可以不同意你的看法，然后再互相切磋。只要做到这两点，我觉得作家和评论家之间是可以沟通的，也是可以互相促进的。

贾平凹： 这几年我和评论家交谈，他的话不可能在你的创作中都能应用，如果用评论家的话来创作那就不能创作了，只能说评论家的话能升华我，能引起我好多思考，突然给我点一下，几句话能启发就行了，所谓悟，也就是这么悟出来的。

王　愚： 我觉得和作家交朋友有什么好处呢？就是你评论出来的东西是有血有肉的，生气蓬勃的东西，而不是拿某种理论框架套作家的创作，理解作家创作的甘苦以后，你就知道作家的作品是怎么构思的。评论家不通过实践来讲，实际上是一种空谈。

贾平凹： 这样交流我觉得收获大，交流能开拓好多东西，你想成熟就要把你的细胞向任何方面开放，你不能带任何狭隘的、逆反的心理对任何人，逆反心理影响你自己吸收别人的东西，成不了大事情。

王　愚： 谢谢你对评论和评论家的理解和鼓励，今天就谈到这里吧！

1987年冬于西安

选自《当代文学述林》，陕西人民教育出版社，1992年

现实主义的变化与界定

现实主义话题，最近又有重新提起的势头。这并非偶然。前一阵子，文艺界经过形形色色的试验、探索，包括对过去传统的审视、对新潮流派的融化，发现现实主义作为长期积累的艺术地把握现实的一种方法、一种原则，并不会因为某些新的表现方法的出现，或者某些激进的评论者的抨击，就趋向消失。当然，抱残守缺，以为现实主义最为理想，只要按图索骥就足以创作出优秀的艺术品的看法，恐怕也只是一厢情愿的幻想。

这样一来，现实主义的变化和发展，必然成为人们十分关注的课题。

其实，现实主义作为创作方法被提出来以后，就经历着不断变化的过程，不仅理论的表述常常因人而异，创作实践也更为丰富多彩。试比较一下几位公认的现实主义大师的传世名作，其中的差异，并不比运用其他创作方法的作家更少。且不说像巴尔扎克和托尔斯泰这样异代异域的作家，就是处在相同时代、相同地域的现实主义作家，像巴尔扎克和司汤达，就很难说他们相似之处和相异之处孰多孰少。十月革命之后，苏联很想用一种创作方法造成文艺的一统天下，事实证明是不明智的，即使苏联作家协会把社会主义现实主义的定义写在章程上，也不可能成为天经地义。在早有西蒙诺夫的发难，在后有马尔科夫的开放体系。直到现在，苏联文艺界对现实主义的讨论、争议还时有所见。要想指出一个公认的定义，使大家都心悦诚服、身体力行，恐怕短时间内没有这个可能，或者永远也没有这个可能。

新时期以来现实主义的变化，原因是多方面的，但有一个重要的因素，是过去较长时期把现实主义和哲学上的反映论，和政治上的革命与进步等同起来。一旦在文学功能的认识上有了变化，更着重于文学的特殊本质和特殊规律，突出文学艺术的审美功能，一些作家和评论家意识到，作为创作方法的现实主义，是人类长期艺术实践中积累起来的把握现实的一种方式，不能简单地同哲学上的反映论等同起来，当然更不能简单地同革命和进步等同起来。要想使现实主义更充分发挥它的功能，必须冲破旧有的樊篱，更具有审美的特征、艺术的品格。同时，现实主义既是诸多创作方法中的一种，不可能独秀天下、雄峙文坛，也必须吸收其他创作方法的优良之处，补充自身，发展自身，这样一来，现实主义的变化既是历史的必然，也是时代的需要。

还有一个不容忽视的因素，近代自然科学、人文科学对人的本质进行深入研究后得出的各种结论，在过去一段时间，由于我们对文学功能的狭隘认识，不重视文学作为人类学、人本学的特殊职能，对这些结论弃而不顾。近年文学的特殊本质基本上得到了文学界的认可，现实主义又是以塑造典型性格为主要特征的，近代关于人的本质的各种探讨势必会对现实主义作家在探索、开掘人的丰富性方面产生这样或那样的影响，不仅在对人与社会、人与自然的关系上，也在对人的生命本体和灵魂奥秘的体验上有了和过去不同的认识。

所有这一切，都促进着现实主义的变化和发展。那种仍然从哲学上、政治上考虑，或者以前辈现实主义作家（即使是那个时代的艺术峰巅）为典范，视现实主义为固定模式的说法，不仅在理论上苍白无力，在艺术实践上也未必能行得通。

从这个基点看，新时期以来文学创作中的现实主义的变化和发展，既是文学创作内在机制所决定的，也有自身的特点。这特点和整个社会生活冲破闭锁走向开放有紧密的关联。比如题材领域的放大，就世界文学的发展来看，似乎并没有多少特殊的意义，但从我国的文学现状看，这种扩大，无疑表现了作品生活空间的拓展，作家思维空间的开阔，也确实丰富了现实主义表现范围。再比如人物性格的趋向复杂组合，不再是过去那种以阶级地位画线，善恶昭彰，是非分明，这有助于加深现实主义的内在意蕴，实际上是抛弃了过去那种公式化、概念化的模式，恢复了现实主义的本来面目。而另外一些变化和发展，则和近代对人的本质的理解逐步深入有关，这是现实主义走入新境界的起步。像对人物文化心理结构的剖析，对人物隐蔽情感的揭示，对人物潜意识冲动和集体无意识心态的开掘，都使现实主义文学变得更深刻、更丰富、更缜密，具有较广阔的文化视角和较深邃的人生意蕴。这些变化，与其说是单纯的方法的变化，不如说是观念的变化带动了方法（包括结构、叙述方式等方面）的变化。不能不看到，这些变化和发展对现实主义文学有着积极和重要的意义，但也不能不看到，这些作品的框架基本上还是现实主义的。近年来，人们议论得较多的几部长篇，像《活动变人形》《隐形伴侣》《古船》《浮躁》《平凡的世界》等，在关注普通人的命运，探索人物心灵历程上，确实吸取了一些外来的艺术观念和艺术手法，基本上却是恪守现实主义的传统原则的，其中有的作品变化比较明显。《活动变人形》的文化视角，《古船》的象征隐喻，《浮躁》的块状结构，展现了作家们对西方现代派文学的借鉴和吸收，已经不完全等同于现实主义的传统格局，不过，这些作品致力于人物社会个性的刻画，关注现实生活的本质特征，倾向于有序情节的安排，还是属于现实主义范畴的。

不过，仅仅承认或者充分估价现实主义在当代的变化，还不足以说明当代文学多样化的格局。如果仔细观察当代文学之所以呈现姹紫嫣红的局面，你就会发现，主要是作家们艺术地把握现实的方式愈来愈趋向于多样和多极。像荒诞、象征以及黑色幽默等模式，尽管其中有些作品离现实甚远，但从中透露出的作家对现实的感受，仍然有蛛丝马迹可寻。这样的格局，用现实主义（包括用现实主义的变化和发展）去涵盖，现实主义就会成为无所不包、弹性极大的概念，而当一个概念完全失去较为确定的含义，概念本身也就失去了存在的价值。假使换一个角度，承认现实主义只是艺术地把握现实的方法中的一种，我们才能对现实主义做出符合实际的辨析。

这就牵涉到对现实主义的界定，近年来不少人注意到现实主义的发展变化，但对现实主义的界定含糊不清，往往引起许多不必要的争论。

有人以为，在文学艺术中肯定一种概念是徒劳的。从客观上看，任何事物都有相对的一面，否则就会陷入僵化；但从微观上看，任何事物总有它区别于其他事物的本质，否则就会陷入一片混乱。现实主义也是这样，我们只能就现实主义文学发展中区别于其他创作原则的特征，大致界定现实主义的范围。

前面已经提到过，不能把现实主义创作方法（原则）和文艺总是要通过不同渠道反映和表现现实生活完全等同起来。运用其他创作方法（原则）的作家，对艺术真实的追求，对现实世界的拥护，有时并不比现实主义作家逊色。浪漫主义大师雨果就提出过有名的美学追求"美为真服务"。被当今西方美学界认为是现代派艺术理论支柱的美学家克夫·贝尔，尽管对再现艺术贬低到不能再低的程度，但他也说："一个人可以通过不只一条路而到达现实的境界。"（《艺术》）因此，要界定现实主义的基本特征，不能像过去一样仅仅满足于"真实地反映现实生活"这样空泛的、含混的定义，而要看它是怎样触及现实和反映现实的。

从一些现实主义的理论表述和创作实践看，现实主义创作方法的特征大致可以归结为：塑造具有完整的社会个性的典型性格；触及社会生活的重大矛盾；重视生活的本色形态。当年有人强调巴尔扎克的基本创作原则"个性化的典型"和"典型化的个性"是构筑"统一、独创、新鲜的整体"。这和恩格斯以巴尔扎克为例提出的"典型环境中的典型性格"不谋而合。我们新时期的小说，大多数作家仍然遵循着这个框架。即使像《布礼》《蝴蝶》《剪辑错了的故事》，甚至《啊！》这样的小说，比起传统的现实主义作品，较多吸收了现代派文学的心智和技巧，但没有改变现实主义的基本格局。最主要的在于这些小说仍是以塑造具有社会个性的性格为主（属于这类小说的还可以举出像《河魂》《老井》，以及前面曾提到过的《古船》《浮躁》《活动变人形》等）。《布礼》中的钟亦成、《蝴蝶》中的张思远，有时也会浮想联翩，甚至在头脑中出现毫不连贯的知觉，但他们的个性典型特点还是鲜明的。钟亦成的忠于理想，张思远的不能忘情于民众，包括他们的热情奋发和老成干练，都是不同的社会地位和历史环境所制约和形成的个性特征。《剪辑错了的故事》中的老甘、老寿，比起钟亦成和张思远来，性格中铭刻的时代和社会烙印，似乎更为明显，至于社会矛盾的深刻揭示，生活本质的逼真勾勒，在这些小说中也是比较突出的。《啊！》偏重心灵状态的剖析和直视，但主人公那小心翼翼近于怯懦、忧心忡忡近于愚昧的个性特征，和长期以来"运动"不断、知识分子备受压抑的历史环境有密不可分的关联。这些作品受到现代派小说的影响，也有意识运用了现代派注重感觉、追踪心灵深层意识流动、打破时空界限等技巧，但其基本框架未变，仍然可以看作是现实主义的发展，而且确实丰富了现实主义的内涵。由此可见，新时期的文学，即就小说这个门类看，现实主义在丰富、在发展，但并没有消失，也许在较长一段时间还会是这样。我们也只能从这个角度来看待现实主义的变化，并通过这些变化来识别新时期文学的变化。

仅仅从现实主义的变化还不足以说明新时期文学的全部变化。新时期文学的变化，还有一个不容忽视的特点，就是过去现实主义定于一尊的理论格局和创作实践的被打破。从理论上讲，西方现代派理论和哲学思想的大量引进，固然不乏猎奇、浅薄，甚至"食洋不化"的因素，但一经和中国的现实互相融合，的确丰富和发展了整个的新时期文学。近年来出现的刘索拉、残雪，以及韩少功、莫言、马原、扎西达娃、洪峰等人的作品，尽管他们中间的一些人也写出过具有现实主义特点的小说，但他们的绝大多数作品，从对事物的感知、情感的宣泄、抽象的思考，以至于结构的安排、叙述的方式、语言的构成，都和现实主义相去甚远。我们不能因为他们的作品从总的趋向看也"到达了现实的境界",就笼统地归之于现实主义的范畴。还是应该认真研究、分析他们在各自探索的领域中所达到的成就,所未能避免的弱点。既不能因为他们和现实主义有区别就轻率地否定,也不能因为他们在达到现实境界上有优长之处就转向否定现实主义创作方法的基本特点。世界文学发展的格局愈来愈趋向于多样和多元,在西方,既有新小说派、现代主义和后现代主义,也有相当数量的现实主义作家和作品。中国当代文学的格局也会是愈来愈多样和多元,评论家的职责是不断促成这种格局的发展,促成文学公众审美需求的多样化,而不是用某一种单一的标准和尺度去限定这种格局的发展。

苏珊·朗格是西方美学界推崇的"情感符号"论的倡导者,我们对他的主张尽可以不同意或不完全同意,但他强调"艺术是创造出来的表现情感概念的表现形式","这样一种表现形式本身是一种恒量,然而,对这种表现形式的创造方式却是一种时时改变的变量。它的变化性是如此之大,因此谁也说不清楚在整个历史上和每一次具体创造活动中影响它的因素究竟有多少。在我看来,多数有关艺术目的、艺术规则和艺术评价标准的分歧,都是在这变量的水平上产生的,而这些变量往往又很容易被人视为恒量"(《艺术问题》)。我想,我们对创作方法的理解,也应该把它和作家的创作方式联系起来,而不是把它和艺术的根本目的等同起来。既看到不变中的变化,也看到变化中的不变,才能真正把握住创造方法的核心,对现实主义是不是也可以这样去看待呢?

原载《文艺报》1988年3月15日

气度恢宏与意境深邃

——从陕西1987年长篇小说谈起

在1987年，或者更准确一点讲，从1986年底，新时期文学度过了步履蹒跚然而也充满了自信的十年，开始感到了选择的困惑。尽管当时也出现了许多探索、试验的作品，不少作家，不仅写作品，也发宣言，而文学作品，主要是小说，已经很难取得前十年某些作品那样的轰动效应了。

但是，有一点却引人瞩目，就是长篇小说的大量涌现。对这种现象，不少人，至少是评论界，作过许多分析和阐释，毁誉也颇不一致，似乎至今也还没有得出一些令人信服的论断。不过，也应该注意到，长篇小说在1986年底到1987年的涌现，并非作家们的心血来潮，也不一定是某种浅近的功利目的，而是有着较为深刻的文化背景。这从已经引起较大反响的几部长篇小说中，可以大致看出一点眉目来。且不说像《活动变人形》这样的作品，从较广阔的文化现象入手，写中国一代知识分子的心路历程和命运沉浮。即使像《古船》《浮躁》这样的作品，它们都是着力于开掘一个地区、一个乡镇各色人等的心灵变化和人生道路，而这种变化，却都是变革时期所触发的历史与现实、封闭与开放、传统与当代之间的心理冲撞。另外一部出现在1986年，却在1987年直至1988年才完成的《平凡的世界》，虽然意在揭示农村改革起步带来的变化，但着眼点仍是孕育在"文革"后期的那股人心思变的潮头。所以作品选择的背景是1975年到1982年这一段时间。也可以说，当一个民族、一个国家、一个社会，经历过一场翻天覆地的变动，摆脱了长期套在自己身上的各种羁绊（物质的、精神的），睁开了眼睛，清醒了头脑，一方面对自身的过去不能不严肃地进行反思，一方面对自身的未来不能不充满着憧憬，整个民族的文化心理结构处在一种非变不可却又难以改变的两难境地。单纯地谴责过去、简单地讴歌变化，甚至天真地向往未来，似乎都难以平衡自己的心态，难以承受纷纭的现实。这或者可以看作当代人们的普遍心态，也就给作家们留下了可以驰骋的创作天地，留下了可以上下求索的思维空间。如果对长篇的大量涌现，排除掉那些个别的，或者非文学的因素，这种共同的文化背景，应当看作长篇产生的一个重要条件。

全国如此，陕西也不例外。前几年，陕西的文学界曾不止一次谈到过新时期本地区长篇小说创作的空白，但情况一直改变不大，直到1985年第二届茅盾文学奖评奖，陕西还是拿不出一部长篇。具体出成果还是1986年底路遥的《平凡的世界》（第一部）。1987年，一开始贾平凹的《浮躁》发表，随后就出现了一批长篇小说。根据远非完全的统计，1987年，有十三位作家发表和出版了十六部长篇小说，还有一些长篇小说即将出版。这些小说，不仅出自一些已经在全国有较大影响和显示了一定创作实绩的作家，像路遥、贾平凹、陈忠实、邹志安，以及李天芳、王蓬、赵宇共、赵熙、任士增等；也有一些是出自过去还不太为人所知的作家，像文兰、马建勋、魏雅平等；这中间也包括以写历史题材为主的作家，像冰昆等。由于长篇的阅读，工作量甚大，很难求全，随手举出这些，已经是林林总总，蔚然成风，足见长篇小说创作的集中涌现，确是值得注意和研究的一种文化现象。

自然，简单从数量看，并不能说明问题的实质，对文学来讲，恐怕尤其是这样。然而"文变染乎世情"，文体的变化和兴衰，常常是一个时代、一定时期文化氛围的体现，这在文学史上并不少见。单就新中国成立以来文学的发展看，几部产生过较大反响的、在当代文学史上占有一定地位的长篇,大部分产生在50年代末和60年代初,也就是新中国成立后的第一个十年。而新时期文学中的长篇小说涌现,也都在1986年、1987年左右,恰恰又是一个十年。这中间原因可能很多,也不排除文坛上经常会有的赶浪头、追时髦的弊病,但一个时期的文学,经过十年途程,积累了经验,体味了人生,研究了社会,反思了历史,从作家对现实的渗入和作家自身看,一定会有不少披沙拣金、探幽索微的体验,广采博收、丰富充盈的积累。要以较大的包容量和较强的穿透力来表现这一切,恐怕必然要考虑到长篇小说这种文体。

如果从这样一个背景来考察长篇小说的大量涌现,那就应该承认尽管许许多多长篇小说不成熟,或者说艺术的功力还欠一点火候,但这一种文化现象的出现,仍然标志着文学开始走向成熟,开始走向一种较为自由的创作心态。无论怎样,写作长篇总需要更丰富的艺术经验,更深厚的人生体验,更高一点的透视历史和现实的眼力。

这是从一定时期的文化现象的角度来看长篇小说的涌现,具体到每部作品,当然会有差别,会有高下。不过,那也会从不足的一面,更显现出作为一个时代的文化现象的长篇小说应该具有的智慧风貌和艺术高度。这也可以看作我们分析的起点。

就陕西1987年出现的为数不少的长篇小说看,题材的拓展是相当明显的。尽管不少长篇小说仍然是以表现农村生活为主的,但展开的生活网络早已不再局限于辛勤劳动、自给自足的生态。像《平凡的世界》既触及农村一家一户,也牵涉到区、乡、县、地;既有务农,也有做工;既有乡镇,也有煤矿。总之,是以农村为轴心的一个辐射网,显示了当代生活的互补与互渗。《浮躁》以州河为基点,但搅动那个小镇生活和人们心态的,是来自大时代的冲击波,务农与经商、权力与金钱、文明与封闭、宗族与改革,几乎纠缠在一起,难分难解,涌动着一股躁动不安、变动不居的气氛。其他像《眼角眉梢都是恨》等爱情探索系列小说,以展现当代农民性爱心理为指归。《山祭》和《太阳之恋》,一写山民生活,一写知青遭遇，但都把"文革"作为背景，尽力写人生命运的沉浮，表现作者对人世沧桑的体味。而新近出版的《月亮的环形山》，写一群山区中学教师的升降沉浮、悲欢离合，特别是其中对这样一些小知识分子的命运坎坷、感情交流、心理衍变的细腻剖析，折射出传统与现代、历史与现实的推移，不仅在陕西，在全国的长篇小说中，也是颇具特色的。这一切都可以看出，作家们对现实生活的把握，已经不是零星的感受和表象的描摹，而是从时代的整体出发，破除了过去以题材论成败的模式。还有不少表现历史生活题材的小说，不仅写人所共知的历史事件，还能独辟蹊径，步入一些过去从未涉足的领域，像写林则徐流放新疆生活的《国魂》，写陕西辛亥革命的《血雾》，都是作者经过苦心搜求并反复融汇了的历史生活，未必可以当信史看，但不能不说是作者在浩瀚的历史长河中精心选择的结果。

自然，题材的拓展只能说明作家们向文学的自觉靠拢了一大步，不再像过去那样把题材的意义看得过重，甚至把题材本身当作文学的根本追求，确立了生活整体把握的美学追求。但这还不能说明作品的艺术价值和思想内涵。长篇小说要求有较大的包容量，但这个量绝不意味着生活现象的罗列，更不是奇闻轶事的堆砌。这个包容量主要应该是作品展现的生活场景能否体现一个历史阶段的特色，是作家对现实的体验能否触及时代文化心理的内在机制。概乎其言，就是作家在作品里构建的生活空间、思维空间，能否引起读者对历史整体和人生整体的内在意蕴有新的发现、新的认知和新的体验，这种意蕴越恢宏、越深邃，作品的思想内涵就越深厚，作品的艺术魅力就越强烈，对于长篇小说，尤其如此。从这个角度看，陕西1987年的长篇小说，确有不少值得称道之处。路遥的《平凡的世界》第一部发表时，因为是作者积数年之劳，无暇旁骛的精心之作，人们期望较高，但统观全篇，似乎很少有出奇制胜的结构、汪洋恣肆的笔墨，只是在那里不动声色地叙述一个个普通农家所经历的普通生活，在那里剖析本色的农民心中的隐曲，这不免让人觉得有些不够满足。但是，仔细玩味，认真爬搜，作者把这一切生活的流程和人心的变化，放在"文革"后期那种山雨欲来风满楼的背景下，揭示了沉默的土地上那并不平静的潜流，那不甘于贫困、愚昧重压的猎猎欲动的变革心态，甚至单纯一个打枣的劳动场面中也蕴含着生命热情，畸形的夺水事件竟触发了生机活力，都预示着在这块普通的黄土地上将会卷起的风暴。果然，在第二部、第三部，最老实的农民也懂得了从精耕细作以外去开创事业；有抱负的青年干脆离乡背井去自讨苦吃，以求得自身价值的确立。尽管他们在爱情追求上、在生活方式上还保留着不少传统的烙印，但在人生旅途上，开始迈出了新的一步。有人以为，在《平凡的世界》里，看不到与旧有习惯的彻底决裂，看不到人物头脑里当代意识的萌发，但是，《平凡的世界》写的是祖祖辈辈在黄土地上休养生息的普通农民，是在很长一个阶段缺少文化、缺少知识，和现代文明相距甚远的穷乡僻壤，他们能够冲破旧有的樊篱，他们能够自己选择应走的道路，他们中间维护旧传统、旧习惯的强者从受人尊敬的位置上衰落下去，敢于闯新路的普通农家子弟开始主宰自身的命运，这就是从具体情境出发，透视历史性变革在时代生活中激发起的深层变化。这既是对历史变化的追踪，又是对实际的人生的体验，是活生生的有血有肉的普通人的心路历程，而不仅仅是以人为载体的某些现代观念的演绎。据说，《平凡的世界》在中央广播电台连续播出以后，收到不少大学生的来信，反应相当强烈，很可能就是这种实实在在的、有血有肉的普通人的心路变化引起了人们的关注。读者在读文学作品时，是要体味人生、触动感情的，而不是单纯接受一些观念，即使是最先进、最时髦的、最现代的观念，这也许是一个常识问题，但在目前却常常被一些"先锋"作家所遗忘或不屑一顾。从贾平凹的《浮躁》中，也可以看到，作者是从具体的世相情态写起，开掘的却是改革大潮激起的宗族纠结和人情网络的急速运转，是力图变革与稳压心态的撞击和衍变，尽管作者用来解释这种复杂态势的哲学概括，未必准确，有些还很难自圆其说（像考察人的游离于本文之外的议论，写和尚的，并没有多少针对性的禅机妙语，多少给人以生硬的、炫耀的感觉），但作者的思维空间已远远不是州河所能范围，不是组成水上运输队和开发公司所能局限，而是通过历史深层的积淀和社会心理的波动，展现急剧变革时代农民冲破旧规而又举步维艰的命运沉浮。还有像邹志安的爱情心理系列小说，就已发表的三部来看，水平并不完全一致，但作者不仅仅局限在农村青年男婚女嫁的一般变化中，而是用当代人的眼光去扫描时代变化给农民心理带来的冲撞和变化，特别是给农村青年妇女带来的心理倾斜与调整，实际上，也是从一个侧面对长期形成的民族文化心理结构开始裂变与重新组合的探索。即使那些表现"文革"题材，表现革命历史题材，甚至离现在更远的历史题材的长篇，也都或多或少以较为广阔的思维，超越题材的表面意义，撷探具有广泛意义的人生意蕴。这或者可以说是近年来许多长篇小说共同的审美追求，但陕西的长篇分明渗透着更浓厚的黄土高原和山区乡镇的气氛，历史负荷的沉重、人生途程的苍凉、经受时代撞击后心灵裂变的艰辛，显示着作家们忧患多于激扬、沉郁多于昂奋、务实多于酌奇的心态，自然也使作品更多显示了雄浑的格调。

也正因为作家们处在大时代冲撞下的陕西，在这块历史悠久和地处内陆的环境中，变革热浪不会像东南沿海那样时时掀起排天大潮，但却会引起更强的触动和更深的震荡，过去单纯从政治的角度、从意识形态的角度去考虑，顶多只能从表面上看出先进与落后、革命干劲与安于现状的两极反差。现在从广阔的文化视角来看，不得不考虑这块土地上（绝大多数是耕读传家的农民和农村小知识分子）人们文化心理结构中沉积的历史负荷，以及在变革时代重新组合时所经历的曲折和痛苦。这也许并不仅仅是陕西地区作家的考虑，但却是陕西地区作家最早注意到并且感受较深的层面。以陕西1987年的长篇来看，由于陕西作家对自己生息的这块土地，对这块土地上的最底层的人民，十分熟悉而又心心相印，有时凭直感就能体味到普通人民最隐曲的心理活动，因此他们在自己作品里一旦放开了视野，不再执着于从政治、伦理角度对人们的心理活动加以判断，往往会设身处地感受到传统文化与现代文明在貌似憨厚的农民心理中激起的微妙而复杂的变化。这种变化不仅表现在像《浮躁》中那些刻意求变而又变革无术的人们身上，他们（包括金狗、雷大空等）在改革大潮中无不想以自己的所作所为闯出一条新路，但依附于小农经济的传统文化意识，在他们周围组成无形的网络，在他们心理中也形成无法超越的路障，于是他们躁动不安，他们备受坎坷，甚至动用为他们不齿的手段去行动。即使在《平凡的世界》中，当孙氏兄弟分道扬镳时，在他们兄弟二人的心中掀起的波澜，也无妨看作不同文化背景形成的差异，孙少安的身上带着更多的农村青年的印记，但他终于不安分于在土地上的劳动，冒着风险烧窑和承包砖厂，对于一个世世代代把自己的命运和土地死死联结在一起的老实农民来说，这种抉择引发的心理变化，确实是来之不易的。孙少平走出农村，走进矿山，一步步遨游在知识的领地上，开阔了视野，开阔了心胸，但他没有完全脱掉农村生活给他的滋养，包括他那不低头、不懦弱的品格，也更多依赖于幼年农村贫困生活的锻炼。当然也还有其他一些作品，像《眼角眉梢都是恨》《骚动》对农村青年男女爱情心理的探索，正因为其中蕴含的是浓郁的农村文化气氛，而不是一般的抽象的爱情心理的抽样取证，就显得深沉多了。甚至在那些并不是表现当代生活题材的作品里，包括一些历史长篇小说，因为多少触及文化心理的衍变，也有别于单纯以情节故事取胜的传奇小说。

因此，可以说，1987年陕西长篇小说的涌现，是和全国小说发展有着共同的文化背景，然而它又有着它自己的特点，其中特别是立足于自身生息于斯的土地和人民，以此为基点扩展思维空间，既不脱离这样一个母体，又尽力探求变化的踪迹；着重于展示农村最基层、最普通的人民心理结构痛苦的裂变与曲折的组合，在全国的长篇小说创作中占有自己应有的位置，是很值得引起关注和研究的。

然而，统观1987年陕西长篇小说的态势，也确实存在着一些值得考虑的问题。这些问题，也许并非只是陕西长篇小说创作中有，在当前较为大量涌现的长篇小说创作中也有，甚至有更突出的表现，正因为如此，提出来作一点探讨引起人们的注意，也许意义更大一点。

不久以前，不少报刊针对当前长篇小说创作的态势，进行了认真的讨论，其中不少见解是相当精辟的，当然有些观点也不一定能得到多数人的同意，但是，评论家们能注意到这个方面，补足过去长篇小说理论探讨的薄弱，应该说是很有意义的。

在这众多的意见中，几乎都提到长篇小说的包容量的问题，虽然有的是指内容的涵盖面，有的是指情感的丰富性，有的是指结构的多重层面，但长篇异于中、短篇，似乎不能单从篇幅的大小去衡量，而要从内容的丰富与复杂，以及随之而来的形式的多样与变化来加以区分，似乎可以得到较多的评论家、作家的认可。

不过，仔细思索，内容的丰富与复杂，究竟怎样去理解呢？是容纳的生活现象愈丰富愈好，是触及生活的矛盾愈复杂愈好，还是能通过众多的生活现象捕捉住一定历史阶段的发展关键，通过个别的特色鲜明的艺术形象折射出一定时代心理的主要趋向。这些，似乎还需要作一点认真的辨析。如果是前者，那就会出现一种情况，罗列的生活场景越多，对这些生活场景巨细不遗地加以摹写，从政治、经济到文化、习俗面面俱到，长篇小说的容量就越大，越有意义。事实证明，这个办法行不通，或者说并不是真正具有艺术内容的长篇小说。过去许多演义式的小说，后来的许多被称作黑幕和谴责的小说，大多具备这个特点。现在有不少长篇小说，之所以愈写愈长，也许不乏社会生活和日常生活的知识，但很难给人以思智上的启迪和艺术上的震动，在很大程度上是吃了包罗万象的亏。看来，作为一部长篇小说，如果通过众多的生活场景和人物形象不能捕捉住一个历史阶段的发展关键，触及一个时代心理的主要趋向，很难使长篇具有丰碑式的意义，更不用说史诗般的规模了。

当然，如果单纯强调这个方面，把众多的生活现象，特别是个性特点鲜明的艺术形象提纯和简化，那也会使长篇小说失掉丰富的活生生的内容，变成枯燥、贫乏的观念演绎，这样也会形成比较逼仄的格局。在1986—1987年出现的一些长篇小说中，之所以在读者和评论界中引起震动的作品不那么多，固然有罗列现象的问题，但也确实有格局太窄的问题。

这就必然牵涉到一个问题，如何不失掉活生生的生活内容、新鲜的生活感受，而又触及历史的关键、时代的趋向。对于作家来讲，恐怕最主要的是要有一个恢宏的气度，这个气度包括作家对生活的阅历，也包括作家人生的体验，更包括作者从历史与现实渗透而又撞击的宏观背景上对具体世态、人生的观照。这样，具体的世态、人生不是琐屑的填充，宏观的观照也不是大而无当的扫描，而是使读者通过对世态、人生的感受，体味到历史和时代的宏大音响，这种情势，颇类乎古典文论中所谓的"阃中肆外"那样的美学规范。而目前出现的一些长篇小说，或者热衷于填充各种各样的世相心态，或者简单地作出政治道德的判断，或者直截了当地将一些未曾消融的新观念、新知识拿来同生活中的人和人的生活作生硬类比，这就不可避免地形成作品内涵芜杂、判断绝对、观念片面的弊病，使人总觉得从局部看有不少生动的描绘和体验，从整体看缺乏一种可以升腾起来的气势。

如何才能有恢宏的气度？洞察世态、体味人生、读书求知的功夫都不可少，但最主要的恐怕还是一种高瞻远瞩的思智和充盈贯注的情感。不是说写短篇、中篇就可以任凭感觉和一时冲动，但长篇特别需要恢宏的气度，古人评杜甫的"吴楚东南坼，乾坤日夜浮"说："不知此老胸中几乾坤。"对于长篇小说来说，材料的搜集，结构的安排，技法的多样，大约都可以"学而知之"，唯独这气度，这涵泳"乾坤"的气度，需要长期的锻炼和修养。福斯特曾以圆扁人物来轩轾美国和俄国小说（主要是指托尔斯泰、陀思妥耶夫斯基）的优劣，未必确当。但不能不承认，托、陀二氏的小说取材不同，着眼点不同，但他们那种执着地为人生寻觅解脱途径，为灵魂的重铸穷究世态的奥秘，形成他们长篇的大格局，无论是狄更斯还是艾略特，似乎都没有达到这种境界。这也许是长篇虽然可以称为丰碑，却并不是只要材料丰富、人物众多、世相纷呈或者写得很长就可以令人叹为观止、受到震撼，并进而有所沉思的主要原因。具体到陕西的长篇小说

（其实也不仅是陕西的长篇小说），不少作品可以看出作者对自己生活的那块土地和人民的熟稔，可以体会到作者对最基层的人民（特别是生活在长期闭锁的乡村的农民）心理态势的细致把握和深入体验，但具有升腾力的作品还不多见，是否和具备恢宏的气度有关呢？倒是值得三思的事。在众多讨论长篇小说创作问题的文章中，不少论者以为当前的长篇缺乏应有的思想高度和深邃的哲理思考，似乎也得到了较多的认可。

对于所有的小说创作来说，尽管说法不一，除过个别的把艺术仅仅看作形式的美学观点以外，即使那些比较着重于艺术形式探讨的美学家、文艺理论家，总是把形式的内涵放在重要的位置上，近年来国内比较注意的国外美学家的"有意味的形式""情感的生命形式"等观点，就是这样。因此，作为可以成为一个时代艺术高峰的长篇小说，如果缺乏高屋建瓴的思想深度，缺乏深邃的哲理思考，恐怕很难赢得读者。

不过，这里所说的哲理思考，近年似乎有变为单纯的哲学思考的趋势，它不是通过人生命运的历程、心理嬗变的流向，展现出一种深邃的思想境界，一种深远的智慧风貌，而是通过作品中的人物，或者径直由作家出面，针对具体情境，生发一通概念（可能是哲学，也可能是社会学、心理学、人类文化学、行为科学等等）。这种概念可能是作家的发现，但更多则是当代人文科学流行概念的复述，却总是和作品展现的人生的、心灵的景观没有糅到一起，生硬之处在所难免。而更重要的是，文学的功能在于从整体上艺术地把握现实，它容纳的是更多、更广阔的众生世相和复杂心态，是这种世相和心态与历史的、社会的发展互相冲撞、互相渗透的联结，是这种世相和心态与政治的、道德的传统之间既相一致又不相一致的复杂形态。长篇小说是从更广泛的系统中展现这种联结和形态，简单的判断、极端的模式，对于小说创作来说，都是以对人生和人生体验的提纯、简化为代价的。有人以为陕西1987年的长篇小说，思想内涵不够深厚，是因为观念还不够更新的缘故，这当然也不无道理，有些小说无论是作者的构思，还是叙述方式，基本上还是为了突出某个事件、颂扬某种精神、谴责某种恶习，没有丢掉旧有的模式。但更多的恐怕不仅是观念新的问题，且不说几部引起较大反响的作品，无论是展现生活在底层的普通人民在变革巨潮中缓慢却又艰难的心灵裂变与组合，无论是开掘长期处在封闭环境中一旦打开眼界带着各自的弱点经历命运考验的心理倾斜与失重，都不能说不是站在当代思想的高度去观照人生，体味人心。问题的症结恐怕还在于不能从一个更广阔的文化背景中，反复观照、体味渗透在世态和人心中那种封闭与开放、愚昧与文明、传统与现实、有序与无序等复杂的纠葛与衍变，习惯于为人生的旅途、为心理的变化作出社会的或者道德的（也不讳言有政治的）判断。当然，作品涵泳的就不是深邃的人生境界，不是深远的人生追求，不是文化心理结构中传统向现代推移的创造性转化，读者从作品中体会不到可以再三玩味的，可以升华自身的精神境界的智慧风貌，当然会在掩卷之后，感到不满足，感到不深刻。

我无意于对陕西1987年的长篇小说作出全面而科学的评析，这不仅是限于个人的文艺理论水平和艺术鉴赏能力，也是因为每个评论家只能从自己熟悉的角度去看待某种文学现象，要想对某种文学现象作出全面的估价，不仅不可能，而且也不必要。作为一种创造性的劳作，尤其像文学这样需要发挥最大创造性智慧的劳作，一经出现，都有其一定的文化背景，可能在这方面有优长，在那方面又会有弱点。因此，作为一个评论者也只能根据自己的体会去议论某种文学现象，议论得准确与否、正确与否，还得要经过读者（也包括作家）的过滤和筛选。这也就是我为什么选择这一个角度来观察陕西的长篇小说（也牵涉到全国的一些长篇小说）的原因。

原载《小说评论》1988年第6期

现实主义小说在当代的发展

现实主义小说究竟何时才出现,虽然尚无定论,但总可以追溯一段较长时间。不过,人们却很难找到一种可以流贯古今、一成不变的现实主义文学。仅就文学史上曾经出现过不同时代赋予不同内涵的现实主义文学来看,就出现过古典现实主义、批判现实主义,以及当今的魔幻现实主义、结构现实主义等等。

因此,过早地断言现实主义已经过时,或者现实主义一经出现就是文学中的主流,不能改变也不必改变,恐怕都是不符合创作实际的非科学的臆断。

当然,现实主义有特定的继承顺序,是一种有特定内容的创作方法,它只能是作家、艺术家所接受和认同了的艺术地把握现实的审美原则。不能认为只有现实主义的文学才能够真实地表现现实生活,即使那些非现实主义的文学,也都以各自不同的方式和审美感知,力求真实地表现现实生活和作家对生活的体验和感受。如果不是这样去理解现实主义,就会把一部文学史只看作是现实主义发展史,否定了非现实主义文学的存在(至少像浪漫主义、现代主义等文学的存在),也取消了艺术把握现实的多种途径。

近年来现实主义小说的发展,一方面是对现实主义传统的一种认同和继承,一方面是顺应当代文化和观念形态的变化,对现实主义创作原则进行了改制和变更。就最直接的原因看,一是小说新潮的过分追求形式变异,追求单纯的情绪化的感知,特别是片面强调文学的非功利因素、非社会因素和非理性因素，和广大读者的审美习惯有了严重的背离；二是现实主义本身需要作出新的调整，特别是对现实主义发展过程中被教条化了的、被歪曲了的审美原则，需要进行剥离，以一种新的姿态出现。只有这样，现实主义的文学（主要是小说）才能为当代人们所接受。这不是现实主义简单的回归，而是现实主义文学经过以上两方面的调整，有了新的发展。

在1986—1989年的文学创作中，现实主义小说正是在文学（特别是小说）进入"低谷"时吸取了新的营养，进行了新的反思和调整，崭露头角，成为文坛上令人注目的现象。不仅那些一直坚持现实主义创作原则的作家，在自己的作品中有了新的发展，而且出现了一批具有新的现实主义美学风范的作品，成为评论界和读书界的热门话题。像刘震云、池莉、方方、叶兆言、范小青、李晓、朱晓平等，经常有新作出现，而且总是能引起评论界的热烈反响。

就近年来反响较大的一些作品看，追求逼肖的真实，重视细节的作用，强调人与社会历史的双向渗透，着意人物性格的刻画，应该说是现实主义创作方法长期形成的传统的递嬗。这从一些作家的作品中可以明显地看得出来。如谌容的《懒得离婚》《献上一束夜来香》，张炜的《古船》，王蒙的《活动变人形》，路遥的《平凡的世界》，等等，尽管这些作品同传统的现实主义方法有了变异，但无论是《懒得离婚》中的夫妇，还是《献上一束夜来香》中的老李，都生活在具体的社会环境中，身上既有历史的烙印，也有时代的色彩。更不用说《古船》在洼里镇的历史变迁中展示人物的命运，《活动变形人》在现代风云中透视人物的心路历程，《平凡的世界》在时代剧变中追踪人物文化心理的调整，大体上是沿着现实主义的路子去把握周围世界，营造时代氛围和揭示人物性格的。在近年来出现的一些新进作家身上，尽管他们的作品和传统的现实主义作品具有较大的差别，他们的创作也未必一直遵循现实主义的道路，但仍然可以看出，经过一段时期的思考和融化，他们对现实主义创作方法有了较多的认同。无论是方方的《风景》、池莉的《烦恼人生》、刘震云的《塔铺》，还是李晓的《操练操练》、刘恒的《伏羲伏羲》、范小青的《裤裆巷风流记》、叶兆言的《追月楼》，其基本构架都显现了现实主义的特点。《风景》的视角确实有些特别，以一个多子女家庭中死去的孩子的眼光，来凝视这个家庭的悲欢离合。这是一个辗转在社会底层、具有各自不同文化素质和历史烙印的家庭，作品对其父母和几个兄弟姊妹的描述，有鲜明的性格特点。《烦恼人生》的笔墨几乎是集中在主人公印家厚的身上，以印家厚的生活遭遇，透现出这个人物处在生活重轭下"生非容易死非甘"的两难境地。其他几篇（部）作品，也都有类似的情况。

不过，如果这些作品仅仅是和现实主义创作方法的传统有着相似的风貌，那还不足以说明这些作品何以能受到当代读者的青睐。从文学欣赏的角度讲，人们要求于文学作品的，是不断以新的艺术感知来充实自己的审美需求，否则，人们完全可以从过去大量优秀的现实主义作品中得到满足。那么这些作品怎样通过自己的艺术选择和时代思考，发展了现实主义的创作方法，怎样在传统的现实主义构架中添加了新的因素呢？

一般说来，现实主义创作方法的基本要求，是要表现出特定历史阶段人的命运和处境。不少传统的现实主义作品也都在这个方面取得了显著的成就，但是，统观一些过去的现实主义艺术大师的优秀作品，像巴尔扎克、托尔斯泰等，完全可以看出，他们的注意力总是集中在社会矛盾和人的悲剧性冲突上，这种矛盾又大多是那个历史时期的主要矛盾。在新中国成立以来的现实主义小说中，也常常是以社会主义社会的矛盾作为小说的基本构架的，像人们常常列举的"三红一创"（《红岩》《红旗谱》《红日》和《创业史》）就是这样。不能把这种构架完全看作社会学的，或者简单地认为只是政治运动的图解，在一定历史时期，社会的矛盾，特别是主要矛盾，常常是人们命运和处境发生重大变化的触媒和契机，当然要表现在以"忠实于现实生活"为艺术准则的现实主义作品中。当然，这样去表现生活，也有较大的局限，那就是生活的全部复杂性和丰富性容易受到忽视。在艺术感受十分敏锐的艺术大师那里，这一点有时能得到一些补救。例如周围气氛的烘托，风土人情的描绘，诗情画意的渲染，仍然具有艺术的品格。而对一些热衷于社会问题的作家，就会使小说作品变成社会问题的罗列和解释，逐渐丧失了艺术的感染力量。近年来现实主义小说发展最基本的一个变化，是作家们以开阔的视野和深沉的体验去观照复杂的人生，力求描述出现实生活里充满偶然机遇的复杂网络，透过这种网络，揭示社会历史发展的曲折进程。

就方方的《风景》来看，同是生活在那样一个嘈杂、简陋的铁道旁的小房子里，同是一群缺少素养、有着各自算计的城市贫民，但他们几乎都有着自己的追求，朝着各自选择的方向顽强地挣扎，而各自的际遇却绝然不同，很难说他们都受到什么样的时代大潮的影响，但又统统是这个从生活基调到心理承受都不断变更着的时代的映现，这也许比那些壁垒分明的矛盾冲突，比那些轮廓清晰的社会分野，更接近于生活的本色，看来斑驳陆离，实则千姿百态，容易取得使人置身当今世相之中的真切感受。池莉的《烦恼人生》一出现，就受到文学界和广大读者的注意，其原因也在于作者使主人公印家厚置身于生活的各个层面的冲撞中，妻子、孩子、房子、工厂、工作、工余，更何况还有那些突兀而来的公共汽车上的冲撞，不知从何而起的背后攻击中伤，连自己都意识不到的师徒之恋……自然不是什么有关国计民生和民族兴亡的大事，但却是一个人几乎天天要碰到的现实，而这许许多多琐碎的现实生活中又无不渗透着当代转折变革时期引发的诸多困扰。这并不是说当代小说中不应该表现那些关乎国家前途、民族命运的重大转折和剧烈冲突，但现实生活毕竟是涓涓细流汇成的长江大河，最大多数人面对的现实生活，往往是零碎的、普通的现象。所谓生存、所谓挣扎也往往是辗转于这种生活现象之中；消磨人、造就人也常常是这种生活的磨炼。正像马克思主义创始人说的，历史正是通过无数偶然性的分力才会形成合力开辟出自己的道路。作为关注人的命运和处境的现实主义文学，把目光在大量的人逃避不开的日常生活的杂色和复调上，正是文字同现实生活、同现实生活中的人联系得更紧密的途径，也是对芸芸众生的最基本的生存需求的一种关注，不仅足以保证艺术和时代、生活具有广泛的联系，而且显示了作家们的审美选择和最普通的大多数人有了心灵上的贴近，使普通的读者感到分外的亲切。特别是近年来不少先锋派小说越来越听任感觉的驱使，把扑朔迷离的意象任意拼接在一起，使人如坠五里雾中，这种向生活杂色和人们普通生存形态的靠近，会更增加人们对现实生活的逼近感。

当然，仅仅是向生活杂色的靠拢，还不足以说明现实主义在当代发展的主要特点，有意义的还是，近年来出现新的现实主义小说，更多地把艺术目光投向最底层人物的命运和处境。

本来，就现实主义产生与发展的历程看，着眼于普通人在社会生活中的命运变化和复杂处境，是现实主义审美原则的一个重要特点。当年，别林斯基对果戈理现实主义小说的肯定，也在这一点上表现得十分突出；而狄更斯这样的现实主义艺术大师，在英国文坛出现，受到古典文论家的责难，也由于他把辗转在生活底层的小人物当成了作品的主人公。马克思、恩格斯反对虚假浪漫主义，肯定现实主义创作原则时，也提出过不能把人物塑造成头戴光圈、脚蹬神靴的拉斐尔式的画像。但在现实主义以后的发展中，特别是社会主义现实主义创作方法的提出，虽然也提出过塑造普通劳动者形象的课题，却一再强调写人物的光辉品质、英雄业绩和理想境界，其结果，不少作品的主人公面貌是普通人，骨子里却是叱咤风云、左右历史的超人角色。近年来出现的一批现实主义作品，对生活在最底层的普通人，倾注了极大的热情，不是把他们拔高到英雄和超人的位置，而是真实地展现他们在复杂的现实变革中艰难的心理选择和沉重的心理衍变。像范小青的《裤裆巷风流记》《顾氏传人》，就是写生活在传统文化影响较为深远、时代的变革又不时冲击着的小人物的悲欢离合和自我审视。《裤裆巷风流记》涉及的生活范围，是苏州的一条小巷内一个没落了的大家庭中，人际关系的变迁和心理结构的裂变，但其中涵容的却是长期的文化熏陶突然被历史剧变的冲击搅动起来之后，人们何去何从、何所选择的生存考虑，他们中间没有也不可能产生登高一呼的豪杰、左右现实的英才，但他们中间不但有保持旧的常规与选择新的道路的冲突，而且在如何选择新的道路，从心理上适应新的变化上，也由于人生阅历的差异，生活处境的不同，文化素养的区分，形形色色各有千秋。这虽然不是正面切入去表现社会的历史变迁，却能使人们体会出历史行进中掀起的生活涟漪，而且是从人们最基本的生存状态中透视出来的，意义也就不限于某种范围，某种职业，具有了较普遍的人生意蕴和"悲凉之气，遍于华林"的人生感慨，是摆脱一切功名利禄对正常人性发展形成压抑的人生追求。《红楼梦》对人生的基本追求，自然脱不开善良美好的框架，但通过宝、黛与宝、钗等复杂的关系，事实上已经超越了单纯的善恶判断的范围，而是怎样在精神世界中升华起来，又真正把自己当作具有个性自觉和人性追求的人去看待。这里有深刻的人性原因，但也渗透着那个时代的色彩，那毕竟是封建秩序已经暴露出许多致命弱点的时代，所谓"百足之虫，死而不僵"的时代，所以才有宝、黛身上闪耀出美的、诗意的光芒。鲁迅先生说，到了《红楼梦》，传统的思想和写法都打破了，在很大意义上是指这种从具体形态出发开掘人生意蕴的艺术追求。近年来出现的现实主义的作品，在这一方面的追求显得格外引人注目。像叶兆言的《追月楼》就题材看，并不特别新颖，但他写一个出身于书香门第的文人，怎样通过家庭的变迁、时代的变化，逐步完成了自己的人生追求，领悟到自己应该担负的人生责任和应该葆有的人生品格。他在异族侵略者蹂躏自己的国土时，当然会有激愤，但就是这种激愤，也不表现为闻鸡起舞式的抗争，而是恬然淡泊的明志；甚至他的死，也是那样从容，那样祥和。在斗争的紧要关头，击水中流、枕戈待旦是必要的，但充分感知到人生的境界，从容赴义，也许会更深刻地显示出人生的修养和精神境界的磨炼对一个国家、一个民族、一个人是何等地重要。近年来，不少写抗日战争和解放战争的小说和纪实文学，着眼于悲壮气势和昂扬精神的渲染，常常给人以过于表面的感觉，恐怕很大程度上是缺乏这种深沉的人生意蕴。

从近年来新出现的一些现实主义小说来看，深入对人的精神世界深层的观照和审视，是现实主义在当代新发展的又一标志。不是说传统的现实主义作品，就没有对人的精神世界和心理层次的深刻观照。恰恰相反，现实主义趋于成熟时的作品，特别是19世纪俄罗斯和西欧一些现实主义大师的作品，常常是由于对人物心理的精神描绘，在文学史上留下了光辉的一页，以至于托尔斯泰对人物性格内在的精神的刻画，被车尔尼雪夫斯基称为"心灵的辩证法"；陀思妥耶夫斯基对人物心理中潜意识的剖析，更被一些批评家认为开后世现代主义捕捉意识变幻的先河。但也应该看到，由于后来对现实主义社会功利作用和政治批判作用的片面强调，似乎触发到人们内心深处那瞬息万变、难以捉摸的心灵颤动和心理感应，有陷入唯心主义泥淖的可能，不少人物缺乏活生生的心理活动的血肉，显得十分表面。而新时期另一些先锋派作家，尽量在小说中以心理时间为依据，突出人物意识变化的杂乱无序和难以理喻，尽管给人以强烈的撞击，却终于局限在作家主观的抒发上，和变化着的对象世界缺少紧密的联结，作品的艺术天地越来越狭小，很难引起广大读者的共鸣。从这一点讲，晚近出现的现实主义作品中，透过人物的命运和性格，深入对人物精神世界深层文化意识的审视，确实是丰富了现实主义的表现能力。刘恒在《伏羲伏羲》中对杨天青临死之前，那种对叔叔的负罪感的细致表述，虽然也有过于渲染的痕迹，但由于紧紧抓住长期形成的宗法观念的渗透，深入揭示这种渗透与人性健康发展的冲撞，使人透过这样的心理审视，观照到长期惰性的文化传统的诱人，也窥察到人的生命力量的顽强和抗争，正像有些评论文章说到的，这里具有一种相当深刻的历史纵深感，它并不像某些情绪小说那样，只在感情的复杂流变中，努力捕捉一些片段的闪现，而是展示了在农业文化宗法制的渗透下，人性的复杂性和历史进程的曲折性。

当然，新近出现的现实主义小说的新发展，绝不限于上面所举的几个方面。像叙述方法和叙述视角的变化，不再是旁观冷静的描写，而是置身事中的带着情绪感染的叙述；结构方式的变化，不再是正反两面的冲突，或者几条平行线索的单面平叙,而是由外及内、由内及外的网络纠葛,如此等等,都丰富了现实主义的表现空间,也无疑是由于现实主义吸收了当代一些新的人文科学成果和文艺思潮的变化,进行了不断适应和调整。看来,现实主义在当代的发展,不是完全脱离开现实主义传统的另起炉灶,但也绝不是亦步亦趋的简单回归,而是适应历史发展和时代变化,特别是当代人们审美需求和文化心理结构的衍变,作出的新的调整和变化。这种调整和变化,无疑吸收了不少其他创作方法,特别是20世纪以来现代主义文学的观念和手法,这在许多年轻的作家的作品中,像叶兆言的《枣树的故事》、刘震云的《塔铺》,以至于范小青的《裤裆巷风流记》等作品中都可以看出来。这也可以说是现实主义作品具有的当代意识,但绝不是那种简单移植外域观念的现代意识,而是从现代人的视角透视中国当代普通人民的灵魂。

当然,不是说在近年来出现的这一批作家和作品中,现实主义的发展就没有任何弱点和缺陷,至少,过分着眼于生活的原色形态,容易陷于琐屑卑微的生活体验;过分追求人生的领悟,容易流向逃避现实的故作高蹈;过分专注于人的生命运动形式,容易撇开社会历史的制约去张扬人的本能。那不仅使现实主义小说缺少一种"警世"的社会效应,也会使现实主义小说缺少一种"撼心"的艺术感染,更不可能有一种俯瞰宇宙、揭示人生和升华精神境界的大格局。只要看看近年来出现的现实主义作品中,那种历史涵盖力很宽、思想穿透力很强、对时代的重大人生课题揭示得很深的作品,毕竟还是不多,人们有以上那种担忧,也许不是多余的。

不过,话又说回来,在文学继承现实主义传统,又掀起先锋文学高潮之后,现实主义小说在当代的发展,又成为作家的自觉追求,成为读者的关注对象,已经足以说明,现实主义在当代的发展,仅仅只是一个开始,还包孕着极大的潜力,等待一些睿智之士去采撷,去开掘,去奋力探索。

1990年1月23日凌晨1时于陕西作协心斋
选自《当代文学述林》,陕西人民教育出版社,1992年

清澈而美好的女性世界

——贺抒玉《命运变奏曲》谈片

贺抒玉写小说，已是多年的事了，她的小说取材广泛，文笔流畅，生活气息浓郁，不仅有作家的艺术感受，而且有编辑的细针笔缝，这是许多读过她的小说的人的共同感受。

不过，仅仅从这个角度去理解，或者评价她的小说，还有些失之于浮泛，因为还很难从这种印象中，真正捕捉到她的艺术个性。

那么，究竟什么是贺抒玉的艺术个性呢？似乎还要从她展现的那个女性世界里去寻找答案。这也并非因为贺抒玉是个女作家，或者她的小说多半是写妇女生活的。其实，在我们国家，虽然出现了不少女作家，却正如一位女评论家说的：从30年代的左翼作家们开始，"女作家们在作品中自觉地掩盖起自己女性的特点。无论在取材角度、题材处理方面，还是在表达方式上，都竭力与男作家取齐"。并说："这一传统至今对女作家创作仍有一定的影响。"可见，并非因为是女作家，就可以从她的作品里看到一个确有女性特点的世界。至于写妇女生活，当然也可以从中看到女性世界的若干特点，但不写妇女生活，而是从女性的视角去观照世界、体味人生，也自然会显露出女性世界的特有况味。说贺抒玉展现了她自己捕捉和体验到的女性世界，在于她展现的那个女性世界，多少是和她的生活阅历和审美理想分不开，在于她倾注全部的热情和挚爱，去开掘一个清澈而美好的女性世界。

不是说贺抒玉的小说创作一下子就领悟到这个属于她的艺术天地，她写过农村战天斗地的业绩，写过城市热火朝天的改造。就是近几年，她已经在自己捕捉到的那个女性世界里比较挥洒自如，也写过一些对党内和社会上不正之风、陈规陋习进行批判的、很有点锋芒的小说。在最近结集的《命运变奏曲》中，像《晴朗的星期天》对一位正直记者在揭露不正之风时的困扰，寄寓了热切的同情，进而引起人们对端正党风和改良社会风气的思考；像《命运变奏曲》，写一位作家因与新来的省长有同学关系，结果周围人等另眼看待，纠缠不已，惹来无穷烦恼，既有对当前流行的"关系学"的无情揭露，也有对知识分子品格和处境的抒写和悯怀。如此等等，都表现了贺抒玉作为一个作家的社会责任感，一个共产党员的正义感，而且写得舒展蕴藉，没有那种火爆气，并不使人感到过于直陈，也是很见艺术功力的。但比起她那些展现清澈而美好的女性世界的篇什，这些作品显得缺少一点深沉的人生思考，也缺少一点意在言外的东西，至少难以经得起读者反复的体味。

女性世界的清澈美好，首先表现在作家善于从普通妇女身上开掘出那种晶莹无瑕的精神追求。像《槐花盛开》中的大妈，她曾有恩于自己的小叔，如今仍然过着清贫的山村生活，而自己的小叔已经是生活充裕的领导干部。但这位没有多少文化的妇女，却并不羡慕这种生活，更不会向自己的小叔和小叔的家庭乞求什么。你也可以说这位山村的妇人眼界窄、追求低，但当作者充分展现她理解死去的丈夫所从事的解放人类的事业，她处处为别人着想的善良心肠，特别是她那绝不乞求于人的独立人格，你就会体味到，在这个普通的山村妇女身上蕴含着时代、生活、事业和个人纠结在一起的精神世界。而在发表后就受到不少人注意的《隔山姐妹》中，写了一对姐妹命运的逆转。原先在幼年受到宠爱的妹妹，却碰上一段不幸的婚姻，在逆境中她气不馁、志不堕，终于时来运转，获得了充实的生活；原先在幼年受刁难的姐姐，却得到满意的家庭，在顺境中她志得意满，却厄运降临，自己也身患绝症，倒是妹妹照顾了她，解脱了她，使她在有生之年也领略到一点人间的温暖。看似命运作怪，实际是情操的分野，过于注重世俗之情的，到头来反被此情所累，着重在人格的锻炼和理想的追求，力求在事业上不向既成的命运低头，甚至在自己的爱情生活中，也不单纯满足于男欢女爱，而是培养灵魂的默契与追求事业的奋进，不为一时不幸而颓，不因处顺境而自得；处处以善良、挚爱和关怀去待人，去处世，那就不会被命运所压倒。如果说女性世界和整个社会生活息息相关，并不只是和风丽日、温柔善良，当然是对的，但那是就全局而言，是就一般而论，而最能体现女性特点的，却是一种人格的独立、善良的心胸和温柔的情怀。那么，你就不得不承认，贺抒玉以徐缓的笔调和无限的遐思所勾勒的这个女性世界，不仅充分表露了女性世界那种婉约的内在美，而且显示了在社会生活和时代风云中，有追求、有精神升华的女性所起到的整合和抚慰作用。这也许比不上那些强悍的男性（也包括一些受女权主义影响的作品所欣赏的那些强劲的女强人）具有的旋风般的力量，却也是整个社会生活中不可缺少的黏合剂，否则整个的世界也就失去了平衡。

　　说贺抒玉笔下的女性世界显露了一种清澈而美好的意境，并不限于她只是以妇女生活作为自己扫描的对象，即使在她面对整个世界时，除掉上面提到过的那些直接揭示和抨击党内和社会上不正之风和不良倾向的小说外，也是通过女性，一些有追求、有理想、有情操的女性的视角去加以观照。像《星的光》，就是通过一个作家的女儿的眼光去体验、去理解一个作家的情怀，而且和女儿自身对人生的挚爱、对理想的追求、对美的捕捉渗透在一起，这就和单纯地勾勒作家的音容笑貌、言语举止、内心活动不完全一样，更具有一种稚气然而真切、单纯然而清澈的情韵，打动人心的不仅是那位作家，而且是女儿心中的美好形象。其他像《我的老师》中，也是通过几个女孩子的眼睛，从不同侧面去加以默察，写那位把青春和生命全部奉献给教育事业的老师，感人深切的就不仅是老师的行动，而是一种对事业赤诚、对社会奉献、对私利超然的精神，给年轻的女性待人处世走向成熟时，以精神上的感召、情操上的净化。从叙事学的角度看，作家通过怎样的视角来叙述他的故事和人物，总是和作家对世界的理解、对人生的体验、对美好未来的追求紧密相连，贺抒玉善于通过那些具有内在美的有理想、有追求的女性视角，去捕捉、去观照周围世界，自然就会在扰攘的生活中，开掘出滋润人们心田、升华人们精神的真美来，这也正是贺抒玉通过她的艺术构建奉献给人们的一份精神食粮。

尽管贺抒玉致力于开掘一个清澈而美好的女性世界，也是以至情纯美、有精神追求的女性眼光去观照世界，但她并没有局限在对真实的凝视中，而忽视了长期以来由于封建主义男权社会以及资本主义视女人为附庸的旧秩序、旧观念所带给女性的忧患和痛苦，像《车厢里发生的故事》中那位因丧偶而悲痛不已的老年妇女，之所以怆然于怀、精神濒临崩溃，无非是一种旧有的传统的依附心理的表现，而这位妇女还是参加革命多年的干部。《她》中，更通过那位离休干部老冯，因参加革命与原配夫人离异，重新结婚，现在夫人死了，却又把原配夫人接来照顾生活，而这位夫人也就泰然处之，安之若素，就其心理态度而言，仍然是长期受封建礼教的束缚，已经失去了起码的人性尊严。不过，也许是贺抒玉出于对至情纯美的女性的专注，即使在写到这些被旧的传统和规范束缚和扭曲了的女性时，并没有过多渲染她们的悲剧性命运和被压抑的心态，而是通过另一类女性的感召和启示，通过作家的叙述，使这些妇女意识到，在社会生活中确认自己的独立人格，汇入创建新时代的历史潮流中，具有一种眷恋生活、追求理想、不计私利和忠实情谊的品格，才是冲破樊篱、改变地位、振奋精神的最佳选择，在她们面前展现的仍是那个清澈而美好的世界。《在车厢里发生的故事》就写了另一位也是丧偶的老年妇女，她就没有被悲痛压倒，也没有因为失去对方而空虚颓丧，而是在自己的事业中，在自己不断完美的精神追求中，感到是那样平静、那样恬淡，又是那样精力旺盛，这就使得那位痛不欲生的老妇人体味到自己应当像死去的丈夫那样热情地工作，坚强地生活，对未来充满信心，终于在精神上站立了起来。

《她》则通过子女的眼光，衬托出那位被封建礼教束缚住的老太太，虽然有了安定的生活环境，其实是仅仅起到一种照顾老伴生活的作用，不仅得不到心灵的慰藉，连起码的幸福也是不会有的。这当然不是说，长期以来封建主义、资本主义男权社会加给妇女的桎梏，带给妇女的悲惨命运，不需要妇女们大声疾呼，义愤填膺，甚至奋然抗争，但光有妇女们，包括一些男性的有识之士的愤思呐喊和起而斗争，没有妇女们自己在心理状态上的调整，在精神追求上的升华，特别是在人格上的自尊、自重、自强，那些呐喊和斗争，终归还只是起到了冲决旧有牢笼的作用，不可能建树起一种真美至情的、和男性世界具有同等社会价值的女性世界。从这一点看，贺抒玉所勾勒的女性世界，尽管在社会矛盾和历史冲突的展开上有待于深化，但她钩沉出女性世界另一个侧面的特点，无论如何是作家自己的生活发现和审美追求，自有其特殊的价值在。

不过，贺抒玉意匠营造的这个清澈而美好的女性世界，是不能和社会历史的进程剥离开来的。她笔下的这个女性世界，之所以给人以精神感召和感情触发，正是因为时代为妇女解放创造了条件。如果把贺抒玉小说中的女性形象排列起来，凡是那些具有理想追求和高尚情操，特别是具有人格尊严的女性，大半是参加过革命工作或者经历过革命风暴的新女性，即使像《槐花盛开》中那位大妈，虽然生在山区，长在农村，文化水平确实不高，但她从家乡的革命变化中，从自己那出生入死为革命而献身的丈夫身上，所感受到的革命情操和美好素质，使她早已脱离开一个农村妇女的狭隘天地，早已在文化心理上形成了对社会生活、对自身价值的新尺度、新标准，因此，她才能默默奉献，用善良的心灵去抚慰世间的不平，用纯洁的理想去感召周围的人们，始终保持着自己独立的人格。尽管从大妈的言谈中，听不到慷慨激昂的革命词句，但从她的行为举止中，你会分明体察到革命给妇女带来的解放，革命给妇女带来的精神境界的升华，会使一位没有多少文化的农村妇女，在精神上散发出超脱世俗的光彩。更不用说《隔山姐妹》中的妹妹，《车厢里发生的故事》中的那位丧偶后仍能振作起精神、执着于事业和理想的老妇人，她们本身就是走出家门、参加革命工作、投身社会历史洪流的。也正因为这些女性的社会价值和生命价值，革命理想和人生追求是融合在一起的，贺抒玉笔下的清澈而美好的女性世界，才不仅仅是一些美好素质和纯情追求所堆砌起来的理想境界，而是活生生的有血有肉的新女性所构成的现实境界。之所以能建树起这样一种境界，除了社会历史条件的变迁，自然是和作家的人生阅历息息相关。贺抒玉生长在陕北，从年轻时对革命的耳濡目染，到后来参加革命工作，一直和人民解放事业命运攸关，她选择的这个女性世界必然和整个革命事业融汇在一起。但是，这只是事物发展的一般规律。就贺抒玉在艺术上的追求来看，她是十分忠实于自己的审美观照的。她未必没有感受到，在这扰攘的世界中，特别是男权思想还十分严重的世界中，"女人，你的名字是弱者"，不仅成为压制和迫害妇女的口实，也是许多妇女至今仍辗转于悲惨命运中不能自拔的写照，就在《命运变奏曲》这本小说集里，她也揭示过不少在人生之旅中备受颠簸之苦、心理上充满压抑的女性命运，但她怀着对理想的赤诚，对真美的向往，对保持人格尊严的确信，把笔触深入那些有理想、有追求、有自信的女性心灵中去，以此来寄寓她对当代女性自立、自重的期望。正像当年圣比埃希望的："她的优美驱散思想中的恶魔；在她的脸上，我们看到的是温情和信任的目光。"从这一点看，贺抒玉笔下的女性世界不仅是开掘了当代女性所具有的真美，而且也为这扰攘的世界提供了一种升华精神境界的风范，这也正是贺抒玉的小说的深沉意蕴。

　　由此，也不难发现，贺抒玉在艺术描写上那种清新明朗的笔触，那种情真意切的叙述，以及那种朴实无华的语调，基本上是和她的美学追求分不开的。正因为她是依靠真美来打动人心，她就无须故弄玄虚，无须过分雕琢，无须着意艰涩。也许可以说她的小说不免有些平淡，但却更接近生活的本色。

　　自然，就贺抒玉在《命运变奏曲》里收集的十几篇小说来看，无论在内涵的深刻还是艺术的表现上，确有参差不齐的现象，至少她那些针砭不正之风和不良倾向的小说，多少有过露和浮泛的弱点。也许作家那种义愤和责任感，值得人敬佩，但她的人生阅历和她的美学追求，以至于她的气质，似乎都和这种金刚怒目式的义愤填膺，不大合拍；勉强在一种义务的驱使下去写，难得深入下去，虽然像《晴朗的星期天》《新闻广播之后》也写得相当精致，但总比不上她所营造的那个清澈而美好的女性世界，那样有深沉的意味和悠远的韵致，这也许可以说作家在选择生活，生活也在选择作家。一个作家并不是面对任何生活现象都能深入腠理写出三昧来的，即使是艺术上有造诣的作家。除掉这一点不足，也还可以看到，尽管贺抒玉营造的女性世界是清澈而美好的，能给人精神的滋养，但对社会历史条件造成的妇女命运的重压确有揭示过少的缺陷。妇女，特别是中国妇女身受的压迫和心理的压抑，是长期封建秩序形成的，也深深渗透在许多妇女的心理层面上，随着人民解放事业的发展，妇女解放也有了较大的进展，但冰冻三尺，非一日之寒。就妇女本身而言，对至今还残留在社会生活，尤其是落后地区生活中的男子中心，歧视妇女的习俗和观念，缺乏一种清醒的认识和热切的抗争，就很难求得彻底的解放，彻底的男女平等。一个对妇女的理想追求和美好素质无限挚爱的作家，在这个方面是不能加以宽容的，也正因为作家在这个方面关注不够，她的作品一般讲来是缺乏一种内在的力度的。自然，不能要求贺抒玉以锋芒毕露的笔墨去勾勒大开大合的社会矛盾，但至少应该在那些无限深情、美好善良的女性心灵中，流露出在确立人格尊严、追求真美的历程中，对陈旧习俗和世俗谬见的反抗与蔑视。令人遗憾的是，在《命运变奏曲》收集的十几篇小说中，这种心声是比较微弱的。不过，这些弱点究竟是贺抒玉作品中确实存在的呢，还是我的偏见呢？还有待于验证。退一步讲，即使这是确实存在的弱点，也无妨于作家已经取得的成就，更何况也许作家自己早已经意识到这一点，会在今后的小说作品里有所改进，毕竟《命运变奏曲》只是作家众多作品中的一本集子。

评论一部作品，也是评论者的心路历程，尽管评论者可以表明自己所用的标尺是如何的公正和正确，但总归要受到一定的限制。所以，一篇评论，充其量只能起到导游的作用，虽然导游的作用也不可低估。而对作品的评判，是属于广大读者和历史时间的，因此，我写下这篇粗疏的文字，也是出于导游的心情，是否得当，也还要经受读者和作者的检验。

原载《小说评论》1990年第3期，原题为《清澈而美好的女性世界——贺抒玉〈命运交响曲〉谈片》

从"左联"到"讲话"

——文学对社会变革的适应

六十年前在上海成立的"左翼作家联盟",在中国革命文艺的发展史上,有着划时代的意义。它是第一次由中国共产党领导的革命文艺团体,不像"五四"以后出现的"文学研究会""创造社"等属于同人性质的文学社团。它是有着明确的理论纲领和创作方向的革命文艺组织,不再是松散的、主张较为庞杂的文学群体。更重要的是"左联"在30年代文坛上起到了巨大的推动作用,影响到一整代文学工作者的思想,在创作上取得了坚实的成绩。这同它对当时时代的认识,以及在这个认识基础上对文学的性质功能、创作方向、艺术形式作了扎实的研究,进行了热烈的辩论,有着密切的关联。这是革命的无产阶级文学一次自觉的实践。当然,由于当时党中央确实存在着"左"倾机会主义路线,加上受到苏联当时文艺理论的教条化和简单化倾向的影响,无论是在创作方向的指导上,在文艺理论的建设上,在团结更广泛的文艺工作者共同战斗上,都留下许多深刻的,甚至是血的教训。如何总结这些教训,并且根据时代的变化,运用马克思主义观点继承、发扬和光大这些实践取得的有益的成果,虽然在当时和以后都有一些人去做,而且也确有不少启人深思的发挥,比如瞿秋白、鲁迅和冯雪峰等,但只有到了毛泽东的《在延安文艺座谈会上的讲话》(以下简称《讲话》),才真正有了质的发展。

探讨这样的发展历程，对发展革命文学，对繁荣社会主义文艺无疑具有深刻的意义，而且同目前的文艺发展也有密切的关系。因为我们现在也处在一个社会变革时期，特别是建设具有中国特色的社会主义文学，理应汲取过去的革命文学的实践经验，并加以发展。前一段时间有人贬低"左联"左翼文学的意义，也贬低《讲话》的作用，把它们统统看作缺乏实践的产物，完全是一种非历史的态度。

"左联"成立时，就在《理论纲领》中申明："社会变革期中的艺术不是极端凝结为保守的要素，变成拥护顽固的统治之工具，即倾向于进步的方向勇往迈进，作为解放斗争的武器。"因此，面对救亡图存的民族矛盾，向保守势力和反动势力抗争的阶级矛盾，"左联"特别重视革命文学的性质。它理直气壮地提出，当代的文学应当是无产阶级的、革命的、大众的文学，主要的任务是坚韧地反对帝国主义侵略和封建主义，应当为工农大众服务。"左联"的成立，正像冯雪峰指出的："1928年至1936年期间的形成左翼阵线的思想和文艺运动，也还是统一战线的。"但是，作为革命文艺的领导者，还是强调了文学的时代特征和基本性质。鲁迅先生就明确指出："联合战线是以有共同目的为必要条件的……如果目的都在工农大众，那当然战线就统一了。"时隔二十余年，毛泽东在《讲话》中，也是从确定文艺的根本性质和功能出发，来指导革命文艺的工作。他确切无疑地说："现阶段的中国新文化是无产阶级领导的人民大众的反帝反封建的文化……新文化中的新文学新艺术，自然也是这样。"这些话，对我们现在仍然有极大的启示意义。文学发展到80年代，和当年"左联"时期确实有许多根本的不同，处在当前这样一个也是社会变革急剧发展的时期，不可避免会出现许多各不相同甚至相对立的文学思潮、文学主张。我们面对复杂纷纭的形势，鉴于过去封闭一切带来的停滞局面，必须力求容纳各种有益于文学发展的意见，不能故步自封。但是，越是处在这种复杂的局面中，越是要保持清醒的头脑。社会主义文学，为社会主义服务、为人民服务的宗旨必须鲜明，不能含糊，不能摇摆。否则文学就会背离时代，疏远人民。可惜的是，前一段时期有些关于文学本质的议论，像"文学是无目的的""文学就是文学"等等，对繁荣社会主义文学是不利的，造成了一些混乱。这就使我们更感到"左联"在30年代那样社会变革时期对文学性质的强调，实在是很珍贵的。而毛泽东《讲话》中不仅保持了左翼文学中这个珍贵的传统，而且把文艺放在新的文化背景中，作出了更富有时代特征、更适合当时形势的论证，以"为什么人"为核心，既强调了无产阶级的领导作用，也指出了革命文艺与人民大众的血肉联系，使文艺的性质更加明确起来，更为我们发展社会主义的文学指明了方向。当然，由于"左联"毕竟集中了当时中国一大批优秀的文学艺术家。他们以自己丰富的创作经验和审美感知，深深理解到作为斗争一翼的文学，既有和整个无产阶级斗争相同的任务，却也有着自己的特点和特殊功能。因此，在《理论纲领》中特别强调了"艺术如果以人类悲喜哀乐为内容，我们的艺术不能不以无产阶级在这黑暗的阶级社会之中世纪里面所感觉的感情为内容"。这就把艺术主要是表达人们情感的职能放在突出位置上，避免了简单地配合斗争任务的公式化的做法。特别是鲁迅先生那段有名的论述："一切文艺固是宣传，而一切宣传却并非全是文艺……革命之所以于口号、标语、布告、电报、教科书……之外，要用文艺者就因为他是文艺。"在"左联"，由于不少作家缺乏革命实践，对革命斗争的认识肤浅，确实出现了不少标语口号式的、公式概念化的作品。像周起应（周扬）当时就指出过："中国的革命文学作品到现在正是充满着革命辞藻的生硬堆砌。突变式英雄的纯粹概念的描写，对于被压迫者（很少是真正无产者）的肤浅的人道主义的同情。"但是，从"左联"开始成立，就一再强调文学的特殊功能应该说是有积极意义的。到了《讲话》中，毛泽东不仅十分重视文艺的特点，而且针对"左联"革命文学实践中存在的弱点，对文艺的功能作了更为准确而深刻的阐述："文艺作品中，反映出来的生活却可以而且应该比普通的实际生活更高、更强烈、更有集中性、更典型、更理想，因此就更带普遍性。革命的文艺，应当创造出各种各样的人物来，帮助群众推动历史的前进。"这就不仅从美学的高度指明了文艺的功能，而且也避免了那些演绎概念、图解教条的作品的出现。"左联"处在一个斗争最为尖锐的时代，不仅有国民党政府的残酷迫害，而且有各种反动思潮的攻击。但它在发展文艺上提出的主张，并没有忽视文学特殊的功能，没有抹杀文艺自身的规律。毛泽东在他指导当时革命文艺工作的《讲话》中，也从美学的高度，指出了文艺的特点。这些，对我们总结前一段文艺形势，进一步繁荣创作，显得尤为重要。

"左联"的经验，还有一点是很重要的，那就是"左联"成立前后，为了发展革命文学，特别强调加强理论建设的重要性。"左联"《理论纲领》中强调指出："不要忘记学术的研究，加强对过去的艺术的批评工作，介绍国外无产阶级艺术的成果，建设艺术理论。"它是这样提倡的！也是这样做的。特别是鲁迅先生，就在1929年至1930年两年中，不但翻译了普列汉诺夫的《艺术论》，而且翻译了日本片上伸的《无产阶级文学理论与实际》，苏联卢那卡尔斯基的《艺术论》和《文艺批评》等有关革命文艺理论的书籍，还翻译了苏联《文艺政策》，供中国文学工作者参考。冯雪峰、胡风、周扬等当时也大量翻译了马列主义的文艺理论书籍。这一切，为"左联"的成立和工作实践准备了较为坚实的基础。正像鲁迅先生说的："去年左翼作家联盟在上海的成立，是一件重要的事实。因为这时已经输入了蒲（普）列汉诺夫、卢那察（卡）尔斯基等的理论，给大家能够互相切磋，更加坚实而有力。"尽管"左联"当时限于主客观方面的原因，把眼光集中在苏联文艺理论以至于文艺政策的介绍，而且也不可避免地把苏联一些"左"的理论教条，包括"拉普"的错误理论，介绍到中国来，不仅无助于克服文学界存在的宗派主义和关门主义的错误倾向，而且在创作方法上对世界观与创作方法的关系作了抽象的、教条主义的理解，导致了文艺创作上的公式主义和概念化倾向，产生了大量的标语口号和公式主义的作品。但是，重视理论建设，加强学术研究，使得"左联"在确立无产阶级革命文学的方向和引导创作实践时，有了更多的自觉性，不再像过去那样局限于狭隘的小圈子里，视个人的情志为至高无上。在《讲话》里，毛泽东也特别重视理论建设的作用。他说："一个自命为马克思主义的革命作家，尤其是党员作家，必须有马克思主义的知识。"又说："文艺工作者应该学习文艺创作，这是对的。但是马克思列宁主义是一切革命者都应该学习的科学。文艺工作者不能是例外。"同时，毛泽东还提出学习社会的必要性。提出"研究社会上的各个阶级，研究他们的相互关系和各自状况，研究他们的面貌和他们的心理。只有把这些弄清楚了，我们的文艺才能有丰富的内容和正确的方向。"这不但比"左联"时期的主张更具体、更深刻，而且也避免了"左联"时公式主义和概念化的倾向。这一点，即使在当前繁荣社会主义文艺的事业中，也是有借鉴意义的。近几年来，我们常感文艺界的众说纷呈、摇摆不定。这当然有一定的社会条件和历史背景，也未必全是应当否定的，但总给人一种不够坚实和不够稳定的感觉。不少文艺界的同志，以至广大的文艺爱好者和读者，经常发出社会主义文学究竟怎样界定，社会主义文学走向何方之类的慨叹，正是这种感觉的具体表现。仔细思索，之所以出现这样的局面，在很大程度上，是缺乏一种针对现状而进行的扎实的理论建设。尽管过去也曾强调过学习马列主义，翻译了一些经典著作，前一段时间又引进了不少西方的文艺理论和人文科学。却总是没有紧密联系社会主义的文学实践，作出较有系统的科学的理论概括。而在形势有所变化时，就会无所适从、摇摆不定，甚至误入歧途，自然更说不到有所指引和有所倡导了。在这个方面，我们的确需要向"左联"那些无产阶级革命文艺的先驱者，特别是鲁迅、瞿秋白以至于冯雪峰、胡风等人学习。做到像"左联"《理论纲领》中说的："我们的理论要指出运动之正确的方向，并使之发展，常常提出新的问题而加以解决，加紧具体的作品批评。"更应遵照《讲话》提出的学习马列主义、学习社会的号召。扎实地而不是浮浅地、系统地而不是零碎地、科学地而不是臆断地真正做出成绩。只有这样，才能使繁荣社会主义文艺不致变成空话。

"左联"之所以在中国30年代的文艺发展中创下灿烂的业绩，也和团结广大的作家、艺术家，把主要精力放在创作成果上分不开。应该说："左联"成立的前后，白色恐怖的压迫十分残酷，斗争的形势十分尖锐。但是"左联"作家们的创作实践，在30年代是相当丰硕的。即使受到国民党政府杀戮的几位年轻作家，也都写出了大量的作品。正像鲁迅先生说的，"我们的几个遇害的同志的年龄、勇气，尤其是平日的作品的成绩，已足使全队走狗不敢狂吠"。其中，柔石、胡也频等人的小说，殷夫等人的诗歌，至今仍然散发着锐利的思想光芒和感人的艺术力量，值得注意的，还在于以鲁迅、瞿秋白等人为首的"左联"领导人，对革命文学的理解，既有坚定的原则性，也有博大的包容性。像艾芜、沙汀这样的作家，他们苦恼于写自己所熟悉的"小资产阶级青年"和"下层人物"，"究竟对现时代，有没有配得上有贡献的意义"。鲁迅先生给以肯定的回答：这"对于目前的时代还是有意义的"。因此，鼓励他们："两位是可以各就自己现在所能写的题材，动手来写的，不过选材要严，开掘要深。"其结果，沙汀在抗日战争前就出版过三个短篇集，被文学史家评为"题材虽然狭窄，却并不肤浅"。艾芜也有两个短篇集，被文学史家认为是以洋溢热情、轻快笔风，写出了南中国人民的痛苦和奋争。显然，正是由于"左联"对创作实践的重视，对作家和作品的具体情况予以理解，纳入整个革命文学的轨道，才使30年代的左翼文学呈现一派繁荣景象。这一点即使海外一些并非进步的文学史家，也不得不承认："三十年代的新文学，与其他时期比较，是作家、作品和书刊最繁盛、蓬勃的时期。"（司马长风：《中国新文学史》）毛泽东在《讲话》中也对文艺界的统一战线问题作了专门的论述，而且有了更自觉更明确的内涵。他把团结起来分成三个方面，即抗日的一点上、民主的一点上、文艺界的特殊问题一点上团结起来。显示了对具体情况进行具体分析的马克思主义态度，而在方法上又强调了有团结有斗争的必要，显示了鲜明的原则性和灵活性，更有利于调动广大文艺工作者的积极性。时至今日，当人民群众对文化生活的需求日益高涨，审美趣味趋于丰富的时刻，繁荣社会主义文艺，当然要对那些格调低下、消极颓废，以至于淫秽色情的作品加以抵制。对倾向错误，以至于宣扬资产阶级自由化的作品加以批判。但更重要的，还是要抓出创作实绩来。要用思想内容健康、艺术感染力强的好作品去满足人民群众的文化需求，去提高人民群众的审美情趣。否则，不仅群众的文化生活得不到充实，社会主义文学的生命力也无从显示。总之，从"左联"到《讲话》，可以看出革命文艺发展的一条红线，为革命文艺的实践积累了丰富的经验。即使到现代，也还具有现实的针对性，是社会主义文艺发展的基础。绝不是像某些别有用心的人说的是过时了或者只是针对当时政治任务而提出的一时性方针。

当然，"左联"的成立，由于受客观政治形势的影响，也由于指导思想上受"左"的干扰，苏联"拉普"派的影响，正像冯雪峰同志指出的："对于中国社会关系和革命发展形势便常有不正确的分析和理解。"其中最大的失误是"所谓宗派主义和关门主义"，没有团结更广泛的"左翼之外的文学者作家"。其结果是1936年随着党的抗日民族统一战线口号的提出，"左联"自行解散。这不仅伤害了广大文学工作者的感情，也挫伤了左翼作家的积极性。许多理论上的是非、思想上的疙瘩，直到40年代毛泽东的《讲话》才真正有了纠正。另外，"左联"强调理论的建设和指导意义是对的，但忽视了作家对实际生活的感受、体验、把握。这一点鲁迅先生在"左联"成立大会上的讲话，就曾经有预见性地提出过："倘若不和实际的社会斗争接触，单关在玻璃窗内作文章，研究问题，那是无论怎样的激烈，'左'都是容易办到的；然而一碰到实际，便即刻要撞碎了。"但并没有引起"左联"其他领导人的重视。像成仿吾就说过"努力获得辩证法的唯物论，努力把握着唯物辩证法的方法，它将给你以正当的指导，示你以必胜的战术"，只字不提深入生活对作家、艺术家的必要性，确实开了教条主义和公式化、概念化的先河。而在《讲话》中，毛泽东特别强调了人类社会生活是文学艺术的唯一源泉。号召："中国革命的文学家艺术家，有出息的文学家艺术家，必须到群众中去，必须长期地无条件地全心全意地到工农兵群众中去。"而且要"观察、体验、研究、分析一切人，一切阶级，一切群众，一切生动的生活方式和斗争形式，一切文学艺术的原始材料，然后才有可能进入创作过程"。这不但是对"左联"偏颇的纠正，而且是对文艺的发生和发展作出了科学的马克思主义的论断，至今仍有现实的指导意义，是社会主义文艺繁荣的根本保证。

至于《讲话》中对普及与提高的辩证关系的阐述，比起"左联"关于"大众文学"的提倡来，更是重大的发展。关于"马克思主义只能包括而不能代替文艺创作中的现实主义"等论述，更显示毛泽东文艺思想对文学艺术特殊规律的重视。凡此种种，都可以看出《讲话》的价值，不仅在于它为那个阶段的文艺工作提出了指导性的方针，而且是中国革命文艺实践的一次高水平的总结，是马克思主义和中国革命文艺实践相结合的产物，我们今天发展社会主义文艺先要从这个基点上前进。所谓"前事不忘，后事之师"，轻率地任意地贬低"左联"革命文艺和《讲话》的传统，不是别有用心的诋毁，就是对中国革命文艺实践的无知。正因为如此，我们一定要重视对"左联"经验教训和毛泽东文艺思想的学习和研究，用以指导我们的文艺实践。

当然，正像《讲话》对"左联"以来的革命文艺实践以马克思主义科学的态度，结合变化了的时代，进行了认真总结。《讲话》中某些不适应当前时代变化的具体结论，也需要我们以马克思主义的态度去加以总结发展。但已经为实践证明了的符合革命文艺发展进程的科学论断、基本原则，完全是应该继承、发扬、光大的。否则，我们不仅不可能在革命文艺先驱者和革命领袖已经开辟的道路上前进，反而会迷失方向，走入歧途。这正是我们今天纪念"左联"、纪念《讲话》的重要意义。

原载《唐都学刊》1990年第4期

文化视野中的文艺

有一位当代学人曾强调指出："随着现代科技的高度发展，文化心理结构问题愈来愈显得突出，不只是物质文明，而更是精神文明，将日益成为未来世界要求思考的重要课题。搞马克思主义理论的应该看得远一点，要高瞻远瞩，走在前方，除了继续研究物质文明中的许多课题外，还应该抓紧着手研究文化心理问题，把艺术和陶冶性情、塑造文化心理结构、建设社会主义精神文明联系起来。"

我很欣赏这段话在理论上那种高屋建瓴的气度。的确，我们近年来常常议论文艺的突破和创新，但也常常陷于就事论事，或者烦琐地论证文艺究竟是服从于政治，还是要远离政治，或者表相地探讨怎样不断开拓新的题材领域。不是抽象地争论要不要接受外国的经验，就是空泛地议论要继承古典的传统。至于意识流手法能否运用，象征隐喻是否恰当，又常常是争鸣的话题。这种种议论，不能说和文艺不相干，解决得好，也能对文艺的发展起一定的促进作用，但由于不触及文艺发展的一些核心问题，亦即艺术与整个精神文明建树的关系，艺术的审美本质，总使人觉得格局不大，眼界稍窄。即使这些问题都有了明确的答案（事实上，这种种问题的争议、探讨，有些已逐步明朗起来，而常常是形势的变化，使得不少问题循环往复，并没有什么新的实质性的进展），产生划时代的精到深刻的作品，也仍然有不小的距离。就近年的长篇小说创作而言，数量之多超过了新中国成立以来任何一个时期，题材的广阔，题旨的拓展，人物的丰满，手法的多样，也确有不同于以前的新变化。但真正能够概括一个历史阶段，写出几个栩栩如生而又意蕴深沉的人物，传之百代而永葆其艺术魅力的作品，似乎还不多见。而"戏剧危机"的提出，几乎是近几年随时可以见得的话题，不仅话剧、歌剧佳作不多，就是经历了漫长锤炼、积累了丰富经验的戏曲，也大有式微之势。这一切都说明，仅仅从枝节上解决文艺同生活、同政治、同吸收外域或古典经验、同变换各种手法之间的关系，可以使文艺在个别方面有所突破，但还不足以使文艺具有摄人魂魄、摇人心旌、铸造心灵、培育人性的巨大作用。

最根本的，恐怕还在于怎样把文艺放在整个文化背景下加以审视，对民族文化心理结构中社会历史积淀的创造性转化，进行深沉的思考和深入的探索，通过众多人物精神世界的历程表现出来，以此感奋激励人们，铸造新的民族魂，形成高度的精神文明。这里既包含着在新的时代条件下对传统文化意识僵死外壳的扬弃，也包含着在新的时代条件下对传统文化合理内核的撷取；既是文艺家对源远流长的民族文化（包括世界文化）构架的体察与剖析，也是文艺家对当代人民精神律动的感知与理解；既是文艺家对客观存在的民族文化心理结构的探幽析微，也是文艺家对自身负载的文化积淀的反思反省。古今中外的一些伟大的文艺家文艺作品，之所以能涵盖宇宙，精骛八极，而又能形成时代的风尚，各得风气之先，大都得力于此。因此，从文化视野中看我们的文艺，无疑是文艺发展的康庄大道。

近年来，文学界"寻根文学"和"文化小说"的提倡和实践，不能不看作是对文学应加强文化意识的自觉。但他们或者立论不无偏颇，或者实践有所倾斜，特别是他们比较忽视民族文化结构随时代变化而曲折衍变的创造性转化，缺乏深沉的历史运动感，不是过分热衷于历史积淀中民族劣根性的渲染，就是过分迷恋于民族文化传统中的思想材料或抽象概括，使得文艺不同程度地和当代的世俗生活、现实斗争有些脱节，而当亿万人民正处在一个历史的转折的时刻，社会心理结构也起着深刻变化的时候，这种脱节更为明显。看来，对民族文化结构历史性衍变的展现，作家主体的历史运动感,捕捉描写对象的社会历史内涵,是不可偏废的一体两面,只有这样,才能创造出无愧于这个伟大民族和伟大时代的高质量的文艺作品,才能谈得上对社会主义精神文明的构建起到积极作用。

选自《当代文学述林》,陕西人民教育出版社,1992年

文学的现实品格

新时期以来的文学，尽管还有这样那样的弱点、缺陷，以至于错误，却不可否认真正出现了万紫千红的格局，适应了不同读者层的审美需求。

但是，在这多样化的发展态势中，目前也存在着一些令人担忧的问题，有的作家忘掉了或者多少冷淡了最广大的普通人的艰苦跋涉，使得一些作品成为顾影自怜、无端烦恼的"空灵"文学，缺少深入人心、沁人心脾，或者能催人奋起的厚实之作。比如说，由于对现实人生的愤懑产生的偏激之情，对当前文学状况的鄙视产生的傲慢情绪，特别是由于思考的问题大都是玄妙而遥远的爱与恨、生与死、人类的未来、宇宙的骚动，不断流露出对当代普通人平凡生活的不屑一顾，对当代生活在最基层的人们的漠然置之，就使得带有某些沙龙气息的文学，常常流露出一种与当前时代，与当代普通人的疏远感。更有甚者，是一种游戏人间、冷眼观世的贵族气。

这里，常常有这样几种情况。一种是在突出当代青年不溺于流俗，不甘做庸才，努力追寻个性发展之途的精神时，尽量渲染周围人等，特别是普通老百姓的庸俗、愚昧、落后；一种是在突出改革家的才识胆略时，有意凸显普通人民的鼠目寸光和冷漠处世；一种是在张扬当代的新观念时，对历史渊源中积累下来的精神财富（爱祖国、爱家乡、爱亲人、辛苦劳作、坚韧不拔等等），嘲弄备至，不屑一顾；一种是在开掘民族心理结构中积淀的文化素质，缺乏严肃的批判，却对落后的、畸形的东西，玩味欣赏。如此等等，未必是在一部作品中全有表现，也未必是许多作品中都面面俱到，但确实在许多作品中都有所流露，甚至在一些称得上优秀的作品中的个别情节、个别人物中也时有出现。这就不能引起关心文学发展的人们的注意。前不久，曾有文学疏远人民、人民也疏远文学的议论，有人以为这主要是文学没有反映人民的普通生活，以及与人民密切相连的社会问题有关；有人以为是某些作家探索形式的兴趣太大，不容易得到当代人的审美认可。当然也有不以为然认为艺术价值愈高的作品，愈难得到多数人的欣赏，所谓"赢得身后名"就是这道理。这些话都不无道理，但仔细探究起来，似乎都有点表面和片面。对于文学来讲，反映人民的生活，当然是应该大力提倡的，但生活是一个整体，而作家亲身体验的生活可以化为艺术，人又只能是一个部分、一个方面，以反映与人民密切相连的社会问题与否，去定夺作品的价值，也无疑是值得大力倡导的，但单纯着眼于社会问题，很可能陷入"问题小说"的窄境，把文学等同于一般的政治宣传品和新闻报道，并不利于文学朝更有审美功能的境界迈进。至于说文学作品的艺术价值愈高，愈难得到人民大众的首肯，这也是个文学史和文学理论上常有争论的老问题了。

其实，恰如不能有抽象的思想价值一样，也不会有抽象的艺术价值，不论人们对艺术价值有过多少差异甚大的估计和论断，但任何一种艺术品，能引起人们的痴迷留恋和传之永久的艺术价值，离开情感的交流和生命特征的探索，虽不能说毫无意义，至少是很难使广大公众受到感动、启迪，很难获得广大公众认可的艺术价值，也可以说是一种虚假的艺术价值。当前，有不少作家，特别是一些不甘于受传统模式束缚的青年作家（也包括一些理论家），有感于过去那种模式对人们精神领域的压抑和封闭，倡导文学表现"内心生活"的必要，对文学更充分发挥它的特殊职能来看，这种倡导不失为有意义的主张。但所谓"内心生活"，即使西方一些极力反对"再现"说，极力张扬"表现"说的美学家，也不能不承认：内心生活尽管难以捉摸，不可名状，但离开一个人对其自身历史发展的观照，离开一个人对现实生活形式的内在感受，是不可能存在的。因此，抽象地讲艺术价值，或者把艺术价值同人们的欣赏需求对立起来，不说它是要使文学脱离最广大人民生活的遁词，至少也是对人民大众审美能力的一种贬低。

归根结底，我们不能仅从反映什么、如何反映上去探讨文学作品和当代人民的关系，更主要的还是要从作家对待普通人民的态度上去找找原因。作家和最广大的普通人民平等相处，急他们所急，求他们所求，所谓"万家忧乐到心头"，那就不论你写的是什么，如何去写，都会引起最大多数人的共鸣。我们常常慨叹于当代缺乏巨著，有人为此发出呼唤"诗史"的声音，原因固然很多，但缺乏这种对广大人民，对整个民族的历史与未来的广泛阅历、深刻体验，对生活在底层的人们缺乏一种亲同手足的感受，恐怕是最主要的原因之一。底气不足而又徒托空言，也就只能在浅斟低唱和雕琢形式上下功夫了。在这种情况下，尚且会产生小家子气，更何况以超人姿态，俯视公众，或以拯救众生自居，或以傲视群氓自得，想要写出吐纳时代、含茹人生的大作品，大概也只能是"难于上青天"了。

当然，反对文学的贵族气，提倡文学的现实品格，绝不等于要降低文学的文化层次和审美格调。提高整个民族的文化素质，仍是文学的神圣职责。但是，文学的高文化层次和雅致的审美格调，如果不是从公众的现有文化教养和审美水平出发，去加以引导，孤芳自赏，终归是文学的末路。

选自《当代文学述林》，陕西人民教育出版社，1992年

后　记

　　王愚是一位文学评论家，也是一位文学编辑家和文学活动组织者。在新时期陕西文学评论界，王愚在相当长一段时间里，都是一位领军人物。王愚是理性的，更是激情的，充满活力的。

　　王愚曾"自报家门"说，他虽"不是出身于显赫的家族，却也是系出望门"。他是陕西旬阳人，其父王一山早年从旬阳来到西安，1910年考入陕西陆军中学堂，同年加入同盟会，辛亥革命时率领学生军参加了西安起义。在保卫陕西革命政权的西路战役中，王一山率部在乾县与清军血战。杨虎城率十七路军驻陕期间，王一山曾任十七路军参谋长、总参议，西安事变期间，一度出任陕西省民政厅厅长，代理省政府主席。

　　王愚早年读高中时，由于受国文教员及家庭环境的影响，接触了一些古今中外的文学书籍，对文学很有热情。1948年报考了医学院，业余习文。1949年5月西安解放，受革命热情鼓动，他放弃医学，转而学文，进入西北军政大学政治学院学习，1950年调入西北军政大学艺术学院（后改为西北人民艺术学院）文学系学习，从此走上了文学道路。

　　上个世纪50年代初，王愚被调到新创建的西安市文联，做曲艺改革工作，后来患病回家休养。卧病四年中，他大量读书，一边读书，一边思考，也写一些读书札记。1955年10月在上海的《文艺月报》发表《谈〈三里湾〉中的人物描写》一文，标志着王愚文学评论的开始。1956年，王愚在《文艺报》发表了《艺术形象的个性化》一文，引起了较大的反响，

《延河》文学月刊的领导找到王愚,将其调入《延河》,担任理论编辑。他一边看稿,一边写稿,陆续在《文艺报》《延河》等报刊发表文学评论文字数十万言,显示了一个文学理论工作者的基本素质和不凡才华。

1979年,王愚又回到《延河》编辑部。复出文坛,王愚创作激情喷发,在《人民日报》《光明日报》《文艺报》《当代文艺思潮》《当代作家评论》等国内有影响的报刊发表文学理论和评论文章百万言,出版的文艺评论集及随笔著作有《王愚文学评论选》、《人·生活·文学》、《当代文学述林》、《也无风雨也无晴》、《新时期小说论——评论家十日谈》(与阎纲、朱寨、顾骧、何西来合著)、《心斋絮语》、《落难人生》等,成为中国当代文坛有影响的文学批评家之一。

"眼力""杂学""胸怀"是王愚长期从事编辑生涯的感悟。他在《延河》任理论编辑多年,而后又创办《小说评论》并主编该刊,使之成为国内有影响的文学评论杂志。王愚是新中国成立以后特别是新时期以来陕西文学界一位重要人物,他的文学道路和文学观代表了他那一代人对文学的追求和见解。王愚是新时期以来陕西文学评论界一位卓有成就的领军人物,他的文学评论和文学组织活动对陕西文学的发展起到了积极的促进作用,功不可没。

本书是王愚文学评论的一个选集。选者从王愚数十年文学评论中精选了一些能代表他文学评论价值和审美取向以及评论风格的文章,编为是册。

邢小利
2025年3月